WAT EEN VROUW NODIG HEEFT

JUDI FENNELL

MERJINN PRESS

PHILADELPHIA, PENNSYLVANIA

Wat een vrouw nodig heeft

Wat gebeurt er als drie onweerstaanbaar sexy broers een pokerweddenschap verliezen van hun ondernemende zus? Ze worden verhuurd voor haar nieuwe schoonmaakbedrijf. Nu staan de Manley Maids tot uw dienst. Tevredenheid gegarandeerd. Het is wat een vrouw nodig heeft...

Het is haar huis; hij is er alleen om schoon te maken.

Filmster Bryan Manley ziet er in bijna alles goed uit—behalve in een schort. En als vaderfiguur.

Beth Hamilton, een weduwe en moeder, denkt daar anders over wanneer hij bij haar thuis verschijnt om schoon te maken en haar kinderen zich direct tot hem aangetrokken voelen.

Het probleem is dat de paparazzi ook komen opdagen. Haar kinderen hebben door de dood van hun vader al genoeg aandacht gehad; de schijnwerpers die Bryan volgen kunnen ze missen als kiespijn.

Bovendien is Assepoester maar een sprookje en bestaat de droomprins niet... of is de nieuwe rol van Bryan de rol van zijn leven?

Mannenavondje... plus één

Hij had verloren.

Bryan Manley staarde naar de kaarten op de tafel voor hem.

Straight flush. Boer hoog.

Het versloeg zijn full house. Het versloeg de vier vrouwen van Liam en de negen-hoog straight flush van Sean.

Hij had verloren.

Van zijn *zusje*.

Degene die nog nooit had gepokerd.

En ze had niet alleen hem verslagen, maar hen alle *drie*. Mary-Alice Catherine Manley had de Manley-mannen verslagen in hun eigen spel.

En nu moesten zij het hare gaan spelen.

Bryan schraapte zijn keel, terwijl de walging achterin brandde. Hij, de bekende acteur, voer voor de paparazzi, hartenbreker van sterretjes en de 'Next Biggest Thing' volgens *People magazine*, zou iemands schoonmaker worden.

'Ik geloof, lieve broers, dat jullie allemaal opgemeten moeten worden voor een Manley Maids-uniform,' zei Mac, alsof het niet de doodsteek voor zijn imago was.

'Ik draag geen schort.' De woorden rolden uit zijn mond nog voordat hij er goed en wel over had nagedacht, maar het bewees maar weer dat zijn instincten feilloos waren. Elke regisseur met wie hij ooit had gewerkt zei dat, en Bryan was er op dit moment verdomd blij mee.

Een schort. Jezus. De roddelbladen zouden hiervan smullen. Zijn agent? Een stuk minder.

Interessant genoeg probeerde geen van de broers Mac van dit belachelijke eerherstel af te brengen. Ze hadden gewed en eerlijk verloren.

Maar, mijn hemel. Een schoonmaker.

'Wanneer wil je dat we beginnen, Mac?' Liam was de eerste die herstelde — voor zover je het zo kon noemen.

'Wanneer jullie maar kunnen. Ik heb de opdrachten.'

Als Bryan Mac niet beter kende, zou hij zweren dat ze haar lachen probeerde in te houden. Maar dat was niets voor Mac; ze had hen drieën altijd verafgood. Noemde hen haar ridders op het witte paard. Of met American football-beschermers bij sommige gelegenheden. Maar nooit dit. Nooit een... een *schort*.

Hij zou zweren dat het een grap was, maar Mac had het enige ingezet dat ook maar enigszins in de buurt kwam van wat hij en zijn broers hadden ingezet: vier weken schoonmaakservice als ze verloor, vier weken dwangarbeid als ze won. Ze zou haar bedrijf niet op het spel zetten voor een grap.

'Ik heb nu wel tijd. Ik begin maandag direct.' Sean stapelde de fiches op. met uiterste precisie, wat de enige aanwijzing voor Seans emoties was. Hij was pislink. Op zichzelf, waarschijnlijk. Ze waren allemaal tegen hun instinct ingegaan en hadden haar laten meespelen terwijl ze de inzet eigenlijk niet kon betalen.

Het feit dat zij degenen waren die nu moesten boeten, deed er niet toe. Ze hadden Mac, hun kleine zusje, vrijwel haar hele leven beschermd sinds hun ouders waren overleden en Oma hen in huis had genomen. Ze hadden vast moeten houden aan hun 'geen meiden'-regel voor dit spel, maar ze wilde zo graag meedoen en ze waren altijd zulke doetjes voor haar geweest dat ze haar haar zin hadden gegeven.

En nu werd zij hun baas.

Een schoonmaker. God.

Het enige pluspunt was dat het erop leek dat Oma's schoonmaaklessen eindelijk hun vruchten zouden afwerpen. Hun grootmoeder had haar handen vol gehad aan vier jonge kinderen, en hij en zijn broers in het bijzonder waren behoorlijk luidruchtig en slonzig geweest.

Hij had nooit gedacht dat hij dankbaar zou zijn voor die lessen. Verdikkeme, hij had zelfs Monica, zijn eigen schoonmaakster van Macs bedrijf, om zijn appartement op orde te houden, juist zodat hij die lessen *niet* meer in de praktijk hoefde te brengen.

'Hé, mag ik mijn eigen plek doen?' Twee vliegen in één klap, om het zo maar te zeggen, hoewel de mensen van de dierenbescherming daar waarschijnlijk over zouden vallen.

Mac fronste naar hem. 'Zou je Monica haar baan afnemen om onder de weddenschap uit te komen? Meen je dat nou?'

Als ze het zo stelde...

'Ik probeer nergens onderuit te komen.' Dat was wel het laatste wat de roddelbladen moesten oppikken. 'Reken mij ook maar in voor maandag. Ik heb even tijd tussen twee projecten en zocht toch al iets om te doen.' Hij had gehoopt dat dat "iets" te maken zou hebben met een zekere actrice, een strand en een paar Heinekens, maar dat zat er nu niet in. Tenminste was hij dan een tijdje uit de publieke belangstelling; misschien kon hij dit voor elkaar krijgen zonder dat er iemand lucht van kreeg.

Ja, en Oma zou haar nieuwe stekje ook vast zomaar inruilen voor het landhuis dat hij voor haar wilde kopen.

Hoofdstuk 1

Beth Hamilton struikelde over een grote, gele, loodzware speelgoedtruck, stootte haar scheenbeen tegen de salontafel, gleed uit over een vel glimmende stickers en belandde met haar achterwerk in een mand met vuile was.

Alweer.

Het zou lachwekkend zijn als het niet zo vaak gebeurde.

Ze struikelde voortdurend over van alles. Voortdurend week ze de ene kant op om een aanstormende natte hond te ontwijken, of de tweeling die elkaar met lightsabers achterna zaten, om alsnog op haar kont te eindigen.

Het trieste was dat ze daar genoeg vulling had zodat de valpartijen niet veel schade aan haar lichaam toebrachten — al had die extra vulling een heel ander effect op haar zelfvertrouwen.

Maar goed, welke weduwe met vijf kinderen kon zich nou zelfvertrouwen veroorloven? Zeker niet als een van de vijf de puberstatus had bereikt, een ander die snel naderde en de tweeling dagelijks bijnamen voor haar bedacht uit hun favoriete sciencefictionfilms — waarbij Prinses Leia er niet één van was. Nee, ze zat opgescheept met namen als Frodo, Chewie en het immer populaire Voldemort. Ze waren tenminste nog niet voor Barney gegaan. Nog niet.

Godzijdank voor Maggie. De vijfjarige dacht nog steeds dat mama alles kon.

Kon ze dat maar.

De klok op de schouw sloeg tien uur. Geweldig. De schoonmaakdienst kon elk moment arriveren en haar huis zag eruit alsof er een tornado had huisgehouden. Tornado Hamilton. Die kwam dagelijks langs. Soms twee keer, gewoon voor de grap.

Ze had hulp nodig.

'Jason, ben je klaar met het opruimen van je kamer?' Ze raapte zijn op afstand bestuurbare helikopter van de hardhouten vloer op de plek waar hij een noodlanding had gemaakt en trok een pijnlijk gezicht bij de kras die de rotorbladen hadden achtergelaten. Die hadden waarschijnlijk hetzelfde met haar scheenbeen gedaan.

'Uh-huh,' mompelde Jason vanonder de bos haar die hij *cool* noemde, maar die zij als een bloempotkapsel beschouwde. Als zij hem dat kapsel als peuter had gegeven, zou ze het tot in de eeuwigheid moeten horen telkens als ze de babyfoto's tevoorschijn haalde, maar hij had iemand nota bene *betaald* om hem dit aan te doen. *Pubers.*

'Is je was opgeborgen en je bed opgemaakt?' Ja, ze wist dat het onzin was om op te ruimen voordat de schoonmaakdienst kwam, maar als die vrouw haar huis nu zou zien, zou ze er óf vandoor gaan óf haar tarief verdubbelen. Misschien zelfs verdrievoudigen.

'Uh-huh.'

De kans was groot dat Jasons *uh-huh* eigenlijk een *nuh-uh* was, maar Beth had hier beneden te veel te doen om de trap op te rennen en zijn verhaal te controleren.

En Jason wist dat ook.

Beth zuchtte. Het was twee jaar geleden dat Mike was overleden en hoewel de kinderen voor haar ogen leken te groeien, leek elke dag van die twee jaar langer te duren dan de toegewezen vierentwintig uur.

Wat zou ze er niet voor over hebben als Prince Charming eens bij haar aanbelde.

Bryan ging met zijn vinger langs de boord van zijn poloshirt en verstevigde zijn greep op de emmer met schoonmaakmiddelen terwijl hij serieus overwoog om niet aan te bellen bij het huis van mevrouw Beth Hamilton.

Hij was een verdomde schoonmaker. Een *werkster*!

Hij keek over zijn schouder. Niemand had hem nog gezien, tenzij de roddelbladen een horde undercoververslaggevers hadden gestuurd — en de kans daarop was even groot als op die ontvoeringen door buitenaardse wezens waarover ze schreven. Nee, die lui waren als honden met een bot en ze verplaatsten zich in roedels. Die zou hij nooit missen.

Toch trok hij de klep van zijn honkbalpet nog een halve centimeter verder omlaag. Technisch gezien geen onderdeel van de mintgroene polyester nachtmerrie die het uniform van Manley Maids was, maar dat kon hem niet schelen. Zijn gezicht en postuur waren herkenbaar genoeg; hij had wat bescherming nodig tegen nieuwsgierige blikken –

Zoals de ogen die hem aanstaarden vanachter de vitrage van het zijraam naast de deur.

Gesnapt.

Bryan haalde diep adem, rechtte zijn schouders, beet door de zure appel heen en belde aan.

Meteen barstte er een koor van geblaf, gegil en een paar 'Expelliarmus!'-bezweringen los, gevolgd door een nare klap en wat binnensmonds gevloek.

Toen deed *zij* de deur open.

Bryan staarde alleen maar even.

Toen nam zijn pr-training het over en zette hij de Charmante Glimlach op die niet alleen zijn handelsmerk was, maar die ook heel natuurlijk kwam bij mooie vrouwen.

En *zij* was prachtig. Van haar kunstig warrige, golvende bruine haar tot de rondingen die subtiel zichtbaar waren onder de open halslijn van haar verkeerd dichtgeknoopte blouse, tot de yogabroek die om gevormde benen sloot die eindeloos leken; de vrouw was bijna net zo lang als hij en gebouwd zoals een vrouw gebouwd hoorde te zijn, rond op de juiste plekken met net genoeg houvast voor de rit van je leven.

Misschien werd deze klus toch niet zo erg.

Toen verschenen de kinderen ten tonele; hun hoofden doken achter haar op als een dansnummer in een musical.

En ze *bleven* maar opduiken. Drie. Vier. Vijf. Ze had haar eigen basketbalteam.

Bryan temperde zijn glimlach. Hij versierde geen getrouwde vrouwen en hij versierde ook geen moeders.

Hij versierde al helemaal geen getrouwde moeders.

Van vijf kinderen.

'Wie ben jij?' vroeg kind nummer twee, of misschien drie.

'Echt waar, Kelsey, dat is geen manier om iemand te begroeten.' De vrouw rolde met haar prachtige koffiekleurige ogen terwijl ze met haar vinger de kin van het meisje optilde, waarna ze haar geërgerde blik verving door een glimlach naar hem.

Deze keer verscheen zijn Charmante Glimlach vanzelf. Bryan kon er niets aan doen. Als ze glimlachte, was ze meer dan schitterend, en het maakte hem blij dat hij een man was — maar geërgerd dat ze getrouwd was.

En een moeder.

Van vijf.

'Kan ik u helpen?'

Laat me de manieren tellen. Bryan herpakte zich voordat hij sonnetten begon te citeren. 'Ik ben hier om uw toilet schoon te maken.'

Lekker bezig, idioot. Briljante openingszin.

'Neemt u me niet kwalijk?'

Ze mocht hem alles vragen wat ze wilde, en hij zou haar elk ding geven.

Bryan schraapte zijn keel. 'Ik ben van Manley Maids.'

De jongen met de woeste haardos snoof voordat hij wegliep, het toonbeeld van totale puberale desinteresse.

Bryan herformuleerde zijn introductie. 'Ik bedoel, ik ben Bryan. Ik werk voor Manley Maids. U hebt ons ingehuurd om bij u schoon te maken?'

'Ben *jij* de hulp?' Het kleine meisje dat aan de slippen van haar moeders blouse trok, had geen idee dat ze het risico liep de knoop van mama los te trekken en Bryan een glimp te gunnen van iets wat hij, in elke andere omstandigheid, dolgraag zou zien. En Bryan was niet van plan het kind daarop te wijzen.

Maar *ze* was getrouwd.

En een moeder.

Van vijf.

De andere puber verloor zijn interesse en de jongste twee – een tweeling, aan hun uiterlijk te zien – namen hun kromme toverstokken mee terug de woonkamer in, waardoor hij en mevrouw Beth Hamilton alleen achterbleven met de kleuter.

Waar was *meneer* Beth Hamilton?

Bryan zette zijn zakelijke gezicht op. Hij had gedatet met tientallen mooie vrouwen. Had met velen van hen geslapen. Mooie vrouwen waren in zijn wereld dertien in een dozijn.

Maar hij was niet meer in zijn wereld. Hij was in die van Mac en mevrouw Beth Hamilton, en hij kon maar beter zijn rol spelen voordat ze hem óf aangaf wegens ongewenste intimiteiten óf wegens wanprestatie. Beide zouden zijn imago meer schade toebrengen dan betrapt worden in een schoonmaakoutfit.

Hij zou haar weleens in een schoonmaakoutfit willen zien —

'Ja, ik ben de hulp.' Hij tikte op de neus van het kleine meisje. 'Moet er iets schoongemaakt worden?'

Grote bruine ogen knipperden naar hem op. Ernstig en serieus. 'Uh-huh. Mijn kasteel. Mevrouw Beecham heeft er een bende van gemaakt.'

Bryan keek naar mevrouw Beth Hamilton voor een vertaling.

'Onze kat doet graag dutjes in Maggies poppenhuis en heeft de neiging om genoeg haar achter te laten om een tapijt van te weven, maar we hebben Rapunzel nog niet gelezen, dus dat gaat niet gebeuren.'

Rapunzel. Was dat niet die met dat haar en de toren — een beeld dat Bryan niet kon gebruiken terwijl hij naar het schouderlange, warrige haar van mevrouw Beth Hamilton keek.

Hij hield ervan als het zo zat, niet van dat neppe, voor een fotoshoot gewaaide haar. Mevrouw Hamilton was op natuurlijke wijze aan haar warrige haar gekomen en er was iets aan dat soort onbevangenheid en nonchalance dat voor Bryan gewoon *sexy* schreeuwde.

Voor meneer Beth Hamilton ook, als de man een spatje bloed in zijn lijf had en, gezien het feit dat er vijf kleine Hamiltons rondrenden, had hij dat blijkbaar. En helaas voor Bryan had die vent elk recht om te fantaseren over alles waar Bryan dat niet mocht.

Dit gingen vier lange weken worden.

Hoofdstuk 2

Oké, misschien kon een vrouw *toch* twee keer in haar leven Assepoester zijn, want 'Prince Charming' was zojuist absoluut bij haar naar binnen gewandeld.

Prins *Bryan Manley* Charming, de lokale jongen die een Hollywood-idool was geworden. En hij was zojuist bij haar binnengekomen om haar toiletten schoon te maken?

Beth kneep zichzelf in haar arm. Dit was krankzinnig. Dit moest een grap zijn. Werd hij in de maling genomen? Maar als dat zo was, dan hadden ze haar er toch ook in moeten betrekken?

Ze wenkte hem naar binnen en keek buiten om zich heen. Geen camera's. Maar ze moesten er wel zijn.

Ze sloeg een hand tegen haar haar. Natuurlijk. De enige dag dat ze niet de tijd nam om haar haar te doen, was de dag dat ze op de nationale televisie zou verschijnen. Alweer.

Ze streek met een hand over de voorkant van haar shirt en ontdekte een natte plek waarvan ze hoopte dat het slechts een afdruk van Shermans natte snuit was en geen vlek. Gezien die hond zou het haar echter niet verbazen als het beide was.

Ze keek naar beneden en kreunde. Haar shirt was niet goed dichtgeknoopt. God, wat was ze een puinhoop. Het leek erop dat haar vriendinnen gelijk hadden; ze *had* inderdaad hulp nodig in het huishouden.

Nou ja, *natuurlijk* had ze dat nodig — van de permanente soort — maar deze uitspatting waar de meiden gezamenlijk voor hadden betaald om een schoonmaker in te huren, leek voorlopig precies wat ze nodig had.

Vooral omdat ze op de een of andere manier *Bryan Manley* voor de klus hadden weten te strikken.

'Horen thoonmakerth geen meithjetht te thijn?' Maggie sprak onduidelijk met haar duim in haar mond. Beth had geprobeerd haar die gewoonte af te leren voor Mikes ongeluk, maar daarna... tja, het voelde gewoon wreed. Het kleine meisje had alle troost nodig die ze kon krijgen.

Bryan hurkte neer tot Maggies ooghoogte. 'Jongens kunnen ook schoonmaker zijn. Net zoals meisjes dokters kunnen zijn, of advocaten, en zelfs vrachtwagenchauffeurs.'

'Of piloten. Mijn papa was een piloot en hij vertelde me dat ik er ook een mag worden als ik groot ben.'

Beth kromp ineen bij de verleden tijd in die zin. En bij de gedachte dat Maggie net zo zou sterven als Mike. Tot op de dag van vandaag kreeg ze een angstaanval bij de gedachte om in een vliegtuig te stappen.

'Je kunt absoluut piloot worden als je groot bent. Of wat dacht je van een astronaut?' Bryan stond op en Beth zag dat hij een snelle blik op haar linkerhand wierp.

Ze wist wat hij zou zien: niets. De afdruk van haar ring was eindelijk weg. Ze had hem afgedaan op de tweede verjaardag van de crash, eindelijk de feiten onder ogen ziend dat Mike niet terugkwam en dat niets ooit meer hetzelfde zou zijn. Geen van de kinderen had er iets over gezegd, hoewel ze Kelsey meer dan eens naar haar lege vinger had zien kijken.

Ze zuchtte en bereidde zich voor op de vragen. 'Gescheiden?' was meestal de eerste vraag, vergezeld van een meelevende glimlach die wankelde als ze antwoordde: 'Weduwe', en volledig verdween wanneer ze er ook nog eens vijf kinderen aan toevoegde. Geen wonder dat er geen nieuwe ring om haar vinger zat.

'Dat kan ook,' zei Maggie, terwijl haar duim naar haar broeklus verhuisde. Dat was de snelste keer dat Beth haar dochter haar troostmechanisme had zien opgeven in de buurt van een vreemde. 'Maar de maan is een beetje saai. Alles is grijs en rotsachtig en zo. Ik wil juf worden. Net als mijn mama.'

Een nat handje gleed in dat van Beth. Het vertrouwen dat uit dat kleine gebaar sprak, maakte haar altijd weer nederig.

'Welk vak geeft u?' vroeg Bryan terwijl hij opstond, en er was in haar geest geen twijfel mogelijk over wat deze man tot een filmster had gemaakt. Golvend zwart haar dat erom smeekte dat ze er met haar vingers doorheen zou gaan, en prachtige groene ogen die haar deden vergeten dat haar haar een puinhoop was, of dat ze een vlek had en een scheefgeknoopt shirt, of dat er vijf kinderen, een hond en twee hamsters rondrenden — oh, verdomme. De hamsters zaten nog ergens in hun loopballen hier in de buurt. Als Sherman ze in de gaten kreeg...

Beths glimlach verdween razendsnel. 'Het spijt me. Excuseert u mij even?' Ze knielde neer om Maggie iets toe te fluisteren over de hamsters.

Haar dochter slaakte een kreet en rende weg, wat Sherman luid blaffend achter haar aan stuurde.

Die hamsters zouden geluk hebben als ze het avondeten haalden — en niet *als* avondeten eindigden.

Ze streek een lok haar weg van haar voorhoofd. Tot zover de aanwezigheid van een filmster in haar huis. Hij vroeg zich waarschijnlijk af waar hij aan begonnen was. 'Het spijt me. Ik probeer een catastrofe te voorkomen.' Nummer zeven van vandaag. Een nieuw dieptepunt. Maar de dag was nog niet voorbij. 'Ik ben Beth Hamilton.'

Ze stak haar hand uit en moest moeite doen om niet flauw te vallen toen hij hem schudde. Het charisma straalde van hem af als rook van een kampvuur op een koele, frisse nacht. Hoewel er niets koels was aan zijn aanraking. Het ontstak een vuur onder Beths huid waarvan ze bijna vergeten was dat het bestond.

Ze trok haar hand terug. Ze mocht haar trouwring dan wel afgedaan hebben, maar ze was *daar* nog niet klaar voor. Natuurlijk, kon het haar echt kwalijk worden genomen? Hij was tenslotte *Bryan Manley*. De volgende 'Sexiest Man Alive' als de tijdschriftcovers bij de kassa's van de supermarkt een indicatie waren.

'Ik ben Bryan, eh, Man—'

'Ik weet wie u bent.' Wie niet? 'Mijn vraag is: wat doet u hier?'

Hij hield een emmer met schoonmaakspullen omhoog. 'U heeft een hulp ingehuurd, toch? Ik ben hier om uw bevelen op te volgen.'

O, die glimlach die met die uitspraak gepaard ging. De man was een geboren flirt.

'Weet u zeker dat u hiertegen bestand bent?'

Hij trok een wenkbrauw op. Ze had die blik in zijn laatste film gezien, vlak voordat de vrouwelijke hoofdrolspeler voor hem viel. Beth had op het moment dat het op het scherm gebeurde begrepen waarom, maar hier, in levenden lijve...

Van nul naar volledige fantasie-modus in minder dan twee seconden.

'Hé, het is zoals ik je dochter al zei. Mannen kunnen net zo goed schoonmaken als vrouwen.'

'O, zo bedoelde ik het niet. Ik bedoelde: weet u zeker dat u *hier* tegen bestand bent?' Ze maakte een gebaar naar de woonkamer.

Sherman was weer door de waslijn gerend en had hem van buiten mee naar binnen gesleurd. Het was een favoriet trucje van hem om omhoog te springen, het laagst hangende kledingstuk te grijpen, in de lucht te draaien en het hele ding om zich heen naar beneden te laten dwarrelen, om het vervolgens door de hele tuin te slepen. *Natuurlijk* was vandaag de dag dat hij besloot het voor het eerst door het huis te slepen.

Mike had een Jack Russell-terriër gewild. Zij wilde een bassethond. Maar de hond was zijn idee geweest om de kinderen voor Kerstmis te geven, en met alle energie die de kinderen hadden, leek het destijds passend om hen een hond met veel energie te geven. Nu? Niet zozeer.

'Eh... Hebben jullie een overstroming gehad of zo? Een tornado?' Bryan Manleys sexy, flirterige blik veranderde razendsnel in een verbouwereerde blik.

Beth glimlachte en liep naar de bank om haar slipje achter een kussen te proppen. Vanaf nu gingen die in de droger of hingen ze in haar badkamer te drogen. 'Tornado Hamilton. Dat gebeurt hier minstens één keer per dag.'

'Mam!' Mark kwam de kamer binnenstormen met zijn lichtzwaard in de aanslag. 'Tommy speelt vals!'

'Niet waar!'

'Wel waar!'

'Niet waar!'

'Wel waar!'

'D2!' Bryan ontweek de zwaaiende zwaarden en wist ze op de een of andere manier uit hun handen te grissen.

'Hè?' vroegen de tweelingen tegelijk, zoals ze wel vaker deden.

'R2-D2.' Bryan zette de plastic zwaarden op de boekenplank achter hem. 'Zeg me niet dat jullie met lichtzwaarden vechten en niet weten wie R2-D2 is.'

'Natuurlijk weten we dat,' zei Tommy. 'Hij is de knecht van Luke.'

'Is hij dat?' Bryan legde een hand achter de schouders van de jongens en leidde hen weg van de plank. 'Ik dacht dat hij zijn vriend was.'

'Nou,' zei Mark, 'hij begon als zijn knecht maar werd uiteindelijk zijn vriend.'

'En waarom denk je dat dat zo is?'

'Omdat Luke hem heel vaak nodig had en R2 hem altijd hielp,' antwoordde Tommy.

Ze maakten elkaars zinnen nog niet af, maar de opeenvolgende antwoorden waren een teken dat ze weer aan dezelfde kant stonden en dat het geruzie voorbij was.

'Ah.' Bryan schopte een kussen opzij en een van de hamsterballen rolde mee. Beth greep hem snel en zette hem in de plantenbak voordat Sherman er lucht van kreeg. 'Ik wed dat jullie dat ook hebben, hè? Als een van jullie in de problemen komt, helpt de ander hem uit de brand?'

'Tommy komt altijd in de problemen.' Mark sloeg zijn armen over elkaar en knikte zelfvoldaan.

Tot zover het einde van het geruzie.

'Niet waar.'

'Wel waar.'

'Niet—'

'Jongens. Wacht even.' Bryan zette zijn pet af, haalde drie T-shirts van de bank en dirigeerde de jongens erop. Daarna overhandigde hij Beth de halfbevroren, halflege ijsbeker van de salontafel en ging op de rand tegenover hen zitten. Maar goed dat de tafel van stevig eikenhout was; ze wilde Bryan Manley niet languit in haar woonkamer hebben liggen.

Haar slaapkamer daarentegen—

Beths mond viel bijna open. *Wat* dacht ze wel niet?

Nou ja, oké, ze wist wel wat ze dacht, maar de vraag was *waarom* ze het dacht? Met alle afspraakjes die haar vriendinnen de afgelopen maanden voor haar hadden geregeld, had ze er niet eens aan willen denken om een van die mannen te *kussen*, laat staan dat ze languit op haar—

Ja, daar was het weer. Dat beeld. Dat beeld uit de eerste film waarin ze Bryan ooit had gezien, helemaal glanzend en nat, terwijl hij uit de oceaan kwam met zijn camouflagebroek laag op een stel moordende buikspieren.

Ze dwong zichzelf op te letten op wat hij haar jongens vertelde. Wat voor moeder was ze dat ze een wildvreemde de dagelijkse ochtendruzie van haar zoons liet sussen terwijl zij naar hem zat te kwijlen?

'Het is veel makkelijker om voor je te kijken dan achter je, dus als je loyaal aan elkaar blijft, hoef je nooit over je schouder te kijken, want je broer houdt je rug wel vrij terwijl jij die van hem vrijhoudt.'

'Net als jij en je broers doen,' zeiden de jongens in koor.

'Precies.' He door de war schudde hun haar en Beth zag dat hun schouders zich rechtten. Hun houding werd wat trotser. Er verscheen een glimlach op hun gezichten.

Het was een tijdje geleden dat iemand — een *man* — zo met hen had gepraat. Mikes vader was niet goed omgegaan met de dood van zijn zoon en deed bijna alsof het nooit gebeurd was, en haar familie... nou ja, haar stiefvader was niet bepaald het rolmodel dat ze haar zoons als voorbeeld wilde geven. Bryans vijf minuten in haar huis lieten haar zien hoeveel de jongens een man in hun leven nodig hadden.

Bryan kruiste haar blik en knipoogde. 'Dus, jongens, nu jullie op elkaar letten, weten jullie op wie jullie nog meer moeten letten?'

'Onze juf?'

'Sherman?'

'Johnny Tyler,' zei Tommy. 'Hij is een pestkop.'

'Nee, Janey Weston. Zij is vies.'

'Ja, je hebt gelijk. Janey is vies.'

Bryan stond op, legde zijn handen op de hoofden van de jongens en draaide ze haar kant op. 'Nee, jongens. Jullie moeten op je zusjes en je moeder letten. Het is de taak van een man om te zorgen voor de vrouwen van wie hij houdt.'

Godzijdank hield Beth iets kouds in haar hand, anders was ze ter plekke gesmolten.

Ze zei niets.

Bryan hoopte dat dat iets goeds was, maar in zijn ervaring sprak het luider wanneer een vrouw niets zei dan wanneer ze tegen hem schreeuwde. Of 'prima' zei. Hij was dat woord van een vrouw gaan vrezen. Toch stond hij hier, haar jongens levensadvies te geven alsof hij daar alle recht toe had.

Waar de hel was meneer Beth Hamilton en waarom droeg *mevrouw Beth Hamilton* geen ring?

'Hé Beth, ik— *wow*.' De jongen met het ruige haar keek nog eens goed en kwam met een slippertje tot stilstand, waarbij zijn sneakers strepen achterlieten op de hardhouten vloer.

God, nu begon Bryan zelfs al als een *echte* schoonmaker te klinken.

'Hé, wacht eens even. Ben jij niet—'

'Ja, dat ben ik, en zij is je *mam*, niet *Beth*.' Die knul mocht wel eens dankbaar zijn dat hij iemand had om *Mam* tegen te zeggen.

'Bryan, het is oké—'

'Nee, dat is het niet.' Bryan haalde een hand door zijn haar. Shit. Hij had zich hier niet mee moeten bemoeien. 'Luister, het spijt me. Het gaat me niets aan, maar ik ben opgevoed om een vrouw — en zeker uw moeder — met respect te behandelen. Ik begrijp dat puberale gedoe met het...' Hij gebaarde naar het haar van de jongen en de drie maten te grote spijkerbroek die nauwelijks bleef hangen zonder riem. 'Het was een automatische reactie. Uw kind, uw regels.'

Beth had een geweldige glimlach. Zacht en lief, het was niet zo'n tanderige, flitsende kijk-naar-mij-lach, maar een van oprecht geluk die haar ogen bereikte — en hem raakte, ergens in het midden van zijn maag met een flinke *dreun*.

Heilige hel. Wanneer was dat voor het laatst gebeurd?

'Dank je, Bryan. Dat zijn ook mijn regels.' Ze keek naar haar zoon. 'Wou je iets, Jason?'

'Ik eh...' Jason keek hem aan door een gat in zijn haardos. 'Kev brengt me naar het winkelcentrum.'

'Ik dacht het niet.'

'Ah, mam—'

'Jason, je bent veertien. Je gaat niet met een stel jongens in het winkelcentrum rondhangen. De beveiliging let juist op kinderen van jouw leeftijd. Ik heb geen zin in een telefoontje.'

'Dat krijg je niet.'

'Dat klopt. Dat krijg ik niet. Omdat je niet gaat. Je blijft hier om je kamer te doen.'

'Ah, mam!' Om te bewijzen dat hij *inderdaad* pas veertien was, stampte Jason met zijn voet. 'Is dat niet waar *hij* voor hier is?' Zijn haar zwaaide in Bryans richting.

Bryan trok een wenkbrauw op naar de jongen. 'Sorry, maar ik heb niet getekend voor het opruimen van chemisch afval.' Hij was zelf ooit een puber geweest; hij wist wat er in de kamer van die jongen lag. Hij vond het al niet leuk om zijn eigen smerige bende op te ruimen, dus hij ging dat zeker niet voor een ander doen.

'Ben jij niet, zeg maar, een grote filmster of zo?' De jongen streek het haar van zijn voorhoofd. Het viel meteen weer terug. 'Wat doe je hier?'

Bryan deed een beroep op al het acteertalent dat hij in de loop der jaren had ontwikkeld, want hij was niet van plan toe te geven *hoe* hij hier terecht was gekomen. Zijn publiciteitsagent zou zo trots op hem zijn. 'Ik help mijn zus. Ze is de eigenaar van Manley Maids en mijn broers en ik steken een handje uit.' Een gedwongen handje, maar toch...

'Schrijf haar gewoon een cheque, gast. Die outfit is echt nep.'

Gast? Wie zei er tegenwoordig nog *gast*? Voor zover Bryan wist, was niemand bezig met een remake van *Fast Times at Ridgemont High*. Jammer, want die cultfilm had een enorme aanhang en hij zou zulke loyale fans wel kunnen waarderen.

'Het is een uniform. Ik ben verplicht het te dragen tijdens het werk.' Maar hij begreep wel waar de jongen het over had. Dit ding was een ramp. Een broek die eruitzag alsof hij uit de jaren zeventig kwam — de kleur van een pistache-nootje en net zo maf. Hij kon niet geloven dat Mac golfshirts in dezelfde kleur had gevonden. En de zwarte werkschoenen... Verdomme, hij kon Mac wel vertellen dat een betere manier om haar naamsbekendheid in dit stadje te vergroten dan hen drieën voor haar te laten schoonmaken, was om dat stomme uniform af te schaffen.

Hij glimlachte. Nou ja, naakte mannelijke schoonmakers zouden *inderdaad* best wel eens goed in de markt kunnen liggen.

'En sommige mensen willen geen aalmoes. Mijn zus bijvoorbeeld. Ze is een bedrijf aan het opbouwen en ik help haar een handje. Over een handje gesproken... Is er een kans dat jij je moeder er een geeft en aan je kamer begint? Dan kan ik hem tenminste schoonmaken.'

Bryan keek Beth vanuit zijn ooghoek aan om er zeker van te zijn dat hij zijn boekje niet te buiten ging.

Ze keek haar zoon vol verwachting aan.

Jason zuchtte. Serieus, die jongen zou het acteren in moeten gaan. 'Prima.'

Bryan hield nog minder van dat woord uit de mond van pubers dan uit die van vrouwen.

'Mam, mag Maddy langskomen? We willen, eh, onze roosters voor volgend jaar doornemen.' De oudere dochter stak haar hoofd om de hoek van wat Bryan vermoedde dat de keuken was. Haar woorden waren gericht aan haar moeder, maar haar blik was op hem gefocust.

O god. Hij had die blik eerder gezien. Bij elk evenement waar hij kwam. Kalverliefde van een puber. Dat kon wel eens een probleem worden.

'Lesroosters, hè? Dat is inderdaad heel belangrijk om door te nemen tijdens de zomervakantie.' Beth keek hem aan met een twinkeling in haar ogen. 'Bent u *daar* tegen bestand?' vroeg ze. 'U wist dat dit zou gebeuren toen u zich onder uw aanbiddende publiek begaf.'

Voor het eerst hield Bryan niet van die term. Het was wat hij altijd had gewild, waar hij naar had gestreefd — aanbiddende fans konden een carrière maken — maar uit de mond van Beth... Nee. Daar hield hij absoluut niet van.

Helaas kon hij er niets aan doen. Er waren bepaalde noodzakelijkheden die bij roem hoorden, en toegankelijk zijn voor de mensen die goed, zuurverdiend geld betaalden om zijn werk te zien, was er daar één van.

'Het is geen moeite. Uw huis, uw regels.'

Ze hield haar hoofd schuin, waarbij de glimlach iets minder werd en de twinkeling werd vervangen door iets anders... Bedachtzaamheid? Bewondering?

Hij zou dat laatste niet erg vinden.

Serieus. Waar de *hel* was meneer Beth Hamilton?

'Mam?' Haar dochter verschoof haar aandacht weer naar Beth. Eindelijk.

'Alleen Maddy,' antwoordde Beth. 'Ik hoef vandaag geen huis vol tieners, Kels.'

Kels — Kelsey — glimlachte en, wow, meneer Beth Hamilton zou nog een hele kluif aan haar krijgen als ze ouder werd. Ze had al het begin van dezelfde soort schoonheid als haar moeder.

En nog steeds benijdde hij die vent.

'Maar Alyson zit ook bij ons in de klas. Zij moet er ook bij zijn.'

Bryan hoestte en draaide zich om. Tienermeisjes... Mocht hij meneer Beth Hamilton misschien toch niet benijden.

Maar toen was Kelsey vertrokken met een stralende glimlach en Beth draaide een wat meer ingetogen exemplaar zijn kant op. Het had hetzelfde vermogen en stak een langzaam vuurtje in hem aan.

Hij haalde een vinger onder de boord van het stomme shirt door. Naast het feit dat ze getrouwd was — en moeder *van vijf* — was de buitenwijk niets voor hem. De enige reden waarom hij in deze klus was geluisd, was vanwege het maandelijkse pokerspel met zijn broers, het spel waar hij alles aan deed om bij te zijn, waar ter wereld hij ook was. Als hij een paar dagen van de set weg kon, kwam hij terug voor het spel. Nu zijn ster rijzende was, zei zijn agent dat die vrije tijd nu een onderhandelbaar punt zou kunnen zijn. Maar als toekomstige spellen ertoe leidden dat hij als schoonmaker aan de slag moest, dan moest hij die clausule misschien maar gaan heroverwegen.

Het pokerspel was de *enige* reden dat hij naar dit stadje terugkwam. Het gaf hem de kans om Gran, Mac en zijn broers te zien, maar hij koos liever voor de glitter en glamour van Zuid-Frankrijk of LA, of, verdomme, elke locatie die hem niet herinnerde aan de afdragertjes en het kleine, vervallen huisje waar hun grootmoeder hen had grootgebracht en waar zijn zus nog steeds woonde. Nee, als het niet voor zijn familie was, zou hij nooit meer naar dit stadje terugkeren.

Tenzij ik iemand als mevrouw Beth Hamilton had die op me wachtte.

Waar de *hel* kwam die gedachte vandaan? Ze was getrouwd. En een moeder. Van vijf. *Getrouwd.* Hij had in zijn leven nog nooit een getrouwde vrouw versierd en hoe prachtig ze ook was, hij was niet van plan daar nu mee te beginnen.

En zelfs als ze *niet* getrouwd was, was schoonheid niet genoeg om hem het jetsetleven en zijn zuurverdiende succes te laten opgeven om weg te zinken in de sleur van gras maaien en honkbalwedstrijden voor de jeugd, met af en toe een buurtfeestje erbij. God beware hem voor de buitenwijken.

'Weet u zeker dat u dit goedvindt?' vroeg Beth. 'Ik kan ook nee tegen haar zeggen.'

'Niet doen. Zoals ik al zei: uw huis, uw regels. Ik ben het gewend. Ik zet een paar handtekeningen en dat is het.'

Beth trok een wenkbrauw naar hem op. 'U kent tienermeisjes duidelijk niet.'

'Ik heb zelf een zus.'

'Was zij ooit in de buurt van een filmster?'

'Nou, nee, maar—'

'Precies. Ik zal proberen de ergste druk weg te nemen, maar misschien moet u de volgende keer een iets minder nauwsluitende outfit overwegen.'

Verdomme, als dat langzame vuurtje niet uitgroeide tot een laaiende inferno. Ze had zijn lichaam opgemerkt.

Hij was verdomd trots op dat lichaam. Het had hem vijf uur per dag gekost tijdens de laatste film, gecombineerd met een dieet dat veel te wensen overliet. Hij was in de drie weken sinds de opnames waren afgerond wat spiermassa kwijtgeraakt en wat vet aangekomen, dus het was fijn om te weten dat zijn lichaam nog steeds de moeite waard was om op te merken.

'Dit is nou eenmaal, tja, het uniform.'

'Ja, ik weet het.' Ze liet haar ogen over hem glijden.

Waar de *hel* was meneer Beth Hamilton? Serieus, die vent moest nu echt snel verschijnen, anders kon Bryan er niet voor instaan dat hij zijn vrouw niet zou bespringen. Zo aantrekkelijk was ze.

'U weet echter wel hoe u met jongens moet omgaan, dat moet ik zeggen. Bedankt voor de manier waarop u Mark en Tommy aanpakte. Sinds...' Ze keek naar de muur aan de andere kant van de kamer. 'Nou ja, ik waardeer het dat u met ze gepraat heeft.'

Hij volgde haar blik.

Daar, boven de open haard, hing een foto. Van een man. In uniform. Met op de plank eronder een driehoekige vitrine van hout en glas. Er zat een opgevouwen Amerikaanse vlag in.

Alle gevoel trok weg uit Bryans lichaam, vloeide via zijn voeten weg in een plas en nam zijn maag mee.

Hij wist wat dat was. Wat het betekende.

Het was de gedenkplek van meneer Beth Hamilton.

Mevrouw Beth Hamilton was een weduwe.

En Bryan zat diep in de nesten.

Hoofdstuk 3

Bryan had nooit gedacht dat hij zo blij zou zijn met vijf kinderen als op dit precieze moment.

Toen veranderden die vijf in zeven. En een knotsgekke hond. Twee hamsters. Een of andere kat die door de gekke hond door het huis werd gejaagd, een overprikkelde moeder en een buurvrouw die te midden van een spervuur aan telefoontjes om het spreekwoordelijke kopje suiker kwam vragen, waarbij Beth steeds maar bleef herhalen dat ze hen later terug moest bellen.

Het nieuws was uitgelekt.

Hij durfde te wedden dat het de dochter of haar vriendinnen waren geweest. Eén tweet en zijn anonimiteit was verdwenen.

Bryan glimlachte naar de buurvrouw met haar maatbeker terwijl hij de benen nam — met zijn emmer schoonmaakmiddelen en een officiële Manley Maids-bezem (serieus? Had Mac geld uitgegeven om de *stelen* te laten bedrukken met het Manley Maids-logo?) — de keuken in.

Nog meer chaos.

Maggie had besloten een theekransje te houden.

Zes poppen en knuffels zaten rond de keukentafel, elk met een eigen serviesje voor zich, met alle snacks die ze van de onderste drie planken van de voorraadkast had kunnen slepen voor hen uitgestald — waar de dolgedraaide kat dwars doorheen was gestormd, waardoor het meeste met een indrukwek-kende boog aan junkfood op de vloer was beland.

En raad eens wie het mag opruimen?

Bryan rolde met zijn ogen, zette de emmer neer en nam de bezem met logo ter hand.

'Sherman is een stoute hond.' Maggie gleed van haar stoel en kwam naast hem staan, met een zeer bedachtzame uitdrukking op haar gezicht terwijl ze naar de stapel snacks keek die hij aan het verzamelen was.

'Niet stout. Alleen snel enthousiast.'

'Alles goed hier — o nee.' Beths prachtige gezicht verscheen in de deurope-ning van de keuken.

En Bryans maag maakte prompt een sprongetje.

O nee was het juiste woord. Over snel enthousiast gesproken... Bryan was deze kamer binnengegaan om te ontsnappen aan de aantrekkingskracht die Beth op hem had, dus *natuurlijk* kwam ze achter hem aan. Sinds hij aan die verdomde pokertafel met Mac was gaan zitten, was zijn geluk verdampt.

'Maggie, wat had ik gezegd over de snacks in de voorraadkast?'

'Dat ze voor de vis-ites zijn. Dit zijn mijn vis-ites.' De duim van het kleine meisje verdween in haar mond en ze deed een stapje dichter naar Bryan toe, waarbij haar schoudertje tegen zijn dij aan schuurde.

Bryans hart brak een klein beetje.

Hij legde zijn hand op dat schoudertje. 'Ik denk dat je moeder bedoelt dat je het eerst aan haar moet vragen voordat je ze openmaakt, Maggie. Ze moet plannen wat ze gaat kopen als ze boodschappen doet, anders heeft ze niet genoeg wanneer het nodig is.'

'O.' Het duimen werd wat koortsachtiger. 'Sorry, mama.'

'Het is al goed, lieverd, maar Bryan heeft gelijk. Vraag het de volgende keer eerst, oké?'

'Zal ik doen.' Ze haalde haar duim uit haar mond en wendde haar lieve gezichtje naar hem toe. 'Mag ik het aan jou vragen? Doe jij de boodschappen?'

Wetende dat haar vader er niet meer was, had Bryan het gevoel dat hij alles zou doen wat Maggie hem vroeg. 'Zeker. Dat kan ik doen.'

'Oké. We hebben meer snacks nodig als Jasons vriendjes langskomen.'

'Jasons vriendjes komen niet langs.' Beth pakte de bezem van hem over en hurkte neer om de stapel in het blik te vegen.

Bryan knielde naast haar neer. 'Hier, laat mij maar.'

'Het geeft niet, ik kan het best—'

Hun handen raakten elkaar aan. Daarna hun ogen. Bryan overwoog serieus om ook hun lippen met elkaar in contact te brengen, totdat Maggie haar gezicht ertussen duwde.

'Jawel hoor. Ik hoorde hem tegen Kevin zeggen dat er een grote filmster hier was. Ze komen allemaal.'

Beth gleed met haar tong over haar onderlip. Snel. Maar niet zo snel dat Bryan het niet zag.

Ze keek ook weg. Maar niet voordat hij de vonk van interesse in haar ogen zag.

Hoe lang was meneer Hamilton inmiddels al weg?

En was hij een schoft omdat hij zich dat überhaupt afvroeg?

Over schoften gesproken: die verdomde gespikkelde kogel van een hond stoof vanuit de gang naar binnen, zette koers naar de voorraadkast die Beth nog net met de bezemsteel dicht wist te houden, schoot toen naar de stapel opgeveegde snacks en begon te schrokken nog voordat Bryan in de gaten had dat het beest zo dichtbij was.

Natuurlijk greep hij mis toen hij een uitval naar de hond deed. De terriër wist te ontsnappen met een bek vol lekkers en sleepte de doos Goldfish mee die Maggie had laten vallen.

Bryan zette een voet op de doos, wat gepaard ging met duizend kleine kraakjes, maar de hond liet tenminste los, vlak voordat hij er weer vandoor ging.

Beth zuchtte en stond op, terwijl ze haar handen afveegde aan haar dijen — wat oranje vingerafdrukken achterliet op de plek waar hij de zijne ook best zou willen hebben.

Hij moest serieus weer eens seks hebben. En niet met Beth Hamilton, hoe graag hij dat ook wilde.

'*Ben* je een filmster, Bryan?' Maggie rukte aan zijn belachelijke broek.

Er was een krul op haar voorhoofd gevallen. Hij streek die naar achteren. 'Ik ben een acteur, Maggie. Ik speel in films.'

'Ken je Nemo? Ik vind zijn film leuk.'

'Nemo is een tekenfilm, ukkepuk.' Jason slenterde de keuken in. 'Bryan hier, die is veel belangrijker. Hij kent alle belangrijke mensen, nietwaar? Zoals Bradley Cooper en Spielberg, toch? Je krijgt vast ook heel veel lekkere wijven.'

'Jason!' Beths mond viel open alsof ze niet kon geloven dat haar zoontje zulke dingen wist.

Bryan had het hart niet om haar te vertellen wat een veertienjarige jongen allemaal *wel* wist. Of wat hij wilde weten. Daar waren vaders voor.

En net als hij had Jason er ook geen. Bryan wist *precies* hoe Jason zich voelde.

'Spielberg heb ik nog nooit ontmoet.' Cooper was een ander verhaal, maar dat mocht hij nog niet aan de media verklappen. En gezien hoe snel het nieuws over zijn aanwezigheid hier de ronde had gedaan, vermoedde hij dat het Twitter-universum in huize Hamilton springlevend was, dus hij was niet van plan ook maar een woord tegen de tieners te zeggen. En wat die 'lekkere wijven' betrof — wat was dat voor taalgebruik van dat kind? — zijn grootmoeder had hem opgevoed als een heer. Hij praatte niet over zijn veroveringen. Bovendien was hij niet uitgeweest met alle vrouwen die dat beweerden. Hij liet hen echter begaan omdat het publiciteit genereerde. Dat hielp hun beider carrières.

'Vind je het dus goed als ik, nou ja, wat vrienden uitnodig? Ze willen je ontmoeten.'

Bryan knikte naar Beth. 'Dat is een vraag die je aan je moeder moet stellen. Het is haar huis en ik ben hier in haar dienst. Ik ga daar niet over.'

Jason trok zijn rug recht en schudde zijn haar uit zijn gezicht. 'Mam, is er een kans dat Kev en de jongens langs mogen komen?'

Verbazingwekkend hoe de houding van het kind veranderde als hij iets van Beth gedaan wilde krijgen.

Maar Beth wilde iets van *hem*, als die wanhopige blik in haar ogen een aanwijzing was — en het was niet wat hij van *háár* wilde.

Bryan haalde zijn schouders op. 'Wat u wilt. Zoals ik al zei, ik ben het gewend. U kunt het maar beter achter de rug hebben.'

'Is je kamer aan de kant?'

'Nee hè, mam—'

'Als je iets van Bryan en mij wilt, moet je daar iets tegenover stellen. En het is in je eigen belang, Jase. Je kunt niet in zo'n puinhoop leven.'

Eigenlijk kon hij dat best. Bryan herinnerde het zich nog goed — nou ja, voor ongeveer een halve dag, totdat oma haar grens trok. De trilling van zijn grootmoeders wil was door het hele kleine huisje te voelen geweest zonder dat ze zelfs maar haar stem verhief.

'Best.' Jason slaakte een geërgerde zucht, liet zijn hoofd hangen zodat zijn haar zijn ogen bedekte en slofte weer weg in de richting waar hij vandaan kwam. 'Ze zijn er over een halfuur.'

'Dan kun je maar beter gaan opschieten.' Beth streek even over het haar op het achterhoofd van haar zoon terwijl hij de kamer uitliep.

'Mag ik ook vriendjes uitnodigen? Kelsey heeft er een paar en nu Kevin ook. En Mark heeft Tommy en ik heb niemand. Zelfs mevrouw Beecham is weg door Sherman.'

Ah, de kat van de befaamde poppenhuisdecoratie; dat was dus de Sherman waar de hond achteraan zat.

'Maggie, we hebben niet nog meer mensen nodig in dit huis. En dan zouden we hun moeders ook moeten uitnodigen en ik denk niet dat Bryan er zin in heeft om nog meer mensen te ontmoeten. Kunnen we het tot morgen uitstellen? Ik kan wel bij je theekransje komen.'

'Nee, dat kun je niet. Je hebt het te druk. Je hebt het altijd te druk.'

Schuldgevoel sneed sneller door Beth heen dan een warm mes door boter — maar het was net zo pijnlijk. Het was waar; ze had het *altijd* druk. Sinds Mike was overleden, had ze zowel moeder als vader moeten zijn, en dat waren fulltime banen. Dan was er nog haar *echte* fulltime baan, en verdomme, hoe moest ze in haar eentje drie fulltime banen doen *en* het huis, de was, de tuin, de dieren, de boodschappen en de rekeningen bijhouden en—

'Je moeder heeft het druk met de zorg voor jou en je broers en zus, Maggie.' Bryan pakte Maggies hand en leidde haar terug naar de keukentafel. Hij tilde haar op haar stoel en zette de zes theekopjes die mevrouw Beecham had omvergelopen weer rechtop. Daarna goot hij een klein beetje van de overgebleven Chex Mix op elk bordje, en zette zelfs een tiara op zijn hoofd, alleen maar om Maggie af te leiden van haar eenzaamheid.

Ja, daar was Bryan heel goed in.

Beth schudde haar hoofd. Ze moest haar gedachten echt weer bij de realiteit houden. Ze wist niet waarom hij dit werk deed, maar ze mocht zich er niet door laten afleiden. Het leven moest doorgaan en de tijd die de hulp haar opleverde, kon aan veel betere dingen worden besteed dan aan het kwijlen over die hulp.

Maar hij was dan ook wel erg om te kwijlen.

Had Kara geweten wie zij en de meiden zouden inhuren toen ze het contract met het schoonmaakbedrijf afsloten? Iedereen wist natuurlijk dat de broer van Mary-Alice *dé* Bryan Manley was. Er waren in de loop der jaren, sinds hij beroemd was geworden, een paar keer mensen die hem hadden gezien. Zij had hem destijds op de middelbare school niet gekend, omdat ze hier toen nog niet woonde. Mike was hierheen verhuisd nadat hij de luchtmacht had verlaten om lijnpiloot te worden, maar ze had de verhalen gehoord. Sterspeler bij het football, Meest Populair, goede leerling, zelfs de hoofdrol in de schoolmusical... De man was de perfectie zelve.

En dat was hij. Van zijn zongebruinde spieren tot zijn kastanjebruine haar, tot de twinkeling in zijn sprankelende groene ogen en de glinstering van zijn prachtige glimlach; de man was het toonbeeld van een hartenbreker. Ze zou dood moeten zijn om dat niet in te zien.

Dat was ze beslist niet. Nee, maar Mike wel — en voor het eerst sinds zijn dood was er een man die haar opviel.

Het zou ook eens niet zo zijn dat het *deze* man was. Meneer Onbereikbaar.

Die hier was om haar toiletten schoon te maken.

Er bestond blijkbaar toch een soort gerechtigheid in deze wereld. Of op zijn minst had het universum gevoel voor humor.

Het zou interessant zijn om te zien of Bryan nog steeds lachte als deze vier weken voorbij waren.

Hoofdstuk 4

Twaalf tieners, hun ouders en een paar buren die even kwamen aanwaaien, bleken uiteindelijk niet eens zo'n grote inbreuk op haar privacy. Bovendien zag Beth een paar mensen die ze sinds de begrafenis niet meer had gesproken.

Was ze echt al zo lang zo druk geweest? Nu ze erover nadacht... afgezien van de maandelijkse bijeenkomst waar haar vriendinnen haar mee naartoe sleepten bij een van hen thuis, en de paar rampzalige dates waar ze op hadden aangedrongen, was Beth alleen het huis uit geweest voor schoolactiviteiten. Eigenlijk was het een wonder dat ze überhaupt wist wie Bryan was, want ze had de afgelopen twee jaar waarschijnlijk maar één film van hem gezien.

Maar die ene film was genoeg om haar door vele eenzame nachten te loodsen...

Ze schudde het beeld van zich af waarin hij als een god uit het water verrees en zijn haar naar achteren streek, terwijl het water over zijn borst en buikspieren naar beneden stroomde. Hoe zijn biceps zich hadden gespannen en hoe de korte broek laag op zijn heupen hing, waarbij het gewicht van het water de stof nog verder omlaag trok.

Achter hem waren bommen afgegaan en overal om hem heen was geweervuur uitgebarsten, maar Beths hart was drie keer zo snel gaan kloppen, enkel en alleen omdat hij op dat scherm te zien was.

En nu stond hij voor haar en vroeg hij wat ze nog meer van hem wilde.

Laat me de manieren maar tellen...

'Weet je zeker dat er geen badkamers schoongemaakt hoeven te worden? Het *is* mijn werk, weet je. Ik ben hier eigenlijk gekomen om te werken.'

'Ik weet het, en ik dank je. Maar echt, ik heb de badkamers net gedaan.' Drie dagen geleden. Maar ze wilde niet dat iemand, en al helemaal niet *de* Bryan Manley, de ravage zag die vijf kinderen en een hele beestenboel in een badkamer konden aanrichten. Die zou ze vanavond wel schoonmaken als de kinderen op bed liggen. 'Je kunt er morgen aan beginnen. Ik kan me voorstellen dat dit geen normale dag voor je is en je zult vast moe zijn.'

Hij trok die ene wenkbrauw op die het vermogen had om hele volkstammen vrouwen tegelijk te laten zwijmelen.

Maar nu die blik op slechts één vrouw was gericht, werd het effect nog eens uitvergroot. Beth moest haar vingernagel in haar dij prikken om zichzelf eraan te herinneren waar ze was. En wat haar naam was. Maar die van hem was ze niet vergeten.

'Maar ik heb vandaag bijna niets gedaan,' zei hij, terwijl hij de emmer met schoonmaakspullen in zijn hand omhoog tilde. Wat ervoor zorgde dat zijn biceps zich weer op die mooie manier aanspanden waar ze zo dol op was. 'En je weet wel dat ik ook andere dingen kan dan schoonmaken, toch? Als er iets gerepareerd moet worden... Klusjes in huis.'

Vraag haar maar niet waar hij allemaal handig mee zou kunnen zijn...

'Geloof me. Morgen is het er allemaal nog. Vrijwel precies zoals je het vandaag hebt aangetroffen.'

'Net als *Groundhog Day*?' Zijn glimlach was net zo krachtig als zijn spierballen.

'Ja, precies zoals *Groundhog Day*.' Het was te verwachten dat zijn referentiekader een film zou zijn. Gelukkig was die niet in de afgelopen twee jaar uitgebracht, dus ze wist waar hij het over had. De enige reden dat ze überhaupt een paar van de huidige popsterren kende, kwam door Kelsey en Jasons voorliefde voor hun iPods en de draagbare luidsprekers die de ouders van Mike hen voor Kerstmis hadden gegeven.

Mikes ouders. Oh, chips. De kinderen zouden een van de komende weekenden bij hen doorbrengen in hun strandhuis. Ze hadden een week gewild, maar Beth was er nog niet aan toe om de kinderen zo lang af te staan. Natuurlijk, de kinderen waren veel werk en ja, ze zou een pauze van de verantwoordelijkheid niet erg vinden, maar de waarheid was dat zij hen net zo hard nodig had als zij haar. Een weekend uit elkaar was op dit moment het maximale dat ze allemaal aankonden. Ze zag er zowel tegenop als dat ze ernaar uitkeek sinds Donna het had gevraagd. Ze had Beth ook uitgenodigd, maar ze wisten allebei dat Donna en John de tijd alleen met hun kleinkinderen wensten en nodig hadden, zonder hun schoondochter erbij. Om Mikes leven te vieren, in plaats van de constante herinnering dat hij er niet meer was door zijn weduwe in de buurt te hebben. Beth begreep het en ze vond het ook echt prima, maar hoe hard ze zichzelf ook probeerde te overtuigen dat ze uitkeek naar de rust en de eenzaamheid van dat weekend, het was een leugen. Het zou haar alleen maar meer tijd geven om na te denken over het feit dat Mike er niet meer was.

'Bryan!' Maggie kwam de bijkeuken uitrennen, waarbij ze een sok meesleepte die aan de klittenbandsluiting van haar sneakers was blijven hangen, en ze klemde zich vast aan zijn benen. 'Je komt wel terug, hè? Morgen toch? Je hebt het beloofd!'

Bryan, God hebbe zijn ziel, aarzelde niet, maakte Maggies armpjes los en hurkte neer om haar recht in de ogen te kijken. 'Natuurlijk kom ik terug. Ik heb gezegd dat ik dat zou doen. Ik ga nu alleen even naar mijn eigen huis. Het werk zit erop voor vandaag.'

'Maar wij zijn niet klaar. Wij wonen hier. Wij kunnen nergens heen. Waarom kun je niet hier blijven? Je zou nu mijn papa kunnen zijn.'

Stilte.

Zelfs de staande klok leek op te houden met tikken.

Of misschien kwam dat gewoon omdat alles in Beths lichaam verdoofd was geraakt.

Verdoofd was goed. Verdoofd betekende dat ze geen pijn kon voelen.

Fout.

Het voer als een bliksemschicht door haar heen. Haar dochter wilde een vader. God mocht weten hoe graag Beth wilde dat ze er een had. Het was niet eerlijk dat Maggie er geen had. Verdomme niet eerlijk.

Dat had ze de afgelopen twee jaar wel vaker gezegd. Maar niemand had haar eerlijkheid beloofd. Mike had dat vaak gezegd; dat het leven niet eerlijk was. Het was haar mantra geweest in de maanden na zijn dood. En nu...

'Je zult altijd je vader hebben, Maggie.' Bryan streek met een hand over haar haar. 'Ik heb mijn vader ook verloren toen ik klein was, weet je. Je mist dat hij je knuffels kan geven en met je kan praten, maar hij zal altijd bij je zijn, precies hier.' Hij raakte Maggies hart aan en Beth kreeg een brok in haar keel.

Ze moest wegkijken en knipperde verwoed met haar ogen om niet te gaan huilen. Ze had al zoveel gehuild. Te veel.

'Je zult hem nooit vergeten en hij zal voor altijd van je houden. Dat moet je gewoon onthouden als je je eenzaam voelt, oké?'

Maggie trok een gezichtje dat zo sprekend op dat van Mike leek dat Beths adem er altijd even van stokte. 'Dat zei oma ook al. Maar hij gooide me altijd in de lucht en nu doet niemand dat meer. Mama is niet sterk genoeg meer sinds ik "gegroeid" ben.'

'Ah, nou, dat is makkelijk opgelost.'

Bryan stond op, pakte Maggie onder haar oksels beet en gooide haar boven zijn hoofd de lucht in.

Beth had nog nooit zo'n heerlijk geluid gehoord als het lachende gegil van Maggie.

'Nog een keer!'

Nou, misschien was dat net zo heerlijk.

Bryan deed het nog een keer. En nog een keer. En nog een keer.

Hij deed het zo vaak dat de tranen van het lachen over Maggies wangetjes liepen.

Bij Beth liepen er tranen van een heel andere soort over haar wangen.

'Oh, niet huilen, mama. Bryan doet me geen pijn.'

Beth wist dat. Ze wist ook dat hij haar hart wel eens zou kunnen breken als ze het toeliet.

Hij keek op met een bezorgde uitdrukking. 'Beth?'

Ze beet op haar lip en schudde haar hoofd, terwijl ze haar keel schraapte om haar stem terug te vinden. 'Het gaat wel. Het is goed. Ga maar gewoon door met—' Ze wuifde met haar handen en vluchtte de keuken in, mompelend over het avondeten.

Er was helemaal geen eten waar ze zich mee bezig moest houden. Ze haatte koken. Ze haatte het plannen en het voorbereiden en het opruimen, en wie wat lekker vond en wie welke training had en, oh God, ze stond op het punt om weer in te storten.

Beth greep de randen van het aanrecht bij de gootsteen vast en haalde een paar keer diep en haperend adem. Ze zou hier inmiddels overheen moeten zijn. Of tenminste, ze zou het beter onder controle moeten hebben, maar het woord *papa* had het vermogen om haar in één klap achthonderddrieëntachtig dagen terug in de tijd te werpen.

Het was niet eerlijk.

'Het is niet eerlijk. Ik weet het.' Bryan echode haar gedachten terwijl hij haar keuken binnenliep.

Beth keek over haar schouder naar hem. Het was ook niet eerlijk hoe beheerst en verzorgd en perfect hij eruitzag, terwijl zij hier stond, voorovergebogen met wat ongetwijfeld bloeddoorlopen ogen waren, terwijl ze probeerde op adem te komen en haar jachtige hart tot rust te brengen, en dat alles terwijl ze zich groot probeerde te houden voor de kinderen.

'Je hoeft niet zo dapper te zijn.' Hij stond nu achter haar. 'Met de kinderen komt het wel goed. Ik weet het. Ik heb het zelf meegemaakt.'

Dat was waar. Ze herinnerde zich vaag iets over dat hij door zijn grootmoeder was opgevoed. Maar hij had alleen *zijn eigen* eenzaamheid hoeven dragen. Zij droeg die van de kinderen én die van haarzelf. Het was te veel om te verdragen. Een te zware last. De afgelopen twee jaar... ze had ze *doorstaan*; ze had ze niet *geleefd*.

'Beth.' Bryans handen gleden langs haar armen omhoog. Hij kneep zachtjes in haar schouders. 'Het is oké om af en toe even in te storten.'

'Nee, dat is het niet. Ik kan het niet.' Haar stem klonk als een hese fluistering, maar er kwam tenminste geluid uit.

Hij oefende wat druk uit op haar schouders en voor ze het wist, lag ze in zijn armen. Omringd door hem, zijn armen stevig en veilig om haar heen geslagen, de verpletterende pijn in haar ziel buitensluitend. En toen hij haar gezicht tegen zijn schouder drukte, toen hij haar de toestemming gaf om tegen hem aan te leunen, werd het haar bijna te veel.

Ze was niet meer zo vastgehouden... sinds Mike. En sindsdien droeg zij de last alleen. De enige ouder. De enige bron van inkomsten. De enige barrière tussen haar kinderen en de afgrond of het uiteenvallen van hun gezin. Instabiliteit. Ze moest volhouden. Elke dag opnieuw. Er was nooit rust geweest en, oh God, het was zwaar. Zo zwaar om alle verantwoordelijkheid te moeten dragen.

'Maggie redt het wel, Beth. Ze komt er wel bovenop. Jullie allemaal.' Zijn woorden waren troostend, evenals de zachte strelingen over haar haar.

Beth haalde haperend adem en kneep haar ogen stijf dicht, waarbij ze zichzelf toestond de warmte te voelen. Om zijn troost te aanvaarden. Al was het maar voor een paar korte momenten, ze had dit nodig. Simpel menselijk contact en medeleven. Iets wat zo makkelijk voor lief wordt genomen en zo vreselijk wordt gemist als het door een grillige, gemene speling van het lot wordt weggerukt. Of door hevige windstoten op een ijzige landingsbaan.

'Het is goed, Beth. Het is goed.'

Dat was het niet, maar ze ging niet met hem in discussie. Voor dit moment, nu, hier, zou ze dit van hem aannemen.

Ze klemde haar handen in de zijkanten van zijn shirt, nog niet helemaal bereid om haar eigen armen om hem heen te slaan, maar ze hield zich aan hem vast. Ze begroef haar gezicht in zijn schouder en snoof zijn warmte en geur op. Het was te lang geleden dat ze die mannelijke geur had geroken. Te lang geleden dat ze sterke armen om zich heen had gevoeld, de kieteling van zijn armhaar op haar huid, de strakke hardheid van zijn buikspieren tegen de hare, de breedte van zijn schouders die haar beschermden tegen alle pijn.

God, hij voelde goed aan. Zo goed. *Te* goed.

Beth ademde in. Eén laatste keer. Dat was alles wat ze nodig had. Nog één momentje. Een moment om tot zichzelf te komen. Om haar wereld weer in de juiste plooi te leggen. Bryan hoorde niet in die plooi thuis en dat mocht ze niet vergeten. Hij was gewoon vriendelijk. Meelevend. Iets anders ervan maken zou simpelweg dwaas zijn. Maar ze zou hem altijd dankbaar blijven voor dit moment.

Nog een diepe ademteug en ze trok zich terug. 'Dank je.'

Ze schraapte haar keel en snoof, dankbaar dat ze niet helemaal hysterisch was geworden in zijn bijzijn. Het is één ding om je door een man te laten troosten, maar het is iets heel anders om in een dweil te veranderen terwijl hij dat doet. Vooral omdat deze man — ondanks alles wat ze van hem op het scherm had gezien en over hem had gehoord in het dorp — in wezen een vreemde was.

Maar deze vreemde liet een hand onder haar haar glijden en hield haar wang vast, terwijl hij haar gezicht iets optilde om haar aan te kijken. 'Het is oké, Beth. Ik kan me niet voorstellen waar jij doorheen gaat, maar ik begrijp wel wat Maggie doormaakt. Ze heeft haar moeder nodig en je doet het fantastisch. Ze zal hem altijd blijven missen, maar zolang ze weet dat je van haar houdt en er voor haar bent, komt het goed met haar. Maar vergeet niet om ook jezelf toe te staan te rouwen. De pijn te voelen. Je hoeft niet altijd een rots in de branding te zijn.'

Hij had gelijk, dat wist ze, maar de realiteit was dat ze maar tot op zekere hoogte sterk kon zijn; als ze haar pantser liet zakken, zou het misschien nooit meer omhoog gaan.

Ze likte over haar lippen en slikte, in een poging haar op hol geslagen emoties te beteugelen. 'Dank je. Voor dit. Voor... dat. Dat je haar in de lucht gooide. Ik wist niet dat ze het zo erg miste.'

'En dat hoef je ook niet te weten. Jij doet weer andere dingen voor haar. Vergeet dat niet.'

Ze dwong een glimlach op haar gezicht. Waarschijnlijk niet haar beste, maar ze was op dit moment ook niet bepaald *op* haar best. Ze had vast vlekkerige rode wangen en ogen vol tranen en, verdorie, haar neus liep waarschijnlijk ook nog. 'Zal ik niet vergeten. Dank je.'

Hij keek haar nog even aan, zijn groene ogen zoekend in de hare, zijn vingers iets steviger op haar hoofdhuid, waarna hij kort inademde en haar losliet. 'Het komt wel goed met je.'

Dat zou het ook wel. De vraag was alleen: wanneer?

Bryan wist niet hoe hij het voor elkaar had gekregen om daar weg te komen zonder zichzelf voor schut te zetten. Hij was *zo* dichtbij geweest om haar een ander soort troost te bieden, maar zijn gezonde verstand was op tijd komen opdagen en had hen beiden de ongemakkelijkheid daarvan bespaard. Jezus. Wat was er *mis* met hem? Oké, ze was niet getrouwd, maar toch. Een moeder. Van vijf. In een buitenwijk. En ze droeg een enorme berg aan emoties voor haar overleden echtgenoot met zich mee die — zelfs als ze *wel* klaar was om verder te gaan — hem wel drie keer zouden doen nadenken, zelfs áls hij geïnteresseerd was om iets met haar te beginnen. Wat hij dus niet was. Althans, niet echt. Natuurlijk stond zijn lichaam te trappelen, maar Beth Hamilton was niet gemaakt voor een vluggertje. Haar kinderen al helemaal niet en Bryan had in hun positie gestaan. Wist wat ze doormaakten. De man die in het leven van Beth Hamilton kwam, kon maar beter niet alleen bereid zijn om vijf kinderen op zich te nemen, maar er ook klaar voor zijn. *Hij* was er wel toe in staat, maar het 'klaarstaan' en 'bereid zijn'? Niet echt.

Dus hij liep haar keuken uit, maakte kennis met alle vrienden van de kinderen, maakte zijn werk voor die dag af en liet de burgerlijkheid achter zich. Hij woei Mark over zijn bol toen hij wegging, gaf Tommy een teken, beantwoordde de knik van Jason en schonk Kelsey de Manley-glimlach die haar de jaloezie van al haar vriendinnen zou bezorgen — zijn goede daad voor vandaag.

Beth stond bij de voordeur met Maggie op haar heup en zwaaide terwijl hij de oprit afreed. Oké, dus misschien was die knik naar Kelsey wel zijn *derde* goede daad van de dag.

Die daden voelden goed. Niet dat dat de reden was waarom hij ze had gedaan. Hij had de pijn in Maggies stem gehoord en het had zijn ziel geraakt en er een knoop in gelegd. Hij had niemand gehad die hem in de lucht gooide. Niemand die hem liet zien hoe hij een boomhut moest bouwen of het gras moest maaien of de wasbak in de badkamer moest maken als hij er iets te hard op had geleund. Het leven was al zwaar genoeg; zonder vader was het nog zwaarder.

Hou er nou eens over op, Manley. Je bent niet de vader van die kinderen.

Ja, dat wist hij. Hij was er trots op dat hij van *niemand* de vader was. Niet totdat hij er echt klaar voor zou zijn. En dat betekende een bankrekening die dik genoeg was om elke eventualiteit op te vangen en een vrouw die achter zijn krankzinnige levensstijl kon staan.

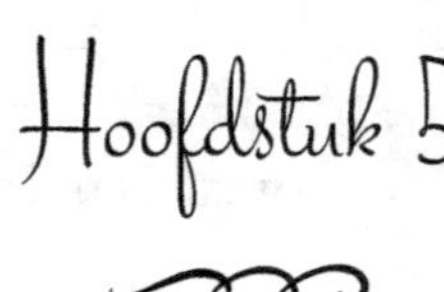

'Waar heb je dat geleerd?' vroeg Tommy voor de zesde keer sinds Bryan was gearriveerd.

'Ik wed dat het uit een film komt,' zei Mark. 'Ik wed dat je een supergeheime agent was die zich voordeed als een schoonmaker, zodat hij de plannen van de slechterik te weten kon komen, toch?'

Bryan pakte de moersleutel om de moer van de gootsteenafvoer aan te draaien. 'Op dit moment ben ik het loodgieterswerk aan het repareren, jongens, niet aan het schoonmaken.' Ja, het was een kwestie van semantiek, maar het onderscheid was belangrijk voor hem. Hij wilde niet dat de jongens dachten dat dit het werk van een hulp in de huishouding was. Het was loodgieterswerk, iets totaal anders.

Ja, zijn mannelijkheid was de drijfveer achter dat sentiment. Klaag hem maar aan. Gelukkig was Beth ingegaan op zijn aanbod als klusjesman. Hij moest het Mac vertellen — het zou net dat beetje *extra* zijn om haar bedrijf te onderscheiden van de concurrentie.

'Kun je me de kom aangeven? Er kan wat water in deze zwanenhals zitten en ik heb geen zin om dat over me heen te krijgen.'

Ze gaven hem een roze kom aan. Bedekt met plaatjes van kleine witte katjes.

Tot zover zijn mannelijkheid.

Gelukkig voor zijn ego slaagde hij erin de zwanenhals met minimale lekkage los te koppelen van de muurpijp, instrueerde hij de jongens hem de nieuwe zwanenhals aan te geven en liet hij hen zien hoe ze die moesten vervangen. Kleine vingers konden de pvc-moer niet strak genoeg aandraaien, dus maakte hij nog een paar laatste aanpassingen nadat ze zich uit de krappe ruimte van het kastje hadden gewurmd; de jongens in de waan latend dat ze het helemaal zelf hadden gedaan.

'Wat ga je *mij* leren, Bryan?' Maggie stond voor hem terwijl hij overeind kwam uit de ongemakkelijke positie van half in het kastje liggen met zijn onderlichaam op de keukenvloer.

Zijn rug deed pijn als een j— 'Wat wil je leren, Maggie?'

'Mama zegt dat meisjes moeten weten hoe ze een band moeten verwisselen. Kun je het me laten zien? Want zij weet niet hoe het moet.'

'Maggie, Bryan is hier niet om alles te doen. Ik vraag opa wel om het me te leren,' zei *mama*.

Maggie haalde haar neus op. 'Opa ruikt raar,' fluisterde ze tegen Bryan. 'En hij is niet onze echte opa, dus ik zie niet in waarom jij het me niet kunt laten zien.' Maggie tikte op zijn neus en draaide zich toen om naar haar moeder. 'Nee dank je, mama. Ik wil dat Bryan het doet.'

Bryan kwam overeind en trok een gezicht bij de steek in zijn rug. Die stunts in Sri Lanka hadden hem bijna tot het uiterste gedreven en daar betaalde hij nu de prijs voor. 'Het is goed, Beth. Ik vind het niet erg. En als jij het niet weet, kan ik het jou ook laten zien. Je hebt gelijk, het is iets wat iedereen zou moeten weten, niet alleen mannen.'

'Mogen *wij* het ook leren?' vroeg Tommy.

'Ik weet al hoe het moet.' Mark kruiste zijn armen.

'Niet waar.'

'Wel waar.'

'Niet waar.'

'Wel wa—'

'Jongens.' Bryan stapte tussen hen in. 'Tien minuten. Oprit. Lesje banden verwisselen. Iedereen die het wil leren: zorg dat je er bent. En bel me niet als je een lekke band hebt. Je hebt je kans gehad.'

Hij beende de keuken uit en gaf Beth in het voorbijgaan een speels tikje tegen haar kin. 'Dat geldt ook voor jou, cupcake.'

'Cupcake? Noemde hij je cupcake, mama? Dat is mal.' Maggie giechelde.

Bryan giechelde niet. Hij had het gekscherend gezegd, maar ja, Beth was even zoet en verleidelijk als een cupcake. Hij zou het ook niet erg vinden om het glazuur van haar af te likken.

Hij haalde diep adem en liep naar de kamer van Jason. Niets zo effectief als de muffe tienerkamerlucht om zijn hormonen in toom te houden.

Beth greep naar de keukenstoel zodra Bryan langs haar was gelopen en liet zich erin zakken. *Cupcake.* Ze zou beledigd moeten zijn. Vol afschuw. Maar het enige waar ze aan kon denken was Bryan die het glazuur van haar af likte, lik voor langzame lik.

'Voel je je wel goed, mama?' vroeg Tommy.

'Ja, je kijkt een beetje raar.'

Dat kwam omdat ze een opvlieger had en ze doelde niet op de overgang. Echt niet. Bryan Manley kon haar hormonen met één blik op hol laten slaan, ze met een woord aan de kook brengen en een inferno ontketenen met een aanraking die zo onbeduidend was dat het eigenlijk niet eens onbeduidend genoemd mocht worden.

'Ik voel me prima, jongens.' Hoewel dat begrip relatief was. 'Waarom gaan jullie Kelsey en Jason niet even halen? Zij kunnen deze les ook goed gebruiken, aangezien ze over een paar jaar ook gaan autorijden.'

Wauw. Godzijdank zat ze al, want die gedachte zou haar de benen onder het lijf vandaan hebben geslagen. Jason die autorijdt. Hij zou eerst zijn haar moeten laten knippen, anders kwam hij nooit door de oogtest. Het werd niet op prijs gesteld als een kind schuin en vanonder zijn haar omhoog moest kijken om te kunnen sturen.

Haar baby die achter het stuur zit. Was het niet gisteren dat ze die krijsende bundel energie mee naar huis had genomen uit het ziekenhuis? Zij en Mike hadden op de bank gezeten met Jason tussen hen in en elkaar aangestaard, doodsbang. Wat hadden ze bezield? Ze waren zelf nog bijna kinderen, en toch zaten ze daar met de baby die ze op de wereld hadden gezet.

Het was niet eens zo slecht gegaan. In het begin was het chaos, nog iets meer toen Kelsey erbij kwam, maar tegen de tijd dat de tweeling werd geboren, hadden ze hun ritme gevonden. Ze waren een goed team. Dus toen Maggie, het 'oepsje', arriveerde, paste ze er naadloos tussen. En toen sloeg het noodlot toe.

Beth ademde diep in en duwde de nachtmerrie weg. De gezinstherapeut waar ze de kinderen om de paar weken mee naartoe nam — en die zijzelf ook af en toe zag — zei dat ze niet moest blijven stilstaan bij *wat als*. Dat *wat als* je nergens bracht. Dit was hun realiteit en in een droomwereld leven zou alleen maar meer kwaad dan goed doen.

Toch was het fijn als ze alleen was om weg te dromen over hoe het had kunnen zijn. Als Mike die vlucht niet had aangenomen. Als het weer zelfs maar een paar minuten langer goed was gebleven. Als ze niet zo laat bij de gate waren vertrokken. Er was een hele reeks variabelen die hem op dat moment op de startbaan hadden gebracht en elk daarvan had de uitkomst kunnen veranderen, maar de realiteit was dat dat niet was gebeurd. Alles had samengespannen om Mike en zijn passagiers en bemanning op de verkeerde plek op het verkeerde moment te krijgen, en zij en de kinderen moesten daarmee dealen.

Toch was het leven soms echt klote.

Met z'n zessen verzamelden ze zich rond Bryans pick-up op de oprit, aandachtig luisterend terwijl hij hen liet zien waar de krik lag, hoe ze die moesten opstellen, hoe ze de wielmoeren moesten verwijderen en de band moesten verwisselen. De tweeling wilde in de wielkast klimmen om de 'ingewanden' van de auto te bekijken, maar Bryan trok hen bij hun broeksband terug voordat ze de kans kregen.

'Jullie kunnen de krik omstoten, jongens, en dan valt de pick-up boven op jullie. Onthoud: veiligheid eerst. En vervang nooit een band vlak naast het voorbijrazende verkeer. Dat is het risico niet waard.' Hij keek naar Kelsey. 'Wat doe je als dat gebeurt?'

Beth moest op haar lip bijten om niet te lachen om de geboeide blik van Kelsey. Ze betwijfelde of haar dochter ook maar een woord had begrepen van wat Bryan had gezegd. Sinds zijn komst waren Bryans films verschenen in de lijst met geplande opnames van de digitale recorder en was er op de laptop in de woonkamer koortsachtig gegoogeld. Beth wist wel wie dat had gedaan.

'Eh, iemand bellen?'

'Precies. Wie?'

Kelsey frunnikte aan haar haar en keek onder haar wimpers omhoog naar Bryan. 'Jou?' Ze hield haar mobieltje omhoog.

Beth wilde wel kreunen. Bryan Manley was *niet* de man op wie Kelsey haar vrouwelijke charmes moest gaan uitproberen.

Beth daarentegen...

Bryan, gezegend zij hij, grinnikte zachtjes, pakte Kelseys telefoon en programmeerde er iets in. 'Nee. Je belt je moeder. Zij belt een pechhulpdienst.' Hij hield de telefoon omhoog. 'Hier staat ICE. In Case of Emergency. Hulpverleners zoeken daarnaar in je telefoon, dus je moet zorgen dat je je moeder als contactpersoon hebt ingesteld.' Hij gaf de telefoon terug. 'Nog vragen? Jason?'

Jason schudde zijn dweil van een kapsel. Beth wenste dat hij het zou laten knippen, maar ze hield haar mond. Er waren gevechten die ze met haar zoon moest voeren en er waren er die ze kon laten rusten. Zijn haar viel in de categorie *Laten rusten*, maar dat betekende niet dat ze niet mocht hopen.

'Nee, ik snap het.'

'Goed om te horen.' Bryan draaide de wielsleutel om. 'Jouw beurt.'

Jasons gezicht werd lijkbleek onder zijn haardos. 'Mijn... mijn wat?'

'Jouw beurt. Jij gaat de band verwisselen.'

'Maar...'

De tweeling begon te giechelen en Jasons gestotter na te doen—

Tot Bryan een hand op hun hoofden legde en ze naar achteren kantelde zodat ze hem aankeken. 'En als hij klaar is, gaan jullie het doen.'

'Maar we weten niet hoe het moet,' zei Tommy.

'Dat waren we net aan het leren, sukkel,' zei Mark.

'Mooi,' zei Bryan. 'Dan kun jij, Mark, aan Tommy laten zien hoe het moet als Jason klaar is.'

Kelsey hield wijselijk haar mond.

Maar Bryan maakte geen grapje. Hij liet ze allema— alle zes — een band verwisselen. Zelfs Maggie, maar dat was meer om haar het gevoel te geven dat ze net zozeer deel uitmaakte van de groep als de rest. Ze zag er ontzettend schattig uit terwijl ze op Bryans knie zat en hem hielp de wielmoeren los te draaien met de wielsleutel.

En na zes herhalingen was Beth niet eens meer verbaasd dat ze wist wat een wielmoer en een wielsleutel waren.

'Oké dan.' Bryan zette Maggie op haar voeten en stond op. 'Heeft er iemand nog vragen?'

'Ja,' zei Tommy. 'Mogen we ook leren hoe we de olie moeten verversen?'

Kelsey en Jason kreunden en Mark gaf zijn tweelingbroer een tik tegen zijn achterhoofd. 'Je bent een sukkel.'

'Niet waar.'

'Wel waar.'

'Niet waar.'

'Wel waar.'

Bryan schudde zijn hoofd en lachte, liet de twee het verbaal uitvechten en gebaarde met een hand naar het huis dat Beth voor mocht gaan. 'Ik hoop dat je het goed vond.'

'De les? Waarom niet?'

'Ik wil niet buiten mijn boekje gaan, maar aangezien alle kinderen er toch waren, dacht ik dat dit een net zo goed moment was als ieder ander om het ze te leren. Ze vergeten het waarschijnlijk weer, maar misschien komt het weer boven als ze het ooit nodig hebben.'

'Ik heb er geen enkel probleem mee. Het was een goed idee. Dank je. Niet dat ik ooit zelf een band wil verwisselen. Ik heb pechhulp via mijn verzekering, maar het kan geen kwaad om te weten wat je moet doen voor het geval dat. En de kinderen stelden het echt op prijs. Denk ik.'

'Dat zullen ze zeker doen als ze ooit gestrand zijn. Het geeft ze een zeker gevoel dat ze een lekke band kunnen aanpakken als het moet. Het geeft hen meer zelfvertrouwen om ergens naartoe te gaan.'

'Ik weet niet of dat nou zo'n goed ding is bij tieners, maar ik snap wat je bedoelt.'

Hij bedoelde dat ze zich machteloos voelden. Dat met Mikes dood hun wereld op zijn kop was gezet en platgewalst — net als Mikes vliegtuig.

Beth hapte naar adem terwijl ze over de laatste trede de hal in struikelde, het beeld brandde op haar netvlies. Ze had geprobeerd niet te zien wat er met het vliegtuig was gebeurd, maar de media hadden het uitgezonden, vierentwintig uur per dag leek het wel, dagenlang aan een stuk. Weken zelfs. Ze had nergens heen gekund zonder het inferno te zien dat Mikes laatste momenten op aarde was geweest. Het trieste was dat de kinderen het ook hadden gezien.

En dan waren er nog de verslaggevers. Er was een onderzoek ingesteld naar de crash. Mogelijke fout van de piloot. Mikes carrière was onder een vergrootglas komen te liggen en hoewel ze wist dat er niets tegen hem te vinden was, had het haar toch de stuipen op het lijf gejaagd. Ze kon het niet gebruiken dat zijn naam door het slijk werd gehaald terwijl ze probeerde het gezin bij elkaar te houden en de nasleep te verwerken. De pers had het alleen maar erger gemaakt, tot het punt waarop de kinderen bang waren om naar buiten te gaan uit angst dat ze microfoons onder hun neus geduwd zouden krijgen. Ze waren kluizenaars in hun eigen huis geworden terwijl mensen wegbleven, zodat ook zij niet belaagd zouden worden door iedereen die op zoek was naar een primeur.

Het had de National Transportation Safety Bureau en de FAA veel te lang gekost om zijn naam te zuiveren en tegen die tijd was de schade al aangericht. De kinderen waren op hun hoede, bang. Teruggetrokken. Jason verschool zich achter zijn haar. Kelsey door iets te hard te lachen. De tweeling had elkaar gehad, maar ze waren uit elkaar gegroeid en maakten elkaars zinnen niet meer af. En Maggie had op haar duim gezogen. Stuk voor stuk overlevingsmechanismen, maar hoe *hadden* ze het volgehouden? Het was een vraag waar Beth nog steeds mee bezig was.

'Gaat het? Je bent zo stil.' Bryan hield de deur voor haar open.

'Ik? Ik voel me prima.' Zo prima als maar kon.

'Prima, hè?' Hij grinnikte.

'Ja. Wat is er mis met prima?' Het was wat de therapeut – en zijzelf – voor hen wilde. Dat ze zich prima voelden.

Beth dacht niet dat ze zich ooit nog echt prima zou voelen — oh. Nu begreep ze zijn gegrinnik.

Zij grinnikte ook. 'Ik bedoel, ja. Het gaat goed. Bedankt dat je het ons allemaal geleerd hebt. We waarderen het.'

'Graag gedaan.'

Nee, werkelijk, het genoegen was geheel aan haar kant. Als hij zo naar haar bleef glimlachen, zou ze zich nog veel meer dan prima en goed gaan voelen.

Hoofdstuk 6

Er was iets met een man die een toilet schoonmaakte.

Of misschien was het gewoon *Bryan Manley* die haar toilet schoonmaakte, maar hij had de beste kont die Beth ooit had gezien. En dat was niet respectloos bedoeld naar haar echtgenoot. Zij en Mike hadden er grappen over gemaakt omdat Mike gezegend was met een nogal plat achterwerk, hoewel hij andere goede punten had om dat te compenseren.

Beth zuchtte en leunde tegen de deurpost, met haar ene voet over de andere gekruist. Het feit dat ze in de verleden tijd over Mike sprak, was reden genoeg om die punten niet op te sommen. Ze kon niet nog meer tranen gebruiken na het sanitair-incident van vanochtend.

'Is er iets wat je nodig hebt?' vroeg Bryan over zijn schouder, terwijl hij op zijn hielen kwam zitten vanuit de houding op handen en knieën voor het toilet die echt niet sexy had mogen zijn, maar dat wel was.

Beth herstelde haar houding en trok de zoom van haar shirt naar beneden. 'Ik vroeg me af of je misschien iets wilde eten.'

Serieus? Is *dat* waar ze mee kwam?

Hoewel... eigenlijk... het *was* lunchtijd, dus het was een even goed excuus als ieder ander.

'Nee, ik heb wel even genoeg,' zei Bryan, terwijl hij terugkeerde naar zijn toiletschoonmaakhouding.

Ze zou moeten weggaan. Ze had de vraag gesteld, hij had haar afgewezen, hij had werk te doen. En ze had niets te zoeken in de buurt van Bryan Manley.

Natuurlijk weerhield dat haar er niet van om te blijven staan.

'Waar heb je leren schoonmaken? Ik dacht niet dat filmsterren hoefden te weten hoe ze toiletten moeten poetsen.'

'Van mijn grootmoeder.' Hij gooide de gebruikte papieren doekjes in de prullenbak en haalde toen een gloednieuwe toiletborstel uit zijn schoonmaak-kist — en richtte die op haar. 'Ik ben niet altijd een filmster geweest, weet je.'

'O. Daar had ik niet bij stilgestaan. Ik neem aan dat je een appartement had of zo? Moest je je steentje bijdragen met je huisgenoten?' Ze durfde niet te vragen of een van die huisgenoten vrouwelijk was. Dat ging haar niets aan.

En als ze dat bleef herhalen, zou ze het misschien onthouden.

'Eigenlijk niet.' Hij draaide de borstel rond in de pot met het schoonmaak-middel en trok door. 'Ik woonde thuis totdat ik naar LA verhuisde. Mijn grootmoeder liet ons allemaal schoonmaken. Elke zaterdagochtend. We rouleerden de badkamers. Ik ben er erg goed in geworden.'

Hij stroopte de latex handschoenen van zijn handen en gooide ze in de prullenbak. 'Wat betekent dat ik kan zien wanneer iemand me voor is geweest. Je hebt het gisteravond gedaan, hè?'

Beth voelde het schaamrood over haar huid trekken. 'Deze plek was, nou ja, vies. Dat hoefde jij niet te zien.'

'Maar dat is juist waarom ik hier ben. Waarom zou je me inhuren als je me niet aan het werk zet?'

Geef daar geen antwoord op, geef daar geen antwoord op, geef daar geen antwoord op.

'*Ik* heb je niet ingehuurd. Mijn vriendinnen hebben dat gedaan.' Zo. Dat was een veilig antwoord. En het liet hem weten hoe zij erover dacht. Ze was prima in staat om voor haar eigen huis te zorgen — of dat zou ze tenminste zijn als deze eerste grote inhaalslag voorbij was. Zodra Bryan weg was, zou het huis in perfecte staat zijn en hopelijk zouden de kinderen haar helpen er beter voor te zorgen dan ze de afgelopen twee jaar hadden gedaan.

'Je vriendinnen?' Bryan zette een stap naar haar toe en Beth moest naar hem opkijken.

'Ze vonden dat ik wel een pauze kon gebruiken. Even ontspannen.' Dit was nieuw voor haar. Ze was een meter tachtig. Zelden hoefde ze tegen een man op te kijken. Zelfs Mike was maar een paar centimeter langer geweest.

Ze stak haar handen in haar achterzakken, maar trok ze er meteen weer uit omdat die beweging haar shirt te strak over haar borst trok en ze niet wilde dat hij dacht dat ze hem probeerde te versieren. Het was één ding om op *die manier* over Bryan te fantaseren; het was iets heel anders om er ook echt voor te gaan.

Trouwens, wie was zij om ook maar te *denken* dat ze een kans bij hem zou maken? Hij had filmsterren en modellen tot zijn beschikking; hij had geen behoefte aan een slonzige moeder van vijf met een hyperactieve hond en een gestoorde kat.

Die allebei precies op dat moment de trap af denderden.

Beth kromp ineen, wachtend op de klap of het gekrijs, of het 'Hou op, Sherman!' dat onvermijdelijk volgde op Shermans achtervolgingen van mevrouw Beecham. Ze was er zo op gespitst dat ze Bryans opmerking bijna miste.

'Het moet zwaar zijn zonder je man.'

Ze had het niet erg gevonden om die te missen.

Beth perste er een lach uit. Het was dat of huilen, en dat was ze niet van plan. Niet meer. Ze had genoeg gehuild en er was geen traan geweest die Mike had teruggebracht. 'We redden ons.'

Bryan keek naar de kruin van haar hoofd. Zijn blik dwaalde langzaam over haar gezicht. Beths adem haperde even toen hij aarzelend zijn hand ophief om een plukje haar uit haar gezicht te strijken.

Toen zijn vingers haar wang raakten, stopte ze helemaal met ademhalen.

Dit was niet meer gebeurd sinds... Nou ja, niet meer sinds ze Mike had ontmoet. Op de universiteit.

'Ik ben blij dat ik een handje kan helpen,' zei hij zachtjes, terwijl zijn groene ogen iets zochten in de hare.

Ze wist niet waarnaar hij op zoek was, wist niet zeker of ze het wel wilde weten, en wist absoluut zeker dat ze nooit meer hoefde te ademen als hij precies zo bleef staan.

Wat dacht ze wel niet?

Dat was het probleem; ze dacht *niet* na. Haar lichaam stond op de automatische piloot. Het herinnerde zich wat het moest doen in de buurt van een knappe vent, zelfs als haar hersenen dat niet deden. En dat deden ze niet. Ze had nooit naar een andere man gekeken. Mike was alles voor haar geweest.

Dus wie was deze Bryan Manley dat hij zo ver en zo snel door haar verdediging was gedrongen dat ze zich voorstelde dat hij onder andere dingen kroop — te weten de lakens van haar bed?

Nu voelde ze de blos door haar hele lichaam trekken. Ze hoopte bij God dat hij het niet merkte.

Zijn ogen lichtten op — slechts een seconde, maar het was genoeg.

Hij wist het.

En hij deed geen stap terug.

Beth moest ademhalen. Dringend. Metaforisch en fysiek en het kon haar niet schelen in welke volgorde. Hij moest weggaan. Zelfs maar één stap terug doen. Haar wat ruimte geven.

Behalve... dat zij ook achteruit kon gaan. Zij was degene die in de deuropening stond. Er waren maar twee simpele stappen nodig en ze zou buiten zijn bereik in de gang staan. Weg van deze krankzinnige gedachten en gevoelens.

Hij was tenslotte *de* Bryan Manley. Hartendief en vrouwenverslinder. Zij was gewoon Beth uit de buitenwijk. Voetbalmoeder, hulpouder bij het schooltoneel, lid van de oudervereniging. Lerares. *Geen* filmstermateriaal en zeker geen modelmateriaal. Gewoon iemand die met vijf paar zeer zichtbare wortels aan dit huis en deze stad gebonden was.

Ze deed een stap naar achteren. Weg van de verleiding. Van de waanzin. Van wat-beziele-haar-in-hemelsnaam?

Weg van *wat als...*

Bryan liet haar gaan.

Hij wilde het niet, maar serieus, welk recht had hij om te doen wat hij zojuist had gedaan? Ze zou hem in zijn gezicht moeten slaan. Hij was te dichtbij gekomen, te snel. Te familiair. En hij wist niet eens zeker of hij wel familiair *wilde* worden met mevrouw Beth Hamilton.

De weduwe.

Met vijf kinderen.

Bryan haalde diep adem. 'Nou, ik ben blij dat ik kan bijspringen.'

Niet helemaal op de manier die hij zou willen als hij de keuze had, maar ja, die had hij niet. En die hoorde hij niet te hebben. En die kon hij niet hebben. En... Godzijdank had ze een stap terug gedaan.

'Het, eh...' Ze streek afwezig de haarstreng weer glad die hij achter haar oor had gestopt. 'Het is, tja, niet makkelijker geworden, maar wel normaler. Tijd helpt. Een beetje. Het spijt me alleen dat je achter hen aan moet opruimen. Ik weet zeker dat je zus andere klussen heeft die makkelijker zouden zijn geweest. Heb je een weddenschap verloren of zo?'

Bryan dwong zichzelf tot een lach om te verhullen hoe dicht ze bij de waarheid zat. 'Hé, nou ja, weet je, dit is waar ze me het grote geld voor betalen.' Hij greep de kist met schoonmaakmiddelen. Mac zou daar een logo op moeten zetten. En op de steel van de toiletborstel ook. Dat zou handig zijn als hij er per ongeluk een achterliet.

En hij was aan het ratelen in zijn hoofd, in een poging de zeer instinctieve reactie te verbloemen die hij had op mevrouw Beth Hamilton.

Hij wilde de hele voorraad van haar parfumfabrikant opkopen. Of, nog beter, in het bedrijf investeren, want die geur — zelfs maar één klein vleugje — wond hem sneller op dan hij in lange tijd was opgewonden.

En als ze geen parfum droeg... nou, dan was hij pas echt diep in de nesten.

'Mama, kan Bryan mijn kamer als volgende doen?' Maggie stak, goddank, haar krullende kopje om de hoek van de kamer ernaast en trok haar duim met een luide *plop!* uit haar mond. Ze duimde veel, was hem gisteren opgevallen. Als ze ergens over nadacht, hem observeerde, tv keek of een dutje deed, was haar duim nooit ver weg. Hij had gedacht dat ze daar op haar leeftijd wel overheen zou zijn gegroeid. Misschien dat de meeste kinderen van wie de vader niet was overleden dat ook wel waren. Die kleine troost kon hij Maggie niet misgunnen.

Wat deed Beth voor troost?

Bryan greep de gereedschapskist steviger vast en draaide zich om, op zoek naar iets om zijn andere hand bezig te houden. En zijn gedachten. Want hij hoefde zich geen zorgen te maken over Beths troost. Hij moest zich zorgen maken over haar toiletten. Ja, dat was het. Toiletten. Niets sexy aan een toilet. Of aan stof. Of aan plinten. Of aan ventilatieroosters. Of aan fornuizen. Stuk voor stuk zaken die gegarandeerd zijn volledige aandacht opeisten.

'Tuurlijk, Mags. Bryan kan jouw kamer daarna doen.' Beth trok haar perfect gewelfde wenkbrauwen op waarvan hij durfde te wedden dat ze nog nooit een visagist hadden gezien.

Sinds wanneer vielen de *wenkbrauwen* van een vrouw hem op?

'Tuurlijk, Maggie. Ik kom er zo aan.' Geen haar op zijn hoofd die erover dacht om langs Beth te strijken. Zij moest eerst weg.

Gelukkig begreep ze dat en ging ze opzij.

Bryan haalde diep adem, tilde de kist op en probeerde het beeld van Beths perfect gevormde achterwerk uit zijn brein te wissen terwijl ze door de gang liep.

<h1 style="text-align:center">Hoofdstuk 7</h1>

Bryan kreunde toen zijn wekker de volgende ochtend afging. Het was pas de derde dag van de twintig die hij in het huis van Beth zou doorbrengen, en het was hem nu al te veel. Hij had de kamer van Maggie schoongemaakt, van de bovenkant van de prinsessenhemel boven haar bed tot de pluizige roze stoel waar meer kattenhaar dan stof op zat, en de tientallen verkleedkleren die uit haar kast puilden. Ze had hem verzekerd dat haar kamer de dag ervoor nog schoon was geweest, maar dat ze gisteravond een 'garderobeprobleempje' had gehad en iets anders had moeten zoeken om in te slapen.

Gezien de nieuwe lakens op haar bed had Bryan wel een vermoeden waar ze het over had, maar hij liet niets merken. Ze mocht dan wel pas vijf zijn, ze was oud genoeg om zich te schamen voor bedplassen.

Was dat een overblijfsel van het trauma dat ze doorgemaakt moest hebben toen ze haar vader verloor?

Toen hij net klaar was, waren de tweelingen binnengekomen, die weer eens ruzieden over wie de beste lightsabervechter was, en hij was meegesleurd om als scheidsrechter op te treden. De lunch was een hele belevenis geweest, die hem deed denken aan toen hij en zijn broers nog kinderen waren. Hij had gelachen om het stiekeme voeren van de hond onder de tafel, de kat die boven op het kamerscherm zat en argwanend toekeek naar de hond en alle restjes die op de grond vielen, het constante gekibbel tussen de tweeling waarbij Maggies stem er af en toe tussendoor kwam, en Beth die broodkruimels van haar neus veegde — en er in plaats daarvan pindakaas op smeerde.

Hij was opgesprongen om haar te helpen met opruimen, maar ze had hem weggestuurd en gezegd dat hij van zijn lunch moest genieten.

Dat was precies het probleem; hij had er iets té veel van genoten. Hij had de afgelopen nacht stijf en smachtend wakker gelegen en zichzelf de hele tijd verweten. Beth was verboden terrein. Het mocht hem niet uitmaken hoe knap ze was of hoe geweldig ze was dat ze voor die kinderen zorgde, haar huis op orde hield en haar baan als lerares deed. Toegegeven, het was zomervakantie en het huis was vies genoeg dat haar vriendinnen hem hadden ingehuurd, dus ze had het duidelijk niet meer zo goed onder controle als voor de dood van haar man, maar toch. Beth hield de boel draaiende, terwijl hij kon zien hoeveel ze van die man had gehouden.

Er stak iets in hem. Hoe zou het zijn als iemand zoveel om hem gaf? Om er elke ochtend en elke avond te zijn? Om de kleine dingen van het leven mee te delen: koffie zetten, de kruiswoordpuzzel doen, 's ochtends vroeg toekijken hoe de hond achter konijnen aanzit in de achtertuin?

Kijken hoe de zon opkomt vanuit het kingsize bed boven in haar slaapkamer...

Hij kreunde opnieuw en het had niets te maken met het vroege uur. Natuurlijk was hij gewend om vroeg op te staan voor opnames, maar zodra een film erop zat, sliep hij graag uit.

Hij zwaaide zijn benen uit bed net toen zijn telefoon overging.

Hij ging met een hand door zijn haar. Hij herkende het nummer niet, maar het was lokaal. Verdomme, hij hoopte niet dat het een verslaggever was. 'Manley.'

'Bryan?' Beth. Buiten adem.

Elke cel in zijn lichaam was meteen alert. 'Beth? Wat is er mis?' Allerlei rampen schoten door zijn hoofd. Had een van de tweelingen de ander gespiest met een geïmproviseerd gevaarlijk zwaard? Was Jason er met de auto vandoor gegaan? Was Maggie ergens in gestikt?

Hij was al bezig een hardloopbroekje aan te trekken — weg met dat stomme uniform. Hij had geen zin om de dag in de eerste hulp door te brengen in dat vreemde pakje, en bovendien was het broekje makkelijker met één hand aan te trekken.

'Het is Sherman. Ik moet met hem naar de dierenarts.'

Sherman. De hond. Bryans adrenaline zakte weg toen de onmiddellijke dreiging voor Beth en de kinderen verdween. Maar toen drong de bezorgdheid in haar stem tot hem door. 'Wat is er gebeurd?'

'Ik...' Haar stem brak. 'Hij is verstrikt geraakt in de drooglijn en ik weet het niet... Hij is niet... Ik weet niet hoe lang hij zonder zuurstof heeft gezeten.'

O god. De kinderen zouden er kapot van zijn. 'Heeft u hem mond-op-mondbeademing gegeven?' Zelfs toen hij het zei, wist hij dat het belachelijk klonk.

Beth lachte niet. 'Ja. En hij ademt weer. Hij komt ook weer bij, maar ik weet het niet. Ik denk dat ik toch even langs moet gaan voor de zekerheid. De striemen van het touw in zijn nek zien er behoorlijk erg uit.'

'Ik kom er meteen aan.'

'U hoeft zich niet te haasten. Ik wilde alleen even laten weten dat ik er niet ben en dat ik een sleutel onder de mat leg. Ik weet dat het een cliché is, maar het is de makkelijkste plek en ik moet de kinderen naar hun vriendjes brengen zodat ik dit kan doen. Ik wilde u alleen laten weten waarom we er niet zijn.'

'Naar welke dierenarts gaat u?'

'Dokter Bingham op Harvest.'

'Ik zie u daar.'

'Dat is niet nodi—'

'Ik wil het, Beth.' Want als de prognose voor de hond niet goed was, zou ze iemand bij zich moeten hebben. Hij had gezien hoeveel ze om die hond gaf. En hij wist hoeveel de kinderen dat deden. Beth zou lijden voor zichzelf *en* voor hen als er iets met de vuilnisbak gebeurde.

'O, maar Bryan, dat is echt niet nodig.'

'We verliezen tijd, Beth. Stap in de auto en ga erheen. Ik zie u daar.'

Een uur later was Beth erg blij dat Bryan erop had aangedrongen om te komen.

Maggie, de enige van haar kinderen die vanochtend geen vriendjes thuis had en dus mee moest komen, was een wrak. Ze zei geen woord omdat ze driftig op haar duim zoog, en ze ijsbeerde precies zoals Mike altijd deed — precies zoals ze had gedaan toen de politie die dag voor de deur stond met het nieuws over Mikes vliegtuig.

En net als toen had Beth geprobeerd haar dochter in haar armen te nemen, maar Maggie wilde de troost niet aanvaarden — ook dat was net als Mike. Hij verwerkte dingen op zijn eigen tijd en in zijn eigen ruimte en Maggie leek precies op hem, tot aan het krullende zwarte haar toe.

Soms waren genen een blok aan het been, wanneer het evenbeeld van de man die ze verloren had haar elke ochtend vanaf de andere kant van de keukentafel aanstaarde.

Toch tintelden Beths vingers om naar Maggie te reiken en haar in haar armen te sluiten, en ze stond op het punt dat te doen toen Bryan terugkwam van de receptie waar hij om een update over Sherman had gevraagd, en Maggie in zijn armen tilde. 'Hé, Mags. De dierenarts zei dat Sherman het gaat redden.' Hij keek Beth aan en knikte.

Ze slaakte een zucht van verlichting. Hij sprak de waarheid. Hij maakte het niet mooier dan het was om het makkelijker te maken.

'Mogen we hem mee naar huis nemen? Ik wil hier weg.'

'Vandaag niet. Ze houden hem een nachtje hier ter observatie om zeker te zijn. Maar ze zeiden dat hij alweer staat en water drinkt, en we mogen hem morgen komen ophalen.'

'Maar bij wie moet hij dan slapen vannacht?' Haar duim ging weer in haar mond.

Bryan haalde hem er voorzichtig uit en kuste de rug van haar hand.

Beths hart maakte een sprongetje. Vrouwen over de hele wereld zouden een *moord* doen om hem dat met hun hand te laten doen. En zij was een van hen.

Ze was een vreselijke moeder, jaloers op haar eigen dochter. De dochter wiens wereld op zijn kop was gezet door de dood van haar vader en nu het gevaar voor haar hond. En toch zat Beth hier te verlangen naar wat haar dochter zo gul was gegeven.

Maggie giechelde. 'Dat kietelt. Je baard is helemaal prikkig.'

Bryan legde haar handpalm tegen zijn wang. 'Dat gebeurt er als ik 's ochtends geen tijd heb om me te scheren.'

Nu kreeg Beth vlinders in haar buik. Ze miste het om toe te kijken hoe Mike zich schoor. Miste een man in haar leven voor die dingen die zo, tja, durfde ze het te zeggen, mannelijk waren.

Bryan Manley...

O god. Ze had het zwaar te pakken. Net als de helft van de vrouwen in Amerika. En nog miljoenen meer over de hele wereld.

Ze zou lachen als de situatie niet zo triest was, om het feit dat ze met een filmster in de wachtkamer van een dierenarts zat voor een maffe hond die graag achter ondergoed aanjoeg. Zoiets kon je niet *verzinnen*.

'Zeg, wat dachten jullie ervan om te gaan ontbijten?' vroeg Bryan aan Maggie. 'Ik lust wel wat pannenkoeken. Jij ook? Met heel veel ijs en slagroom?'

Maggie giechelde weer. 'Dat is een toetje, dommerik.'

'Is dat zo?' Bryan tilde haar weer wat hoger in zijn armen, haar krullen dansten om haar hoofd. 'In mijn wereld is dat ontbijt. En ik heb het mijne gemist. Dus wat zeg je ervan?'

'Mama ook?'

Ze keken haar allebei aan, de glimlach op hun gezichten op een interessante manier gelijk. Wat niet zou moeten kunnen omdat ze geen familie waren, maar... dat waren ze wel.

'Mama?' vroeg Bryan met een spottende twinkeling in zijn ogen. 'Wilt u met ons mee?'

Zij zou hem die vraag eigenlijk moeten stellen.

Beth sprong overeind. 'Eh, ja, natuurlijk.' *Natuurlijk* wat betreft het ontbijt. Maar dat hij met hen meeging—?

Nee. Geen sprake van. Vergeet het maar. Slecht idee.

Nou ja, eigenlijk was het een goed idee. Het was alleen zinloos om bij stil te staan, want hij was tenslotte *Bryan Manley, filmster*.

Dat punt werd nog eens onderstreept — met spijkers in de kist van de *watalsen* geslagen — op het moment dat ze het eethuisje binnenstapten voor die pannenkoeken die hij zo graag wilde eten.

Iedereen staarde. En zwaaide. En riep naar hem alsof hij een terugkerende held was. Wat hij eigenlijk ook was. De stad noemde hem een van hen. Hij was hier geboren en getogen, en kwam er net vaak genoeg terug om het geloofwaardig te houden. Ze hielden van hun hartenbreker uit Hollywood.

Het was te zien aan alle glimlachen. Aan de dromerige blikken van de tienermeisjes — en sommige van hun moeders. En de jaloerse blikken van andere vrouwen. Beth had nog nooit zo'n vlaag van vijandigheid gevoeld als toen, alsof ze zich afvroegen wie *zij*, een buitenstaander wiens man onder verdenking had gestaan, wel niet was om te mogen dineren met *de* Bryan Manley.

Hou op! Denk niet zo! Mikes onschuld is bewezen en het is aan hen om dat te erkennen, niet aan jou om hen ervan te overtuigen. Wees vriendelijk. Glimlach.

'Wat vindt u van dit bankje, Beth?' Bryan legde zijn hand op haar rug.

Haar glimlach kwam plotseling vanzelf. 'Het is prima.'

Ze grinnikten om dat woord.

Ze stopte met grinniken toen hij tegenover haar gleed en zijn been tegen het hare kwam. Zijn blote, mannelijke, harige been tegen haar eveneens blote, gladde, pas geschoren been. (Ja, ze had zich die ochtend geschoren toen ze opstond, en nee, dat had niets te maken met het feit dat Bryan de dag in haar huis zou doorbrengen, en waarom verdedigde ze zichzelf tegenover haar geweten?)

'Alles goed?' Hij hield zijn hoofd schuin, zijn bezorgdheid schoot via haar zenuwen rechtstreeks naar haar hart.

Waarom moest hij zo perfect zijn? Natuurlijk hielp het in zijn vak, maar was fysieke perfectie niet genoeg? Moest hij ook nog zo ontzettend aardig en attent en zorgzaam zijn? In staat om kleine, verdrietige vijfjarigen voor zich te winnen met één kusje op de rug van de hand?

Nu ze eraan dacht, dat zou bij volwassen vrouwen van middelbare leeftijd ook als een trein werken.

'Eh, ja, ik ben pr— Goed. Ik bedoel,'

Zijn lach verbrak de spanning en Beth liet zichzelf eindelijk ontspannen. Hij was nog steeds gewoon een man. Een ander mens. Al de glitter en glamour van Hollywood definieerden hem niet. Het was maar uiterlijk vertoon.

Al mocht dat uiterlijk er zeker zijn.

De serveerster — of eigenlijk was het Claire, de eigenaresse — kwam naar hun tafel om de bestelling op te nemen. 'Hé, Bry. Dat is lang geleden.' De insinuatie droop als ahornsiroop van elk woord af.

'Claire. Hoe is het? Hoe is het met Roddy?'

Claires linkerhand verdween in haar schort. 'Geen idee. Is naar het noorden van de staat verhuisd met zijn nieuwe vriendin.'

Oké dan. Single en dat liet ze Bryan weten ook. Ja, er borrelde jaloezie net onder Beths huid. Jaloezie die ze totaal niet hoorde te voelen.

'O jee, wat rot om te horen.'

Claire haalde haar schouders op. 'Ik vind van niet. Hij zoop me arm. Dat krijg je als je niet genoeg doorzettingsvermogen hebt om te gaan voor wat je wilt in het leven. Niet dat jij daar iets van weet, voor zover ik kan zien.' Ze keek naar Beth. 'Bent u niet de vrouw van die piloot?'

Beth kon een kleine inkrimping niet onderdrukken. Dat was wat ze was geworden: *de vrouw van die piloot*. Het deed pijn. Het deed afbreuk aan hun huwelijk en Mikes reputatie en liet haar geen moment het schandaal vergeten dat zijn dood had omringd.

'Dit is Beth Hamilton,' zei Bryan, terwijl hij zijn ogen tot spleetjes kneep toen hij haar aankeek.

Beth schudde haar hoofd lichtjes. Dit was niet het moment.

'Kende u mijn papa?' Maggies duim plopte uit haar mond en ze leunde voorover op haar ellebogen. 'Mijn papa was een piloot.'

'Ja, schatje, dat weet ik.' Claire gaf Maggie, godzijdank, een vriendelijke glimlach.

Een deel van Beths vijandigheid ebde weg. De vrouw was tenminste aardig tegen haar dochter. Dat hielp Beth enorm om haar het voordeel van de twijfel te geven. Misschien wist Claire niet welk effect *de vrouw van die piloot* op haar had. Misschien bedoelde ze er niets mee.

'En deze kleine deugniet is Maggie.' Bryan woelde door haar krullen. 'En zij wil een grote stapel pannenkoeken met vanille-ijs, slagroom, chocoladesaus, chocoladestukjes en een felrode kers bovenop.'

Maggies ogen werden groot en ze draaide haar hoofd met een ruk om hem vol ontzag aan te kijken. 'Wil ik dat?'

Bryan kneep in haar neus. 'Natuurlijk wil je dat. En je gaat ze met mij delen.'

'Moet dat?'

Bryan klopte op de zitting naast hem en zomaar ineens ging Maggie zitten. Geen gezeur. Geen gesmeek. Zelfs geen woord om haar te vertellen wat ze moest doen, iets wat Beth nog niet voor elkaar had gekregen bij haar eigenwijze (net als haar vader) dochter.

'Ja, dat moet. Anders krijg je buikpijn en moeten we met jóú naar de dokter in plaats van Sherman bij de zijne op te halen.'

'O. Dat wil ik niet.' Maggie knikte ernstig.

'Dat dacht ik al. Bovendien is het leuk om met mij te delen. We kunnen een lepeltjesduel houden.'

'Wat is dat?'

Dit keer tikte hij tegen haar neus. 'Dat zul je wel zien.' Hij keek naar Beth. 'En wat neemt u, Beth?'

Jou, met een extra grote portie warme chocoladesaus die ik van elke centimeter—

'Eh, doe mij maar een glas sinaasappelsap, dank u.'

'Wat? Eet u niet?' Bryan schudde afkeurend zijn hoofd. 'Dat kan niet hoor. Het ontbijt is de belangrijkste maaltijd van de dag.' Hij keek naar Claire. 'Beth neemt ook wat van onze pannenkoeken. Breng er maar wat extra.'

'O, maar Bry—'

'En twee kersen voor haar.' Hij gaf Claire die verblindende glimlach van een miljoen watt, en ze keek glazig uit haar ogen terwijl ze wegliep om *de* Bryan Manley zijn maaltijd te brengen.

De glimlach had genoeg vermogen om ook bij Beth na te zinderen. 'U zult wel het meeste moeten opeten, hoor. Mijn gestel kan niet tegen al die suiker.'

'Dat is waar. U bent van uzelf al zoet genoeg.'

Oké, waar was haar tong gebleven? Ze moest hem wel ingeslikt hebben. Of hij was uitgedroogd door zijn opmerking.

Hij vond haar *zoet*? Op wat voor manier? Zoet als in 'Die meid is echt verdomd leuk!', een manier die haar hormonen op hol deed slaan en haar *wat-als*-mechanisme in de hoogste versnelling zette? Of een 'Aww, wat ben je toch een schatje', een betekenis die totaal waardeloos zou zijn, maar haar tenminste wel van deze wankele wel-of-niet-aangetrokken-tot-hem-wipwap zou afhelpen.

'Mama is niet zoet, ze is een cactus. Dat zei papa altijd.'

Maggie giechelde terwijl Beths mond openviel omdat haar dochter zich dat nog herinnerde. Ze was drie toen Mike omkwam; hoe kon ze zich dat in godsnaam herinneren?

Mike had het uit genegenheid gezegd — ze waren op huwelijksreis naar Mexico geweest en hadden daar cactusvijgen geproefd. Hij had gezegd dat zij precies zo was: een stekelige buitenkant met een zoet hart vanbinnen. Het was sindsdien zijn koosnaampje voor haar geweest.

Haar hart kromp ineen bij die herinnering. Zo moeilijk te geloven dat hij er niet meer was. Maar Maggie had tenminste goede herinneringen aan hem; Beth was bang geweest dat ze zich helemaal niets meer zou kunnen herinneren.

'Een cactusvijg, hè?' Bryan trommelde met zijn vingers op het tafelblad. 'Ik denk eerder aan een sterfruit. Zoet en in vijf richtingen getrokken.'

Beth lachte daarom. 'Die trekkracht voel ik zeker. Steeds meer naarmate ze ouder worden.'

'Ik weet niet hoe u het doet."

Ze haalde haar schouders op. 'Je doet wat je moet doen. En het zijn geweldige kinderen. Echt waar.'

'Jason niet. Die is humeurig.' Maggie trok haar neus op. 'En zijn kamer stinkt naar sokken.'

'Alle kamers van tienerjongens stinken naar sokken, Mags.' Bryan sloeg een arm om haar heen en boog naar haar toe. 'Daardoor groeien jongens zo hard. Ze willen zo ver mogelijk bij hun voeten vandaan blijven.'

Maggie giechelde weer en Beth wilde Bryan wel kussen omdat hij haar aan het lachen maakte. Nou ja, ze wilde Bryan om meer redenen kussen, maar om deze ook.

Wacht. Ze wilde *wat*?

Ze was dat nog aan het verwerken toen Claire terugkwam met hun eten.

'Heilige koe!' Maggie ging op de vinyl zitting van het bankje staan. 'Dat is een berg pannenkoeken.'

Dat was het zeker. Er lagen vast wel een dozijn karnemelkpannenkoeken met een liter ijs en een hele bus slagroom erop.

'Tja, we moeten die Hollywood-mensen wel een beetje bijbenen, nietwaar?' zei Claire, terwijl haar blik strak op Bryan gericht bleef.

Op zijn schouders, dacht Beth. Of misschien zijn borst. Maar goed dat hij zat met een tafel boven zijn schoot, want Beth was er zeker van dat Claire daar ook naar zou staren.

Ze bloosde toen Bryan een wenkbrauw naar haar optrok. O god. Hij hoefde niet te weten wat ze dacht. Of dat ze jaloers was omdat Claire naar hem keek. Ze had geen enkele reden — geen enkel *recht* — om jaloers te zijn. Bryan was vrijgezel. Niet gebonden. En zij... tja, zij was niet gebonden wat betreft een levenspartner, maar vijf kinderen waren een anker dat geen van de mannen met wie ze was uitgegaan had willen lichten.

Wat ze eigenlijk ook wel best vond. Ze had belangrijker dingen te doen dan zoeken naar een vervangende vader voor haar kinderen — namelijk een moeder zijn voor haar kinderen. Dat, plus alles wat ze in haar eentje moest doen in het leven, was waar haar focus moest liggen.

Andere mensen stopten ook bij hun tafel nadat Claire het ijs had gebroken; sommigen vroegen om handtekeningen, anderen om foto's. Bryan sprak iedereen vriendelijk toe. Hij gaf iedereen het gevoel dat ze zijn onverdeelde aandacht hadden, maar slaagde er toch in om haar en Maggie er niet buiten te sluiten. Hij stelde hen voor aan mensen die hij van vroeger kende — hij kreeg zelfs een of twee uitnodigingen voor Beth om met hem mee te gaan naar een feestje of bijeenkomst waarvoor ze hem uitnodigden. Ze zou natuurlijk niet gaan. Bryan was hier om haar huis schoon te maken, niet om vadertje en moedertje te spelen.

Dat idee ging echter niet weg, hoe hard ze ook wenste dat het wel zo was.

Hoofdstuk 8

'Mama, komt Bryan vandaag spelen?' Maggie sprong de volgende ochtend op het voeteneind van Beths bed. Haar T-shirt zat achterstevoren en haar gymschoenen aan de verkeerde voeten, maar haar glimlach was zo stralend dat Beth het niet over haar hart verkreeg om er iets van te zeggen.

Ze kreeg het ook niet over haar hart om haar te vertellen dat Bryan hier niet was om hun vriendje te worden. Hoewel ze dat misschien wel moest doen; Maggie begon zich iets te veel te hechten aan hun tijdelijke hulp.

Beth trok een gezicht. Bryan was alles *behalve* 'het personeel'. Eergisteren was hij de loodgieter en de monteur geweest. Gisteren was hij de klusjesman toen ze thuiskwamen van het diner. Alle kleine dingetjes die Mike van plan was geweest te doen, maar waar hij nooit aan toe was gekomen, waren in de twee jaar dat hij weg was pijnlijk duidelijk geworden voor Beth. De scheve kastdeurtjes in de bijkeuken, de gerafelde randen van het tapijt uit de tijd dat Sherman nog een puppy was, die steeds verder uitsleten door het constante gestamp van vijf paar schuifelende gympen. En dan was er nog de losse leuning van de keldertrap.

Bryan was met dat laatste begonnen. Hij zei dat het een veiligheidsrisico was, en dat was het ook. Ze was al van plan geweest om het aan te pakken, maar tegen de tijd dat ze thuiskwam van haar werk, het eten had gekookt, toezicht had gehouden op het huiswerk en het badritueel, en kleding en

57

lunches voor de volgende dag had klaargelegd, was huishoudelijk onderhoud het laatste waar ze zin in had. Meestal bewaarde ze dat voor de weekenden, maar Jason was dit jaar bij het voetbalteam gegaan en Kelsey was gaan cheerleaden, waardoor de herfstweekenden waren veranderd in een aaneenschakeling van sportevenementen — maar dan zonder de drank. Het was leuk, en ze vond het heerlijk om haar kinderen aan te moedigen, maar het kostte ongelooflijk veel tijd. Alleenstaand ouderschap was absoluut *niet* voor bangeriken.

'Ik heb in mijn kamer alles klaargezet voor een theekransje. Denk je dat hij van meisjes-thee of van die deftige thee houdt?' Maggie trok een peinzend gezicht en tikte op haar lippen alsof de keuze tussen Earl Grey en Darjeeling het lot van de vrije wereld zou bepalen.

'Dat zul je hem zelf moeten vragen, Mags, maar ik weet niet zeker of Bryan wel van thee houdt. Gisteren bij het ontbijt heeft hij ook geen thee gedronken.'

Maar hij *had* wel het grootste deel van Maggies pannenkoeken opgegeten — maar goed ook, want Beth zat niet te wachten op een kleuter met buikpijn. Maar als ze tegen Maggie had gezegd dat ze te veel at, zou zij weer de boeman zijn geweest. Ze was het zat om de boeman te zijn, dus het was geweldig dat Bryan beide problemen had opgelost door het gros ervan op te eten. En God wist dat hij die duizend calorieën een stuk beter kon verhullen dan zij.

Althans, niet als hij dat wasbordje wilde behouden dat hij in zijn laatste film had.

Beth drukte de gedachten aan zijn laatste film weg, anders moest ze toegeven dat ze die gisteravond op haar iPad had gekeken via haar filmabonnement, en daarbij bijna haar eerste niet-zelfopgewekte orgasme in twee jaar had beleefd.

Ze klom uit bed en hield zichzelf bezig met het opmaken ervan om de blos te onderdrukken die over haar lichaam trok terwijl de beelden uit haar dromen steeds weer in haar hoofd opdoken. Net zoals er steeds iets anders was opgedoken bij Bry—

'Zijn Mark en Tommy al wakker?' vroeg ze aan Maggie, terwijl ze haar ochtendjas over haar T-shirt aantrok om haar harde tepels te verbergen. Het was zinloos om te vragen of Jason en Kelsey al op waren; tieners kwamen in de zomer niet voor twee uur 's middags uit bed, tenzij ze moesten werken. En zelfs dan was het een hele klus om ze in beweging te krijgen. Beth gaf het liever niet toe en voelde zich een slechte moeder omdat ze er misbruik van maakte, maar het was een stuk makkelijker om die twee het grootste deel van de dag te laten slapen terwijl ze zich bezighield met de schema's van de drie jongsten. Ze was er meestal in geslaagd om carpools te regelen, zodat ze maar één dag per week voor taxichauffeur hoefde te spelen. Die dag kwam er verder niets uit haar handen, maar dat gaf niet. Ze genoot van de tijd die ze doorbracht met de kinderen en hun vrienden. Het leven ging te snel voorbij om die kostbare momenten te missen.

Bovendien had Kelsey gisteravond vriendinnen over de vloer gehad. Beth had de flinterdunne smoes door de vingers gezien — Kelsey wilde met Bryan pronken bij een nieuwe groep vriendinnen, en hoewel Beth er niet om stond te springen, had haar dochter recht op logeerpartijtjes. Dat ze naar Bryan zouden gapen was onvermijdelijk; dan konden ze het maar beter achter de rug hebben.

'Tommy heeft Sherman uitgelaten.' Maggie huppelde van het bed en trok het dekbed met zich mee. Dat was Maggie ten voeten uit: de ene puinhoop na de andere. En ze was zich er totaal niet van bewust, wat verklaarde hoe ze in die zwijnenstal kon leven die ze haar kamer noemde.

Beth bereikte nooit helemaal hetzelfde niveau van acceptatie als haar dochter.

Ze zuchtte en gooide het dekbed terug op het bed. Maggie had ergens wel gelijk — waarom zou je je bed opmaken als je er die avond toch weer in kroop?

En misschien zou er wel iemand anders bij kruipen...

Beth raapte een kussen van de vloer en gooide het op de stoel naast haar bed. Geweldig. Het was al erg genoeg dat ze erotische dromen over de man had, maar nu nodigde haar onderbewustzijn hem ook nog eens uit in de slaapkamer?

'Mam!' brulde Mark van beneden op een toon die Beths moederinstinct binnen een seconde op scherp zette.

'Ik kom eraan!' Ze gaf Maggie een klopje op haar dij. 'Kom mee, schatje. Tommy is in de problemen.'

'Hoe weet je dat, mama? Door je derde oog?'

Beth beet op haar lip. De kinderen hadden dat verhaal geloofd zolang ze in Sinterklaas geloofden. Ze zou de dag dat Maggie groot werd nog gaan missen. 'Ja, liefje. Dus laten we opschieten.'

Ze schoot haar gymschoenen aan. Shermans ritje naar de dierenarts had hem opgezadeld met een overactieve spijsvertering — waarschijnlijk nog een gevolg van de schrik — en ze was niet van plan om zonder schoenen de achtertuin in te rennen.

Toen ze Maggies kamer passeerde, keek ze nog eens goed.

'Maggie?' Ze leunde tegen de deurpost en stak haar hoofd verder de kamer in.

'Ja, mama?' Maggie stak haar hoofd om de deurpost vlak onder dat van haar.

'Je kamer.'

'Ja, mama. Dat is het.'

'Het is netjes.'

'Dat komt omdat jij het geschilderd hebt, weet je nog?'

'Nee, ik bedoel, het is helemaal opgeruimd.'

'Dat komt omdat Bryan het gedaan heeft.'

'Ja, maar dat was gisteren.' *Netjes* was een concept dat niet aan Maggie bleef plakken. Het gleed van haar af en verschrompelde meestal binnen tien minuten na verschijning in een hoekje.

'Ja,' zei Maggie zo nuchter dat Beth zichzelf eraan moest herinneren dat ze het tegen *Maggie* had. Tornado Maggie. Rommelkont Maggie, zoals Jason haar noemde wanneer mama het niet hoorde — dacht hij. Maggie wist niet wat het woord *netjes* betekende, tenzij het synoniem was voor *gaaf*.

'Is er iets mis, mama?'

Maggies onschuldige gezichtje was naar haar opgeheven met een glimlach die zo groot was dat Beth haar eerste impuls onderdrukte — namelijk vragen of Maggie zich wel goed voelde.

'Het ziet er heel mooi uit.'

'Dank je, mama. Bryan zei dat kleine meisjes die goed op hun kamer passen, later heel succesvolle vrouwen worden. Jij had vast een heel schone kamer toen je klein was, toch mama?'

Schrijf nog maar een reden op waarom Beth Bryan Manley wel wilde kussen.

Er werd er nog eentje aan de lijst toegevoegd toen ze in de achtertuin kwam en zag hoe Bryan een plank uit de houten schutting verwijderde waar Sherman tussen vastzat. Tommy stond aan de ene kant, Mark aan de andere, beiden klaar om de hyperactieve hond te grijpen zodra hij vrij was.

'Deze kant van de hamer gebruik je om spijkers te trekken. Zie je deze V hier?' Bryan liet de gebogen kant van de hamer over het hout glijden en wipte een spijker los. 'Wees er voorzichtig mee als je hem eruit hebt. Roestige spijkers betekenen een ritje naar de eerste hulp.'

'Ja, dan krijg je een grote prik. Nick Miller moest dat ook toen hij er op het schoolplein op eentje was gaan staan.'

Beth trok een gezicht bij de herinnering aan dat voorval. Het bloed had de kinderen bang gemaakt, en toen had er eentje het verhaal over de reuzennaald rondgestuurd, waardoor Nick en de rest van de kinderen helemaal overstuur raakten. Het was een verjaardagsfeestje dat Nick nooit zou vergeten, maar helaas niet om de juiste redenen. Het was mede de reden waarom haar drie jongsten zo doodsbang waren voor naalden.

'Net als met alles, mannen, als je leert hoe je het op de juiste manier doet, verklein je de kans op ongelukken.' Bryan wipte de andere spijker eruit. 'Houd Sherman nu allebei goed vast, want hij wil er vandoor gaan zodra ik deze plank weghaal.'

'Ik heb zijn halsband,' zei Mark vanaf de andere kant.

'Ik heb zijn staart,' zei Tommy, terwijl hij het stompje probeerde te grijpen dat Shermans kwispelende aanhangsel vormde.

'Je kunt hem niet bij zijn staart vasthouden,' zei Mark minachtend. Wonderlijk hoe die twee minuten tussen hun geboortes Mark direct de mentaliteit van de grote broer gaven.

'Wel waar.'

'Niet waar.'

'Wel—'

'Jongens, allebei vasthouden. Hij gaat proberen te ontsnappen. Klaar voor?'

'Ja,' zeiden ze in koor, een geluid dat Beth als muziek in de oren klonk. Dat was wel anders toen ze als baby's in koor lagen te brullen, maar dit... Absoluut.

'Eén.' Bryan wipte de plank los van de plank ernaast met de gebogen kant van de hamer. 'Twee.' Hij gleed met zijn vingers eronder, legde de hamer neer en greep de andere kant vast. 'Drie.' Hij trok de plank net genoeg naar achteren zodat Sherman zich erdoorheen kon wurmen, precies tegen Mark aan, die godzijdank zijn halsband niet losliet.

'Ik zei toch dat ik hem kon vangen!'

'Ik heb geholpen!' Tommy stoof al weg richting het hek om aan de andere kant van de schutting te komen.

'Dat klopt, Tom. Dat heb je zeker gedaan. Houd hem goed vast nu, jongens.' Bryan zette de plank terug op zijn plaats, pakte twee nieuwe spijkers en hamerde ze erin.

'Bryan! Het is je gelukt!' Maggie rende de tuin door en sloeg haar armen om zijn nek terwijl ze op zijn rug sprong. 'Je hebt Sherman gered! Alweer!'

Alweer? *Alweer*? Beth moest toegeven dat ze een steekje van jaloezie voelde. *Zij* was degene geweest die Sherman had gevonden en hem uit de waslijn had bevrijd. *Zij* was degene geweest die lucht in zijn snuit had geblazen en hem naar de auto had gedragen. *Zij* was degene geweest die doodsbang was dat ze haar kinderen moest vertellen dat er weer iemand van wie ze hielden was overleden. En toch was Bryan degene die de knuffels kreeg?

'Je moeder heeft Sherman laatst gered, Maggie. Niet ik.'

Nou, nu verdiende hij *echt* een knuffel omdat hij zo verdomd galant was.

Beth bereikte het tweetal net toen hij de armen van haar dochter van zijn nek losmaakte en opstond.

Ze aarzelde even. Ze was even vergeten hoe groot hij was. Hoe hij dat shirt opvulde.

Dat komt omdat hij gisteravond in je droom geen shirt aan had, schatje.

En wat was hij opmerkzaam... Zijn linkerwenkbrauw trok omhoog terwijl ze alweer begon te blozen.

'Dank u.' Ze probeerde de heesheid uit haar stem te houden.

'Geen probleem. Die hond had zichzelf behoorlijk klem gezet.'

'Niet voor Sherman. Nou ja, ik bedoel, ja, daarvoor ook, maar ook voor...' Ze keek neer naar Maggie en pakte de kin van haar dochter vast. 'Ga jij je broers maar eens helpen om Sherman weer veilig naar binnen te brengen.'

'Oké, mama.'

Beth beet even op haar onderlip terwijl ze Maggie weg zag huppelen, en keek toen op naar Bryan. 'Ik bedoelde voor wat u net tegen Maggie zei. Dat ik Sherman gered heb. Ik weet dat het geen groot ding zou moeten zijn, maar—'

'Hé, u hoeft niets uit te leggen. Of me te bedanken.' Hij raakte haar arm aan op een vriendschappelijke manier — totdat er een schok door haar arm trok. Bij hem ook, afgaande op zijn reactie, want hij trok zijn hand zo snel terug dat het ongemakkelijk werd.

'Ik—'

'Het spijt me—'

'Wat wilde u—'

'U eerst.'

De ongemakkelijkheid was tastbaar.

Natuurlijk was Bryan degene die de stilte verbrak. 'Het spijt me. Ik had niet mogen—'

'Nee. Het geeft niet. Het is alleen... Ik ben het niet gewend dat—'

'Oh ja. Daar had ik niet bij stilgestaan.'

Ze loog dat ze zwart zag. Ze reageerde nooit zo als iemand anders haar aanraakte. Verdorie, ze had niet eens zo gereageerd op de paar zoenen die ze had gehad tijdens die dates die op niets waren uitgelopen, en die waren een stuk seksueler geweest dan een simpele aanraking van zijn vingers. 'Nee, dat is het niet. Het is gewoon...' Jeetje, wat moest ze zeggen zonder dat ze zich allebei doodschaamden?

'Beth, ik—'

En daar begon hij weer met dat aanraken. Goed, deze keer was het haar schouder, maar toch... dezelfde reactie. Alleen trok dit keer geen van beiden terug.

Maar dat zou ze wel moeten doen. Ze zou niet moeten overwegen wat ze nu overwoog.

Maar hij keek alsof hij het ook overwoog.

Dit was krankzinnig. Waanzinnig. Onbezonnen. Dit kon nergens toe leiden. En ze stonden in haar achtertuin waar iedereen ze kon zien.

Inclusief Jason en Kelsey, mochten ze uit het raam kijken.

'Sherman!' gilde Maggie aan de andere kant van de schutting.

Maggie. Oh God. En Tommy. En Mark. Zij mochten haar en Bryan niet zo dicht bij elkaar zien.

'Sherman, nee!' Dit kwam van Mark, vergezeld door nog een gil van Maggie en een woord uit Tommy's mond waarvan Beth niet eens wist dat hij het kende.

'Ik moet kijken wat er aan de hand is.' Ja, het was een smoesje, maar wel een terecht smoesje. Wonderlijk dat *Sherman* haar redder in nood was.

'Ik ga met u mee.'

Bryan pakte haar hand en ze renden om het hek heen, terwijl Beth wanhopig probeerde niet te letten op het vuur dat door haar zenuwen raasde, van haar handpalm recht door haar arm om haar hele lichaam in lichterlaaie te zetten bij de gedachte aan wat er had kunnen gebeuren.

Toen zag ze Sherman. Er gaat niets boven een hond die door de composthoop rolt om zinderende zenuwen af te koelen.

'O, Sherman, nee!' zeiden alle vier de Hamiltons in koor.

'O, Sherman, ja,' morde Bryan, terwijl hij de kinderen aanstuurde om een cirkel om de hond te vormen. 'Kom op, jongens, sta klaar om hem te pakken als hij ervandoor schiet.'

Bryan bewoog zijn gewicht van zijn ene voet op de andere, klaar om toe te slaan, en o, wat deed dat een goeds voor zijn kont. En Beth keek niet weg.

Toen deed hij een uitval en de fysieke perfectie die Bryan was, viel in het niet bij het feit dat hij haar wederom te hulp schoot — zelfs toen hij uitgleed en met zijn gezicht midden in de hoop belandde.

En juist dat, en het feit dat hij haar spartelende huisdier stevig vast wist te houden, zorgde ervoor dat zijn status als ridder op de witte bananenschil in één klap enorm steeg.

Hoofdstuk 9

Bryan gebruikte de pluizige roze handdoek die Maggie erop had gestaan hem te lenen voordat hij onder de douche was gestapt, en deed zijn best om na afloop niet rond te kijken in Beths badkamer. Om haar hier niet voor zich te zien, onder de douche. Nat. Bedekt met schuim.

Of niet.

Oké, dat ging niet echt geweldig.

Hij wreef zijn hoofd droog met de handdoek. Ah, die rook naar haar. Geen parfum, gewoon een goedkoop flesje shampoo, maar gecombineerd met haar natuurlijke geur... Bam! Recht in zijn buikstreek.

Net als die bijna-kus van eerder.

Hij had het moeten doen—nou ja, nee, dat had hij niet. Er was te veel bagage. Ook de zijne. Maar verdomme, hij had het gewild. Vooral toen hij op één minuscuul stapje na had kunnen proeven hoe ze smaakte. Haar in zijn armen houden en alle zoetheid ontdekken waarvan hij wíst dat die in Beth zat. Haar tegen zich aan voelen, hoe haar lichaam de zijne zou volgen, hoe ze in zijn armen zou passen. Er zouden vonken vliegen. Dat wist hij. Hij wist niet hoe hij het wist; hij wíst het gewoon. Hij had al in geen jaren meer vonken gevoeld. Zelfs met al die mooie vrouwen met wie hij had gedatet, wist hij dat Beth ze allemaal zou doen verbleken als hij haar maar in zijn armen kon nemen en zoenen.

Maar dat had hij niet gedaan en dat moest hij slikken en ermee dealen, in plaats van hier te staan zwijmelen over iets wat alles alleen maar ingewikkelder zou maken. Hij sloeg de handdoek om zijn heupen en zocht iets om aan te trekken. Helaas betwijfelde hij dat zijn uniform al uit de was was, maar hij kon moeilijk in een handdoek door haar huis lopen. Hij was niet dom; hij werkte hard om zijn lichaam in deze vorm te houden en wist hoe het eruitzag. Wist welk effect het had op vrouwen, en hoewel hij daar bij Beth blij mee was, bij Kelsey... liever niet.

Beths badjas hing aan de achterkant van de deur. Natuurlijk was die roze.

Hij haalde zijn schouders op. Echte mannen kunnen roze dragen, en ach, hij stond al in deze pluizige handdoek met een kattenkop op de rand; een roze badjas was bijna bijzaak.

Jammer dat hij te klein was.

Bryan trok de ene mouw weer uit. Hij had hem tot aan zijn biceps gekregen. Beth was misschien precies de juiste lengte voor hem, maar ze was niet zoals hij gebouwd. En goddank maar.

Hij haalde zijn schouders op en opende de badkamerdeur. *Kijk niet naar haar bed.*

Eh, ja. Dat werkte dus niet.

Het bed had de dekens opgetrokken maar niet ingestopt. De kussens lagen op de stoel ernaast. Ze was in allerijl opgestaan om Sherman te redden. Had ze die korte short gedragen waarmee ze buiten was komen aanzetten naar bed? Of sliep ze naakt? Ze had geen bh aan gehad—dat wist hij zeker en het had hem de hele douchebeurt gekweld.

Hij schikte de handdoek. Ja, zinloos. Een handdoek ging zijn groeiende erectie niet verbergen.

Wat betekende dat het *natuurlijk* precies het moment was waarop haar slaapkamerdeur openging en Beth daar stond met kleding in haar handen.

Die ze liet vallen.

Bryan bukte om ze op te rapen en knalde bijna tegen haar aan.

'Ik, eh...' Beth deed dat schattige haar-achter-het-oor-gebaar en dat bloedhete lippenlikken waarvan ze geen idee had dat het hem zo raakte. *Hij* had ook geen idee dat het hem zo zou raken—als een lavagolf die over zijn hoofd spoelde en rechtstreeks naar zijn kruis schoot. Mijn God, wat wilde hij haar.

Reden genoeg om een stap achteruit te doen. Wat hij ook deed.

Natuurlijk viel de handdoek af toen hij dat deed.

Bryan graaide naar dat ding ergens bij zijn knieën en bloosde voor het eerst van zijn leven om zijn naaktheid.

'Oh. Shit. Sorry.' De verdomde handdoek was in twee seconden twee maten gekrompen, en hij zat zo in elkaar gedraaid dat als dat zielig smalle ding hem werkelijk bedekte, hij zijn mannelijkheid wel kon inleveren.

Beths blos paste perfect bij de badjas.

'Oh, jeetje. Hier.' Ze stak een kledingstuk naar voren. Bryan griste het van haar aan en plakte het voor zijn kruis. Geweldig. Niets zo fraai als voor haar staan met zijn gereedschap in zijn hand terwijl zijn kont naar het raam achter hem hing.

Hij bad dat er geen verslaggevers buiten stonden. Deze foto zou in een oogwenk viraal gaan.

Beth ging rechtop staan en probeerde haar ogen af te wenden—maar hij ving toch de snelle blik naar zijn onderste regionen op.

Waardoor die onderste regionen meteen zeer geïnteresseerd raakten.

Geweldig. Niets zo fraai als je *erecte* gereedschap vasthouden voor de vrouw die het zo heeft gemaakt.

Godzijdank draaide ze zich om. 'Dat zijn, eh, waren Mike's. Hij was niet zo, um, lang als jij, maar ze zouden moeten passen. Tot je uniform droog is.'

'Dank je.'

'Ik laat je wel even... aankleden.'

Hij wilde niet dat ze wegging.

Gelukkig weerhield een greintje gezond verstand hem ervan dat eruit te flappen, en wachtte hij tot ze de deur achter zich had gesloten voordat hij bewoog.

Hij wist niet goed wat hij ervan moest vinden om de kleren van haar man te dragen.

Haar overleden man.

Juist. Dat onderscheid was belangrijk. Hij versierde geen getrouwde vrouwen. Weduwes, daarentegen...

Nee, hij ging ook geen weduwes versieren. Verdorie, hij hoefde niemand te versieren. Ze kwamen allemaal op hém af. Maar hij had nog nooit op een getrouwde vrouw ingegaan en voor zover hij wist, was geen van zijn bedpartners een weduwe geweest.

Beth zou de eerste kunnen zijn.

Hij trok de short aan. Misschien wás het een goed idee om de kleren van haar overleden man te dragen; het zou hem ervan weerhouden zich als een idioot te gedragen in haar buurt. Serieus, hij ging niets beginnen met Beth. Ze had al genoeg aan haar hoofd om een vrijblijvende fling aan te kunnen, en een vrijblijvende fling was het enige waar Bryan op dit moment in zijn leven toe in staat was. Zeker met een moeder uit de buitenwijken.

Een zacht tikje klonk op de deur. 'Bryan?'

Hij trok het T-shirt over zijn hoofd. 'Wacht even, Maggie. Ik kom zo.'

Hij raapte de handdoek op en hing hem in de badkamer te drogen, en opende toen de deur om Maggie daar te vinden met een hoopvolle blik op haar gezicht.

Net als Kelsey en haar drie vriendinnen achter haar. Hoeveel vriendengroepjes had dat kind wel niet?

'Hoi, Bryan.' Kelsey gaf hem een flirtend klein hoofdschuineglimlachje dat verwoestend zou zijn voor twaalfjarige jongens. Beth zou over een paar jaar haar handen vol hebben.

Dat kind heeft een vader nodig.

Bryan zoog een ademteug naar binnen. Hij moest een wc gaan schoonmaken of zo. Z'n gedachten afleiden van dat belachelijke idee.

'We vroegen ons af of je, eh, wat foto's met ons wilde maken?' vroeg Kelsey.

'Ja, dan maken we iedereen hartstikke jaloers,' zei een van de meisjes.

'En mijn moeder ook. Zij vindt je echt hot.'

Bryan perste met moeite een glimlach op zijn gezicht. Dit gesprek was op zoveel manieren ongepast.

'Prima, meiden, maar laten we dit beneden doen, goed?' De slaapkamer was *niet* de plek voor een fotoshoot. Zijn agent zou een hartverzakking krijgen.

De meisjes giechelden en gingen met z'n allen richting trap op die vreemde manier waarop tienermeisjes dat deden. Maggie rolde met haar ogen en schudde haar hoofd terwijl ze naar zijn hand greep. 'Raquel is raar. Ze heeft het alleen maar over jongens.' Maggies zucht sprak boekdelen over wat ze daarvan vond. 'Jongens zijn irritant.'

Bryans mondhoeken trokken. Ah, de botte eerlijkheid van een kind.

'Behalve jij dan,' zei Maggie, stoppend boven aan de trap. Ze klopte met haar vrije hand op de zijne. 'Jij bent niet irritant. Jij bent lief.'

Zijn hart smolt ter plekke. Hij was verbaasd dat het niet de trap af droop, zozeer raakten haar woorden hem. Want ze meende het. Kinderen van haar leeftijd waren meedogenloos eerlijk—en die waarheid kon pijn doen of je hart verwarmen.

Hij tilde haar op in zijn armen en legde een paar seconden zijn voorhoofd tegen het hare. 'Dank je, Maggie. Ik vind jou ook heel bijzonder.'

Ze klopte op zijn wangen en gaf hem een kus op zijn neus. 'Nu zijn we speciale maatjes. Dat deed mijn papa altijd met mij voordat hij stierf.'

Bryan smolt helemaal weg en hij kon alleen maar knikken. Verdorie, hij moest zelfs een paar keer knipperen zodat zij hem niet in tranen zou zien schieten.

Hij droeg haar de trap af en maakte zijn passen een tikje extra veerkrachtig zodat haar kreetjes van plezier de zware emotie die zij in hem had achtergelaten, zouden wegvagen. Ze konden haar gelach allebei gebruiken.

Kelsey stond niet al te geduldig te wachten in de familiekamer, terwijl ze probeerde heel volwassen en cool te doen bij haar vriendinnen. Hoe hij zich die tijd nog herinnerde. Het was zwaar opgroeien met één ouder, en met de manier waarop haar vader was gestorven...

Hij had zijn huiswerk gedaan na die eerste avond. Alle persverslagen gelezen. De verdenking gezien die op Mike Hamilton had gerust in de dagen na zijn dood. Het kon niet makkelijk zijn geweest voor Beth, die moest omgaan met zijn dood *én* voor haar kinderen zorgen *en* de pers te woord staan. De pers kon meedogenloos zijn, vooral als ze een verhaal roken. En dat deden ze. Hij had zichzelf op betrapt dat hij boos werd terwijl hij de speculaties las die uiteindelijk nergens op bleken uit te draaien. Mike was van alle blaam gezuiverd en zijn staat van dienst bleef ongeschonden—zoals het hoorde.

Bryan tilde Maggie op de bank en liep naast Kelsey staan. Haar schouders gingen naar achteren. Haar hoofd kwam een beetje hoger.

Toen sloeg hij een arm om haar heen. Haar *cool*heidsfactor schoot exponentieel omhoog; hij zag het aan de ontzagvolle blikken van haar vriendinnen. Mooi. Als hij dit voor haar kon doen, was een schort aantrekken het waard.

'Oké, meiden, ik heb een paar minuten om dit te doen. Wie maakt de foto's?'

'Oh, eh, juist.' Kelseys gezicht betrok.

'Ik wel!' Maggie stak haar hand op, haar kleine gezichtje zo vol hoop dat Bryan al half in een pijnlijke grimas schoot, omdat hij wist wat er kwam toen Kelsey haar hoofd schudde.

'Geen denken aan, Mags. Ik haal Mam.'

Zijn pijnlijke grimas ging over in een glimlach die hij niet kon onderdrukken.

Hij probeerde die te dempen toen Beth verscheen, haar handen aan een theedoek afvegend, zo June Cleaver dat hij eigenlijk de andere kant op had moeten rennen, maar dat deed hij niet.

Ze stokte toen ze hem zag, en de blik die ze hem gaf was *verre* van June Cleaver.

Hij moest zichzelf toespreken om de natuurlijke reactie van zijn lichaam te bedwingen. *Tienermeisjes* werd zijn mantra. Niets beter om het effect dat Beth op hem had te doden.

De fotosessie ging van 'een paar minuten' naar een goed halfuur toen de meisjes ontdooiden en niet langer starstruck waren.

Toen doken hun moeders op.

Beth deed de deur open terwijl hij net de laatste foto afrondde en ze kwam de woonkamer weer binnen met een verontschuldigende blik op haar gezicht. 'Ehm, Bryan? De moeders vroegen zich af of ze misschien, eh...'

'Natuurlijk. Geen probleem. Maar waarom gaan we niet even naar buiten, dames?' Hij ontmoette zijn fans graag en hij wist als geen ander dat zijn looks de grote trekker waren. Hij maakte zichzelf daar geen illusies over, en hij werkte aan zijn uiterlijk precies om die reden. Dat had hem op laten vallen, maar hij moest aan zijn vak werken om de opdrachten te laten binnenkomen. Hij wilde geen pretty boy-grap worden als alles gezegd en gedaan was. Daarom ook probeerde hij uit de actieheldrollen weg te bewegen. Niemand won daar een Oscar voor. Het waren de solide acteerprestaties bij emotioneel complexe personages die de Best Actor-prijzen opleverden, en daar had Bryan al een oog op sinds zijn eerste SAG-rol.

Hij poseerde op het terras voor genoeg foto's om een tijdschrift een heel jaar te vullen, beantwoordde een berg vragen en ving een paar niet al te covert uitnodigingen op met zijn gebruikelijke niet-committerende goedmoedigheid, terwijl hij zich er voortdurend van bewust was dat Beth op de achtergrond rondhing en af en toe zijn kant op keek.

Ze was die bijna-kus niet vergeten. Mooi. Nou ja, misschien was dat mooi. Hij had bijna de grenzen overschreden en dat zou zó niet goed zijn. Voor geen van beiden.

Geen gezeik, Sherlock. Lijkt zij je het type dat zomaar met willekeurige kerels staat te zoenen?

Jaloezie kolkte in zijn buik, wat hem verbaasde, want hij was nooit het jaloerse type geweest. Noem het arrogantie, maar als een vrouw iemand anders wilde, ging hij echt niet smeken. In feite stonden ze voor hem in de rij.

Maar met Beth... Hij begreep het niet. Zij was alles wat hij *niet* nodig had op dit punt in zijn leven, juist nu zijn carrière klaarstond om naar dat volgende level te gaan. Zijn agent rekende op een nieuwe romantische hoofdrol om hem geloofwaardigheid in alle rollen te geven. Om te laten zien dat hij zowel emotionele als actierollen aankon. Hij zou worden gezien als een manusje-van-alles en groots doorbreken.

Het laatste wat hij nodig had, was weg te kwijnen om een moeder van vijf in het middenklasse-Amerika. Dit was zijn tijd om te schitteren. Om zijn stempel te drukken. Niet vast te komen zitten aan wortels die zo diep gingen dat hij nooit meer vrij zou zijn.

Vastzitten? Vastzitten? Waar heb je het in vredesnaam over, Manley?

Hij wist het niet en hij wílde het niet weten. Bryan toverde een brede, charmante filmsterrenlach op zijn gezicht en keek naar de laatste moeder van het stel. Hij zwierde haar in zijn armen in een klassieke romantische pose, wetend dat het binnen enkele minuten de Twitterverse zou halen en de speculaties over zijn komende film zou aanwakkeren. Het draaide allemaal om publiciteit. En zo zou het altijd blijven.

Beth kon niet voorkomen dat ze een steek jaloezie voelde toen Lori haar armen om Bryans nek sloeg en aan hem bleef hangen. Beth wilde degene zijn die daar stond. Wat natuurlijk onzin was. Belachelijk. Ze had vanavond nota bene een afspraakje, en Bryan poseerde alleen voor een foto, niet om Lori van haar voeten te tillen en met haar de zonsondergang tegemoet te rijden voor een happily ever after. Bryan was niet gemaakt voor deze wereld. Dit leven. Hij was voor groter en beter geschapen. De glitter en glamour van Hollywood. Weken in Zuid-Frankrijk op filmfestivals. Awardshows, rode lopers en interviews...

Interviews. Onthouden, Beth. Publiciteit. PR.

God, wat had ze interviews gehaat. Iedereen had met haar willen praten toen Mikes carrière onder verdenking kwam te staan. Toen had ze wel moeten spreken. Hem moeten verdedigen. Hij was een goed man, en een geweldige piloot. Hij zou zijn passagiers, zijn carrière, zijn *leven* nooit in gevaar brengen. Zo was Mike niet, en dat is wat ze iedereen had verteld. Maar toch hadden ze elk aspect van zijn carrière doorgelicht terwijl het officiële onderzoek liep. Mike was door de pers berecht. Ze hadden nooit een vonnis geveld, omdat, zo had Beth geconcludeerd, ze erachter waren gekomen dat Mikes imago zo brandschoon was dat er geen verhaal in zat.

Maar bij Bryan...

Nee, die mate van aandacht had ze niet nog eens nodig in haar leven, en hoewel ze moest toegeven dat ze zich zeker tot Bryan aangetrokken voelde, kon het nergens toe leiden. Dat zou ze niet toestaan. Ze was geen flirt op de set. Ze had vijf kinderen voor wie ze het goede voorbeeld moest geven. Vijf kinderen die voor alles van haar afhankelijk waren. Ze kon het zich niet veroorloven zichzelf te verliezen in de hyperactiviteit die Bryans leven was, en ze kon zich niet laten afleiden door *wat-alsen* die toch nooit zouden uitkomen.

Dus verborg ze haar grimas toen Lori gilde en haar hoofd achterover gooide, om de borstvergroting van drie mille te showen, en slikte ze het weg alsof het niets betekende. Want eerlijk, het kon—*moest*—niets betekenen.

'Dames, het spijt me dat ik er een punt aan moet maken, maar ik ben hier eigenlijk om te werken. Beths vriendinnen betalen hiervoor, en ik wil zorgen dat zij waar voor haar geld krijgt.'

Beth zou die waar best in een andere vorm van betaling willen krijgen—

Ze had een afspraakje. Vanavond. Met een dokter. Ze moest Bryan uit haar hoofd zetten.

Ze stootte met haar rug tegen de gasbarbecue met een *clang*. 'Oh. Sorry,' zei ze, toen ze allemaal naar haar keken—voor het eerst sinds ze waren aangekomen, want ze hadden alleen oog gehad voor Bryan.

Bryan greep de afleiding aan en, met Maggie die achter hem aan liep, liep hij naar de buitentrap richting de kelder. Verdorie. Ze had nog geen kans gehad de kinderen op hun kop te geven dat ze het moesten opruimen en God mocht weten wat voor etensresten ze daar beneden hadden achtergelaten.

'Kom op, Beth,' vroeg Julia, de vrouw van de voetbalcoach van Mark en Tommy, toen ze hem de trap af zagen gaan—en Julia had niet eens een dochter hier bij Kelsey. 'Hij gaat toch niet echt *schoonmaken,* toch? Het is alleen maar een dekmantel, hè?'

'Ja, zeg ons alsjeblieft dat ze hier een film draaien of zo? Een magazineshoot?'

'Hé, hij mag best spreiden—'

'Mikayla!' Debbie Johnson tikte Trash Mouth Mikayla McCarty—die haar bijnaam eerlijk, zij het niet chic, had verdiend—tegen haar arm. 'De meisjes kunnen je horen.'

'Ik hoop dat *hij* me hoort.'

Beth keek naar hen vijven, allemaal voetbal- en Ouderraadmoeders zoals zijzelf, met grote, verwachtingsvolle ogen en hoopvolle glimlachen op hun gezichten.

Was dit wat ze waren geworden? Roddellustige tieners in vrouwenlichamen, pratend over een man waarvan ze dachten dat ze hem kenden door zijn publieke imago, maar eigenlijk niet? Kwijlend over hem? Hem reduceren tot een stuk vlees? Was dit wat hij dagelijks moest ondergaan? Posen voor foto's met vreemden die de verpakking mooi vonden maar geen idee hadden van de man die erin schuilging?

'Sorry dat ik jullie moet teleurstellen, dames, maar ja, Bryan is hier om schoon te maken.' Ze schikte de hoes van de barbecue en liep toen naar de Franse deuren terug de keuken in. 'Ik laat Kelsey de meisjes via de voorkant naar jullie toe brengen.'

Ze liep door de tornado van ontbijtborden waar Kelsey haar vriendinnen op had getrakteerd, en trok een grimas bij de gedachte dat Bryan dit zou zien. Hij had haar keuken gisteren nog spic en span gemaakt; nu leek het wel of er een bom was ontploft. Orkaan Hamilton had weer toegeslagen.

Ze schopte de sneakers van haar oudste uit de weg, net toen de tv tot leven kwam. Ah, goed. Jason was wakker. 'Jase!'

'Ja?' Zijn Cousin Itt-kop kwam omhoog van de bank.

'Serieus? Ben je moe? Je hebt toch net twaalf uur geslapen?'

'Uh, niet echt, mam. Ik was op om *Call of Duty* te spelen met de jongens.'

Ze háátte dat spel. Bloed en dood en vernietiging. Dat kon niet gezond zijn. Ze had het met de hulpverlener besproken, maar die had gezegd dat ze hem moest laten spelen. Het was een sociaal kanaal voor Jason, een manier om contact te hebben met vrienden die niets van de familietragedie wisten. Het gaf Jason de kans aan de herinneringen te ontsnappen. Een plek en tijd waarin hij niet hoefde te herinneren en gewoon kind kon zijn.

Maar dat betekende niet dat zij het leuk hoefde te vinden of hem het als excuus mocht laten gebruiken om zijn deel in huis niet te doen. 'Nou, trek je vermoeide lijf van de bank en pak alle vuilniszakken. Ze moeten vandaag naar buiten.'

'Ah, man, mam. Waarom moet ík het doen? Daarvoor hebben we Meneer Belangrijk hier toch?'

'Ik houd niet van je toon, Jason. En nee, dáárom is Bryan niet hier. Hij is hier om schoon te maken, niet om jouw persoonlijke opruimjongen te zijn.' Ze ging niet denken aan het idee dat hij *haar* persoonlijke wat-dan-ook-jongen was. 'Je bent misschien klaar met school voor de zomer, maar dit is geen vakantie. Die man heeft wel wat beters te doen dan achter jou op te ruimen. En ik ook.' Ze slingerde een van zijn stinkende sokken naar hem. Ze had geen broers gehad vroeger. Alleen een oudere zus die meer op een oppas leek dan op een zus. Een 'oepsje' zijn was niet leuk als er twaalf jaar tussen jou en je enige sibling zat.

'Ah, mam, kan het niet wachten tot een reclame?'

'We hebben een DVR, Jase. Zet de show op pauze en doe het.' Technologie had zo z'n voordelen.

Vooral toen Jason bij de volgende reclame het beeld stilzette—een foto van Bryan die uit dat meer kwam met de bommen die achter hem uit elkaar spatten, en niets dan een laaghangende cargobroek die elk moment een kleding-blunder dreigde te veroorzaken.

'Hé, kijk eens wie het is.' Jason zwiepte zijn haar opzij zodat zijn ogen vrij kwamen. 'Die gast ziet er wel heel anders uit in een schoonmakstersuniform.' Hij snoof.

'Jason, wat heb je nou precies tegen Bryan? Je bent al knorrig sinds hij hier is.'

Hij liet meteen zijn hoofd hangen en staarde naar zijn vingernagels. 'Weet ik veel. Het is gewoon raar. Een kerel die ons huis schoonmaakt. Wat schiet hij ermee op om bij een willekeurig gezin thuis rond te hangen? Waar is zijn mankaart?'

Mankaart? Haar veertienjarige zoon had het over *mankaarten*? Ze wist niet hoe ze hiermee om moest gaan. Ze was geen kerel. Kerels wisten hoe dit soort dingen zaten. Daarom had ze een mannelijke therapeut gekozen, in de hoop dat hij de mannelijke invloed kon bieden die zij niet kon. Maar *mankaart*? Wat moest ze daarop zeggen?

'Hij wordt ervoor betaald, Jase. Het is zijn werk.'

'Kom op, mam. Word eens wakker. Die gast verdient een ziljoen per minuut. No way dat hij het geld nodig heeft door hier te werken. Dus wat is zijn bedoeling?'

'Hij helpt zijn zus. Het is háár bedrijf.'

Jason haalde zijn schouders op. 'Als ik hem was, schreef ik een cheque en was ik klaar. Hij kan het toch niet *leuk* vinden om achter ons op te ruimen. Dus wat is het verhaal?' Nu keek Jason haar aan. Indringend. Hij duwde zelfs zijn haar van zijn voorhoofd. 'Waarom *jij*, mam? Waarom koos hij *jou* om voor te schoonmaken?'

Zij? Jason maakte dit over *haar*? Had hij gezien wat er bijna was gebeurd tussen haar en Bryan na Shermans hek-escapade?

'Jason Michael Hamilton. Ik hou niet van wat je insinueert en ik wil hier geen woord meer over horen. Bryan werkt voor zijn zus, en Mrs. Leopold en Mrs. Harte waren degenen die besloten dat ik een hulp nodig had. Zij betalen hiervoor. Het heeft niets met Bryan te maken. Ik weet niet waarom hij voor zijn zus werkt, maar dat is onze zaak niet. Feit is, hij is hier, hij werkt, en daarmee is het klaar. Maar hij is niet jouw persoonlijke slaaf, dus verzamel al het afval en pak dan je kamer aan. Het begint daar een gevaar voor de volksgezondheid te worden. Ben ik duidelijk geweest?'

Het haar flopte weer voor zijn ogen terwijl hij iets mompelde.

'Dat verstond ik niet.'

'Ja, mevrouw.'

Ze kromp ineen bij het woord 'mevrouw'. Niets maakt je twintig jaar ouder dan die term, maar het was de grootste blijk van respect die ze kon hopen te krijgen, dus ze liet het passeren. Hij liep de trap op naar de rampplek die zijn slaapkamer was.

Beth blies haar adem uit toen hij de hoek om was en ze zijn zware tred sjokkend de treden op hoorde gaan. God, wat had hij gesuggereerd? Dacht hij echt dat Bryan hier was voor iets anders dan waarvoor hij was aangenomen?

Of *hoopte* hij dat?

Ze wist niet waar die gedachte vandaan kwam, maar hij resoneerde bij haar. Jason had de afgelopen twee jaar, sinds Mike's dood, snel volwassen moeten worden. Twee jaar waarin Jason in de puberteit was geraakt, de moeilijkste fase van zijn leven. En dat terwijl hij om moest gaan met de gruwelijke dood van zijn vader...

Hij wílde niet de man in huis zijn. Dat had zij ook niet gewild, maar Jason had sommige dingen op zich genomen. Niet het afval—dat had zij hem in de schoenen geschoven, omdat klusjes klusjes waren en ze hulp nodig had. Maar het verantwoordelijkheidsgevoel dat hij soms had, het letten op de andere kinderen, het geld dat hij in de rits van zijn zitzak opzijzette en waarvan hij dacht dat zij het niet wist... En die verdomde blik van begrip op zijn gezicht elke keer dat hij haar met het chequeboek zag, of wanneer ze op haar laatste zenuw met Tommy en Mark zat, of Sherman onder de veranda vandaan groef... Allemaal dingen waar haar man zich zorgen over had moeten maken, niet haar veertienjarige zoon. Maar het universum zag dat niet zo. Daarom ging ze, eens te meer, op een afspraakje waar ze eigenlijk geen zin in had.

'Het gaat best goed met hem, weet je.'

Beth keek op, geschrokken, en zag Bryan in de deuropening staan, van achteren door de zon belicht—het perfecte accent op dat idioot goede lijf van hem, dat ze helemaal niet hoorde op te merken, maar waarvoor je wel dood moest zijn om het níét te doen.

'Ik... Sorry. Wat?'

Bryan zwierde een stofdoek over zijn schouder en slenterde de kamer in. Oh, hij deed het niet expres, maar de man was zó natuurlijk sexy dat die swagger gewoon gebeurde. En het deed haar kwijlen, terwijl ze zich tegelijk afvroeg, in volle, felle Technicolor, hoe het zou voelen om tegen dat lichaam verpletterd te worden, met zijn armen om haar heen en zijn lippen op de hare en God! Wat was er *mis* met haar? Bryan kon niets voor haar zijn. Ze was net zo erg als Lori en Mikayla en de rest van de moeders.

'Jason,' zei Bryan, niet beseffend welke kant haar gedachten op tolden. 'Zijn chagrijnigheid hoort bij veertien zijn, maar hij groeit eroverheen. Het is een goede jongen. Rommelig, maar hij ging wel naar boven zonder een grote mond te geven.'

Hij wilde op de leuning van de bank gaan zitten, maar Beth schoof opzij zodat hij op de bank zelf kon zitten. *Naast* haar.

'En raad eens?' Hij knipoogde naar haar.

Knipoogde naar haar. Geen wonder dat miljoenen vrouwen in zwijm vielen zodra hij op het scherm verscheen.

'Beth?'

O God. Hij betrapte haar terwijl ze over hem fantaseerde. 'Uh, wat?' Dat moest de lading wel dekken van wat hij haar ook gevraagd had.

'Ik betrapte hem er vanmorgen op dat hij sokken uit zijn lade haalde en ze door zijn kamer smeet.'

Dat blies de mist weg die Bryan over haar normale rationele denkprocessen had gelegd. 'Wat? Waarom zou hij dat doen? Hij heeft al die tijd eraan besteed om het op te ruimen.'

Bryan glimlachte en het was dodelijk. 'Precies. Hij heeft het opgeruimd omdat jij hem dat liet doen, maar hij wil de controle over zijn kamer. Zijn omgeving. Zijn wereld. Hij heeft zo weinig gehad dat die kleine daad van zijn kamer weer rommelig maken hem plezier geeft. Hem dat gevoel van controle geeft dat hij nodig heeft. Het is een goede uitingsvorm. Beter dan andere manieren waarop hij zou kunnen gaan rebelleren om controle over zijn leven te nemen.'

'Ik dacht dat je acteur was, geen therapeut.'

Er trok een vreemde uitdrukking over Bryans gezicht en hij keek weg. Oh, het was kort, maar genoeg voor Beth om te beseffen dat ze een gevoelige snaar had geraakt.

'Ik, uh... ik... ben een tijdje naar iemand gegaan. Een therapeut. Om, je weet wel, wat dingen op een rij te zetten. Ik heb van alles geleerd over de behoefte om de controle te houden.'

'Je ouders.' De woorden waren eruit voor ze ze kon tegenhouden. Gelukkig klapte hij niet dicht en liep hij ook niet kwaad weg.

In plaats daarvan blies hij zijn adem uit en knikte. 'Ja. Het was zwaar.'

'Dat kan ik me voorstellen. Het spijt me.'

'Jij hoeft je nergens voor te verontschuldigen.'

'Nou ja, omdat jij in mijn huis komt en hetzelfde soort ding ziet waar jij vast doorheen bent gegaan.'

'Beth.'

Hij legde zijn hand op haar knie. Het was een lichte aanraking. Volledig aseksueel, daar was ze zeker van. Of in elk geval was dat vermoedelijk hoe hij het bedoelde, maar zo voelde het voor haar absoluut niet. Er schoot een vonk haar been in, door haar buik, die haar alle lucht uit de longen trok en in haar keel deed vastlopen. Net als toen hij haar bijna had gekust.

'Ik wilde je alleen maar zeggen dat, voor zover ik kan zien, en omdat ik iets soortgelijks heb meegemaakt, jouw kinderen het goed doen. Natuurlijk dragen ze het verlies mee—dat gaat nooit weg—maar ze zijn gewone kinderen. *Jij* bent degene die elke minuut van elke dag ziet dat hun vader er niet meer is. En dat snap ik, echt. Maar zij niet. Soms vergeten ze het zelfs even. Of zijn de herinneringen goed, niet pijnlijk.'

Daarna vertelde hij haar dat Maggie Mikes speciale knuffel met hem had gedeeld, en Beth was totaal van haar stuk. Niet alleen dat Maggie Bryan dat had laten zien, maar dat ze daarbij ook nog had geglimlacht.

'Je zegt dat niet alleen om mij een beter gevoel te geven.'

Hij grinnikte. 'Geloof me, als mijn broers je dat horen zeggen, zullen ze je onomwonden vertellen dat ik geen dingen zeg om mensen zich beter te laten voelen. Dat ik meedogenloos eerlijk ben. Soms tot op het irritante af.' Nu knepen zijn vingers even in haar knie, net voordat hij zijn hand wegtrok. 'Nee, als er al iets is, vertel ik je juist het slechtste. Maar de waarheid is, kinderen *zijn* veerkrachtig. Zij hadden maar, hoeveel jaren het ook waren, met Mike. Jij had er zoveel meer. Voor jou is het moeilijker om je aan te passen, omdat hij al zo lang in je leven was. In je plannen voor de toekomst. Dat ben je allemaal kwijt.'

'Probeer je me me *beter* te laten voelen?' Ze koos voor humor. Want alles anders zou haar aan het huilen maken. Inclusief de gedachte dat Bryan Manley haar probeerde te troosten. Haar wereld was de afgelopen twee jaar al zo verschoven, en hier verschoof hij alweer.

Het sloeg scherp af richting Ojee-stad toen hij schaapachtig glimlachte. 'Gok dat ik er niet zo'n beste beurt van maak, hè?'

Hij deed veel meer dan hij besefte.

Hou op, Beth! schreeuwde haar onderbewuste. *Dit betekent niets. Hij betekent niets. Hij is eraan gewend om vrouwen zich bijzonder te laten voelen. Dat is zijn werk. Daardoor is hij zo succesvol geworden. Stop met er dingen in te lezen die je er graag in wilt zien. Want ze zijn er niet en je gaat er alleen maar pijn van krijgen.*

Pijn. Juist. Pijn. Pijn was waardeloos. Pijn was slecht. Ze had geen extra pijn nodig.

Ze haalde diep adem en stond op, terwijl ze probeerde niet te merken hoe koud haar knie ineens aanvoelde zonder zijn grote, sterke hand erop.

'Beth, wat is er?' Bryan greep haar hand.

Ze rukte hem los. Of, nou ja, dat probeerde ze. Hij liet niet los.

Ook zijn blik liet de hare niet los. Niet gedurende de hele, lange, trage tijd die het kostte voor hem om naast haar overeind te komen, zijn blik op gelijke hoogte met de hare, en daarna hoger toen hij zijn volle lengte bereikte. Ze was vergeten hoe lang hij was.

Hij pakte haar andere hand en bracht hun verstrengelde handen tussen hen in, waarbij hij haar knokkels tegen zijn borst liet rusten.

Zijn zeer stevige, scherp afgetekende, gespierde borstkas.

'Beth, als dit gaat over wat er bijna gebeurde in de achtertui—'

'Kunnen we het daar niet over hebben?' Ze probeerde stiekem haar handen los te trekken, maar dat was een lesje in nutteloosheid. En nederigheid.

'Blijkbaar moeten we dat wel, anders blijft het niet alleen tussen ons hangen, maar groeit het uit tot een enorm probleem.'

'Nee hoor. Echt. Ik ben het al vergeten.' De manier waarop haar vingers met de zijne verstrengeld waren telde als gekruist zijn, toch?

'Je liegt.'

Duidelijk niet.

'Ik...'

'Niet doen, Beth.' Hij deed nog een stap naar voren, al snapte Beth niet hoe dat kon, aangezien ze al tegen hem aan geplet stond. 'Ontken het niet. Je vindt het misschien niet leuk, maar ontken het niet.'

Het probleem was: ze vond het wél leuk. Dáárom wilde ze het ontkennen.

Maar toen maakte ze de fout haar blik van de zijne los te scheuren en naar zijn mond te kijken. Naar die lippen die ze tegen de hare had voorgesteld en, ineens, was het alsof zonlicht door elk kiertje en iedere ruit en deur het huis binnenbarstte. Fel, verblindend licht, dat haar en Bryan omsloot totdat er hier niets anders meer was dan hij. Die boven haar uittorende, waardoor ze zich zo klein voelde. En teer. Alsof ze bescherming nodig had. Alsof híj degene was die dat voor haar zou doen.

Het was veel te lang geleden dat zij niet degene had hoeven zijn die de controle hield. Die overal bovenop zat. Alles in balans kon houden zonder onder de druk te bezwijken. Maar met Bryan hier, die haar handen vasthield, zijn ogen zo intens op haar gericht, zijn vingers zo stevig om de hare geklemd, kon ze even, heel even, haar lasten van zich af laten glijden en weten dat híj ze zou dragen op die ongelooflijk brede, sterke schouders.

Ze wilde hem kussen. Tegen hem aanleunen en haar handpalmen tegen zijn borst drukken, ze plat tussen hen in, terwijl de ruggen van zijn handen tegen haar borsten duwden. Het was zo lang geleden dat ze de handen van een man op zich had gevoeld en nog langer dat ze op haar borsten hadden gelegen en, o God, ze miste het. En alleen al om die reden moest ze nú stoppen met fantaseren.

'Bryan.'

'Beth.'

Haar naam klonk zacht. Hees. Alsof hij net wakker was geworden in haar bed, zijn haar verward, de resten van een nacht vrijen aan zijn huid plakkend zoals zij het wilde, helemaal warm en voldaan en bloedje-sexy, en waar de *hemel* haalde ze dit in vredesnaam vandaan?

'Bryan, ik kan niet. Wij kunnen niet.' Ze loog. Ze kon het prima, en God (en zij) wist dat *hij* het zeker kon. In die broek bleef weinig te raden over. 'Ik heb kinderen.'

'Ik weet het.'

'Ik ben een moeder.'

'Ik snap het.'

'Ik ben—'

'Jij. Jij bent jij.' Bryan maakte hun handen los en liet een knokkel over haar borstbeen glijden, zijn blik volgde die de hele weg, tot hij haar shirt bereikte en niet verder kon. Niet zonder haar toestemming.

Ze wilde hem die toestemming geven.

Maar deed het niet.

'Ik heb kinderen voor wie ik een voorbeeld moet zijn.'

'Ik weet het.'

'Ze mogen niet zien dat ik je kus.'

'Ik weet het.'

'Ze zouden het niet begrijpen.'

'Begrijp *jij* het?'

De vraag was zacht, maar zei meer dan genoeg. Nee, zij begreep het niet. Ze snapte niet hoe of waarom *dé* Bryan Manley in haar huis was, de boel opruimde achter haar kinderen en de hond en de hamsters en... *haar*. Nu ruimde hij achter haar op, alleen was het bij haar niet iets tastbaars als haar ondergoed of haar was of het chequeboek of een koekenpan. Bryan raapte de stukken op waarin haar leven uiteengevallen was. Misschien zonder het te weten, want hoe zou hij kunnen weten of wíllen weten wat ze de afgelopen twee jaar had doorgemaakt, wat nu bepaalde wie ze in de toekomst zou zijn? En waarom zou hij daar überhaupt in geïnteresseerd zijn? Ze was niet blind; haar achterwerk was wat verder uitgezet dan haar lief was. Oké, *veel* verder. En ze was een moeder. Van chagrijnige tieners, hyperactieve tweeling en een hond die de Energizer Bunny het nakijken gaf. Hoe en waarom zou *dé* Bryan Manley haar aantrekkelijk genoeg vinden om haar te willen kussen?

'Nee. Ik begrijp het niet.'

Zijn blik zocht haar gezicht af. Hij haalde een hand door haar haar, zijn vingers bleven net iets te lang hangen, speelden met de punten, wogen het, terwijl hij zijn hand eronder schoof om haar wang te omvatten.

Zijn duim streek over haar lippen en het kostte haar al haar zelfbehoud om hem niet te kussen. Om niet net genoeg te openen om hem tussen haar lippen te nemen.

Zijn hand gleed langs haar hals, zijn duim rustte nu op haar bonzende halsslagader.

'Dit is krankzinnig,' fluisterde hij half.

Beth verstijfde. Ze wou dat hij het voor zich had gehouden. Hij hoefde haar ergste vermoedens niet te bevestigen.

Ze deed een stap achteruit, maar Bryan liet niet los. 'Ren niet weg, Beth.' Dit was beslist een fluistering.

'Je zei het zelf: dit is krankzinnig.'

Hij wendde zijn blik geen moment af, maar zijn duim vond feilloos haar onderlip en streek erover. 'Wat ik voor je voel, is krankzinnig. Wat ik met je wil doen, is krankzinnig.' Zijn duim streek zo zacht over haar wang, maar onder haar huid ontbrandde het duizend vuren. 'Ik wil je over mijn schouder gooien, de trap opstormen, je slaapkamerdeur open trappen en daar minstens een week blijven.'

Haar knieën begaven het. Letterlijk.

Gelukkig stond de bank vlak achter haar, want het lukte haar haar billen erop neer te planten in plaats van op de grond weg te smelten, maar de lading van die woorden... De onverbloemde lichamelijkheid van dat mentale beeld... De blik in zijn ogen terwijl hij weigerde haar aan te kijken los te laten... Beth kon niet geloven dat het vuur dat zijn woorden aanwakkerden nog heter brandde dan het vuur dat zijn duim op haar huid had doen oplaaien.

'Het spijt me.'

Hij zag er niet erg schuldbewust uit.

'Dat had ik niet moeten zeggen.'

'Je hebt gelijk. Dat had je niet moeten zeggen.'

Niet tenzij je het kunt waarmaken.

Wat in hemelsnaam was er mis met haar?

Niets, lieverd. Je bent een normale, warmbloedige Amerikaanse vrouw die al twee jaar alleen is. Je verlangt naar een band en goede ouwe Bry hier is één grote, krachtige. Ga ervoor, schat. Geniet.

Het was niet Mikes stem in haar hoofd, maar ze kon zich bijna voorstellen dat het die van hem was. Hij zou willen dat ze verder ging. Gelukkig werd. Bemind werd. Gewild.

Maar met *Bryan Manley*? En was dat niet sowieso een les in zinloosheid? Tuurlijk, hij had gezegd dat hij haar wilde, maar voor een *week*. Hoe goed die week ook zou zijn, zij had een man nodig die haar een leven lang wilde. En misschien zou die vent van vanavond die man kunnen zijn. Waarom dat op het spel zetten voor een fantasie?

Met de schamele restjes mentale veerkracht die ze nog ergens in zich had, haalde Beth diep adem, beval haar knieën te doen wat ze moesten doen en stond weer op. Het lukte haar zelfs haar hand los te trekken. 'Je hebt gelijk. Dit *is* gek. Ik ben die vrouw niet, Bryan. Ik ben een moeder. Ik heb kinderen. Ik kan me geen week opsluiten in een kamer en de buitenwereld vergeten. Het zal fijn zijn, dat wereldje van jou waarin dat kan, maar hier, aan Acorn Lane, heb ik carpoolritten en voetbaltrainingen en pianovoorspelen en een dagbaan.' Ze kneep in zijn hand en voelde een antwoordende kneep in haar borst. Ze deed het juiste. 'Ik waardeer het dat je dat zegt, maar het is waarschijnlijk beter als ik dat pad niet opga, zelfs niet in mijn dromen. Jij bent over een paar weken weg, terug naar je glamoureuze leven, en ik ben dan nog steeds hier. Met de carpoolritten, en de zwemlessen en—'

'Mam!' Een reusachtig knuffeldier waggelde de kamer binnen.

'En Chewbacca.' Ze liet Bryans hand los, haalde nog eens diep adem en sloeg die deur dicht. Voor goed. 'Maggie, geef je broers hun speelgoed terug.' Mike had een knuffelreplica van ruim een meter hoog gekocht toen de jongens twee waren, en ze koesterden dat ding nog steeds tot op de dag van vandaag. Wat misschien te maken had met het feit dat Mike hem aan hen had gegeven, maar wat Beth eerder toeschreef aan het feit dat hij groot genoeg was om op te liggen als ze tv keken.

'Maar mevrouw Beecham heeft een afspraakje nodig.'

Bryan trok een wenkbrauw op. 'Heeft de kat afspraakjes?'

Beth rolde met haar ogen voordat ze wegstapte om de volgende Tornado Hamilton af te wenden, terwijl de jongens Maggie door het huis achterna zouden zitten, het reusachtige knuffeldier alles van elke muur en tafel keilend wanneer Maggie langs rende. 'Welkom in mijn wereld. Chaos centraal.'

· · ·

Bryan vond Beths wereld eigenlijk wel wat hebben, hoe vreemd dat ook mocht klinken. Hij genoot er grenzeloos van om te zien hoe de jongens achter Maggie aan renden met hun capes wapperend achter hen, de Stormtrooperhelm die eraf vloog—oké, het was niet fraai wat dat met dat kristallen ding deed. En toen voegde die knotsgekke hond zich bij de achtervolging en—

Hij plukte Chewbacca uit Maggie's handen terwijl ze hem bijna onderuithaalde, en zij haar gezicht tegen zijn dij begroef en gilde: 'Bryan! Red me!'

Het punt was: hij kón dat. Het enige wat hij hoefde te doen, was met hun moeder trouwen.

Hoofdstuk 10

Bryan kon niet snel genoeg het huis van Beth verlaten.

Trouw met hun moeder.

De hele middag had hij de aanwezigheid van de kinderen in elke kamer van dat huis gevoeld. Op elke muur. Foto's, tekeningen, trofeeën, lintjes... Het was hem nooit echt opgevallen hoe elke kamer in het huis van Beth een soort prijzenkast was voor haar kinderen en haar gezin.

En Mike. Laten we Mike niet vergeten.

Het punt was dat Bryan dat wel wilde. Hij wilde doen alsof hij het recht had om voor Maggie te doen wat ze hem gevraagd had. Toen ze naar hem toe was komen rennen, was het alsof Mac er weer was. De nachten dat ze hun kamer binnenkwam, bang en trillend van haar dromen. Ze kroop meestal bij hem in bed en hij was degene geweest die haar angsten suste. Hij en Mac hadden een speciale band. Misschien kwam het omdat Sean en Liam zo erg op elkaar leken. Ze dachten hetzelfde. Ze waren slanker dan hij, meer het type voor een quarterback, terwijl hij de bouw van een linebacker had. Ze zaten allebei in het onroerend goed en hadden altijd een band gehad die Bryan weliswaar niet buitensloot, maar hem wel liet weten dat hij niet helemaal hetzelfde was als zij. Als hij Mac niet had gehad, zou het hem dwarsgezeten hebben.

Dus toen Maggie hem had gevraagd haar te redden, werd hij rechtstreeks teruggeworpen naar het verleden. Het enige wat hij wilde doen was zijn armen om haar heen slaan en haar beschermen tegen de wereld en wat er ook achter haar aan zat.

Zelfs het feit dat haar achtervolgers Tommy en Mark waren geweest, had dat bijna instinctieve verlangen niet getemperd om haar achter zijn rug te duwen en de confrontatie met haar belagers aan te gaan.

Maar Maggie was Mac niet en hij was geen tien meer. En dan was er Beth.

Ja, hij was beslist geen tien meer.

Trouw met hun moeder.

Dus had hij de tweeling onder zijn armen meegegrist en ze buiten bij de schuur neergezet, met het bevel alles eruit te halen zodat ze de boel konden schoonmaken. Het was een goed plan geweest, maar helaas had hij niet beseft hoeveel tijd de jongens nodig zouden hebben om het uit te laden (vrijwel geen, aangezien ze er een wedstrijd van maakten) en het vervolgens weer *in* te laden (drie uur werk, morgen af te maken). Er was een roep van Beth voor het eten nodig om hem te laten beseffen hoe laat het was en zich te herinneren dat hij die avond een afspraakje had.

Eentje waar hij niet naartoe wilde.

Verrassend, want de vrouw was iemand met wie hij op de middelbare school verkering had gehad. De vorige keer dat hij thuis was, had ze gehint dat ze het contact weer moesten oppikken en hij had haar gebeld op de dag van het pokeravondje. Helaas kon hij haar nu niet meer afzeggen, alleen maar omdat hij een chaotisch diner met een vrouw en haar vijf overactieve kinderen aantrekkelijker vond.

Dus snelde hij naar huis voor een snelle douche en andere kleren, omdat hij niet in uniform op de afspraak wilde verschijnen.

Hij was dubbel zo blij dat hij dat gedaan had toen hij Beth het restaurant zag binnenlopen, vijfenveertig minuten nadat hij en Amber hadden besteld. Dat was ongeveer veertien minuten nadat hij erachter was gekomen dat er een reden was geweest waarom hij en Amber vroeger niet erg lang samen waren geweest.

Hij had net manieren zitten bedenken om de date vroegtijdig te beëindigen toen Beth binnenkwam in een lichtgroene jurk die haar haar nog glanzender maakte — en haar vormen nog vrouwelijker — en Bryans bloed begon sneller te stromen bij de aanblik van haar.

Het kookte nog meer toen de man met wie ze was zijn hand op haar onderrug legde terwijl ze door het restaurant liepen. Daarna liet hij zijn hand over haar schouders onder haar haar glijden en, zelfs vanaf de plek waar hij zat, kon Bryan zien dat Beth zich verstijfde. Hij had zin om die vent eens even haarfijn uit te leggen hoe je een vrouw behandelt.

'... Dus zou je geïnteresseerd zijn, denk je?'

Bryan ving nog net het staartje op van Ambers vraag en de hoopvolle glimlach op haar gezicht, gelukkig nog voordat hij een ontwijkende toezegging deed die hem in de problemen had kunnen brengen. Waar had ze het over gehad?

'Ehm...'

'O, je hoeft me nu nog geen antwoord te geven.' Amber legde haar hand op zijn onderarm. 'We hebben nog even. Cassidy huurt het strandhuis voor de eerste drie weken van de zomer, maar daarna kunnen wij het krijgen als we willen.'

Cassidy. Cassidy Davenport. De socialite van het stadje was ze. Haar vader was een hoge pief in de vastgoedmarkt. Bryan wist precies over welk strandhuis Amber het had; het had in een editie van Architectural Digest gestaan vanwege het innovatieve ontwerp en die afgelegen hottub op het dak die zo ongeveer een privé-oase was.

Daar ging hij absoluut *niet* heen met Amber.

Met Beth daarentegen...

Over handen gesproken: de man met wie ze was had de zijne over de rugleuning van haar stoel gedrapeerd en leek met zijn andere hand met haar vingers te spelen. Zijn lichaamstaal was luid en duidelijk: *Ik heb vanavond geluk.*

Als die verwaande kwast eens wist met wie hij was. Zo was Beth niet. Ze zou niet boven op deze man duiken, en ze kon onmogelijk genieten van zijn bijna claustrofobische gedrag.

'Bryan?'

Verdomme. Amber wilde een antwoord.

Bryan rukte zijn blik met tegenzin los van de inktvisman en richtte zich op zijn eigen date. 'Het spijt me, wat zei je?'

Ze beet even op haar bovenlip. Bryan dwong zichzelf om niet te reageren. Het was niet Ambers schuld dat haar lipgeknabbel niet sexy was zoals dat van Beth, en ze kon er niets aan doen dat ze niet de vrouw was bij wie hij op dit moment wilde zijn.

Of dat die vrouw zes meter verderop zat en de aanranding van een professionele aanrander aan het afweren. Hij zou haar moeten gaan redden.

Maar hij kon het niet. Hij had het recht niet. Een bijna-kus en een onafgemaakte discussie over die bijna-kus gaven hem dat recht niet.

De hand die naar haar knie gleed, was echter een ander verhaal.

'Het spijt me, Amber, maar er is iets dat ik moet regelen.' Hij stond op en legde wat geld op tafel. 'Hier is genoeg voor de rekening.' Hij maakte de belediging niet erger door te zeggen dat hij nog zou bellen. Dat zou hij niet doen. Nooit.

'Oh, maar... maar...'

Het was niet netjes van hem om haar zo te laten zitten, maar de hand van de inktvisman maakte een uitstapje naar de dij van Beth en Bryan begreep niet dat de kerel de hint niet snapte toen Beth zich verstijfde. Je moest wel blind zijn om dat niet te merken.

En als die hand nog hoger ging, zou hij wel eens dood kunnen eindigen.

'Beth?' Bryan legde een flinke dosis *verbazing* in zijn stem, alsof hij auditie deed. 'Ik dacht al dat jij het was.' Hij liet zich in de stoel tegenover haar en de Aanrander zakken. 'Je hebt me niet verteld dat je hierheen ging vanavond toen ik daarnet bij je thuis wegging.'

Dat is raak, klootzak. Ik ben in haar huis geweest. Naakt in haar douche ook nog.

Als het Beth niet in een kwaad daglicht zou stellen, zou hij het hebben gezegd.

'O. Bryan. Hoi.'

Hij kon niet horen of er opluchting of verbazing in haar stem klonk, maar hij hield het op opluchting. Beth was niet het type dat betast wilde worden.

Is dat niet precies wat jij straks bij haar wilde doen?

Verdomme, nu *kon* hij niet meer opstaan van tafel. Niet zonder heel duidelijk te maken dat hij hetzelfde in zijn hoofd had als de Inktvis.

'Eh, Bryan, dit is, eh...' Ze streek een lok haar achter haar oor. 'Hij is, eh —'

'Rob Linders. *Dokter* Rob Linders.' De inktvisman stak geen hand uit. Maar goed ook, want Bryan had hem misschien wel gebroken. En waar zou de *weledele dokter* dan zijn?

Bryan wierp de man hooguit een blik toe, meer bezorgd over hoe ongemakkelijk Beth zich voelde. Oh, verdomme. Kwam het omdat hij was komen opdagen?

Verdraaid. Daar had hij niet bij nagedacht toen hij zich als een holbewoner gedroeg. Misschien vond ze het *wel* prettig dat de dokter haar aanraakte. Misschien was haar reactie alleen maar omdat ze het niet gewend was.

'Dus jullie komen hier vaker?' Ja, hij was aan het vissen, maar hij moest het verdomme weten.

Waarom?

Die vraag zou hij later wel beantwoorden.

'Eh.' Ze keek de dokter aan. 'Nee. Dit is de eerste keer. Onze eerste, eh, date.'

Ze likte zo nerveus aan haar lippen dat Bryan het voor haar wilde doen. Hij had het tenslotte straks bijna gedaan.

'Eerste date?' Nu keek hij de inktvisman wel aan. 'Oh, sorry. Ik wilde niet storen.' Dat wilde hij wél. En de kerel flink aan het twijfelen maken ook. 'Nou, dan ga ik er maar weer vandoor. Ik moet tenslotte morgenvroeg als eerste in je slaapkamer zijn. Linders.' Hij maakte er nu een punt van om de hand van de man te schudden — zodat die van Beth af zou zijn — en zette elke greintje van het beroemde Manley-charisma in. Laat die vent daar maar mee dealen terwijl hij zich afvroeg wat hij in godsnaam in de slaapkamer van Beth te zoeken had.

Stik er maar in, eikel, dacht hij terwijl hij het restaurant uit liep.

De date van Beth eindigde zesenhalve minuut later. De klootzak liet haar echt daar achter. Alleen.

Mooi zo.

Bryan wachtte om de hoek van het restaurant terwijl de auto van de *weledele dokter* wegreed van de stoep. Beth kwam niet naar buiten, hoewel Amber dat wel deed. Jammer dat ze niet tegelijk met Linders naar buiten was gekomen; ze hadden wat met elkaar kunnen krijgen en dat zou in één klap twee van Bryans problemen hebben opgelost.

Hij zou later wel onderzoeken waarom het problemen waren. Op dit moment vroeg hij zich af waar Beth bleef.

Hij gaf haar nog eens vier minuten en vierendertig seconden voordat hij weer naar binnen ging.

Ze zat daar, aan de tafel waar hij haar net had achtergelaten, nippend van een glas wijn. Ze zag er zo etherisch mooi uit bij het kaarslicht en met de verlichte waterval op de achtergrond, dat het leek alsof een regisseur de scène perfect in scène had gezet. Haar natuurlijke gratie terwijl ze daar zat, beheerst, delicaat nippend van haar wijnglas dat het fonkelende licht van het water opving en weerkaatste op haar serene gezicht, benam Bryan de adem. Ze was werkelijk... prachtig.

Hij zou moeten weglopen. Gewoon die ideeën die door zijn hoofd spookten vergeten en haar met rust laten. Er kon niets goeds voortkomen uit het teruggaan naar die tafel en een romantisch diner met haar delen. Niets.

En toch was dat precies wat hij deed.

'Hé, het was niet mijn bedoeling om je date te verpesten.' Hij schoof weer op de stoel die hij elf minuten geleden had verlaten.

Ze trok haar wenkbrauwen op en nam nog een slok van zijn wijn.

'Oké, misschien ook wel een beetje. Maar die vent begon handtastelijk te worden.'

Ze draaide haar glas rond en bestudeerde de wijn even. 'Dank je.'

'Ik— wat?' Hij leunde achterover.

Ze zette haar glas neer en vouwde haar handen in elkaar op de tafel voor haar, als een koele ijsprinses die hij wilde doen smelten. 'Ik zei "dank je". Hij *begon* inderdaad handtastelijk te worden en ik ben uit de oefening in het afweren ervan. Een vriendin van me had ons gekoppeld, en tja... je weet wel. Ze hoopten dat het wat zou worden, maar eerlijk? Ik kreeg het Spaans benauwd van hem.'

'Dat dacht ik ook al.'

'Wat doe jij hier nog?'

'Oh. Ik, eh...' Shit. Hij wilde niet toegeven dat hij een date had gehad. Natuurlijk was zij er ook op een geweest, dus ze kon hem dat niet kwalijk nemen. Niet dat hij überhaupt het recht had om van haar te *vragen* dat ze het hem kwalijk nam. Hij was een grote jongen; hij mocht daten als hij wilde.

En zij ook.

'Ik had een date.'

Haar beheersing haperde heel even.

Mooi zo.

'Een date?'

Hij trok een gezicht. 'Nou ja, het was een soort diner met iemand van de middelbare school, maar ze was... Ik ben gewoon niet geïnteresseerd, snap je?'

Ze zuchtte en pakte haar wijnglas weer op. 'Ja. Ik snap het.'

'Jij was het ook niet?' Om de een of andere idiote reden kreeg hij vlinders in zijn buik. Wat nergens op sloeg, maar ach, veel van wat hij vanavond deed paste niet in zijn Grote Levensplan. Maar op de een of andere manier kon hij zichzelf er niet van weerhouden dit pad in te slaan. 'Lijkt me een goede partij, zo'n dokter.'

Ze lachte zachtjes. 'Dat vond hij zelf in ieder geval wel.'

Bryan lachte met haar mee. 'Ah. Nogal vol van zijn titel, was hij?'

Beth haalde haar schouders op. 'Hoort erbij, denk ik. Ik weet dat Mikes baan ook altijd wel ter sprake kwam in een gesprek. Dat van jou ongetwijfeld ook.'

'Tja, jawel. Dat komt omdat de meeste mensen weten wie ik ben. Een beetje onvermijdelijk.'

'Je gaat best nuchter om met al die roem. Ik kon niet zien of je het saai vond met al die moeders die met je op de foto wilden.'

'Hé, op de dag dat ik dat saai begin te vinden, moet ik ermee stoppen. Elk van die vrouwen en meisjes vandaag, en Jasons vrienden laatst... Het zijn allemaal betalende klanten. Ze geven hun zuurverdiende geld uit om mijn films te zien en stellen mij in staat het werk te doen waar ik van hou. Als ik niet de tijd kan nemen voor iets simpels als met ze op de foto gaan, dan verdien ik het niet om in dit vak te zitten.'

'Hoe hou je dat vol? Altijd maar "aan" staan? Dat er altijd mensen naar je kijken en naar je staren en denken dat ze je kennen door wat ze in de media zien?'

Bryan pakte een nog ongebruikte vork op. 'Het hoort bij het vak. Ik wist waar ik aan begon toen ik voor deze baan koos. Ik *hoopte* er zelfs op dat ik ermee te maken zou krijgen, want dat betekent dat je het gemaakt hebt. Als je het zo bekijkt, als een soort baanovertuiging, valt het best mee. Zolang ik af en toe nog maar een privédiner kan hebben met een prachtige vrouw, vind ik het best.'

Ze zag er nog mooier uit als ze bloosde. 'Ik weet zeker dat je dat voortdurend doet.'

Dat was het probleem; de meeste mensen zouden hetzelfde aannemen. Maar dit diner met Beth was in de verste verte niet zoals een diner met een van de andere mooie beroemdheden met wie hij uit was geweest. En ze hadden nog niet eens *gegeten.*

Hij reikte naar haar hand en verstrengelde hun vingers. Hij vond het fijn om haar zo aan te raken. 'Nee, Beth, dat doe ik niet.' Hij wenkte de ober voor de menukaarten. Geen van beiden had de kans gehad om te eten en hij wilde niet dat ze at wat de Inktvisman had besteld. Ze leek verrast en draaide nog wat aan haar wijnglas. Grappig, het was hem nog nooit echt opgevallen hoe de handen van een vrouw eruitzagen. Niet tenzij ze aan zijn lijf zaten.

Oh verdomme, nu kon hij de tafel wel ondersteunen met de feestvreugde in zijn broek, alleen al bij de *gedachte* aan Beths handen op zijn lichaam.

Wat was het aan haar dat hem zo beïnvloedde?

'Weten de kinderen dat je een afspraakje hebt?'

Oh, fantastisch. Goed bezig idioot, breng de dokter maar weer ter sprake. Verpest de sfeer maar even lekker.

Maar toen verscheen er een klein glimlachje om haar lippen en Bryans temperatuur steeg een paar graden. Geen sprake van een verpeste sfeer.

'Ik heb ze verteld dat ik met een vriend weg ben. Ik wil niet dat ze zich aan iemand gaan hechten tenzij ik weet dat het iets blijvends is. Ze hebben al genoeg meegemaakt en het is niet eerlijk tegenover hen om mannen in en uit hun leven te laten paraderen.'

'Er is een parade?' De woorden floepten eruit voordat hij ze kon tegenhouden. Zelfs voordat hij ze kon *denken*. Hij had niet nagedacht; hij had gewoon gereageerd. In dit geval was dat waarschijnlijk niet de beste aanpak. Het ging hem niets aan met wie Beth besloot af te spreken, of met hoeveel.

Geloof je die onzin die je jezelf wijsmaakt nou echt?

Bryan wenkte de ober en bestelde voor hen beiden. Nee, hij geloofde het niet en het begon hem ook niet meer te schelen dat hij het niet geloofde. Het begon hem überhaupt iets te schelen.

'Geen parade. Maar ik ben wel op een paar dates geweest. Aardige mannen, maar niet met die, je weet wel, vonk.'

Ja, dat wist hij.

Hij nam nog een flinke slok van zijn drankje. In dit tempo had hij er wellicht nog een nodig.

'Vertel me eens wat over je werk, Beth. Daar kregen we laatst de kans niet voor voordat we afgeleid werden.' Door de manier waarop ze eruitzag in haar verkeerd dichtgeknoopte hemd, met haar haar door de war door de wind en terwijl de hond en de kinderen door haar huis raasden. Hij had iets alledaags nodig om zijn gedachten af te leiden van het beeld van hoe sexy ze was geweest, terwijl ze daar stond midden in de chaos — en hoe prachtig ze er op dit moment uitzag in een jurk die de kleur van haar ogen ophaalde en deed vermoeden wat voor perfectie eronder schuilging. Perfectie die hij stevig tegen zich aan wilde houden terwijl hij haar kuste.

Hij *ging* haar kussen. Misschien niet vanavond, maar hij ging het doen. Hij kon niet *niet.*

Maar toen vertelde ze hem over haar werk en Bryan besefte dat er helemaal niets alledaags aan was. Beth was lerares in het speciaal onderwijs op de basisschool. Door de verhalen die ze hem vertelde over haar kinderen — haar leerlingen, maar ze zei het met dezelfde genegenheid en zorgzaamheid als wanneer ze over haar eigen kinderen sprak — besefte Bryan dat mevrouw Beth Hamilton alleen maar specialer in zijn ogen was geworden.

Hij besefte ook dat hij voor haar aan het vallen was.

Was Bryan met haar aan het flirten?

Beth staarde in die prachtige groene ogen, die haar zo intens aankeken, en ze moest even zoeken naar haar ademhaling.

Had hij het over haar? Bedoelde hij dat hij nog nooit met andere mooie vrouwen had gegeten? Natuurlijk had hij dat wel. Was hij met haar aan het flirten of... of zou hij werkelijk *menen* wat hij zei?

En zo ja, wat vond zij daar dan van?

Ze greep weer naar haar wijn en bracht het glas met trillende hand naar haar lippen terwijl Bryan met zijn duim over haar vingers streek.

'Het spijt me. Ik maak je nerveus.'

'Nee. Dat wil zeggen... nou ja...' Ze nam nog een slok. Ze wist niet hoe ze dit moest doen. Wist niet wat het protocol was. Wat ze geacht werd te zeggen. Hoe ze zich moest gedragen.

Bryan nam het wijnglas van haar over en zette het neer. 'Beth.'

Ze raapte al haar moed bijeen en knipperde tegen hem, haar keel nog te dichtgeknepen om iets uit te kunnen brengen.

'Ik vind je heel mooi.'

Haar maag trok samen. Bryan Manley had een manier om een zin uit te spreken als geen ander.

En het *was* een versiertruc. Dat moest wel. Ze had tenslotte vijf kinderen die haar figuur hadden veranderd. Een hond die haar uitputte, en een huis dat op een goede dag al een rampgebied was. Ze had nooit tijd om er zelfs maar *proberen* mooi uit te zien, laat staan dat ze dat ook echt was.

'En ik weet dat dit waarschijnlijk totaal ongepast is, maar ik wil je kussen.'

Daar ging het laatste beetje adem dat ze nog had. En al het gevoel in haar lichaam, behalve de tintelingen van verlangen die uitwaaierden vanaf de plek waar zijn huid de hare raakte.

'Niet hier, natuurlijk. We hoeven niet in het landelijke nieuws te komen.' Hij lachte en, oh, wat deed dat met zijn gezicht. Zijn prachtige, mooie, filmsterrengezicht. 'Niet dat ik het zal doen, trouwens. Nou ja, tenzij je zegt dat het mag.'

Hij gaf haar een uitweg. Het was verstandig om die te grijpen. Dit was tenslotte geen bouquetreeks-romannetje waarin de huisvrouw uit de buitenwijken eindigde met de meest sexy man op aarde en ze nog lang en gelukkig leefden. Niet met vijf kinderen, de hond en het rampgebied. Toch liet haar dichtgeknepen keel het niet toe om iets te zeggen.

Ja hoor, dat is het. Geef de arme dichtgeknepen keel maar de schuld.

Ze likte haar lippen.

'God, Beth. Doe dat niet.' Bryans stem was schor. Gespannen. Laag en sexy en het trilde door haar zenuwen als een lucifer bij buskruit. 'Niet tenzij ik het ook mag doen.'

Haar maag maakte een sprongetje. Nee, eigenlijk was het een golfbeweging. Op een heel prettige manier.

Beth likte haar lippen nogmaals — en wekte de essentie van haar vrouwelijkheid op die de afgelopen twee jaar in de mottenballen van haar ziel had gelegen. 'Als je het recht op mij wilt opeisen, Bryan, eis dat recht dan op. Vraag er niet om. Kus me zoals je wilt. Als ik me terugtrek, hoef je er in elk geval geen spijt van te hebben dat je het geprobeerd hebt. Maar als ik dat niet doe... tja' — ze haalde haar schouders op — 'wie weet?'

Hoofdstuk 11

Bryan verslikte zich bijna. Hij had niet geweten dat ze dit in zich had.

Te zien aan de blik op haar gezicht, wist zij het zelf ook niet. Was dat een goed teken?

Het maakte hem niet uit. Ze had hem zojuist toestemming gegeven — nou ja, ze had gezegd dat hij niet om toestemming hoefde te vragen.

'Ik heb ineens niet zo'n honger meer. Tenminste, niet in eten.' Hij streek met zijn duim over de rug van haar hand, omdat het kon en omdat die zo verdomd zacht en sexy was. Hij moest haar wel aanraken, om te voorkomen dat hij over de tafel zou springen om haar hier en nu te kussen.

Hij zou zich echter niet lang meer kunnen inhouden.

'Dat is jammer. Want ik wel.' Beth pakte haar wijnglas weer op en raakte met haar lippen de rand aan. 'Enorme honger.'

Heilige hemel. Wie *was* deze vrouw en wat had ze met Beth gedaan? *Zijn* Beth. Niet dat hij klaagde — het was fijn om deze sexy, flirterige kant van haar te zien — maar Beth als moeder vond hij ook al ongelooflijk sexy.

Waar bleef die ober in godsnaam?

Een zweem van een glimlach gleed over Beths lippen — precies zoals zijn tong dat wilde doen. Daarna nam ze een slokje van de wijn en Bryans broek begon extreem ongemakkelijk te zitten toen hij een glimp opving van haar tong, die naar buiten schoot om de laatste restjes van een druppel op de rand op te vangen.

Ze was hem aan het martelen. En ze genoot ervan.

Dat spelletje konden ze met z'n tweeën spelen.

Hij liet zijn vingers van de hare glijden. Haar zelfverzekerde blik wankelde even voordat ze zich herpakte.

Toen sperden haar ogen zich sperwijd open toen hij met de neus van zijn schoen langs haar been streek.

'Bryan!' piepte ze half.

Nu was het zijn beurt om zijn waterglas op te pakken en uitgebreid de tijd te nemen voor een slok, terwijl hij constant het oogcontact — en het teen-op-been-contact — handhaafde.

'Wat?'

'Ik... het is... Niets.' Ze nipte een beetje onvast van haar wijn.

Bryan leunde naar voren en nam het glas van haar over, waarna hij haar een glas water gaf. 'Pas op, Beth. Je moet je koppie er wel bij houden.'

Zodat hij haar volledig op hol kon brengen zodra hij haar dit restaurant uit had.

Nee. Niet *meteen*. Hij was niet van plan om haar als een hitsige tiener te bespringen zodra ze op de stoep stonden. Dit zou hun eerste kus worden. Die moest speciaal zijn. Memorabel. Hij wilde dat ze hem nooit zou vergeten.

Ze is niet het type voor een scharreltje, Manley. Onthoud dat.

Ja, dat wist hij. Maar een kus betekende nog geen scharrel. Hij hoefde het niet verder te laten gaan dan een kus.

Maar toen gleed zij met haar teen onder zijn broekspijp, en, mijn hemel, ze had haar schoen uitgedaan.

Bryan verslikte zich in het water dat hij net had gedronken en greep naar een servet. 'Beth! Dat kun je hier niet doen!'

Haar voldane blik was weer terug. 'Maar jij deed het net ook.'

'Ja, maar dat was anders. Ik hield mijn schoen aan.'

'Ik wilde geen schade aanrichten met die hakken.'

Moest ze er nou *echt* de nadruk op leggen dat ze hakken droeg? Was er een man *op aarde* die niet hield van hakken bij een vrouw? Hakken maakten de benen van een vrouw langer, gevormder, brachten haar meestal op de perfecte hoogte om te kussen en gaven hem fantasieën over alle manieren waarop hij ze uit zou willen trekken. Of juist *niet* wilde uittrekken. Alleen Beth en haar hakken en, jemig, hij zou de tafel kunnen optillen zonder zijn handen te gebruiken.

Hij trok zijn benen terug onder zijn stoel. Er was een grens aan de marteling die een man kon verdragen. En hij had niet verwacht dat Beth hem die zou toedienen. Dat liet maar weer eens zien hoeveel hij van haar wist.

Hij zou het helemaal niet erg vinden om nog veel meer over Beth te weten te komen.

En dat deed hij gedurende de onwaarschijnlijk lange tijd die de ober nodig had om hun maaltijd te brengen, en de nog langere tijd die Beth nodig had om deze op te eten. Hij had het in minder dan zes seconden naar binnen kunnen werken, maar zijn eerdere opmerking over 'haar over zijn schouder gooien' was al zo holbewonerachtig als hij bij haar wilde zijn. En als hij eerlijk was tegenover zichzelf, genoot hij van haar bedachtzaamheid. Ze nam de tijd voor elke sint-jakobsschelp en genoot van elke hap, en Bryan merkte dat zijn blik aan haar lippen gekleefd zat.

Het punt was dat Beth het plagen had gelaten bij die ene aanraking van haar voet tegen zijn been. Het eten was geserveerd, en welk zwoele-stoeipoesgedoe ze ook op hem had uitgeprobeerd, het was verdwenen en had plaatsgemaakt voor haar oprechte, onbevangen genot van de maaltijd. Hij zou haar dagenlang kunnen zien eten.

Een week, bij voorkeur. In haar kamer. In bed. Precies zoals hij eerder had gesuggereerd. Naakt.

Hij verzat zich weer ongemakkelijk. Hij moest zijn reacties onder controle krijgen, anders zou hij niet eens in de buurt van een kus komen omdat hij deze tafel niet eens zou kunnen verlaten.

'Zeg, waarom help je je zus eigenlijk *echt*?' vroeg ze hem. 'Dit kan toch niet iets zijn wat je *wilde* doen? Is het onderzoek voor een rol?'

Hij greep die verklaring met beide handen aan. Beter dan uitleggen dat Mac hen allemaal had uitgespeeld.

'Mac had hulp nodig en ik dacht: waarom niet? Ik had toch wat tijd te doden.'

'En daarna ga je weer terug naar het glamoureuze leven? jachten in Monaco en in een Porsche over Rodeo Drive rijden?'

'Ben je wel eens op Rodeo Drive geweest? Ik probeer ver uit de buurt te blijven van dat toeristische bedevaartsoord. Maar Monaco? Ja, dat is prachtig. Een mooi extraatje van het vak.'

Ze vroeg hem toen naar zijn werk, maar niet zoals de meeste mensen dat deden. *Zij* wilden namen horen van mensen die hij had ontmoet, dure spullen, sappige roddels. Bij Beth was het alsof ze vroeg hoe zijn dag op kantoor was geweest, en ze was oprecht geïnteresseerd in zijn antwoorden vanuit een persoonlijk, niet een sensationeel, standpunt. Het was fijn. Nieuw en fijn.

Verdomme. Hij begon er dieper in te raken dan de bedoeling was en hij moest nog drie weken. Zou hij vanavond genoegen kunnen nemen met alleen een kus?

Bryan schudde zijn hoofd. Hij kende zichzelf. Maar hij kende Beth ook. Als de aanstaande kus vanavond alles was wat ze toestond, zou hij daar vrede mee hebben.

Als ze het al toestond.

Beth peuterde in haar rijstpilaf. Ze had niet echt honger — haar maag zat in een knoop sinds Bryan tegenover haar en Rob was gaan zitten. Nou ja, eerlijk gezegd zat de knoop er al toen Rob handtastelijk werd. Maar dat Bryan dan vervolgens kwam opdagen...

Hij zag er onweerstaanbaar uit in zijn crèmekleurige poloshirt en kaki broek, met een bruin jasje over zijn schouders dat hem gegoten zat alsof het voor hem op maat was gemaakt. Wat waarschijnlijk ook zo was. De man was ongelooflijk aantrekkelijk en de kleren maakten de man weliswaar niet — want Bryan was echt zijn eigen man — maar ze zorgden er zeker voor dat die man er spectaculair uitzag.

En hij wilde haar kussen.

Haar maag maakte weer een sprongetje bij die gedachte en ze kon met moeite nog een hap rijst nemen. Het was een vertragingstactiek. Ze had geen enkele hap van de sint-jakobsschelpen geproefd. Kon niet zeggen of de wijn zoet of droog was. Wist alleen hoe de asperges smaakten, omdat die smaak nooit veranderde. Want vanaf het moment dat hij had gezegd dat hij haar wilde kussen, kon Beth aan niets anders meer denken.

Bryan had het niet over een vluchtig kusje op de wang of een snelle aanraking van de lippen, zoals ze tot nu toe op haar dates had gedaan. Nee, bij Bryan zou er geen sprake zijn van een kuis kusje-en-klaar.

Wat als ze het verleerd was? Wat als ze niet kon tippen aan de filmsterren die hij dagelijks kuste? Wat als ze op dat vlak tekortschoot? Ze had immers in geen jaren iemand anders dan Mike echt gekust.

'Wil je een dessert?' vroeg Bryan haar.

Het zou een andere manier zijn om het onvermijdelijke uit te stellen — maar *waarom* stelde ze het uit? Ze wilde ook weten hoe het was om hem te kussen. Ze had tijdens het hele diner haar ogen nauwelijks van zijn lippen kunnen afhouden.

Zeg dan nee en laten we hier in vredesnaam weggaan!

'Dank je, maar nee. Het eten was meer dan genoeg.'

Leugenaar! Het zijn de kriebels die je maag vullen.

Ze bracht haar geweten mentaal tot zwijgen en depte haar lippen met haar servet, waarna ze het op de tafel naast haar bord legde.

De ober verscheen onmiddellijk met de rekening, en Bryan overhandigde hem wat contant geld nog voordat Beth met haar ogen had kunnen knipperen, alsof ze het samen hadden gechoreografeerd. 'Bryan, je hoeft niet...'

'Ik wil het.' Hij greep haar hand weer vast, waarbij zijn vingertoppen over haar knokkels streken. 'Kom op. Laten we gaan.'

Beth kreeg een rilling door de urgentie in zijn stem. Door het bevel dat tegelijkertijd een vraag was, een vraag waarop ze nog steeds niet zeker wist of ze wel kon antwoorden.

'Ben je met de auto?' vroeg hij toen ze het restaurant verlieten. De nachtelijke geluiden en de twinkelende lichtjes in de bomen zorgden onmiddellijk voor een romantisch decor.

'N...' Beth schraapte haar keel. 'Nee. Rob reed. Hij is de neef van mijn buurvrouw Anne-Marie.'

Bryan pakte haar hand. 'Mooi, want dan heb ik het genoegen om je naar huis te brengen.'

Hij leidde haar naar zijn pick-up en hield de deur voor haar open. Beth voelde een brok in haar keel toen haar jurk een stukje langs haar dij omhoog kroop en hij even hoorbaar zijn adem inhield. Niet slecht voor een moeder van vijf. En dan nog wel bij een filmster.

Ze keek hoe hij om de voorkant van de truck heen liep. Bryan was echter niet zomaar een filmster. Hij was de vertrouweling van Maggie, het maatje van de tweeling, de held van Jason en... nou ja, de crush van Kelsey.

En die van Beth.

Zo. Ze gaf het toe. Ze had net zo hard een zwak voor hem als haar dochter, maar dan op een heel ander niveau. Een niveau dat wist wat er tussen een man en een vrouw kon gebeuren, en ze was benieuwd wat er tussen *hen* zou gebeuren.

Bryan zei niets tijdens de rit, hij zette alleen de radio op een zender met lichte rockmuziek. Zijn hand lag stevig en trefzeker op de versnellingspook terwijl hij schakelde en opnieuw kreeg Beth een rilling door de manier waarop hij de truck bestuurde. Ze kon zich alleen maar voorstellen hoe hij haar zou aanpakken.

En oh, wat wilde ze aangepakt worden.

Hij reed de parkeerplaats van het stadspark op en stopte bij het pad dat naar de gazebo leidde. Hij zette de motor uit, liet zijn onderarm op het stuur rusten en staarde recht voor zich uit.

Beth staarde naar zijn profiel. De man was simpelweg adembenemend.

'Wil je een stukje wandelen?' Hij draaide die prachtige ogen naar haar toe en Beths adem bleef ergens tussen haar hart en haar keel steken; ze kon alleen maar knikken.

Hij streek kort met zijn vingertoppen over haar wang en zijn blik gleed direct naar haar lippen, en het kippenvel trok over haar huid.

'Blijf hier,' fluisterde hij, waarna hij uit zijn stoel gleed en naar haar kant beende.

Hij opende de deur en Beth had het gevoel alsof ze uit de auto zweefde toen hij haar naar buiten hielp. Daarna haakte hij haar arm in de zijne en trok haar dicht tegen zich aan, zodat haar schouder zijn biceps raakte. Zijn geur prikkelde haar zintuigen. Ze kon de naam van de eau de cologne niet thuisbrengen, maar ze herkende de Bryan Manley-component erin overduidelijk; ze had zijn geur in haar huis heel goed leren kennen. Het bleef hangen aan de handdoeken die hij na het douchen in haar badkamer had opgevouwen en opgehangen, en aan de kleren van Mike die ze op een gegeven moment nog moest wassen. En aan haar roze badjas...

Ze kon Bryan in haar hele huis ruiken. Zelfs in de haren van Maggie toen ze haar gisteravond een nachtzoen gaf.

Dit was niet goed. Hij werd een te groot onderdeel van haar leven en nam haar gedachten te veel in beslag. Toch was ze machteloos om het te stoppen.

Hij leidde haar de trap op naar een gazebo die versierd was met hangmanden met rode geraniums en twinkelende lichtjes langs de reling.

Bryan stopte in het midden en ging voor haar staan zonder haar hand ook maar één moment los te laten. Integendeel, hij verstrengelde hun vingers nog steviger. Hield haar steviger vast. Deed een stap dichterbij en bracht zijn andere hand omhoog om haar wang te strelen, waarna hij zijn duim over haar onderlip liet glijden.

De kriebels in Beths maag fladderden zo hard dat ze haar de adem benamen.

'Ik wil je kussen, Beth.' Hij vlijde zijn neus tegen de hare.

Ze bevochtigde haar lippen, haar ogen vastgekleefd aan de zijne. 'Je hoeft het niet te vragen.'

Dat was alle toestemming die hij nodig had. Zijn duim gleed weg terwijl zijn lippen op de hare neerdaalden, en, o God, het was geweldig. Zijn lippen op de hare, plagend, proevend, glijdend over de hare, met zoveel belofte dat Beth naar adem moest snakken.

Lieve hemel, die man kon kussen.

Zijn armen gleden om haar heen en drukten haar tegen zich aan. De kus was niet langer zomaar een kus. Het was een totale gebeurtenis. Beth moest haar armen over zijn rug laten glijden en zijn schouders vastpakken — die ongelooflijk sterke schouders — en zijn armen sloten zich steviger om haar heen. Zijn tong drong haar mond binnen, wat haar zenuwen deed *sidderen*, en hij stal elke restje lucht uit haar longen. Maar het kon Beth niet schelen, want als hij haar maar bleef kussen, als hij haar maar bleef vasthouden en tegen zich aan drukken en haar bleef begeren, dan kon ze dit eeuwig volhouden.

En de kus hield aan. Zoals ze al had gedacht, was dit geen vluchtig hapje. Bryan proefde elk deel van haar lippen, verkende elke millimeter van haar mond, zijn adem heet en zwaar tegen haar wang, zijn armen sterk en steunend om haar heen, zijn handen – lieve god, zijn handen... Ze had een zwak voor de handen van een man en die van Bryan waren sterk en groot en kundig en o zo gevoelig wanneer hij met zijn vingertoppen over haar rug cirkelde, wat een heel nieuwe golf van vuur onder haar huid deed ontbranden.

Dit kon niet echt gebeuren. Ze kon hier toch niet staan in de gazebo, met zijn hangende bloemen, zachte lichtjes en de kabbelende vijver op de achtergrond, een ware sprookjeswereld, kussend met *de* Bryan Manley.

Nee. Niet *de* Bryan Manley. Bryan Manley.

Bryan.

Ze stond hier, haar handpalmen over de brede rug en schouders van Bryan te laten glijden, de man die hier was om haar huis schoon te maken, maar die zich naar binnen had gewurmd en haar huis nieuw leven had ingeblazen. En dat alles in minder dan een week.

Beth verstijfde. Minder dan een week. Ze kon toch niet in minder dan een week zoiets sterks voor iemand voelen. Dat was krankzinnig. Dat was idioot. En het feit dat het *de* Bryan Manley was, een filmster, was al helemaal ongelooflijk. Op een gegeven moment zou ze uit deze droom moeten ontwaken en de realiteit onder ogen moeten zien.

Toen boog hij zijn hoofd naar de andere kant, en Beth besefte dat de realiteit een paar graden was verschoven.

Bryan liet zijn hand langs haar ruggengraat glijden en stopte net boven de holte in haar rug die naar haar achterwerk leidde. God, ze wilde dat hij haar daar aanraakte. Dat hij haar vastpakte en kneep en haar tegen zich aan trok, zodat er geen twijfel meer bestond over wat hij voelde.

Maar dat deed Bryan niet. Integendeel, hij maakte de kus zachter en trok zich een klein stukje terug zodat er weer wat lucht tussen hen kwam.

Beth rilde.

'Koud?' fluisterde Bryan tegen haar lippen.

Ze schudde haar hoofd — ze was te vol van verlangen om een fatsoenlijk antwoord te kunnen geven.

Hij streek met zijn knokkels over haar wang, zijn blik in de hare borend. 'Je hebt gelijk. Je bent zo vurig dat ik mezelf even vergat. Ik had geen misbruik van je mogen maken op deze manier, Beth. Ik kan alleen maar zeggen dat ik je zo graag wilde kussen dat ik me niet kon inhouden. Ik heb me dit afgevraagd. Het me verbeeld, erover gefantaseerd vanaf het moment dat ik je voor het eerst zag. En toen ik erachter kwam dat je weduwe was...'

Hij haalde diep en trillend adem en leunde met zijn voorhoofd tegen het hare. 'Ik kon aan niets anders meer denken. Ik moest je in mijn armen hebben. Moest weten hoe het was om jou te kussen.'

Beth bevochtigde haar lippen en voelde een schokje door zich heen gaan toen hij hoorbaar adem inhield. 'En nu je het weet?'

Bryan greep haar onderlip tussen zijn tanden en liet dan het puntje van zijn tong eroverheen glijden. 'Nu wil ik meer weten.'

Even – oké, misschien twee... of zeven seconden – zag Beth dat beeld voor zich. Zij tweeën in haar bed. Het licht gedimd, misschien wat kaarsen, zachte muziek op de achtergrond, en Bryan boven haar, terwijl hij haar indringend in de ogen keek en het haar uit haar gezicht streek, terwijl hij haar in geuren en kleuren vertelde wat hij allemaal met haar wilde doen...

Beth klemde haar dijen op elkaar tegen de hunkering daar, wat, nou ja, niet echt verrassend was omdat ze dondersgoed wist hoe de vork in de steel zat, maar het was zo lang geleden dat ze zich soms had afgevraagd of ze het nog wel zou weten.

Ze wist het nog.

Bryan merkte de beweging op en trok haar heupen tegen zich aan. 'Hé. Waar ga je heen? Ik bijt niet.' Hij liet zijn hand laag op haar rug glijden en volgde de ronding van haar achterwerk, terwijl hij haar tegen zich aan drukte. 'Tenzij je dat wilt, natuurlijk.'

Hij wilde haar. Daar bestond geen twijfel over, en Beth zou nooit vergeten wat *dat* betekende. Bryan wilde haar en, God moge haar bijstaan, Beth wilde hem. Hier. Nu. Het maakte haar niets uit. Het kon haar niet schelen dat het een openbaar park was. Dat het tegen de regels was. Dat haar naam in alle plaatselijke kranten bij de politieberichten zou staan als ze betrapt zouden worden. Dat het in de open lucht was en dat er iedereen voorbij kon komen... Het deed er niet toe. Bryan zou de hare zijn.

'Beth...' Zijn adem was heet in haar nek. 'Je maakt me helemaal gek, weet je dat?'

Ze kon alleen maar knikken, want er kwam echt geen lucht meer binnen.

Zeker niet toen hij zo in haar nek begon te knabbelen.

'God help me, je bent een prachtige vrouw.' Hij hield haar kaak vast met zijn andere hand en vlijde zich tegen haar oor, wat voor een vuurwerk aan sensaties zorgde. Haar knieën dreigden het te begeven, dus hield Beth zich aan hem vast alsof haar leven ervan afhing. Ergens had ze het gevoel dat dat ook zo was.

Dat was het moment dat de realiteit met een klap terugkeerde. Ze was gek. *Dit* was waanzin. Hij was Bryan Manley. Hij was een filmster. Hij was niet het type voor een burgerlijk leventje in een buitenwijk en zij was niet van plan om zijn levensstijl aan te nemen.

Niet dat hij haar dat gevraagd had.

Precies. Dat was het punt.

Beth liet het haar onder aan zijn nek los, waarvan ze niet eens had beseft dat ze haar vingers erdoorheen had geweven.

Ze boog haar rug weer recht zodat haar borsten — haar brandende borsten

— niet langer tegen die magnifieke borstkas geplakt zaten. Zodat haar bekken niet langer in contact was met die heerlijke zwelling onder zijn broek die de hemel beloofde, maar slechts voor een zeer beperkte tijd.

Ze had kinderen om aan te denken. Een hart om te beschermen. Bryan Manley was niet wat ze nodig had in haar leven.

'Wat is er?' Hij trok zich terug en tilde haar kin op met één vinger. 'Waar ben je met je gedachten?'

Ze keek weg, maar haalde toen diep — eindelijk! — adem en keek hem weer aan. 'Ik kan dit niet, Bryan.'

Er flitste iets over zijn gezicht. Teleurstelling? Dat was een verrassing. Het was niet alsof zij de enige vrouw in de stad was. Verdorie, verschillende moeders hadden al overduidelijk laten merken dat ze meer dan openstonden voor de mogelijkheid. Nee, ze moest wel dingen zien die er niet waren, want zelfs als Bryan haar al wilde, dan was het alleen maar om deze zeer aangename, zeer *hete*, zeer gecompliceerde behoefte te bevredigen.

God, hij was ook een eikel. Haar zo in het openbaar kussen terwijl hij geen enkele intentie had om te blijven. Hij was zo gewend aan de levensstijl van LA dat hij was vergeten dat hij dit niet moest doen, vooral wetende dat Beth geen type was voor iets vrijblijvends.

Hij liet haar wang los. Haar gladde, zachte wang die zo goed proefde, terwijl zijn vingertoppen dat kuiltje onder haar oor streken. Die sexy plek die naar haar rook en hem gek maakte.

Hij weerstond de neiging om met zijn vingers over haar lippen te strijken. Dat zou alleen maar wreed zijn — voor hemzelf. Hij wist hoe die lippen proefden. Kende hun vorm en hun textuur en hun zachtheid. Wist hoe ze zich openden wanneer hij zijn tong tussen hen in wilde laten glijden, en hoe haar onderlip voelde tussen zijn tanden. Beth was in alle opzichten voor hem gemaakt, behalve voor het feit dat ze verbonden was aan precies datgene waar hij nooit aan verbonden wilde zijn.

Dus liet hij haar met een diepe zucht los en deed een stap achteruit. 'Ik kan je maar beter naar huis brengen.'

En haar daar achterlaten.

Alleen.

Hoofdstuk 12

Ze moest het huis uit zijn voordat Bryan op de stoep stond.

Dat was Beths eerste gedachte toen ze de volgende ochtend haar ogen opende. De ochtend erna.

God, ze had hem *gewild*. In vleselijke zin. In bijbelse zin. Met elk zintuig dat ze bezat. Maar daarna zou ze hem weer moeten opgeven.

Dat had ze eerder gedaan, en dat was vreselijk. Het verlies van Mike was verwoestend geweest. Dat kon ze niet nog een keer aan. En ze had het gevoel dat het verlies van Bryan net zo schadelijk zou kunnen zijn.

En toch... zou het niet beter zijn om in elk geval de herinneringen te hebben?

Beth klemde haar kussen tegen haar buik en rolde op haar zij, waarbij ze haar benen stevig tegen elkaar drukte. Ze smachtte. Ze verlangde. Verdraaid, ze werd zelfs al vochtig bij de gedachte aan wat er had kunnen gebeuren.

Ze kon hier vandaag niet blijven. Ze kon hem niet in haar huis zien, terwijl hij vooroverboog, zich uitstrekte, rondliep alsof hij er thuishoorde, zonder hem te willen. Want dat wilde ze wel. Hier, in de privacy van haar eigen slaapkamer — haar eenzame slaapkamer — kon ze toegeven dat ze wilde weten hoe het was. Al was het maar voor een paar dagen.

Dat beangstigde haar. Ze zou zichzelf aan te veel blootstellen. En haar kinderen... haar kinderen mochten hem nu al graag. Als ze hun relatie naar een nieuw niveau tilde, zouden de kinderen dat dan doorkrijgen? En wat zou er gebeuren als hij weer vertrok?

Beth ging rechtop zitten en trok haar T-shirt naar beneden over haar trillende dijen. Ja, ze zou hier vandaag beslist *niet* zijn. Misschien was tijd doorbrengen met vijf ik-wil-niet-winkelen-kinderen precies wat ze nodig had om haar gedachten te verzetten en niet aan die ongelooflijk aantrekkelijke filmster te denken.

Bryan wilde zijn bed niet uit. Het had niets te maken met die stomme baan en alles met de natte droom die hij zojuist over Beth had gehad. Ja, hij. Een natte droom. Dat was hem niet meer overkomen sinds zijn vijftiende. Maar Beth... God, hij hunkerde naar haar. En zijn onderbewustzijn had hem haar gegund.

Hij greep naar de tissues en maakte de boel schoon. Hij zat diep in de nesten als ze hem dit in een week tijd kon aandoen. Hij moest er nog drie en die konden hem niet snel genoeg voorbijgaan. In de tussentijd moest hij *iets* doen om zijn gedachten van haar af te houden.

Naar haar huis gaan en haar slaapkamer schoonmaken was *niet* de oplossing.

Hij wilde haar zo graag dat het hem beangstigde. Hoe had deze vrouw met vijf kinderen zijn gedachten zo volledig in beslag kunnen nemen? Hoe was zij plotseling het eerste geworden waar hij aan dacht als hij wakker werd en het laatste voordat hij ging slapen? En elke minuut daartussenin?

Haar kussen had het alleen maar erger gemaakt. Nu *wist* hij hoe het was om haar in zijn armen te houden. Haar te proeven en te voelen en haar in te ademen. Haar te willen. Want dat deed hij. Zo verdomd erg dat het hem beangstigde.

Ze liet hem dingen in twijfel trekken waarvan hij nooit had gedacht dat hij ze in twijfel zou trekken. Zaken waarover hij jaren geleden zijn besluit al had genomen. Maar één glimlach met verward haar en groene ogen, en hij heroverwoog alles. En hij wilde haar niet onder ogen komen, haar niet zien, niet horen, haar niet *willen* terwijl hij dat deed — want Beth kon hem zijn eigen naam doen vergeten, laat staan zijn tot dusver onwrikbare principes.

Alleen de gedachte dat Mac hem de wind van voren zou geven, kreeg hem zijn bed uit, onder de douche en in dat afschuwelijke uniform dat elke keer dat hij aan Beth dacht te strak begon te zitten bij zijn kruis.

Hij haalde diep adem terwijl hij op haar veranda stond en dwong zichzelf om aan te bellen op een manier die niet nodig was geweest toen hij op zijn eerste dag aan deze straf begon. Toen was het tegenzin geweest. Nu... nu was het angst. De gedachte om om haar te geven. Om haar te willen. Om te proberen iets tussen hen te laten werken terwijl hij tegelijkertijd zijn carrière en status in de filmwereld moest behouden.

Jason deed open. 'Hé man. Mam is aan het winkelen.'

'Jason.' Bryan trok de pet van Manley Maids van zijn hoofd en stuurde een schietgebedje van *dank je wel* naar de godin van het winkelen. 'Heb je je kamer af? Ik ben van plan om vandaag elke kamer een grondige beurt te geven.' Zich in het zweet werken en zijn geest en lichaam zo bezig te houden dat hij, áls hij haar zou zien, te moe zou zijn om te reageren.

Hij hoopte dat dat plan werkte. Verdorie, ze was weg en hij wilde haar *nog steeds*.

'Vind je het niet vervelend dat je de huizen van andere mensen schoonmaakt?' vroeg Jason. 'Dat je doet wat zij eigenlijk zouden moeten doen?'

Er zat een reden achter zijn vraag, maar Bryan wist niet precies welke. Maar Jason wilde iets, en zijn haar en broek en nukkige houding schreeuwden om aandacht, dus zette Bryan zijn trots opzij om te zien of hij Beths zoon kon helpen.

'Er is niets mis met eerlijk werk. Bovendien hebben de vriendinnen van je moeder ervoor betaald dat ik hier ben. Niets anders dan een loodgieter of elektricien.'

'Ja, maar die dragen niet zoiets als dat.' Jason sloeg zijn haar uit zijn voorhoofd, waardoor Bryan een glimp opving van dezelfde groene ogen als die van Beth.

'Kleren maken de man niet, Jason. Dat doen daden. Je woord houden. Ik heb mijn zus beloofd dat ik haar zou helpen. Ik heb ingestemd met dit contract, en daarom ben ik hier.'

'Maar alleen voor een bepaalde tijd, toch? Een maand?'

'Ja, een maand.'

'Waardeloos.'

'Het is maar wat je er zelf van maakt.' Bryan knikte naar Jason dat hij in de stoel in de woonkamer moest gaan zitten en nam zelf plaats op de bank ertegenover, zodat hij Jason dwong hem aan te kijken. Het gesprek was een begin, maar als hij deze jongen wilde bereiken, als hij de kans wilde grijpen om hier iets goeds te doen door Jason de realiteit van het leven te laten zien zodat hij zijn moeder zou helpen in plaats van elke dag meer troep te maken, dan moest hij hem erbij betrekken.

'Ik houd niet van schoonmaken, Jason. Maar het moet gebeuren en als je het eenmaal gedaan hebt, geeft het een goed gevoel dat je trots kunt zijn op je huis of je auto of je kamer of je kluisje, en dat het van jou is. Als je ergens verantwoordelijkheid voor neemt, of het nu een ding is of een daad, dan zorg je er goed voor. En door dat te doen, zorg je voor *jezelf*. Voor wie je bent, hoe je jezelf aan de wereld presenteert.'

'Probeer je me zover te krijgen dat ik mijn haar laat knippen? Dat doet mam niet, hoor.'

Bryan streek door zijn eigen haar. 'Jouw haar is jouw haar. Dat is iets tussen jou en je moeder en ik weet niet eens waarom je erover begint. Ik heb met geen woord gerept over knippen.'

'Je dacht het wel.'

'Wat ik denk doet er niet toe. Het gaat erom wat *jij* denkt.' Hij peinsde er niet over om in een discussie over haar te belanden. De tijd zou vanzelf wel wraak nemen wanneer Jason later terugkeek op de foto's van nu. 'Ik zeg alleen dat je trots moet zijn op je kamer en dit huis. Niet alleen voor je moeder, maar ook voor jezelf.'

'Man, dit huis kan me he-le-maal niets schelen.'

'Echt niet? Wat als jullie zouden moeten verhuizen?'

Jasons hoofd schoot omhoog. 'Moeten we verhuizen? Mam zei van niet. Dat de levensverzekering alles dekte. Dat we oké zitten.'

Shit. Het was niet de bedoeling geweest om de jongen ongerust te maken of over de dood van zijn vader te beginnen. Hij verprutste het. 'Als je moeder dat heeft gezegd, dan meent ze dat ook. Ik zeg alleen maar: dit is je thuis. Je moeder werkt heel hard om dat zo te houden en je zou haar een handje kunnen helpen door je kamer netjes te houden en wat meer op te ruimen in huis. Ik ben hier maar een maand. Daarna is het aan jullie om de boel op orde te houden. Misschien wil je niet nog meer troep maken. En misschien kun je meer extraatjes krijgen als je daadwerkelijk meehelpt.'

'Geen idee waar je het over hebt.' Jason begon weer te mokken, kruiste zijn armen en liet zijn voeten op de salontafel ploffen — waarbij hij een stapel tijdschriften op de grond stootte. En hij verroerde geen vin om ze op te rapen.

Bryan trok een wenkbrauw op.

Met een zucht die een Oscar verdiende, hees Jason zijn slungelige lijf net ver genoeg uit de kussens om de stapel te pakken. Hij smeet ze terug op de tafel, weer in een rommeltje.

Bryan bleef hem alleen maar aankijken.

Met nog een zucht die waarschijnlijk in het volgende dorp nog te horen was, stapelde Jason de bladen netjes op en keek Bryan toen boos aan.

'Niet zo moeilijk, hè?' Bryan knikte naar de stapel.

'Blijkbaar.'

'Mooi.' Bryan stond op. 'Wat dacht je ervan als je dan je kamer aanpakt? Bedenk eens hoe blij je moeder zal zijn als ze thuiskomt.'

Laat staan hoe blij *Bryan* zou zijn als Beth thuiskwam.

Maar Bryan was er niet toen Beth thuiskwam, en Beth wist niet goed wat ze daarvan moest vinden.

Ze kreeg die kus maar niet uit haar hoofd. Wat hand in hand ging met het feit dat ze haar verstand aan het *verliezen* was. Bryan Manley lag buiten haar bereik. Buiten haar wereldje. En dat was haar vandaag in de winkels pijnlijk duidelijk gemaakt.

Er waren die priemende blikken geweest. Het gefluister. Het was begonnen als een briesje over een weide toen ze binnenkwam, maar terwijl ze door de gangpaden liep, voelde ze de wind aanwakkeren; de metafoor van een naderende storm was helaas maar al te accuraat. Tegen de tijd dat ze halverwege de supermarkt waren, wist ze dat ze de roddelwind niet voor zou kunnen blijven voordat ze het laatste gangpad bereikte.

En jawel hoor, daar stonden de mensen in het gangpad op haar te wachten. De vragen over Bryan...

Nee, ze wist niet wat zijn lievelingskleur was, en nee, ze wist niet precies hoe lang hij was (precies de goede lengte om te kussen) of hoe breed zijn schouders waren (breed genoeg om haar in te wikkelen en haar de wereld te doen vergeten) of wat zijn volgende film zou zijn of dat hij met iemand uitging of waarom hij terug naar de stad was gekomen... De vragen hielden niet op, alsof ze zijn publiciste was.

Iemand had haar dat zelfs gevraagd en het lag op het puntje van haar tong om te zeggen dat ze niet zijn municiste was, maar de vrouw die hij gisteravond in het prieel van Palmer Park had staan zoenen, maar dat zou alleen maar meer vragen oproepen en de kinderen waren door deze ronde al overstuur genoeg.

De kinderen. Jeetje. Ze had ze daar snel weg moeten krijgen. Ze zag dezelfde verschrikte blik op Kelsey's gezicht als destijds bij die ene verslaggever — een ogenschijnlijk vriendelijke, meelevende jonge vrouw, die zachtjes tegen Kelsey had gepraat tot de opname live ging en daarna een tienjarig kind had bestookt met vragen over hoe het voelde om haar vader te verliezen.

Beth had rood gezien en die vrouw bijna weggeduwd. In plaats daarvan had ze het interview beëindigd en Kelsey snel mee naar de auto genomen. In de supermarkt deed ze nu hetzelfde.

Dus nu waren ze weer thuis, met de schaduw van Mike's dood over hen heen, en Beth zag ertegen op om de voordeur te openen. Ze kon Bryan niet onder ogen komen. Ze kon het gewoon niet. Ze moest zich goed houden voor de kinderen, eten voor ze koken en doen alsof alles was zoals het hoorde.

Ze haalde diep adem en draaide de voordeur van het slot, biddend dat Jason de orde die Bryan in haar huis had gebracht niet alweer in een tornado had veranderd.

Veel hoop had ze niet.

Behalve dan dat ze, toen ze de deur opendeed, vol verbazing naar de woonkamer staarde. De kamer was vlekkeloos. Alles was opgeruimd. Zelfs de boekenkast stond keurig op orde. En de tijdschriften. Mike was bij het leger geweest en zelfs *hij* had ze niet rechter kunnen stapelen.

Terwijl ze de vier jongere kinderen en zes tassen met boodschappen de keuken in sleepte, kreeg ze de volgende schok. Het kattenluikje zat in de achterdeur, het afdruiprek was nergens meer te bekennen, de lekkende kraan lekte niet meer, elke vingerafdruk was van de roestvrijstalen koelkast verdwenen, *en* de tekeningen hingen keurig recht met op elke hoek een magneet, de keukenvloer was schoon genoeg om van te eten, en de drie ontbrekende kastknoppen waren gevonden en teruggeplaatst.

Tenzij Jasons lichaam was overgenomen door buitenaardse wezens, had Bryan dit gedaan.

'Mark, raap die marshmallows op, alsjeblieft,' zei ze toen haar zoon de halflege zak die ze in de supermarkt hadden gekocht op tafel smeet — om vervolgens mis te mikken, waardoor ze over de hele vloer verspreid lagen en Bryans harde werk in twee seconden teniet werd gedaan.

'Maar mam, Sherman eet ze op.'

Daar was ze nu juist bang voor.

En jawel, precies op tijd kwam Sherman de kamer binnenstormen en snoepte hij verschillende snoepjes op voordat ze hem kon bereiken. En toen begon hij naar adem te happen. Geweldig. Weer een ritje naar de dierenarts.

Gelukkig wreef ze over zijn keel en kreeg hij de marshmallows weg. Mark en Tommy kregen een strenge preek over de gevaren van Sherman dingen voeren die honden niet mogen hebben, en ze ruimden allemaal de boodschappen en andere spullen op, zodat de keuken en hun kamers er precies zo uitzagen als Bryan ze had achtergelaten.

Beth liep haar kamer in met de tas met toiletartikelen en was niet verrast om te zien dat Bryan daar was geweest. Hij had gezegd dat hij dat zou doen en dat had hij gedaan.

Dat had haar niet moeten verbazen — en dat deed het ook niet, niet echt — maar hij was in haar kamer geweest. Hij had haar spullen verplaatst om af te stoffen. Gezien waar ze sliep. Zich baadde.

Haar dijen tintelden bij de intimiteit die dat suggereerde. Natuurlijk, hij had schoonmaakmiddelen in zijn hand gehad, maar na die kus... Zij was degene geweest die er een eind aan had gemaakt. Haar zelfbehoud was in werking getreden en ze had zichzelf wel kunnen schoppen. Maar de kinderen kwamen op de eerste plaats. Dat moesten ze wel, en de levensstijl van Bryan was niet wat ze voor hen wilde. *Als* ze er al een kans op had gehad. Een kus maakt nog geen verbintenis en Bryan had zo'n geweldige carrière dat ze hem die nooit zag opgeven voor dit. Voor het echte leven.

'Hé, mam.'

Al was het echte leven zojuist negentig graden naar rechts gedraaid. Jasons haar was... *naar achteren gegeleerd?* 'Jason?' Ze kon zijn gezicht eindelijk zien, maar ze wist nog steeds niet zeker of hij het wel was.

'Ja, ik heb, eh, de kelder opgeruimd en ik vroeg me af of ik wat jongens over de vloer mocht hebben voor een game-avond?'

Hij had eerder van die nachtelijke sessies geprobeerd en die waren meestal rond drie uur 's nachts op niets uitgelopen. Dan sliepen ze tot de middag en gingen dan naar huis met een laat pannenkoekenontbijt achter de kiezen dat

Jason haar altijd hielp klaarmaken. Als dat de prijs was voor al het werk dat Jason had verzet *en* het nieuwe kapsel, dan was Beth overal voor in.

Kelsey moest toen natuurlijk ook *haar* vriendinnen over de vloer hebben, en Mark en Tommy moesten *hun* vriendjes uitnodigen, dus deed Maggie dat ook, en nou ja, in elk geval zorgde de zorg om die anderhalf dozijn kinderen in haar huis gescheiden te houden naar geslacht en leeftijd ervoor dat ze niet de hele nacht over Bryan hoefde te peinzen.

Tenminste, totdat de telefoontjes begonnen.

Hoofdstuk 13

Vroeg in de morgen — veel te godverdomde vroeg — nam Beth telefoontjes aan. Ze had niet verrast moeten zijn, gezien het circus in de supermarkt, maar dat betekende niet dat ze het leuk moest vinden.

En na het vijftiende telefoontje had ze er genoeg van. Ze belde alle ouders van de logeerpartijtjes, gaf haar mobiele nummer door en trok de stekker van de vaste telefoon uit het stopcontact.

Dat maakte de zaak alleen maar erger. Tegen de middag stonden de nieuwswagens op haar straat geparkeerd.

Beth belde alle ouders terug, vertelde wat er op haar huis afkwam en stelde voor hun kinderen bij het achterbuurhuis op te halen, waarna ze de buurvrouw belde om te waarschuwen voor tieners die door haar tuin zouden lopen. Ze verzamelde alle kinderen en instrueerde Jason en Kelsey om hen achterom naar buiten te leiden — alsof het een geheime operatie was. Haar buurvrouw Jillian zou de kinderen daar houden tot de kust veilig was.

In theorie zou het werken. In werkelijkheid was Beth een bonkende kluwen van zenuwen. Ze wilde niet met deze mensen praten. Wat Bryan bij haar thuis deed, was niemands zaak. Dit hoorde geen nieuws te zijn, en hoewel het niet zo'n schandaal was als Mike's overlijden, maakte dat het niet minder opdringerig.

Ze kreeg tenminste haar bloes netjes dichtgeknoopt en zorgde dat haar make-up en kleren vlekvrij waren, maar dat stelde haar niet gerust. Microfoons werden in haar gezicht geduwd en vragen naar haar geslingerd alsof het een nationale crisis betrof die onmiddellijke antwoorden vereiste.

'Poetst Bryan echt of doet hij dit voor een filmrol?'

'Is dit een publiciteitsstunt?'

'Hoe bent u uitgekozen?'

'Wat vinden uw kinderen ervan dat er weer een man in huis is?'

Dat was de vraag die haar deed verstijven. Die haar lamlegde. En bijna deed huilen.

'Bryan is *niet* de man in mijn huis, en zelfs als dat zo was, gaat dat jullie godverdomme niets aan. Kunnen jullie me niet met rust laten? Hem met rust laten? Waarom maakt het uit wat hij in zijn vrije tijd doet? Hij helpt zijn zus, en dat helpt mij. Het heeft niets te maken met wat mijn... mijn man is overkomen of mijn leven, en ik eis dat jullie mijn kinderen erbuiten houden en mijn erf afgaan. Nu.'

Ze wachtte niet tot de vragen stopten — wat ze uiteraard niet deden. Die mensen deden gewoon hun werk, zonder te beseffen wat dat werk met haar deed.

Ze trok de deur achter zich dicht en leunde ertegenaan, haar hoofd bonsde tegen het harde hout. *Ik blijf kalm, ik blijf kalm, ik blijf kalm.*

Ze bleef het herhalen tot haar maag kalmeerde, haar ademhaling normaal werd en het branderige gevoel achter haar ogen wegebde.

Toen rinkelde haar mobiel. Ze herkende het nummer niet en nam niet op. De oproep ging naar voicemail, maar voor ze kon luisteren, ging hij weer over. Vervolgens kreeg ze een sms.

Beth, ik ben het, Bryan. Neem alsjeblieft op. Laat weten dat het goed met je gaat.

Bryan? Bryan belde háár? Hoe had hij haar nummer? *Waarom* had hij haar nummer? En hoe wist hij wat er gaande was?

'Gaat het goed met je?' Hij gaf haar geen tijd om hallo te zeggen toen ze opnam.

'Ja.'

'Zijn ze weg?'

'Weet ik niet. Ik durf niet te kijken.'

Hij vloekte uitbundig. 'Jij zou hiermee niet te maken moeten hebben. Ik zei tegen Mac dat ik dit niet wilde. Het spijt me echt, Beth. Ik had ze gewoon een quote moeten geven en klaar. Ik had moeten beseffen dat ik hier niet onge-straft mee weg zou komen. Anonimiteit hoort niet bij dit vak. Het spijt me oprecht.'

Beth moest haar hoofd schudden om helder te denken. Waarom veront-schuldigde hij zich? 'Dit is niet jouw schuld, Bryan. Jij hebt ze hier niet gestuurd.'

'In feite wel. Alles wat ik tegenwoordig doe is nieuwswaardig, ik had dit moeten zien aankomen. Sorry. Ik wilde jou en de kinderen er niet weer in meesleuren. Hoe gaat het met ze?'

'De kinderen? Prima. Ze zijn bij mijn buurvrouw. Ik had ze weggekregen voordat de vragen begonnen.'

'En jij? Hoe gaat het met jou?'

'Met mij... gaat het goed.' Ze loog. Haar knieën voelden zwak, haar maag draaide nog steeds en koud zweet parelde in haar nek.

'Luister, ik weet dat ik hier geen recht op heb, maar als je wilt zeggen dat ik vandaag om drie uur een persconferentie geef op het kantoor van Manley Maids, dan laten ze jou met rust. Ze willen alleen wat informatie. Die geef ik ze.'

Ze hapte naar adem. Ze wist niet of ze hen nog onder ogen kon komen. Wou die roedel wolven niet voor de deur krijgen.

'Beth? Hoor je me, schat?' Zijn stem was zacht en laag, net als gisteravond toen hij zei dat hij haar wilde kussen.

O God, als er iemand was geweest die hem haar had zien kussen, een foto had gemaakt en dat nu overal in het nieuws zou komen, samen met het verhaal dat hij haar huis schoonmaakte? Ze hoorde de krantenkoppen al over dat ze *vadertje en moedertje* speelden. O God. Ze kon dit niet aan. Niet opnieuw. Ze kon dit circus niet nog een keer doorstaan. Niet de blikken, het wijzen en de vragen verdragen — altijd die vragen, alsof ze het recht hadden in haar leven te wroeten, haar privégedachten voor publieke verheffing.

'Beth, ben je er nog, schat?'

Door een waas van paniek hoorde ze Bryans stem.

'Beth, antwoord alsjeblieft.' Er klonk nu een scherpte in zijn stem. Iets wat ze maar al te goed begreep.

'Ik ben er.' Alleen al het uitspreken van die woorden, het erkennen van zijn aanwezigheid, het praten met iemand die niet haar ziel wilde uitzuigen, kalmeerde Beth.

'Mooi. Ik los dit op, lieverd. Beloofd. Je zult je geen zorgen meer om journalisten hoeven te maken. Beloofd. Ik laat Mac iemand anders toewijzen voor de rest van de maand, zodat je hier niet meer mee te maken krijgt of mij weer ziet.'

'Nee.' Het woord was eruit voor ze erbij nadacht.

'Wat?' Hij klonk even verrast als zij. 'Maar als ik er niet ben, zullen ze je niet lastigvallen.'

'Je kunt de kinderen niet in de steek laten. Je kunt ze niet leren weg te kruipen.' Ook al deed zij dat op dit moment zelf — gelukkig zagen zij het niet. 'Ik kan de pers niet mijn leven laten bepalen. het leven van mijn kinderen. Ze vinden je leuk, Bryan. Mijn kinderen vinden het fijn dat je er bent. Weet je dat Jason iets met zijn haar heeft gedaan? Ik zie weer zijn gezicht dankzij iets wat jij zei. Twee jaar lang heb ik geprobeerd contact te maken, zonder succes. Je kunt nu niet bij ze weglopen omwille van dit.'

Oké, ze schoof veel bij Bryan in de schoenen, maar ze zou álles doen voor haar kinderen. Maggie had hem die speciale knuffel laten zien die ze met Mike deelde. Tommy en Mark maakten weer elkaars zinnen af. Kelsey genoot van het aanzien op school, en Jason... Ze had het gezicht van haar zoon niet volledig gezien sinds vóór de begrafenis. Ze zou de nasleep van Bryans vertrek aanpakken wanneer zijn maand erop zat, maar nu kon hij hier *niet* wegblijven. Wat zou dat de kinderen leren over problemen oplossen? Dat je ervandoor gaat?

'Maar Beth, als ik er ben, gaat dit alleen maar door.'

'Dus geef ze wat ze willen op je persconferentie. Jij bent het verhaal, wij niet. Maar daarna willen we dat je terugkomt.'

Bryan wilde ook terugkomen, maar Beth had geen idee wat er kon gebeuren. Tuurlijk, *hij* was de trekpleister, maar een mooie pilotenweduwe met vijf kinderen en hij in huis? Aan het schoonmaken? Het verhaal was perfect voor roddelbladen *en* serieuze pers. Het perfecte romantische scenario met de filmster en de huisvrouw. Zijn agent had die mogelijkheid meteen gezien toen hij vertelde wat hij voor Mac ging doen — daarom wilde Bryan onder de radar blijven. *Vooral* nadat hij over Mike's dood had gelezen. Hij had toen moeten afzeggen. Had Mac iemand anders moeten laten zoeken voordat de kinderen gehecht raakten.

Gehecht.

Verdomme.

Niet alleen zij hadden dat gevoel. En dat was het vreselijkste en mooiste tegelijk. Hij hield van haar kinderen en hij zou liegen als hij zei dat hij niet een tikkeltje trots was dat wat hij tegen Jason zei hem niet alleen netter had gemaakt, maar ook iets aan dat haar had laten doen. In Beths stem hoorde hij hoe blij het haar maakte. Dat kleine ding, en hij had er een aandeel in gehad.

Verdomme, hij had Mac eigenlijk iemand anders moeten sturen, niet alleen om dat kleine trilletje in Beths stem.

Maar dat zou hij niet doen. Hij wilde geen andere persoon hier, in Beth's slaapkamer, bij Maggie's knuffels, of bij de beeldjesverzameling van de tweeling. Geen andere man die Kelsey vertelde dat ze er mooi uitzag en haar grote, stralende glimlach zag, zo als die van haar moeder. Of Jason hielp opgroeien tot een man.

Jason helpen? Heilige *hemel*. Wanneer was de familie Hamilton onder het pantser rond zijn hart gekropen?

Dit was het laatste wat hij nodig had in zijn hoofd toen hij die middag de media tegemoet trad. Hij bad dat zijn gedachten niet overduidelijk op zijn gezicht stonden.

'Dus, Bryan,' vroeg een van de verslaggevers, 'betekent dit dat u zich terugtrekt uit *The Pause Button*?'

De romantische komedie trok al aandacht vóór het script af was, met iedere acteur in Hollywood die om de hoofdrollen dong. Toen hij de rol kreeg, stuurde zijn agent hem een kist Dom. Op een dag zou hij die drinken — als de film af was en hij tevreden was over zijn spel.

'Nee, ik begin volgens schema met opnemen. Dit schoonmaakklusje is tijdelijk. Mijn zus Mary-Alice Manleys schoonmaakbedrijf, Manley Maids, floreert en ze had hulp nodig. Omdat mijn broers en ik dezelfde standaard voor schoon hebben — onze oma — had Mac een kant-en-klare ploeg voor de nieuwe klussen.'

'U bedoelt dat u uw eigen huis schoonmaakt?' vroeg een andere verslaggever.

'Momenteel niet, ik ben daar nu nooit. Ik ben trouwens ook klant bij Manley Maids.'

Een andere verslaggever duwde zijn microfoon in Bryans gezicht terwijl hij zich door de anderen heen wrong. 'Waarom dít huis dan? Was het vanwege de mooie weduwe?'

Bryan keek de jonge verslaggever vernietigend aan. Zelfs enkele veteranen kreunden. Ze roken misschien een verhaal, maar zouden het echte nooit krijgen als ze hun doelwit afstompten, en je hoefde geen genie te zijn om te zien dat Bryan ontevreden was met de vraag.

'Ik ben hier om een klus voor mijn *zus* te klaren. Dat is het enige spel dat hierin meespeelt.' Hij ontkende niet dat Beth mooi was — dat zou hij nooit, want dat was ze — maar hij moest hier en nú een einde maken aan de speculatie. Hij zou niet nog meer publiciteit naar haar drempel brengen. Hij had de nieuwsfragmenten over het overlijden van haar man gezien, de paniek op haar gezicht gezien, het eerder in haar stem gehoord; ze had die nachtmerrie niet opnieuw nodig.

Hij beantwoordde nog wat vragen, gooide er verwijzingen naar Manley Maids tussendoor, noemde de film, en bad dat het opkomende schandaal zich had opgelost.

Gelukkig had hij het vooruitzicht verdragen om zijn afschuwelijke uniform aan te trekken en achteraf voor foto's te poseren. Beter dan dat kon Mac de publiciteit niet krijgen. Geef ze wat ze willen en hopelijk laten ze Beth en de kinderen met rust.

Net zoals hij zich had aangeboden.

Maar zíj wilde níet dat hij wegging. En niet voor haarzelf, maar voor haar kinderen. Hij had met haar willen discussiëren, maar toen ze het in het belang van haar kinderen bracht, kon hij dat niet. Wat voor man zou hij zijn als hij bij het eerste teken dat ze hulp nodig had, wegliep?

Niet de man waarop hij zichzelf graag liet voorstaan.

Hoofdstuk 14

'Mama zal zo boos op je worden, Mags.'

'Helemaal niet. Ik maak dit voor Bryan. Mama vindt Bryan lief.'

Bryan stond op het punt de keuken van Beth binnen te stappen toen de woorden van Maggie hem deden stilstaan. Wat was Maggie aan het maken? Waarom zou Beth boos zijn? En hoe leuk vond Beth hem eigenlijk dat het *Maggie* opgevallen was?

En waarom deed het ertoe? Zoals die verslaggever hem er gisteren aan had herinnerd, zouden de filmopnames over drie weken beginnen en hij moest daar bij zijn. Dit uitstapje naar de buitenwijken was slechts tijdelijk.

'Nou duh, natuurlijk vindt mama hem leuk. Elke vrouw vindt hem leuk.' Kelsey klonk veel ouder dan twaalf.

'Net als jij, Kels?'

Bryan stelde zich voor hoe Maggie haar tong uitstak naar haar zus en het deed hem glimlachen. Hij herinnerde zich maar al te goed hoe hij zijn broers altijd plaagde.

'Doe niet zo maf. Ik ben veel te jong om hem leuk te vinden.'

'Waarom doe je dan zo giechelig als hij in de buurt is?'

Bryan wilde zuchten. Hij had zijn hele leven al te maken gehad met verliefde tienermeisjes, maar hij was nog nooit zo van zijn stuk gebracht door een van hen als nu. Kelsey kon niet verliefd op hem zijn. Hij wilde haar geen pijn doen. Vooral omdat *hij* zelf absoluut een oogje op haar moeder had.

'Ik doe niet giechelig. Ik maak tenminste niet een of ander stom collagelang waardoor de hele tafel onder de lijm zit, terwijl hij het toch nooit ergens zal ophangen.'

'Dat doet hij wel. Bryan vindt mij lief. Hij zal de tekening waarderen.'

Dat zou hij zeker. Zodra hij de brok in zijn keel had weggeslikt. Hij zou wat het ook was op de deur van zijn kleedkamer hangen op elke filmset waar hij ooit zou staan.

'Mama zal die lijm niet waarderen, Mags. Je krijgt problemen.'

'Echt niet.'

'Echt wel.'

'Echt niet.'

Dit was het moment waarop hij moest ingrijpen. Het was één ding als de jongens ruzie maakten; als tweeling hadden ze een band die sterker was dan de schade die hun woorden konden aanrichten, maar de zeven jaar verschil tussen Kelsey en Maggie zou veel langer nodig hebben om te helen en Bryan wilde niet de reden zijn voor onenigheid tussen de zussen.

'Hé, meiden.' Bryan tikte tegen de rand van zijn pet naar hen, wat de giechel van Maggie opleverde waar hij op had gehoopt. Van Kelsey kreeg hij de zucht en de verlegen glimlach waar hij juist *niet* op had gehoopt.

'Wat ben je aan het doen, Maggie?'

Kelsey had gelijk. Er lag genoeg glitterlijm op de tafel om Rodeo Drive mee te versieren. In het roze.

Hij verborg zijn glimlach. Hij zou op de set een hoop grappen naar zijn hoofd krijgen als hij dit ophing, maar het kon hem niet schelen.

'Ik maak een tekening voor je, Bryan. Om ons niet te vergeten.'

Nu schoot zijn keel echt dicht. Toen keek hij naar de tekening en kreeg hij het even te kwaad. Er stonden de vijf kinderen op — Jason met zijn nieuwe kapsel — met een stralende Beth achter hen, haar armen beschermend over hen vijven heen gespreid.

De symboliek in die tekening was overduidelijk en Bryan kon bijna geen woord uitbrengen. 'Dat is een prachtige tekening, Maggie. Ik zal vereerd zijn om hem te hebben.'

Kelsey zuchtte.

'Maar Kelsey heeft gelijk. We moeten dit opruimen voordat de lijm op de tafel opdroogt.' Hij had het vermoeden dat het al te laat was. Hij pakte een glitterlijmstift en las de kleine lettertjes. Gelukkig was het in water oplosbaar. 'Kelsey, zou je een emmer met warm water kunnen vullen?' Dat zou haar iets nuttigs te doen geven en haar uit de bakvisfase halen waarin ze op dit moment zwolg.

'Tuurlijk, Bryan. Nog iets anders?'

Hij beet op zijn lip bij het zien van de heldenverering in haar ogen. 'Als je een spons kunt vinden met zo'n schuurkantje op de achterkant, zou dat helpen.'

'Ik geloof dat we die nog in de voorraadkast hebben.'

'Geweldig. Dank je.' Hij keek naar Maggie. 'Kom op, Maggie. Laten we dit opruimen voordat het opdroogt. Dan kun je de tafel later weer gebruiken.'

'Mama zegt dat je op locatie gaat. Wat betekent dat?'

'Dat betekent dat ik naar de plek ga waar we de film gaan opnemen.'

'Ik dacht dat films in Hollywood werden gemaakt?'

'Niet allemaal. Soms is het makkelijker en goedkoper om naar een locatie te gaan, zoals de kust of de bergen of een stad, dan om het in Hollywood na te bouwen.'

'Hebben jullie daar wel telefoons?'

'Zeker. Het zal net zo zijn alsof we hier in de stad aan het filmen zijn.'

'Met al die mensen en al die camera's, net als toen papa stierf?'

Hij hield zijn adem in. Hij had de paniek in de stem van Beth gehoord over de camera's, dus hij had niet verwacht dat Maggie er zo laconiek over zou zijn, maar ja, ze was toen pas drie. Misschien had het niet zo'n diepe indruk gemaakt.

'Ik heb uw moeder al gezegd dat het me speet. Ik had niet gedacht dat mensen erom zouden geven dat ik hier was.'

Maggie haalde haar schouders op. 'Nou, *ik* ben blij dat je er bent. Je laat mij en mama lachen. Maar Kelsey... die doet gewoon raar. Misschien kun je zorgen dat zij stopt met raar doen.'

'Maggie!' Kelsey smeet de emmer op het aanrecht, waardoor er water over de rand klotste, en wierp Bryan een ontstelde blik toe vlak voordat ze de keuken uit rende. 'Ik haat je!'

'Blijf hier, Maggie, en begin met opruimen. Ik ben zo terug.' Hij moest dit in de kiem smoren voordat Kelsey het tot gigantische proporties liet uitgroeien.

Natuurlijk was ze naar haar kamer gerend. Geweldig.

Bryan hoorde haar huilen aan de andere kant van de deur en haalde diep adem voordat hij aanklopte.

'Ga weg, ukkepuk.'

'Ik ben het, Kelsey.'

Het bleef stil. Toen een snif. Toen een snik. Voetstappen die over de vloer sleepten, en toen het geluid van het slot dat omdraaide.

In de deuropening verscheen een ontdaan gezicht. 'Maggie weet niet waar ze het over heeft.'

'Kunnen we even praten, Kelsey?'

Ze sloot haar ogen en zwaaide de deur toen open. 'Ik denk het wel.'

'Laten we op de veranda gaan zitten.'

Ze beet op haar lip en ging hem voor de trap af, naar buiten naar de houten schommelstoelen, waarbij ze haar hoofd boog zodat haar haar haar gezicht bedekte.

'Over wat Maggie zei—'

'Ze is een dork.'

'Ze is je zusje en zusjes plagen nu eenmaal graag. Geloof me, ik kan het weten. Ik heb er zelf ook een.'

Er verscheen een zweem van een glimlach.

'Ik vind niet dat je raar doet. Wat je voelt is normaal voor een meisje van jouw leeftijd. En ik voel me gevleid. Maar ik ben te oud voor je.'

Haar gezicht liep vuurrood aan, maar ze was overduidelijk de dochter van Beth; ze keek hem met dezelfde vastberadenheid aan. 'Ja, dat weet ik. Bovendien vinden alle moeders je leuk.'

Hij weerhield zich ervan om op te merken dat die moeders van *zijn* leeftijd waren.

'Vind je mijn moeder ook leuk?'

Die had hij niet zien aankomen. 'Eh, nou, ja. Uw moeder is een lieve vrouw. En na alles wat ze heeft doorgemaakt, wat jullie allemaal hebben doorgemaakt, is uw moeder een heel bijzondere vrouw.'

'Ja, maar vind je haar echt *leuk*-leuk?'

Hoe was dit gesprek verzeild geraakt op een pad dat hij juist had willen vermijden? Hij had gedacht dat het aankaarten van Kelsey's gevoelens het delicate gedeelte zou zijn... 'Ik vind uw moeder heel erg leuk, Kelsey. Maar ik ben hier niet voor lang. Ik heb over een paar weken een film en dan ben ik maanden weg. En daarna volgen er meer. Mijn carrière brengt me over de hele wereld. Ik kan hier niet zijn. En uw moeder verdient iemand die er wel is. Die er voor haar kan zijn.'

'Oh.'

En hij kon dit zelf ook maar beter niet vergeten. Want de afgelopen tijd in de keuken met Maggie, en die avond in het tuinhuisje, had hij zijn gedachten de vrije loop gelaten. Gedroomd. Gedaan alsof.

Zijn *professionele* leven bestond al uit doen alsof; dat had hij in zijn *echte* leven niet nodig. En de realiteit was dat, hoe erg hij zich ook tot haar aangetrokken voelde, hoe erg hij er ook van genoot om bij haar en haar gezin te zijn, Beth een realiteit was die hij niet kon bezitten.

Beth deed een stap weg bij de voordeur. Ze had niet mogen meeluisteren, maar toen ze hen tweeën naar buiten had zien gaan, had ze willen vragen wat er aan de hand was, totdat de lichaamshouding van Kelsey haar had tegengehouden. En toen had ze gehoord wat Bryan had gezegd. Hij was prachtig omgegaan met de verliefdheid van Kelsey.

En wat hij over haar had gezegd...

Hij had gelijk. Elk woord klopte — hij zou weggaan. Hij kon hier niet blijven en dat moest ze goed onthouden.

Maar hij vond haar leuk. Ze was 'een heel bijzondere vrouw'. Er was een rilling door haar heen gegaan toen hij dat zei. Een tinteling die ze in jaren niet had gevoeld — tot die avond in het tuinhuisje.

Bryan vertrok. Hij bleef niet plakken. Tintelingen deden er niet toe als het daarop aankwam. Haar kinderen hadden stabiliteit nodig en zijzelf ook. De levensstijl van Bryan was voor geen van hen goed.

Hoofdstuk 15

Bryan pakte de schoonmaakspullen van Manley Maids in en keek nog één keer goed rond in de keuken. De lijm van Maggie was een drama geweest en de glitters over de hele vloer waren ook geen pretje, maar ze hadden hard gewerkt om alles op te ruimen terwijl de tekening die ze voor hem had gemaakt lag te drogen op het aanrecht. Hij had de hoeken verzwaard zodat ze niet zouden omkrullen en hij had erop gestaan dat Maggie haar naam erop zette zodra het droog was.

Ze had van oor tot oor naar hem gestraald toen ze dat deed, en Bryan wist dat hij het scheve, roze brouwsel altijd zou koesteren. Maggie Hamilton zou hij niet snel vergeten. Geen van de Hamiltons, trouwens. Net zoals Tommy en Mark, die op dat moment de keuken weer kwamen binnendenderen. Ze sleepten een met modder besmeurd touw achter zich aan en lieten modderige voetafdrukken achter vanaf de achterdeur door de keuken. Als hij niet in de deuropening naar de woonkamer had gestaan — de toegangspoort naar de rest van het huis — dan waren die voetafdrukken zeker verdergegaan.

'Halt!' Hij stak zijn arm uit. 'Wie daar, soldaten?'

De jongens keken elkaar even verward aan, maar toen verscheen er een brede grijns op hun gezichten en gingen ze in de houding staan.

'Ik ben het, Heer Markus. Ik kom de koningin vertellen dat haar koninklijke hond is ontsnapt.'

'Hond?' Tommy rolde met zijn ogen. 'Het is de *gevangene* van Hare Majesteit die is ontsnapt. Hij rent door de tuin van de buren.'

Sherman. Alweer.

Bryan zette de gereedschapskist met schoonmaakmiddelen op het aanrecht. 'Wijs de weg, mannen.'

Het werd een middag vol ontberingen. Hij was in topvorm voor zijn laatste film en hij dacht dat zijn conditie nog wel op peil was, maar het jagen op een hond die wel een Energizer-konijn leek en twee jonge honden liet hem zien hoe mis hij het had.

De verdomde hond had een paar nieuwe trucjes geleerd sinds het debacle bij de schutting en er was een heel 'leger' aan vriendjes van Heer Markus en Heer Thomas voor nodig om hem in het nauw te drijven.

Bryan en een dozijn tienjarigen omsingelden Sherman uiteindelijk bij het zwembad van een buurman. Ze kwamen langzaam dichterbij en maakten de cirkel nauwer. Helaas bevond het zwembad zich precies in het midden van die cirkel en Bryan had zo'n vermoeden dat dit niet goed zou aflopen.

Zeker niet toen Heer Thomas besloot de aanval van de lichtzwaardbrigade aan te voeren.

Zeven kinderen belandden in het water. Eén hond kwam eruit.

En hij glipte weg na een korte schudbeurt, een keffertje en iets te veel vrolijkheid in zijn pas.

Bryan viste de jongens eruit, wrong T-shirts en korte broeken uit, gaf ze een korte les in oorlogsvoering bij het zwembad voor de volgende keer en leidde ze toen door het achterhek achter die verdomde hond aan.

De verdomde hond amuseerde zich kostelijk. Letterlijk. Er lag een veld aan de rand van de woonwijk, maar dat was de laatste veilige plek voor de drukke weg.

'Oké jongens, dit is het plan.' Bryan riep de jongens bij elkaar voor overleg. 'Tommy, Johnny, Kevin en Kyle: jullie vallen aan over de rechterflank.'

'Wat is een flank?' vroeg Kyle.

'Jullie gaan via de rechterkant om hem heen.' Bryan wees naar een kornoelje. 'Zie je die boom? Ik wil dat jullie daarachter langs gaan en naar die boomstam lopen. Loop dan heel stil naar hem toe en zorg dat jullie dichter bij elkaar komen te staan. De andere jongens cirkelen van de andere kant naar binnen. We gaan Sherman insluiten, net als de vorige keer.'

Mark vertelde de anderen over het incident met de composthoop — inclusief Bryans snoekduik erin. 'Bryan heeft de dag *en* de hond gered. Het was echt vet!'

Nou ja, hij wilde die duik in de composthoop best op zijn naam schrijven als de jongens het 'vet' vonden.

De douche daarna en het weerzien met Beth was trouwens ook best vet geweest.

Bryan wierp een blik op Sherman. De hond zat op zijn achterwerk, zijn tong hing uit de linkerkant van zijn bek en die grijnsachtige krul bij zijn snuit leek hen uit te lachen. 'Oké jongens, loop langzaam naar jullie posities.'

Sherman bewoog onrustig toen de jongens zich verspreidden en trok zijn wenkbrauwen op. Bryan wist niet eens dat honden wenkbrauwen *hadden*.

De hond keek heen en weer tussen de twee groepen kinderen. Telkens wanneer Sherman zijn kop wegdraaide, schoof Bryan een paar stappen naar voren. Op een gegeven moment keek Sherman zijn kant op, dus Bryan verstijfde.

De hond drentelde zenuwachtig heen en weer. Bryan keek vanuit zijn ooghoeken naar de jongens. Ze waren bijna op hun plek om naar voren te komen. Als hij zorgde dat Shermans aandacht op hem gevestigd bleef, konden de jongens dichtbij genoeg komen om de cirkel te sluiten, zodat de hond geen kans kreeg om te ontsnappen.

Tommy zwaaide met zijn arm. Mark deed kort daarna hetzelfde.

Bryan knikte en de jongens liepen langzaam naar voren.

Sherman kwam overeind. Shit.

Bryan spreidde zijn armen om zichzelf groter te laten lijken. Dieren reageren op grotere dreigingen door ineen te duiken.

Maar deze verdomde hond natuurlijk niet.

Sherman draaide bijna dansend op zijn teentjes een rondje. Zijn korte staartje werd stijf toen hij de jongens zag. Bryan maakte van de gelegenheid gebruik om nog een paar stappen naar voren te zetten.

De hond keek over zijn schouder — wat Tommy en Mark de kans gaf om dichterbij te komen.

Bryan wilde ze vertellen hoe trots hij op ze was dat ze de tactiek doorhadden, maar hij wilde Sherman niet meer afschrikken dan hij al was.

Hij zette nog een stap toen Sherman weer naar de jongens keek. En nog een. Hij was op minder dan een meter afstand van de hond toen een van de kinderen struikelde.

Dat was voor Sherman precies de reden die hij nodig had om weg te schieten.

Gelukkig maakte hij de fout om langs Bryan te willen rennen, en Bryan dook bovenop hem.

En landde in een hoop konijnenkeutels.

Het waren tenminste geen herten- of paardenkeutels, maar toch... Door deze verdomde hond moest hij nu al voor de tweede keer douchen.

'We hebben hem! Goed gedaan, Bryan!' riep Mark, terwijl de jongens elkaar high-fives gaven vanwege hun geweldige teamprestatie. Bryan hield de spartelende, stinkende Jack Russell vast als zijn buit.

Hij klemde de hond onder zijn arm en haakte zijn duim in de halsband, zodat de kleine tiran geen kans kreeg om zich los te wurmen en weer te ontsnappen.

De groep marcheerde terug naar het huis, als een Romeins legioen. Beth had de meisjes bij elkaar geroepen — die blijkbaar weer tegen elkaar praatten — en hield een schaal met koekjes vast. 'Zegevierende helden moeten worden beloond. Dank jullie wel, mannen.'

Ze doken op de koekjes zoals je van een horde hongerige tienjarigen kon verwachten. Maar goed dat Bryan er geen hoefde; het jagen op Sherman had hem geleerd dat hij beter van het snoepgoed af kon blijven.

Vooral van Beth.

'En wat krijg ik, mijn Vrouwe?' Tot zover zijn goede voornemens. Ze zag er zo ontzettend lief uit terwijl ze de koekjes aan de jongens 'schonk' en hij hield tenslotte de hoofdprijs vast.

Kelsey keek naar haar moeder. Verdomme. Hij had die vraag echt niet moeten stellen in het bijzijn van haar dochter, na dat gesprek op de veranda. Zeker niet toen Beth begon te blozen.

'Ik, eh, zou er nog meer kunnen bakken?'

Kelsey rolde met haar ogen. 'Ma-am.' Ze nam Sherman van Bryan over. 'Je moet de ridder een kus geven. Weet je dan helemaal niets?'

O, Beth wist alles van kussen. Dat kon Bryan beamen. En er hier een van haar krijgen, in het bijzijn van al deze getuigen, was *niet* het beste idee.

Maar Kelsey gaf niet op. Zeker niet met die veelzeggende blik naar Bryan.

Dus pakte hij Beths hand, ging op één knie zitten en gaf haar de kortste, meest ingetogen kus die hij kon opbrengen — ondanks het feit dat hij haar naar zich toe wilde trekken en de hele nacht met haar door het gras wilde rollen, om haar te kussen tot de zon weer opkwam.

In plaats daarvan dwong hij zichzelf terug naar de realiteit, stond snel op en boog voor zowel Maggie als Kelsey. 'En nu, dames, als jullie me willen excuseren, ik heb een klus af te maken.' Die modderige voetstappen zouden zichzelf niet schoonmaken.

'Wacht even, Bryan.' Beth tikte haar zoons op hun schouders. 'Jongens, er ligt een rommel in de keuken waar jullie namen op staan. Marcheren jullie maar naar binnen om dat op te ruimen. Dat is niet het werk van Bryan.'

De jongens propten hun koekjes in hun mond en deden wat ze vroeg.

Bryan trok zijn wenkbrauwen op naar Beth. 'Geen tegenwerpingen?'

Ze haalde haar schouders op. 'Wat kan ik zeggen? Het zijn zegevierende helden. Ze hebben Sherman gered.'

Maggie trok aan de zoom van Beths shirt — waardoor de lage halslijn ver genoeg inklapte om Bryan een glimp van haar decolleté te gunnen.

Nog vijftien seconden marteling.

'Mama, *Bryan* heeft Sherman gered. Hij is bovenop hem gesprongen. Dat zei Kyle.'

Bryan aaide haar onder haar kin. 'Nee, Maggie. Het was een teamprestatie. Iedereen heeft zijn deel gedaan. Ik was er toevallig alleen net toen Sherman wegrende. We hebben Sherman *allemaal* gered.'

Maggie kruiste haar armen. 'Echt niet. Jij deed het. Kyle zei het. Je bent gewoon modisch.'

De blik die Beth hem toewierp, zei dat ze hem wel wilde knuffelen. Hij hoopte dat het om meer redenen was dan alleen omdat hij haar zoons de eer gaf.

'Kelsey,' zei ze, en ze verbrak de blik tussen hen die net een hartslag te lang had geduurd om gepast te zijn, 'breng Sherman alsjeblieft naar de bijkeuken. Hij moet in bad.'

'Bryan ook.' Maggie kneep haar neus dicht. 'Pieuw!'

En zo bevond Bryan zich voor de tweede keer naakt in de badkamer van Beth.

Deze keer nam hij de tijd. De vorige keer had hij zich zo ongemakkelijk gevoeld bij de intimiteit, maar nu, nadat hij haar in zijn armen had gehad, na het effect dat ze op hem had... wilde hij elke vorm van intimiteit die hij kon krijgen. Het prieel had zijn nieuwsgierigheid alleen maar aangewakkerd.

Hij had haar niet moeten kussen. Hij had zichzelf niet op die manier moeten pijnigen. Net zoals hij zichzelf nu niet zou moeten pijnigen door zich voor te stellen dat ze hier bij hem was, hoe ze de zeep over haar hele lichaam zou verdelen, hoe hij tegen haar aan zou wrijven onder de waterstralen die over haar huid parelden, hoe hij haar voet zou optillen om die achter zijn dij te haken, haar borsten en tepels tegen zijn borstkas aan... o hemel, hij zou nog klaarkomen in haar douche als hij deze gedachtegang niet stopzette.

Hij draaide de temperatuur van het water omlaag en besloot *niet* te blijven dralen. De roze handdoek die hij van Maggie weer moest gebruiken, hielp de situatie te sussen, en tegen de tijd dat hij de deur naar haar slaapkamer kon openen, had hij zichzelf weer onder controle.

Behalve dat hij nu naar haar bed staarde.

De beelden kwamen in volle kracht terug, en dat gold ook voor zijn erectie. God, hij wilde haar. Hij wilde haar op dat bed neerleggen en haar kussen, van haar prachtige ogen tot dat parmantige neusje en die waanzinnig sexy lippen. Omlaag naar haar kin, en dan met zijn tong eronderdoor, langs haar hals, kietelend in het kuiltje bij haar sleutelbeen voordat hij zich tegoed zou doen aan haar borsten. Hij wilde zijn handen op haar voelen, zijn lippen, zijn tong, haar in zijn mond nemen en haar gek maken van verlangen.

Zij was er ook helemaal bij geweest in dat prieel. Ze had hem gewild. Ze was verstandig geweest om het niet te ver te laten gaan — voor hun beider bestwil — want hij had haar vreselijk hard gewild. Dat kon ze *niet* niet geweten hebben.

Hij trok de roze handdoek strakker om zijn middel, hopend op wat verlichting van de druk, maar de wrijving van het katoen over de gevoelige eikel deed hem alleen maar meer hunkeren. Hij wilde Beth en hij begon zich zorgen te maken dat hij misschien niet sterk genoeg was om de verleiding te weerstaan.

Bryan schudde zijn hoofd. Dit was belachelijk. Duizenden vrouwen – prachtige, sexy modellen – wierpen zich voor zijn voeten. Hij kon krijgen wie hij wilde.

Maar hij wilde alleen Beth.

Hij smeet de handdoek af, in de hoop dat een scherpe tik hem in zijn dij zou raken en zijn aandacht zou afleiden van het feit dat zijn lul hard was en bonsde en diep in haar begraven wilde worden. Beth. Een weduwe met kinderen. Vijf stuks.

Voor het eerst joeg die gedachte hem niet de stuipen op het lijf.

Hij griste zijn boxershort van het bed en trok de elastische band strak over zijn buikspieren, hopend dat de prikkeling zou afleiden van wat hij voelde. Nee. Niets. Nog steeds zo hard als een steen. Dan pakte hij de korte broek maar. De broek van haar *man*.

Hij nam de tijd om erin te stappen en stelde zich voor hoe Mike hetzelfde had gedaan. Nadat hij de liefde had bedreven met Beth. *Dat* zou hem moeten afkoelen.

Het werkte niet. Hij wilde haar er alleen maar meer door.

Hij werd gek. Het verblijf hier begon hem te veel te worden. Hij had een pauze nodig. Neutraal terrein. Iets anders om zich op te concentreren.

Hij stak zijn arm in het T-shirt – ook van Mike – en toetste het nummer van Sean in op zijn mobiel.

'Hé Bry, wat is er?'

Zijn stijve. Maar als hij dat zou zeggen, zou hij het de rest van zijn leven van Sean moeten horen. En *niet* over dat soort dingen hoeven praten was precies de reden waarom hij zijn broer belde. 'Moet er nog wat gebeuren op dat landgoed van je? Ik heb wat tijd over en ik kan wel een workout gebruiken.'

'Bied je jezelf aan om te helpen? Gratis en voor niets, of verwacht je dat ik je betaal? Ik kan me geen filmsterrentarieven veroorloven tegenwoordig.'

Echt weer Sean, altijd op zoek naar een kans om een sneer uit te delen. Zijn broers *waren* wel blij met zijn succes, maar ze vonden het maar wat leuk om hem te plagen met zijn weelderige, niet-suburbane levensstijl.

'Beschouw het als een investering in eigen zweet.'

Hij had al een behoorlijk bedrag geïnvesteerd om partner te worden in het landgoed dat zijn broer wilde omtoveren tot een exclusief resort. Liam deed ook mee, en zodra het testament was afgehandeld, zou het eigendom van Sean zijn. Dan zou het echte werk beginnen. Op dit moment had Sean het geluk dat hij daar door Mac was gestationeerd, dus dat kwam goed uit. Vooral als Bryan hierdoor een paar uur uit het huis van Beth kon ontsnappen en wat ademruimte kreeg.

'Ik vind dat je hem mee moet nemen naar de vrijdagmiddagborrel.'

'Ooh, geweldig idee, Jenna. Op die manier kunnen we hem allemaal ontmoeten.'

Beth trok haar wenkbrauwen op naar haar twee vriendinnen die zich meer als tijdgenoten van Kelsey gedroegen dan als volwassen vrouwen. Jenna en Kara wilden zich aan Bryan vergapen. Ze waren allebei gelukkig getrouwd, maar het was geen geheim dat Bryan Manley op de 'vrijbrief-lijst' van elk van hen stond.

Hun arme echtgenoten. Toen die lijst ter sprake was gekomen in een gesprek, hadden de mannen voor de grap meegedaan, maar nu de nummer één op ieders lijstje daadwerkelijk in de stad was en in haar huis...

'Hij is geen trofee om tentoon te stellen, Kar.' Ze keek hoe Mark over het voetbalveld rende en trok een gezicht toen hij tegen zijn enkel werd getrapt. Door zijn broer. Dat kon er ook nog wel bij. Die twee *leken* ook letterlijk als twee druppels water op elkaar.

'Dan heb je hem niet goed genoeg bekeken, schat. Wat doe je als hij voorovergebogen staat om je kussens op te schudden? Weglopen?'

Het schaamberood vloog Beth naar de kaken en ze dook in haar rugzak naar de extra waterflesjes voor de jongens die ze altijd inpakte voor het geval de andere op zouden raken. 'Hij is geen stuk vlees.'

Jenna deed niet eens alsof ze naar de wedstrijd keek. Maar goed, haar zoon Ben zat op dat moment op de bank. 'Lieverd, hij is een prachtexemplaar van een kerel en je kunt me niet vertellen dat het je niet is opgevallen. Die blos op je wangen spreekt boekdelen, ook al zeg je niets.'

'Goed. Ja, het is een aantrekkelijke man. Ik snap het. Maar hij is hier niet om aangestaard te worden, en jullie betalen hem niet om hier na werktijd te zijn, dus nee, ik ga hem niet uitnodigen voor de borrel.'

In de zomer was het een traditie. Elke vrijdagavond was er bij iemand een feestje. Onder elkaar noemden ze het de borrel—voor de kinderen noemden ze het gezinsuur, want het was eigenlijk geen goed idee om kinderen te leren dat borreluurtjes een normale zaak waren. Bovendien zou de school een rolberoerte krijgen als de leraren de zomerdagboeken van de kinderen zouden lezen.

'Kom op, Beth. Vraag het hem tenminste. Wat is het ergste dat hij kan doen, nee zeggen?'

Nee, het ergste zou zijn als hij ja zei. Bryan was de afgelopen twee dagen om klokslag vier uur haar huis uit geweest. Hij verscheen stipt om acht uur, nam zijn lunchuur—tot op de minuut nauwkeurig—en vertrok zodra hij kon. Eigenlijk had ze hem gezegd dat hij eerder weg kon gaan als hij dingen te doen had, maar hij had haar alleen maar aangekeken en gezegd dat hij tot vier uur zou werken.

Ze wist niet wat er was gebeurd. Waarom hij was veranderd van die ridder op het witte paard in een pistachegroen uniform naar deze... beleefde vreemdeling. Maar om wat voor reden dan ook had hij besloten haar en de kinderen op afstand te houden. Voor haarzelf vond ze dat prima, want ze had veel te veel aan hem gedacht, maar de kinderen misten de kameraadschap die ze hadden opgebouwd. En zij miste het gelach.

De scheidsrechter floot en Mark stormde het veld af, zijn gezicht net zo rood als dat van haar, maar dan van woede. Ze wilde net van de tribune naar beneden klimmen toen zijn coach, meneer Weston, een arm om hem heen sloeg en hem terug naar de bank leidde, terwijl hij de hele tijd tegen hem praatte.

Beths hart deed pijn. De kinderen hadden een vader nodig. Mike zou precies hebben geweten wat hij tegen Mark moest zeggen. Dingen die de coach nu waarschijnlijk zei, maar zouden ze evenveel betekenen als ze van de vader van zijn vriendje Eric kwamen in plaats van van zijn eigen vader?

Opnieuw dreigde de golf van verdriet die haar na Mike's dood had overspoeld, haar te overmannen. De praatgroep zei dat het gevoel met de jaren zou afnemen, maar nooit helemaal weg zou gaan. Dat de *wat-alsen* altijd op de achtergrond van haar geest zouden blijven zweven.

Ze haatte die scenario's. Ze kon niet leven in *wat als*; ze leefde in het hier en nu. Net als haar kinderen. Dus welke wijze woorden Mark ook nodig had, ze was realistisch genoeg om te weten dat de coach degene was die ze hem moest geven.

Toen zag ze Bryan vanaf de andere kant van het park naar het veld lopen. Nog steeds in zijn groene uniform was de man *nog steeds* een verschijning om u tegen te zeggen, en die vlinders die hij in de gazebo in haar maag had ontketend, werden wakker en dachten: opletten geblazen, hun vleugels fladderden in haar buik van verwachting.

Maar hij liep niet naar haar toe. Even hingen de vleugels van de vlinders slap, maar toen hij naar de bank liep, de coach de hand schudde en vervolgens voor Mark op zijn hurken ging zitten en met hem praatte, sloegen de vlinders op hol.

'En jij vindt *dat* geen hoofdprijs? Wat ben je, blind?' Jenna wapperde zichzelf koelte toe. 'Serieus, Beth, zie je *dat* niet?'

Dat was juist het probleem. Ze zag hem wel degelijk. En het werd steeds moeilijker om weg te kijken naarmate hij langer in de buurt was.

Dus keek ze niet weg. Ze keek naar hem en haar zoon. Het spel ging om hen heen verder, kinderen kwamen en gingen van de bank af, er klonken fluitsignalen, het publiek juichte of kreunde, en Jenna zei af en toe iets tegen haar, maar Beth had alleen ogen en oren en al haar andere zintuigen gericht op wat er op die bank voor haar gebeurde.

Marks afhangende schouders ontspanden geleidelijk. Zijn rug werd iets rechter, zijn knikjes iets steviger. Daarna strikte hij zijn schoenen opnieuw en stond op, trappelend van ongeduld, terwijl hij aan het shirt van de coach trok om zijn aandacht te trekken.

Bryan stapte op een gegeven moment over de bank heen en deed een paar stappen achteruit naar de rand van de baan die het binnenveld omringde. Hij stak zijn handen in zijn voorzakken—wat heel gunstige gevolgen had voor de achterkant van zijn broek, ook iets waar je moeilijk je ogen vanaf kon houden —en knikte toen Mark achterom keek.

Mark kreeg eindelijk de aandacht van de coach en ze hadden een kort onderonsje. Meneer Weston wierp een blik op Bryan en knikte toen naar Mark. En daar ging haar zoon weer het veld op.

Er prikten tranen achter Beths ogen. Op dat moment was Bryan haar droomprins.

'O mijn God. Hij komt deze kant op!' Kara perste de woorden tussen haar tanden door. 'Snel! Jenna! Heb je kauwgom?' Ze hield haar hand voor haar mond en blies.

'Serieus? Denk je dat je nu een *kans* maakt om Bryan Manley te kussen? Hier? Met Beth naast ons?'

Dit keer bloosde Beth niet. Dit keer liet ze Jenna's woorden tot zich doordringen. Ze liet ze over haar tong rollen om ervan te proeven.

Was het maar zo...

Nee. Ze schudde haar hoofd. *Was-het-maar-zo's* waren net zo erg als *wat-alsen*.

'Hé.' Bryan klom de tribune op, waarbij die broek strak om een paar krachtige dijen zat en het shirt gespannen stond over een indrukwekkend stel schouders. Allemaal dingen die haar al waren opgevallen toen ze hem voor het eerst op een scherm zag, maar nu ze hem hier in levenden lijve zag... En dat maakte het probleem alleen maar groter.

'Wat was er aan de hand met Mark?'

Haar vriendinnen gingen als de Rode Zee uiteen, waardoor hij de perfecte gelegenheid kreeg om naast haar te gaan zitten.

Tot haar geluk maakte hij daar gebruik van. Of misschien was het niet zo'n geluk, want een van die stevige dijen zat nu tegen de hare aan en de geur van zijn inspanning van die dag zweefde om haar heen, bleef op haar tong hangen en daagde haar uit om hem te proeven.

God, wat wilde ze dat graag.

Maar ze deed het niet. Ze had beïnvloedbare kinderen om aan te denken. En moeders die haar met afgunst bekeken.

En een telelens die vanaf de tribune aan de overkant van het veld op hen gericht was.

Klootzak.

'Hij had wat pittige woorden over voor zijn broer omdat die hem tegen zijn enkel had getrapt. De coach wilde dat in de kiem smoren voordat het uit de hand liep.'

Zij wilde iets anders in de kiem smoren, maar was bang dat als ze het hem vertelde, het nog meer publiciteit zou genereren waar ze niet op zat te wachten. 'Dus wat heb je tegen hem gezegd?'

Bryan haalde zijn schouders op. 'Dat Tommy hem per ongeluk raakte en dat hij familie is. Je beledigt of respecteert je familie *niet*. Dat doe je bij niemand, maar vooral niet bij degenen die er altijd voor je zullen zijn.'

'Ach, dat is zo lief.' Kara stak haar hand uit. 'Kara Leopold. Ik ben een vriendin van Beth. En dit is Jenna Harte.'

'Aangenaam.' Jenna liet de kans ook niet onbenut om hem aan te raken en het verbaasde Beth hoe weinig ze dat kon waarderen. 'Onze zonen voetballen met de tweeling.'

'Ben en Nick.' Kara streek wat haar achter haar oor en hield haar hoofd een klein beetje schuin, met een zachte glimlach op haar lippen die Beth nog nooit had gezien.

O, kom op zeg. Echt? De vrouw was gelukkig getrouwd met haar jeugdliefde, en toch was één glimlach—oké, het *was* een verpletterend knappe glimlach—van Bryan genoeg om haar even te laten vergeten dat ze stapelverliefd was op de man die ze al sinds de basisschool kende?

'Aangenaam, dames.' Bryan was een expert in het zich losmaken uit lastige situaties—vrouwelijke situaties; dat had ze uit de eerste hand gezien bij Kelsey—en hij zette die ervaring nu in. 'De jongens en ik hadden het vanmorgen toevallig nog over het feit dat je altijd voor je broer klaar moet staan, dus toen ik Tommy's gezicht zag, was ik een beetje verrast.'

'Tommy's gezicht?' Beth kon *haar* verrassing niet verbergen.

Bryan knikte. 'Ik zag de actie en Marks reactie erop, hoewel ik niet kon horen wat ze zeiden. Maar toen keek Tommy alsof hij moest huilen. Gezien waar we het vanmorgen over hadden gehad, nou ja...' Hij wreef in zijn nek. 'Ik hoop niet dat ik mijn boekje te buiten ben gegaan, Beth, maar gezien het gesprek dacht ik dat ik nog wel wat kon toevoegen aan de peptalk van de coach.'

Beth wist niet waarover ze als eerste moest huilen. Dat ze zo'n incompetente moeder was dat ze Tommy's verdriet niet had opgemerkt, of dat Bryan de wijze woorden voor haar jongens had die zij nooit zou hebben. Ze hoopte maar dat de fotograaf dat moment niet had vastgelegd.

Wat moest ze aan met die fotograaf? Hoe graag ze ook wilde, ze kon niet gewoon doen alsof hij er niet was. Daar gingen ze nooit van weg.

'Nee... nee. Het is prima. Ik waardeer het dat je tijd in je schema hebt vrijgemaakt om hierheen te komen.'

'Geen probleem. Ze vroegen me te komen.'

Hadden ze dat? Dat was nieuw voor Beth. De jongens waren niet meer zo enthousiast over voetbal nu Mike niet meer hun coach was. Ze had hen na afloop moeten omkopen met een bezoekje aan de ijssalon en een heel betoog moeten houden over het niet in de steek laten van hun teamgenoten voordat ze voor elke wedstrijd hun tenue aantrokken. Wetende dat Bryan hier zou zijn, verklaarde waarom ze haar vandaag niet hadden tegengewerkt. Haar gezin begon zich iets *te* veel aan Bryan Manley te hechten.

Net als Kara, die wat dichterbij was geschoven en haar lichaam net genoeg had gedraaid dat Beth er bijna op durfde te zweren dat ze haar borst vooruitstak—die toch al een indrukwekkend formaat had dankzij het geschenk van haar man voor hun twintigste trouwdag. Niet iets wat Beth zelf had gewild, maar Kara was er blij mee geweest.

Nu ze zag hoe ze Bryans aandacht probeerde te trekken en de overduidelijke interesse die ze toonde, moest Beth zich afvragen of die borsten een poging waren geweest om het huwelijk te redden in plaats van te verfraaien.

'Maggie!' riep Beth naar de zandbak waar Maggie met haar *derde* flesje water aan een miniatuurzandkasteel werkte. Beth had geleerd om minstens zes flesjes mee te nemen, want Maggie had haar draai gevonden in nat zand. Beth wist zeker dat haar jongste ooit kunstenaar zou worden. Mogelijk een beeldhouwer.

'Wat is er, mama?'

'Bryan is er. Wil je hem laten zien wat je aan het maken bent?'

Ja, het was fout om haar dochter te gebruiken om Bryan af te leiden en hem uit het gezichtsveld van de fotograaf te krijgen, maar niets wat ze deed zou Kara afleiden. Beth had het gevoel dat als Kara's man hier poedelnaakt aan kwam lopen, het haar nog niet zou afleiden. Nog een reden om Bryan van de kaart van de telelens van die vent te krijgen.

Maggie schoot omhoog uit het zand, waarbij ze ondertussen het kasteel vernielde, voordat ze over het gras naar de tribune rende. 'Bryyyyyy-aaaaaaaaaaaannnnnnnnnnnnnnnn!'

Verdraaid, Beth had gehoopt Bryan naar beneden te krijgen, weg van de fotograaf maar ook van de verleiding van Jenna en Kara. *Niet* dat hij er ook maar enigszins verleid uitzag. Verleidelijk, ja. Verleid door hen, nee.

Toen keek hij naar *haar* en was Beth zelf bijna verleid.

'Weet je zeker dat je het niet erg vindt dat ik hier ben?' vroeg hij. 'Ik weet dat dit jouw tijd met de kinderen is, maar aangezien de jongens het vroegen...'

'Ik vind het helemaal niet erg. Het is fijn voor hen dat er nog iemand is die hen aanmoedigt.' Dacht hij dat ze deze tijd alleen met haar kinderen wilde? Besefte hij niet dat ze al zoveel tijd met de kinderen doorbracht dat de wedstrijd juist voor *haar* was? Voor de kans om met andere ouders te praten terwijl de kinderen bezig en gelukkig waren? Er was de afgelopen twee jaar zoveel verdriet in hun leven geweest dat het een zegen was om buiten bij de wedstrijden te zijn, omringd door vrienden.

'Bryan! Je bent gekomen!' Maggie klom op handen en voeten de tribune op, als een klauterend aapje, en wierp zich vervolgens in de nietsvermoedende armen van Bryan.

De knuffel deed hem achterover wankelen, zodat hij Maggie met één hand opving en zich met de andere afzette op de bank achter zich, en voor een moment—een kort, piepklein moment van *wat als*—stelde Beth zich voor dat die arm om haar heen was gegaan en dat hij het recht had om dat te doen. Dat zij het recht had om het te verwachten en te accepteren.

Het verlangen sloeg zo hard en snel in haar onderbuik in dat het haar de adem benam. Lieve hemel, wat wilde ze dat graag. Wou dat Bryan zijn arm om haar heen sloeg. Dat hij de hare was. Dat hij de hare *wilde* zijn en zijn claim op haar legde waar iedereen bij was.

Inclusief de fotograaf die ongetwijfeld talloze foto's maakte van Bryan en... Maggie.

O, dacht het niet. Ze zou niet toestaan dat die foto's ergens gepubliceerd zouden worden. Haar dochter had recht op privacy en Beth zou verdommen als ze toe zou laten dat een of andere geldbeluste paparazzo haar dat zou afnemen.

Ze stond op. 'Bryan, kun jij even op Maggie letten? Ik ben zo terug.' Ze was er helemaal klaar mee.

'Ho even, kleintje! Je gooide me bijna van mijn plek.' Bryan ging rechtop zitten en zette Maggie op zijn knie, terwijl hij probeerde op adem te komen terwijl hij haar moeder de tribune af zag klimmen. Nou ja, om eerlijk te zijn had de achterkant van haar moeder, terwijl die over de tribune naar beneden bewoog, ook een aandeel in het hem de adem ontnemen, maar Maggie had de rest van het werk gedaan met een knie in zijn maag.

'Je bent gekomen, Bryan! Precies zoals je beloofde.'

Haar glimlach maakte het werk van de ademroof af. 'Nou, natuurlijk. Waarom zou je iets zeggen als je het niet gaat doen?'

Maggie kuste zijn wang, waardoor de laatste restjes lucht uit zijn longen verdwenen. 'Jason zei dat je niet zou komen. Dat je het te druk had. Ik zei dat hij ongelijk had en nu heb je het hem laten zien.'

Hij streek met een verrassend trillende hand over haar haar. 'Ik houd me altijd aan mijn woord, Maggie. Daar kun je op rekenen.'

O God, waar was hij mee bezig? Hij hoorde hier niet te zijn, haar te vertellen dat ze op hem kon rekenen, of vaderlijk advies te geven aan Mark of medeleven te tonen aan Tommy. Maggie in zijn armen en op zijn knie houden, zo blij als wat dat ze daar zat. En dicht bij Beth zijn...

Een van haar vriendinnen keek hem hongerig aan en de andere was zwaar onder de indruk, maar hij had alleen oog voor Beth. Hij had haar op de tribune zien zitten zodra hij uit zijn auto op de parkeerplaats was gestapt. Als een baken had de zon op haar haar geschenen en het had hem geroepen. Hij had haar glimlach haar gezicht zien verlichten en het was alsof ze hem had betoverd; hij was bijna over het gras gezweefd om bij haar te komen.

Hij zou de hele tribune op gezweefd zijn als het fluitsignaal en de woorden van Tommy en Mark er niet waren geweest. Hun geruzie had hem uit de mist getrokken waarin hij verkeerde sinds de jongens hem vanmorgen hadden gevraagd vandaag te komen, terwijl hij alleen maar had kunnen denken aan het samenzijn met Beth en haar gezin.

De tribunes om hen heen barstten uit in gejuich, en Bryan wendde zijn blik af van Beth die op de baan liep om naar de jongens te kijken die een high-five gaven aan een ander kind, die trots met de voetbal onder zijn arm rondliep.

'O, kijk eens, mevrouw Harte! Ben heeft gescoord!'

De vrouw—Jenna?—hield eindelijk op met naar hem te staren en begon te juichen. 'Zet hem op, Benny!'

Haar zoon keek op en schudde zijn hoofd.

'Verdraaid. Ik was vergeten dat hij die naam niet leuk vindt,' mompelde zijn moeder.

'De meeste jongens ontgroeien hun bijnamen eerder dan hun moeders. Mijn grootmoeder noemt me nog steeds—' Bryan hield zijn mond. *Dat* was persoonlijk. Hij hoefde dat niet in de media te laten rondbazuinen. Behalve dat het gênant was, zou zijn grootmoeder gekwetst zijn als mensen haar bijnaam voor hem belachelijk zouden maken. En 'Baby Bry-Bry' was niet iets waar hij om bekend wilde staan. Alleen Gran mocht hem zo noemen en ermee wegkomen.

Hij moest toegeven dat hij het fijn vond als ze dat deed. Meestal was het wanneer hij haar een dikke knuffel gaf en ze het in zijn oor fluisterde. 'Jij bent mijn favoriet, Baby Bry-Bry.'

Hij wist dat het niet waar was, dat ze elk van hen haar favoriet noemde, maar het had hem altijd een speciaal gevoel gegeven. Gewenst. Geliefd. Dat had hij nodig gehad in de jaren nadat hun ouders waren omgekomen.

'Hoe noemde ze je, Bryan?' Maggie trok aan zijn kraag.

'Een speciale bijnaam, alleen voor mij. Het is privé, Maggie.'

'Ik heb geen privébijnaam. Kelsey noemt me Mags. Jason noemt me lastpak.'

'Grote broers kunnen irritant zijn. Ik weet het, ik heb er twee.'

'Ik heb drie broers. Tommy en Mark schelden me niet uit, alleen Jason. En Kelsey. Maar dat was alleen maar omdat ze zich schaamde omdat ze niet wilde dat jij wist dat ze je leuk vindt.'

Hij zag de interesse opvlammen bij de vrouwen. Geweldig. Kelsey zou het niet waarderen als deze roddel in de rondte ging, evenmin als ze de vreugdevolle onthulling van Maggie had gewaardeerd.

'Dat had je me niet moeten vertellen, Maggie. Je wist dat het haar pijn zou doen.'

Maggies lippen vertrokken en ze hield op met op zijn arm te kloppen. 'Denk het ook.'

'Heb je je excuses aan haar aangeboden?'

'Nee.'

'Ik vind dat je dat moet doen als we thuiskomen.'

Maggies gezicht lichtte op met een glimlach die precies op die van haar moeder leek, en het was weer een reden voor de lucht in zijn longen om de benen te nemen.

'*Ga* je mee naar ons huis? Ik dacht dat je niet bij ons wilde wonen?' Maggies stem steeg een octaaf en een paar decibel. De interesse van de twee vrouwen lag plotseling niet meer bij de wedstrijd.

Prachtig. *Beth* kon dit soort geroddel niet gebruiken. 'Net zoals sommige mensen naar een kantoor gaan, of een restaurant, of winkels om te werken—'

'Of een vliegtuig.'

'Of een vliegtuig. Net zoals zij allemaal naar hun werk gaan, ga ik naar jouw huis om te werken. Ik woon daar niet.'

'Maar dat zou wel kunnen. We hebben een papa nodig. Oma zei het de laatste keer dat zij en opa op bezoek kwamen.'

De waarheid uit de kindermond. En die van grootouders.

Hoewel, als hij eerlijk was tegenover zichzelf, moest hij toegeven dat hij het idee wel wat vond hebben.

En die gedachte brandde zich in zijn brein, zette zijn zenuwstelsel onder stroom en nestelde zich ergens in zijn borstkas. Vlak bij zijn hart.

Hoofdstuk 17

'Geef me die camera.'

'Achteruit, mevrouwtje.' *Klik, klik.*

De klootzak stopte niet eens met foto's maken. Beth had het gevoel dat hij ze tijdens haar hele wandeling door het park had gemaakt.

'Dat is mijn kind op die foto's en ik sta niet toe dat je die foto's verkoopt.'

'Haar gezicht zal onherkenbaar worden gemaakt. Zo doen we dat bij minderjarigen.'

'En dat van mij?'

'Luister, mevrouw. Bryan Manley is groot nieuws. Jij bent groot nieuws. Jullie twee samen kunnen mijn huur voor een jaar betalen.'

'Huur? Gaat dit over jouw *huur*?' Beth wilde de camera uit de handen van deze vent rukken, maar ze zou daardoor meer in de problemen komen dan wanneer ze de foto's liet verschijnen. Een politiefoto kon ze er niet ook nog bij gebruiken. 'We hebben het over mijn *gezin*. Mijn privacy. Mijn leven. Hoe kun je jouw huur rechtvaardigen ten koste van mijn gezin? Hebben jullie mensen niet al genoeg schade aangericht? Weet je hoe het is om mijn kinderen te moeten kalmeren als de camera's niet stoppen? Hun vragen te moeten beantwoorden over waarom mensen hen niet met rust laten? En nu ga je me weer in de schijnwerpers duwen?'

'Dan moet je niet met een filmster omgaan. Dat hoort er nu eenmaal bij, weet je?'

'Ik *ga niet met hem om*. Hij werkt voor de schoonmaakdienst. Hij doet zijn werk. Laat hem met rust.'

'Je lijkt nogal beschermend over iemand die voor je werkt. Alsof je iets te verbergen hebt.'

Ze balde haar vuisten en probeerde wanhopig zijn gezicht er niet af te krabben. Vergeet die camera maar. Ze haalde diep adem en telde tot tien, wetende dat het niets zou uithalen. Niet wanneer hij haar gezin bedreigde.

Ze probeerde een andere tactiek. 'Hoe heet je?'

'Geen sprake van, mevrouw. Dat ga ik u niet vertellen. Ik heb geen zin in een rechtszaak.'

'Aan wie ga je deze foto's dan verkopen?'

'Nogmaals, dat vertel ik u niet. Ik heb geen zin in dreigende acties voordat ik betaald heb gekregen. Zodra ze van hen zijn, klaagt u me maar aan zoveel u wilt. Dan ben ik buiten schot.'

'Niet als je me aanraakt.' In een actie die ze zelfs van zichzelf niet had verwacht, scheurde Beth haar eigen mouw en bracht ze haar haar in de war. 'Eén woord. Eén schreeuw van mij en dit is voorbij. Dwing me niet.' Ze had haar handen op de tailleband van haar korte broek.

'Jezus, mevrouw, u bent gek.'

'Nee, ik ben een moeder die haar kinderen beschermt. Ik doe alles wat nodig is om hen te redden van de hel waar jij ze doorheen gaat slepen. Geef me de geheugenkaart.'

'Geen sprake van.' Hij deed een stap naar achteren, maar maakte gelukkig geen foto's meer.

Beth rukte aan haar broek en de knoop sprong los. Ze deed een stap in zijn richting. 'Nog één stap en ik begin te gillen.'

De man keek aarzelend. Goed zo. Laat hem zich maar afvragen of het haar ernst was. *Zij* twijfelde niet; ze zou alles doen wat nodig was om die foto's te bemachtigen en haar gezin te beschermen.

Ze opende haar broek nog iets verder. 'Wil je het riskeren? Ik heb niets te verliezen dat jij niet al voor me gaat verpesten met die foto's.'

De man keek om zich heen alsof hij verwachtte dat er iemand uit de bomen om hen heen zou springen.

Beth haalde diep adem, verrassend kalm voor wat ze op het punt stond te doen. Ze opende haar mond om te gillen.

'Niet doen.' De fotograaf stikte bijna in het woord. 'Ik kan het risico niet nemen. Alleen al door de verdenking is mijn carrière voorbij. Mijn vrouw... ze zal me verlaten.'

'Is het het waard? Op deze manier je huur betalen? Voor alles wat je zult verliezen?' Beth hield één hand op haar broek en stak de andere uit. 'Geef me de geheugenkaart.'

De man zag eruit alsof hij op het punt stond er vandoor te gaan.

'Doe het niet, Steve.'

Hij keek haar aan, zijn ogen wijd opengesperd.

'Steve McAllister. Het staat op je cameratas. Ik kan je identificeren.'

'Shit. Godverdomme.'

'Geef me de geheugenkaart, Steve.' Ze wilde zijn naam blijven noemen; hem laten weten dat ze wist wie hij was.

'Fuck.' Hij keek naar de achterkant van de camera. Toen naar haar. Toen naar de bomen achter hen.

'Geef me de kaart, Steve, of ik gils. Nu.' Ze woelde voor het effect met haar hand door haar haar. 'Ben je bereid alles te riskeren?'

'Echt niet, mevrouw.' Hij opende de camera en haalde de kaart eruit. 'Houd die klotefoto's maar. Je privacy is toch al naar de knoppen. Iedereen weet wie je bent. Wie je kinderen zijn. Wie je man was. Je zult nooit rust krijgen.'

Ze ging niet in op zijn getreiter. Ze pakte alleen de geheugenkaart aan en stak hem in haar beha. Als hij er nu achteraan zou gaan, had ze echt iets om hem aan te wrijven.

'Als ik je nog een keer zie, vertel ik je vrouw dat je mij lastiggevallen hebt voor een verhaal. Ik zal zorgen dat ze me gelooft; denk maar niet dat ik dat niet doe.'

Tot haar voldoening zag ze hem bleek wegtrekken. Goed zo. Nu wist hij hoe het voelde als zijn gezin en zijn privéleven bedreigd werden.

Ze was verrassend kalm terwijl ze terugliep naar de tribune. Ze had haar haar weer een beetje gefatsoeneerd, haar broek dichtgeritst, maar de knoop was weg en de scheur in haar shirt zou ze maar wijten aan een tak van een boom.

'Mama!' Maggie klauterde van Bryans schoot en rende de tribune af naar haar toe. 'Mag Bryan mee naar de ijssalon? Mag dat?'

'Oké, schatje.' Waarom ook niet? Ze zag er niet uit, voelde zich chagrijnig en haar kleren waren kapot. Absoluut de beste tijd om in het openbaar gezien te worden met Bryan Manley, die erin slaagde er verrukkelijk uit te zien in een uniform dat elke mannelijkheid uit hem had moeten zuigen.

'Beth? Gaat het wel?' Bryan liep achter Maggie aan naar beneden, bezorgdheid stond op zijn knappe gezicht te lezen. En nieuwsgierigheid op dat van Kara en Jenna. 'Waar was je gebleven?'

'Ik dacht dat ik de hond van de Dynerts zag.' Arme Muffy was al meer dan een week vermist. Beth voelde zich schuldig dat ze het verlies van de Dynerts gebruikte, maar ze zou alles voor de bescherming van haar gezin doen. En op dit moment gold dat ook voor Bryan. Hij hoefde niets over de fotograaf te weten.

'Was zij het, mama? Komt Muffy weer naar huis?'

Ze nam Maggies kin in haar hand, verdrietig dat ze haar dochter weer slecht nieuws moest brengen. 'Nee, lieverd, het was Muffy niet. Ik denk dat het een vos was.' Een sluwe, listige vos die ze te slim af was geweest, godzijdank.

'O.' Maggies onderlip begon te trillen. 'Ik mis Muffy. Ik wou dat zij niet ook weggegaan was.'

O jee. Beth voelde zich nog geen meter groot. Ze had die hond niet als smoesje moeten gebruiken, maar het was het enige waar ze op kon komen. En zelfs toen wist ze niet zeker of Bryan haar helemaal geloofde.

Ze trok haar shirt naar beneden over de ontbrekende knoop. Maggies plechtige gezichtje raakte Beths hart. 'We kunnen morgen naar haar gaan zoeken als je wilt.'

'Ja. Dat zou ik fijn vinden.'

Ze gaf Maggie een klopje op haar rug. 'Oké dan. Zullen we de jongens verzamelen en ijs gaan eten?'

'Die wedstrijd is nog niet afgelopen,' zei Bryan.

Ja, Bryan zag veel te veel en de blik die hij haar wierp zei dat hij vragen had.

'O. Juist.' Ze wierp een blik op het veld. Beide jongens zaten op dit moment aan de kant, dus ze had in elk geval hun speeltijd niet gemist. Maar ze had het risico niet kunnen nemen dat de fotograaf er met die foto's vandoor ging, dus ook al had ze een klein stukje van de wedstrijd gemist, dan was dat maar zo.

Er barstte weer gejuich los om hen heen terwijl ze terugliepen naar de tribune en binnen tien minuten was de wedstrijd voorbij, had het team van de tweeling gewonnen en riepen de drie jongste kinderen hun ijsbestellingen al naar haar.

'Wacht even, jongens, ik ben de serveerster niet. Vertel het haar maar als we er zijn.'

'Kom je met ons mee, Bryan?' Mark draaide zijn scheenbeschermers rond aan het uiteinde van een vinger.

Beth pakte ze af om te voorkomen dat ze weg zouden vliegen. Dat harde plastic kon pijnlijk aankomen.

'Ja, Bryan komt mee. En ik weet zeker dat hij ook iets geweldigs zal bestellen.' Ze pakte de sporttas en propte de scheenbeschermers van beide jongens erin.

'Mag ik bij jou in de auto, Bryan?' vroeg Tommy, terwijl hij naar Bryans zijde rende zonder op antwoord te wachten.

'Ik ook!' Mark deed natuurlijk meteen mee.

'Nou, ik weet ni—'

'Ik vind het prima, Beth.'

'Mag ik ook mee?' vroeg Maggie.

'Maar Maggie, mama heeft ook kinderen bij zich nodig,' zei Mark.

'Jason en Kelsey kunnen met haar mee. Die praten toch niet, dus dan heeft mama haar rust.'

Bryan woelde door Maggies haar. 'Misschien *wil* je moeder wel praten. Misschien moet je bij haar in de auto gaan.'

'Maar ik wil met jou mee!'

Bryan keek naar Beth. 'Vind je dat goed?'

Het was zo goed dat het bijna eng was. Nee, laat dat maar zitten. Het was gewoonweg eng. Haar kinderen waren als een tierelier aan hem vastgeplakt en als ze had *gewild* dat dit gebeurde, was het vast niet gelukt.

De vraag was: *wilde* ze dit nu het eenmaal zo ver was?

De gezelligheid ging gewoon door bij Busters ijssalon, waarbij de kleintjes ruzieden om naast hem te mogen zitten. Beth had voor scheidsrechter moeten spelen omdat er maar twee plaatsen naast Bryan waren en overtuigde Tommy en Mark om elk half uur te wisselen terwijl de ander tegenover hem zat. Hierdoor viel Kelsey gelukkig buiten de roulatie, maar haar oudste dochter zat op de hoek van waaruit ze Bryan voortdurend kon aankijken.

Het was een vreemd iets om jaloers te zijn op je eigen kinderen, maar Beth voelde het. Bryan was zo natuurlijk met hen, lachte en maakte grapjes. Hij kreeg Jason zelfs zo ver dat hij vertelde waar hij zijn haar had laten knippen: door de moeder van zijn vriendin.

Had hij een vriendin? Door dat nieuws zakte Beth bijna door de grond. Hoe had ze kunnen missen dat haar oudste kind die mijlpaal had bereikt?

God, ze voelde zich soms zo'n mislukte ouder, vooral nu ze hen allemaal met Bryan zag. Hij had een natuurlijke klik met kinderen en dat beperkte zich niet alleen tot haar kinderen. Ze had hem gadegeslagen toen de wedstrijd was afgelopen en alle kinderen hem een hand wilden geven. Bryan Manley was een beroemdheid in dit stadje en ze wilden allemaal een graantje van hem meepikken.

Net als zij.

Zo, ze gaf het toe. Het was moeilijk om dat niet te doen. Bryan begon overdag de meeste van haar gedachten in beslag te nemen. Ze werd wakker terwijl ze aan hem dacht en ze ging naar bed terwijl ze aan hem dacht — terwijl ze naar hem verlangde. Ze kon hem de hele dag in haar huis zien werken. Hij was zelfs begonnen met het snoeien van de heg onder haar keukenraam. Ze had tegengesputterd dat het niet bij zijn takenpakket hoorde, maar hij had geantwoord met: 'Mac zegt dat de klant altijd tevreden moet zijn. Dus dat is wat ik doe.'

Zij wist nog wel andere manieren waarop hij deze klant tevreden kon stellen...

Beth hapte naar adem en duwde een grote, koude lepel ijs in haar mond. Het einde van deze maand kon niet snel genoeg komen.

Want als ze bleef denken aan hoe hij haar kon bevredigen, zou ze dat nog gaan doen ook.

Hoofdstuk 18

Bryan verscheen de volgende ochtend vroeg op zijn werk.

En hij wist precies waarom hij dat had gedaan.

Deze vroege ochtenduren waren kostbaar in het huis van Beth. Meestal gebruikte hij ze om het werk van de vorige dag over te doen, dat de kinderen weer overhoop hadden gehaald, maar vandaag lag de troep er nog die de jongens hadden achtergelaten toen ze na hun bezoek aan de ijssalon naar binnen waren gestormd. Als hij hen naar huis had gereden, had hij het toen kunnen doen, of er tenminste op kunnen toezien dat ze *geen* spoor achterlieten.

Ze hadden echt een vader nodig.

Hij liet de dweil in de emmer water zakken. Hij was hartstikke gek geworden dat hij dacht wat hij dacht. Ja, natuurlijk, ze hadden een vader nodig, maar ze hadden *hem* niet nodig als die vader. Hij was niet in de wieg gelegd voor het vaderschap.

En toch, gisteravond... God, het was zo fijn geweest. Zo gezellig. Hij, Beth, de kinderen, allemaal kletsend bij de ijssalon. Elkaar een beetje plagen, de hoogtepunten van de wedstrijd herbeleven. Zelfs het incident met de tackle op de enkels bespreken. Het was allemaal zo fijn geweest. Zo normaal. Net als die keer met zijn broers en Mac en oma—

Bryans adem stokte. Hij was vergeten wanneer oma hen meenam naar de markt van Papa Gino. Een buurtwinkel met een delicatessentoog, een slagerij en een frisdrankfontein. Ze hadden root beer floats gedronken en in een van de nisjes gezeten, een traktatie voor 'betalende gasten', zoals oma had gezegd. Ze had niet veel geld, dus die floats waren bijzonder geweest.

Bryan wist nog precies hoe het voelde om aan die tafel te zitten en dat de serveerster hem met een vriendelijke glimlach aankeek en vroeg wat hij wilde hebben. Liam en Sean hadden het meteen geweten, maar hij en Mac hadden te veel keuzes gehad om zo gemakkelijk te kunnen beslissen. Oma had alleen maar geglimlacht, over zijn arm geaaid en tegen de serveerster gezegd dat ze er nog even over na moesten denken.

Ach, wat een geduld had ze gehad toen ze vier bange, verdrietige kinderen onder haar hoede nam. Natuurlijk hield ze van hen, maar het kon niet makkelijk zijn geweest. Als weduwe met niets meer dan haar oude huis op haar naam, had oma het op de een of andere manier toch gered. Ze had hen gered van het pleegzorgsysteem en daarvoor zou hij haar altijd dankbaar blijven. Daarom betaalde hij de extra kosten in haar seniorencomplex voor het appartement dat ze graag wilde. Niemand wist het, Liam of Sean niet, Mac niet, en oma al helemaal niet. De afspraak was tussen hem en de directeur en hij had de woning direct gekocht, zodat oma alleen voor haar zorg hoefde te betalen. Dat had hij ook wel voor haar willen regelen, maar oma had haar trots. Hij wist alles van trots.

Hij dweilde met de mop over de strepen van de voetbalschoenen op het hardhout en werkte ook Shermans modderige pootafdrukken weg. Zelfs de hond begon hij aardig te vinden.

Hij sopte de dweil weer in de emmer. Nog tweeënhalve week. Hoe ging hij dit overleven zonder voor hen allemaal te vallen?

Zijn mobieltje ging af, goddank, en trok hem terug naar de realiteit.

Het was zijn agent.

'Hé, Don, wat is er?'

'Ik kreeg een telefoontje dat ze de opnames vervroegen als ze genoeg mensen op de set kunnen krijgen. Ben je er klaar voor?'

Dat zou hij wel zijn, maar dat zou betekenen dat hij zijn belofte aan Mac moest breken. Het zou ook betekenen dat hij Beth en de kinderen moest achterlaten. Dat *kon* hij niet doen.

'Ik heb me vastgelegd voor deze klus, Don. Ik kan me niet zomaar terugtrekken. Gaat dat een probleem opleveren?'

Nou, en of. Je zet je carrière in de wacht om te gaan schoonmaken?

'Vanwege die weduwe, hè? Gebeurt daar iets wat ik moet weten? Ik heb wat geruchten in de pers gezien.'

'Je weet hoe de pers is. Elk verhaal dat ze kunnen vinden, grijpen ze aan. Er is hier niets aan de hand.'

Leugenaar.

'Jammer. Het zou goede publiciteit zijn. Weet je zeker dat je niet iets wilt beginnen?'

'Dat meen je niet.' Hij was verbaasd. Natuurlijk wist hij dat mensen verhalen verzonnen om interesse te wekken en zichzelf beter in de markt te zetten, maar dat had hij nooit gedaan. Don wist dat ook. Ze hadden het erover gehad. Hij zou het in zijn carrière op eigen kracht maken of hij zou het helemaal niet maken, maar hij zou nooit liegen om verder te komen.

'Sorry.' Don klonk niet erg berouwvol. Niet dat Bryan het hem kwalijk kon nemen, maar het was de schaduwzijde van dit wereldje. De castingcouch was er ook zo een. Wie zei dat die tegenwoordig niet meer bestonden, had nog niet genoeg meegemaakt.

'Dus ik zal PJ vertellen dat je niet beschikbaar bent voor de vroege opnames, toch?'

Bryan glimlachte. Dit was de reden waarom Don zo'n goede agent was; hij wilde over elk punt duidelijkheid, zowel van de studio's als van zijn eigen cliënten. Hij was bij Don in goede handen.

'Gaat niet door, Don.'

'Oké dan. Over twee weken op vrijdag sta je op de set.'

Zeventien dagen in totaal. Dat was alles wat hij nog over had met Beth en de kinderen. 'Ja, dat is het. Dan ben ik er.'

Zelfs als hij dat eigenlijk niet wilde.

'Bryyyyyaaaannnn!' Maggie rende over de keukenvloer met uitgestrekte armen en een glimlach die zo groot was dat hij bijna haar hele gezicht bedekte. God, wat zou hij dit missen. Haar missen. Haar bewondering voor hem missen — maar niet vanwege zijn films of wat hij voor de kost deed. Maggie hield van hem om wie hij was.

Maggie hield van hem.

Shit. Dat deed ze echt.

Kijk naar dat koppie. Die heldere ogen. De glimlach van oor tot oor. Ze had gewild dat hij bij hen introk. Dat hij haar vader werd.

En hij ging haar verlaten.

Het was niet zijn schuld dat ze een vader nodig had. Hij was hier om schoon te maken. Dus hielp hij een beetje. Hij was op haar gesteld geraakt. Hield van haar nieuwsgierigheid. Haar vragen. Haar theekransjes en haar rommelige tekeningen. Waarom moest ze daarom van hem gaan houden? Waarom kon ze niet gewoon genieten van de tijd en de aandacht zonder dat het zo beladen werd?

Omdat ze vijf is, haar vader mist en precies in haar eigen huis een vervanger heeft gevonden, daarom, idioot.

'Wil je een boterham met pindakaas en appelmoes voor me maken?' Ze knipperde met haar grote bruine ogen naar hem.

Ooit zou ze harten breken. Hij hoopte alleen maar vurig dat het zijne niet was gebroken wanneer hij wegving, want dat van *haar* zou dat wel zijn.

Hij moest afstand nemen. Niet zo betrokken raken bij het leven van de kinderen. Hij moest die afstand creëren, zodat ze niet overstuur zouden zijn als hij wegging. Verdorie, dit had niet mogen gebeuren. Het was de bedoeling dat hij binnenkwam, het huis schoonmaakte en weer vertrok. Zijn leven leiden, buiten de firma van Mac.

Maar hij had getekend voor extra klussen — vandaag deed hij de kasten in de bijkeuken — om 'de weduwe' te helpen.

Beth.

Moeder van vijf.

Weduwe en moeder van vijf.

Sexy weduwe en moeder van vijf.

Die hem met één blik tot waanzin kon drijven.

En met een kus... hem dingen liet denken die hij nooit had gedacht te zullen denken.

'Wil je een boterham als ontbijt?'

'Yep. Papa hield van boterhammen als ontbijt. Dat mis ik.'

Nog een steek in zijn hart. Hij *kon* de vader van Maggie niet zijn.

Hij ging die boterham echter wel voor haar maken. 'Weet je zeker dat je appelmoes op je brood wilt? Geen appelstroop?'

'Appel*stroop*?' Maggie trok een vies gezicht. 'Stroop is voor op pannenkoeken.'

Nou, vooruit dan maar. Appelmoes werd het. Hij was niet van plan een discussie te beginnen over het verschil tussen moes en stroop, want hij had het gevoel dat hij het zou verliezen van Maggies overtuigingskracht.

Hij zette de dweil in de emmer en liet zich door haar aan haar handje mee terug naar de keuken leiden. Tot zover het afstand bewaren.

Maggie was al begonnen met het maken van haar boterham. De bewijzen dropen van het aanrecht langs de kastjes naar beneden. Sherman verkeerde in een staat van opperste vervoering en rende tussen de kastjes door om de verschillende ingrediënten op te likken.

Bryan hoopte maar dat honden niet ziek werden van pindakaas. Hoewel het de mormel wel recht zou doen als hij last van zijn maag kreeg.

'Eerste punt op de agenda: we zetten Sherman buiten.' Hij tilde de hond op en zocht naar zijn riem. Hij vond hem achter de aardappelbak.

Toen Sherman eenmaal buiten was, blaffend en trekkend aan de riem, deed Bryan de achterdeur dicht om het geluid te dempen en pakte toen een set sponzen uit de voorraadkast. 'Kom op, Maggie. Laten we de troep opruimen voordat we weer nieuwe maken.'

'Nou, dat is stom. We moeten gewoon dezelfde troep blijven maken, zodat we het maar één keer hoeven op te ruimen.'

Wijze woorden van een vijfjarige.

'Had jij vroeger ook wel eens pindakaas en appelmoes toen je klein was, Bryan?'

Hij probeerde terug te denken — omdat hij de afgelopen jaren zo hard had geprobeerd het te vergeten. 'Geen appelmoes, nee. Maar ik had wel pindakaas en banaan.' Allebei vaste prik als je van de voedselbank afhankelijk was.

Zijn maag kromp ineen. Hij had gezworen nooit meer pindakaas te eten zodra hij een baan had, en toch was hij nu precies dat aan het doen.

Verrassend genoeg was de appelmoes lekker bij de pindakaas. Het smeerde ook uit over Maggies gezicht telkens als ze een hap nam en drupte op haar bord, één keer zelfs met zo'n grote klodder dat er appelmoes op haar kin spatte.

Maggies ogen glinsterden van plezier terwijl ze giechelde en het wegveegde. 'Kelsey zegt dat ik een smeerpoets ben.'

'Ik denk dat je gewoon knoeivoer eet.'

Ze hield haar hoofd schuin met een uitdrukking op haar gezicht die hem de adem benam, omdat ze zo op haar moeder leek. 'Ik denk dat je gelijk hebt.

Ik houd van knoeidingen. Glitterlijm, appelmoes, pindakaas, mijn kamer. Behalve voor mevrouw Beecham dan. Ik houd niet van haar troep. Maar ik vind haar wel lief. Ze is knuffelig.'

Bryan had al een paar keer een glimp opgevangen van de Maine Coon-kat. Knuffelig was een goed woord. Knoeierig ook. De kat verloor genoeg haar om een winterdeken van te breien. Dat was wat hij nog het meeste aan het opruimen was, vooral in de hoeken van de eetkamer op de hardhouten vloer. Vergeet stofnesten, de kat verloor complete *stofpuppy's*. Het beest had hem een keer zien toekijken terwijl hij het haar opruimde. Het zat daar zijn voorpoot te likken terwijl het zijn snorharen waste, met een houding van pure verveling. Katten waren wat dat betreft eigenaardig. Maar hij begon zelfs van dat verdomde beest te houden, bijna net zo erg als van Sherman.

Wacht even. Wanneer had hij in vredesnaam besloten dat hij de hond aardig vond?

Bryan schudde zijn hoofd. Honden, katten, kinderen... ze zouden allemaal niet meer belangrijk zijn zodra zijn contractduur erop zat.

En wil je er toevallig ook nog een brug in Brooklyn bij kopen, Manley?

'Wil je ons helpen om Muffy te zoeken, Bryan? Mama en ik gaan zo meteen naar buiten om te zoeken. Je bent zo goed in het vinden van Sherman, ik wed dat je Muffy ook kunt vinden.'

Geen druk verder... Bryan dacht er niet eens over om eronderuit te komen. De waarheid was dat hij hen *wilde* helpen om de vermiste hond te vinden, hoewel hij gisteren niet zo zeker wist of hij het verhaal van Beth wel geloofde. Er had een schittering in haar ogen gezeten en haar tred was zo vastberaden dat het niet leek op de houding van iemand die een hond zoekt, maar toen hij haar ernaar vroeg, was ze bij haar verhaal gebleven.

Hij wilde weten wat de waarheid was en waarom ze die verborg, dus alleen daarom al zou hij met hen meegaan.

Om bij Beth te zijn... nou ja, dat sprak voor zich.

En over de duivel gesproken — of liever gezegd, de engel — Beth rende op dat moment de keuken binnen en kwam abrupt tot stilstand toen ze hem zag.

'Bryan! Wat doe jij hier?'

'Hij werkt hier, mama,' antwoordde Maggie met al haar vijfjarige wijsheid. 'En hij gaat ons helpen om Muffy te vinden.'

Geweldig. Beth had erop gerekend dat ze Maggie binnen een half uur weer thuis zou hebben door te zeggen dat ze zich vast had vergist. Maar met Bryan erbij... Hij zou dat niet zo gemakkelijk slikken.

Na de voetbalwedstrijd had hij gekeken naar de scheur in haar shirt, de ontbrekende knoop en haar haar. Hij had het gladgestreken en het was een hele opgave geweest om kalm te blijven, hem niet alles op te biechten en de waarheid te vertellen.

Vooral nadat ze gisteravond naar de foto's had gekeken. Als ze die meneer Steve McAllister ooit weer zou zien, was het nog te vroeg. Op zijn foto's leek het alsof er iets tussen hen was. Hij had haar, Maggie en Bryan lachend vastgelegd, met Maggie op Bryans schoot. Ze wist niet eens meer dat Bryan een hand op haar knie had gelegd, maar Steve McAllister had dat moment voor het nageslacht vastgelegd.

Ze had de geheugenkaart bewaard in plaats van hem te vernietigen. Ze had hem in haar kluis gestopt, waar niemand behalve zij die foto's ooit zou kunnen zien. Mocht de nood ooit aan de man komen, tenminste.

Of mocht ze deze verrassende dagen in de eenzame jaren die voor haar lagen, *willen* herbeleven.

'Eh, tuurlijk, dat is fijn als hij mee wil. Een extra paar ogen is altijd goed." Hoewel het een aanslag op haar acteerkunst zou zijn om de schijn op te houden. Hij was de acteur van het stel, niet zij. Ze kon niet eens fatsoenlijk liegen over Sinterklaas. Mike was degene geweest die die mythe voor hun kinderen in stand hield. Toen hij was overleden en Maggie nog zo in Sinterklaas geloofde, de Paashaas en de konijntjes... Kerstmis was de afgelopen twee jaar zwaar geweest.

Het volgende uur deed qua zwaarte niet onder voor Kerstmis.

'Weet je zeker dat je hier iets hebt gezien?' vroeg Bryan voor de zoveelste keer, terwijl hij takken opzij duwde.

Beth knikte. O ja, ze had zeker iets gezien, maar het was veel hoger geweest dan de kniehoogte waar Bryan tussen de takken aan het zoeken was. Meneer Steve McAllister was minstens één meter tachtig en zijn statief ook. Jammer dat hij die camera — die hele grote, hele dure camera — niet had gebruikt om een vermiste hond te vinden in plaats van iemands privacy en welzijn te schenden.

'Ik zie niets. Zeker geen hol van een vos.' Hij liet de takken weer terugvallen. 'Weet je *zeker* dat dit de plek was?'

'Ja, maar dat betekent niet dat de vos hier woont. Hij kan hier toevallig hebben rondgelopen.'

'Niet overdag. Vossen zijn nachtdieren.'

Verdomme. Dat wist ze. Ze wist ook dat Maggie dat *niet* wist. 'Misschien was hij wel rabiat?'

'En dan ga jij achter een rabiat dier aan?'

Daar had hij haar te pakken. Dat zou ze nooit hebben gedaan. 'Ik dacht dat het Muffy was.'

Hij trok weer die wenkbrauw naar haar op, maar zei niets. Het was maar goed dat ze niet voor een carrière als actrice had gekozen.

Beth liet hen nog een uur ronddwalen, goed wetend dat ze Muffy's spoor niet volgden, maar ze wilde haar kinderen niet bang maken of Bryan zich meer schuldig laten voelen over de paparazzi dan hij al deed.

'Hé, ben jij Bryan Manley niet?' Een jongen op een skateboard maakte een sprongetje om naast hen te stoppen.

'Dat ben ik.' Bryan bleef staan om met de jongen te praten. Beth bewonderde dat aan hem, dat hij niet was vergeten waar hij vandaan kwam en niet vergat te waarderen dat fans de reden waren dat hij kon doen wat hij deed.

'Zou je misschien mijn board willen signeren?'

'Heb je een stift bij je?'

'Ja.' De jongen haalde een stift tevoorschijn — Beth had geen idee waarom hij er een bij zich zou hebben — en bedankte Bryan voor de handtekening voordat hij wegreed.

'Waarom willen mensen dat je overal je naam op zet, Bryan?' Maggie trok aan zijn shirt.

Hij tilde haar op en zette haar op zijn heup. 'Dan kunnen ze aan anderen laten zien dat ze me hebben ontmoet.'

'Waarom willen ze jou ontmoeten?'

'Ik denk dat ze mijn films leuk vinden en dat ze zich een beetje onderdeel daarvan voelen als ze me ontmoeten.'

Eh... nee. Dat was tenminste niet de reden waarom de vriendinnen van Kelsey en hun moeders hem wilden ontmoeten. Maar Beth was dankbaar dat hij die informatie niet met Maggie deelde. Daar zou ze vroeg genoeg achter komen. En als ze erachter kwam dat Bryan haar in zijn armen had gehouden...

'Hé, mag ik een foto van jullie twee maken?' Ze haalde haar mobieltje tevoorschijn. Dit was een herinnering voor Maggie, geen publiciteitsfoto.

'Jee, mama!' Maggie sloeg haar armpjes om Bryans nek en legde haar hoofd tegen zijn wang.

De uitdrukking op Bryans gezicht was onbetaalbaar. Verbaasd en gelukkig tegelijk.

Beth voelde een brok in haar keel. Hij hield haar dochter zo stevig vast, één hand op haar rug, de andere arm om haar middel, en de glimlach op Maggies gezicht...

Beth perste er een glimlach uit ondanks de brok. 'Dat is geweldig, Maggie. Het is een mooie foto van jullie allebei.' Niet dat een van de twee ooit slecht op een foto zou kunnen staan.

'Laat eens zien!' Maggie spartelde met haar benen.

Gelukkig reageerde Bryan snel, zodat hij, tja, schade op de verkeerde plek voorkwam.

Beth onderdrukte een glimlach terwijl ze de foto aan hen liet zien.

'O, gaaf! Misschien kun je deze ook voor me signeren, Bryan?' Maggie sloeg haar armen weer om zijn nek en gaf hem een kus op zijn wang. 'Alsjeblieft?'

Bryan keek weg van de blik van Beth. Toen schraapte hij zijn keel. 'Eh, ja. Natuurlijk, Maggie.' Hij gaf haar nog een laatste knuffel en zette haar toen neer. 'Zullen we nog een paar minuten zoeken naar Muffy en dan naar huis gaan? Dan kan je moeder de foto uitprinten.'

'Nee, laten we nu maar naar huis gaan. Muffy gaat echt niet deze kant op. Ze vindt de hond van de McNulty's, Bruiser, niet leuk. Hij is een pestkop.'

Een bull*dog*, maar het kwam aardig in de buurt. Beth pakte Maggies hand vast. 'Oké, lieverd, laten we naar huis gaan.'

Maggie reikte naar de hand van Bryan. 'Kom op, Bryan. Je moet met ons mee wandelen.'

Het scheelde niet veel of Bryan was achterover gestruikeld. Er zat te veel emotie in zijn borstkas, waardoor ademhalen moeilijk werd. Het moment dat hij Maggie in zijn armen hield en zij die van haar om zijn nek sloeg... De blik op het gezicht van Beth, en dan die foto...

Hij zou de rest van de tijd nooit doorkomen zonder iets te doen waar hij waarschijnlijk de rest van zijn leven spijt van zou krijgen.

Maar verdomme, als hij niets deed, zou hij daar ook spijt van krijgen.

Gelukkig belde Liam om te zeggen dat hun vriend Jared op het laatste moment kaartjes voor een honkbalwedstrijd had geregeld, dus de vier hadden plannen voor de avond. Hij verliet het huis van Beth zelfs vroeg, hoewel Maggie smeekte of hij voor het eten bleef, maar dat was een te grote verleiding. Zijn broers zouden hem er nooit mee laten wegkomen als hij hen liet zitten voor een vijfjarige. Nou ja, en haar moeder. Maar toch...

Maar ondanks het feit dat hij op stap was met zijn beste vrienden ter wereld, om nog maar te zwijgen van de dertigduizend andere mensen in het stadion, werd het een behoorlijk eenzame avond waarop hij aan niets anders kon denken dan aan de zes mensen die hij had achtergelaten.

Hoofdstuk 19

'Oh nee, Sherman, niet weer!'

Bryan kromp ineen toen hij Kelseys gejammer hoorde.

Beth kwam de keuken uitgestormd. 'Wat heeft hij nu weer gedaan?'

Bryan gluurde om de hoek vanuit de bijkeuken. Hij zou de hele dag nodig hebben om deze kamer schoon te krijgen; de kinderen Hamilton hadden de naam van de kamer wel erg letterlijk genomen. Bovendien zat er een scheur in het vinyl die gerepareerd moest worden. Beth had eerder een klusjesman nodig dan een schoonmaakservice. Hij zou het er zeker met Mac over hebben om die dienst toe te voegen.

'Hij heeft mijn ondergoed door de achtertuin van de familie Templeton gesleurd.'

De waslijn. Alweer. Dat was de vierde keer sinds hij hier was. Geen wonder dat ze zoveel was hadden; de hond zorgde voor extra werk.

Dat was de druppel; hij zou een vrijstaande waslijn voor Beth bouwen waar de hond niet bij kon.

'Hé, Jason. Heb je zin om mee te gaan? Ik moet even naar de bouwmarkt.'

'Niet echt.' De jongen lag languit op zijn rug op de bank met een handheld in zijn handen, terwijl zijn duimen koortsachtig op de knopjes drukten.

'Maat.' Bryan pakte het spelletje uit zijn handen. 'Het was niet echt een vraag. Kom op.'

'Ah, man. Moet dat echt?' Jason zwaaide zijn lange, slungelige benen van de bank en keek zijn moeder aan. 'Ik heb nog dingen te doen vandaag, Be— Mam.'

Beth trok haar wenkbrauwen op. 'Wat voor dingen?'

'Uh, je weet wel. Dingen. Voor school.' Jason plakte er een glimlach achteraan, alsof hij dacht dat Beth hem zou geloven.

'Dat kun je doen nadat je met Bryan mee bent geweest. Ik weet zeker dat hij het je niet gevraagd zou hebben als het niet belangrijk was.'

Het was geen vraag, en Bryan waardeerde de steun.

Hij tikte Jason op zijn schouder. 'Kom op. Laten we gaan. Hoe sneller we vertrekken, hoe sneller we terug zijn en jij aan je dingen kunt beginnen.' Dingen waarvan zowel hij als Beth wisten dat ze niet bestonden. Jason kon hem helpen als ze terugkwamen. Het zou goed zijn voor die jongen om wat te leren over gereedschap en dingen bouwen. Mike had een mooie verzameling elektrisch gereedschap in de garage staan.

Beth kon het niet helpen dat ze haar zoon met Bryan zag vertrekken. Ze kon het niet helpen dat ze zich voorstelde hoe echt dit zou kunnen zijn. Hoe het zou zijn geweest als Mike nog had geleefd. Hij zou Jason hebben meegenomen en hem dingen hebben laten zien, hem hebben geleerd hoe hij het gras moest maaien, de maaier moest repareren, misschien zelfs hoe hij het gereedschap moest gebruiken dat hij in de loop der jaren had verzameld. Alhoewel... *zij* was best handig met een boormachine; zij kon hem — hen allemaal — laten zien hoe ze dingen moesten repareren.

Grappig, maar daar had ze tot nu toe nooit echt bij stilgestaan. Het was een voortdurende strijd geweest om ervoor te zorgen dat ze dit mentaal allemaal trokken, en om hun moeder te blijven. De vaderrol vervullen was een heel ander verhaal, en het werd belangrijker dan ze had beseft. Mocht ze nog een geheugensteuntje nodig hebben, dan was die les in het verwisselen van een band wel tot haar doorgedrongen. Jason werd er ook niet jonger op. Over twee jaar zou hij autorijden. En Kelsey twee jaar daarna. Kijk eens wat er de afgelopen twee jaar was gebeurd. Die zevenhonderddertig dagen duurden niet zo lang als ze zou willen.

'Mam, waarom kijk je zo?' Maggie stak haar hoofd omhoog vanaf de salontafel waar ze weer eens zat te tekenen. De therapeut had gezegd dat ze Maggie een tablet en kleurpotloden moesten geven, omdat ze te jong was geweest om te schrijven toen Mike stierf. Dat tablet was de vaste metgezel van haar dochter geworden en het bleek dat Maggie echt talent had op dat gebied. Beth had de angstaanjagende tekeningen die ze vlak na het ongeluk had gemaakt weggehaald, zodra de plaatjes waren veranderd in vrolijke dingen. Vlinders, bloemen, Sherman, mevrouw Beecham — nog een toevoeging die de therapeute had gesuggereerd en die Maggie naar haar lerares op de kleuterschool had vernoemd.

'Hoe kijk ik dan, lieverd?'

'Alsof je met Bryan en Jason mee wilt.'

Beth schrok wakker uit de mist waarin ze verkeerde. Had Maggie *dat* door? De zaken liepen een beetje uit de hand. Nee, niet de *zaken*. Haar *emoties*. Ze moest afstand nemen van Bryan. Ze moest zorgen dat de kinderen dat ook deden. Mikes vertrek was niet zijn keuze geweest; dat van Bryan zou dat wel zijn. Een noodzakelijke keuze, want hij had een carrière om naar terug te keren, maar de kinderen zouden dat niet zo zien. Hij was hier maar voor een kort moment in hun leven; ze had het gevoel dat zij dat niet begrepen. Dus als hij wegging, zou het weer een persoon zijn om wie ze gaven die hen verliet.

Bryan voelde de strop strakker worden. De kinderen begonnen hem te raken. Jason had de hele rit naar de bouwmarkt gemopperd, vooral over de magneet met het bedrijfslogo op de pick-up en hoe *niet cool* dat wel niet was. Bryan vertelde hem dat 'cool' in iemands gedrag zat, niet in uiterlijke schijn, en parkeerde de wagen in één vloeiende beweging in een parkeervak, een indrukwekkende manoeuvre die een van de stuntmannen hem bij zijn laatste film had geleerd. Dat trok Jasons aandacht en maakte de weg vrij voor wat ze in de bouwmarkt kwamen doen.

'Weet je zeker dat Sherman hier niet bij kan?' vroeg hij terwijl hij Bryan hielp het hout in de wagen te laden.

'Ik weet het vrijwel zeker.'

'Waarom doe je het dan als je het niet helemaal zeker weet? Die hond is een monster.'

Bryan moest Jason op dat punt gelijk geven, maar zei het niet hardop. 'Ik denk dat we wel iets kunnen bedenken om een hond te slim af te zijn.' Hij hield zijn vingers gekruist.

'Ik weet het niet hoor.' Jason pakte de rol nylon touw op. 'Ik wed dat die mormel hier binnen een dag doorheen knaagt.'

'Staat genoteerd.' Niet dat een veertienjarige leren gokken een goede zaak was, maar het zou hem bij het project betrokken houden als het eenmaal afgebouwd was. 'Dus je gaat me helpen dit te bouwen, hè?'

Jason veegde zijn niet-bestaande haarlok uit zijn gezicht en keek verbaasd toen hij merkte dat die er niet zat. Of misschien kwam de verbazing door wat Bryan hem net had gevraagd. 'Ik? Bouwen? Ik weet niet hoe dat moet.'

'Mooi.' Bryan legde een hand op zijn schouder. 'Dan heb je geen slechte gewoonten die ik je moet afleren. Je leert het vanaf het begin meteen op de goede manier.'

'Waarom doe je dit eigenlijk? Het staat niet in je taakomschrijving.'

'Omdat Sherman voor iedereen extra werk creëert. Een beetje extra inspanning nu bespaart later een hoop werk.'

'Maar het staat niet in je taakomschrijving.'

'Soms, Jase, gaat het er niet om wat je hoort te doen. Soms gaat het erom wat het juiste is om te doen. En het juiste is hier om te voorkomen dat de hond blijft doen wat hij doet. Het zal ieders leven makkelijker maken.'

Jason keek uit het raam en mompelde iets.

'Wat? Ik verstond je niet.'

Even wist Bryan niet zeker of Jason hem wel gehoord had — of dat hij niet van plan was te antwoorden. Maar toen draaide hij zijn hoofd om en keek Bryan aan. 'Ik zei dat het fijn zou zijn voor mam als het leven wat makkelijker werd. Ze is gestrest sinds papa dood is.'

Bryan hield zijn adem in en bad om de juiste woorden. 'Dan is het maar goed dat we dit doen. Al het kleine beetje dat we kunnen doen om haar leven makkelijker te maken, helpt.'

'Ja. Daarom heb ik mijn kamer gedaan. Je had gelijk.'

Er was een moment van stilte. Een tiener die hem vertelde dat hij gelijk had. Bryan zou dit moment eigenlijk voor het nageslacht moeten vastleggen.

Maar... waarom? Hij ging weg, weet je nog? Jason zou meer van dit soort momenten hebben met de volgende man in Beths leven.

Bryan wilde niet dat er een andere man in haar leven kwam — wat belachelijk was, aangezien hij het zelf niet kon zijn.

Ja, het sloeg nergens op, maar goed, veel van de afgelopen twee weken sloeg nergens op.

Of misschien wel, en weigerde hij gewoon te luisteren...

. . .

'Maar Jason, ik wil het cement mengen. Bryan zei dat het mocht.' Mark stak zijn tong uit naar zijn oudere broer.

Jason hield de troffel boven zijn hoofd. 'Je bent te klein, Mark. Je hebt niet genoeg kracht in je armen. Het moet grondig en snel gebeuren, en dat kun jij niet.'

Bryan nam de troffel van Jason over en knielde bij het gat voor de paal. 'Het heeft geen zin als we dit niet gemengd krijgen en de paal er niet in zetten, jongens. Dus laten we samenwerken, oké?' Hij veegde het zweet van zijn voorhoofd aan zijn schouder af. De achtertuin had veel leisteen onder de oppervlakte, dus hij had nog een keer naar de bouwmarkt gemoeten voor wat sneldrogend cement. Natuurlijk wilde Maggie het mengen, daarna kwamen de tweelingbroers erbij, en ineens was cement mengen een gezinsaangelegenheid geworden.

En hij zat er middenin. Zouden zijn broers zich niet de slappe lach lachen als ze hem nu konden zien? En aangezien hij vanavond met hen en oma ging eten, moest hij ze vooral geen enkele aanwijzing geven over wat hier gaande was.

Wat is *er hier eigenlijk gaande, Manley?*

Hij wilde het niet te nauwkeurig analyseren.

'Oké jongens, laten we de paal vastzetten.' Hij had vier lijnen aan de paal bevestigd en gaf elk van de oudere kinderen, inclusief Kelsey, een touw met een haring aan het uiteinde. 'Maggie, jij let op de waterpas om te zien of die luchtbel in het midden blijft, oké?'

'Aye, aye, kapitein.' Maggie salueerde naar hem. Om de een of andere reden associeerde ze het droge cement met het strand en ze had de hele middag al nautische termen gebruikt.

Alles wat werkte.

Bryan hield de paal recht terwijl de kinderen de haringen in de grond sloegen. Hij had Jason laten zien hoe hij de touwen moest bijstellen, zodat hij, als ze eenmaal stonden, een ronde kon doen om ze stevig vast te zetten.

'Oké allemaal, terwijl dat uithardt, gaan we de waslijn in elkaar zetten. Zijn jullie klaar om te helpen?'

'Ja!'

'Tof!'

'Tuurlijk.'

'Mij best.' De laatste was van Kelsey, die niet zo enthousiast was als de jongens, maar die desondanks voor de bouw had gekozen in plaats van haar moeder te helpen met de lunch.

Over haar gesproken: zo nu en dan kwam Beth het terras op in haar roze korte broek en een soepelvallende witte top, haar voeten bloot en haar haar in een natuurlijke, warrige staat, en dan moest Bryan steeds weer naar adem happen omdat zij die steeds bleef stelen.

Gelukkig was het gezoem van de afkortzaag genoeg om de reactie van zijn lichaam onder controle te krijgen — er gaat niets boven een draaiend stalen blad met gemene tanden op kruishoogte.

Hij mat de hoek op, stemde deze af op de tekening die hij had gemaakt en zette alles klaar voor Tommy om de zaagsnede te maken. 'Onthoud goed, Tom, doe het rustig aan. Je moet het blad niet te snel naar beneden duwen, anders splintert het hout en dat moeten we niet hebben.' Hij zette Tommy's veiligheidsbril op de juiste plek. 'Onthoud: veiligheid eerst.'

'Ik weet het. Dat zegt mam ook altijd.'

Natuurlijk zei ze dat, want Beth was een geweldige moeder.

Elk kind kreeg een beurt om met de zaag en de boormachine te werken, maar tegen de tijd dat ze bij de tweede schroef waren, was de nieuwigheid er wel vanaf. Alleen Maggie bleef hangen om hem te helpen het frame in elkaar te zetten en het touw erlangs te spannen. Ze waren net klaar toen Beth een dienblad met broodjes het terras op droeg.

'Lunch!' riep ze.

Vanuit het hele huis kwamen kinderen aanrennen. Sommigen waren niet eens van Beth.

'Kelsey, willen jij en Amanda de ijsthee naar buiten brengen? Mark, pak jij de bekers. Tommy, het ijs. Kevin, jij kunt een grote lepel meebrengen, en Jason, op het kookeiland staan chips en fruit.'

'En ik dan, mammie? Ik wil ook iets halen.' Maggie trok weer aan Beths shirt.

En net als voorheen was Bryan niet van plan haar te zeggen dat ze moest ophouden. Vooral niet toen de halslijn lager zakte en de suggestie van een decolleté die ze al had, meer werd dan alleen een suggestie.

Niet dat hij sowieso iets had kunnen zeggen, want zijn mond was kurkdroog geworden. Zijn keel ook, en zijn borst trok samen terwijl de bloedtoevoer zich naar het zuiden verplaatste.

Lieve hemel, hij was een beest. Haar kinderen waren erbij, in vredesnaam.

Buurkinderen ook. Het was ongepast. Het was stom. Het was gewoon ronduit fout.

Maar het weerhield hem er niet van om te kijken.

Ze droeg een roze beha. Lichtroze, een tint donkerder dan haar huid, en Bryans verbeelding sloeg op hol. Hij wilde dat shirt van haar lijf trekken, over haar hoofd, en dan zijn handpalmen langs haar armen en om haar rug laten glijden, haar beha losmaken en hem weg laten glippen, haar aan hem onthullen in kleine, verleidelijke glimpen, terwijl hij met zijn vingertoppen zachtjes over haar huid streek en haar liet rillen. Dan zou hij haar borsten in zijn handen nemen, met zijn duimen over haar tepels strijken en ze zien verharden terwijl hij zijn hoofd boog, net op het moment dat ze zei—

'Wil je wat drinken, Bryan?'

Goddank keek hij op zonder haar precies te vertellen wat hij wilde. Goddank keek hij op voordat hij het gewoon nam.

Haar hele gezin staarde hem aan.

'Gaat het wel, Bryan? Je kijkt een beetje vreemd.' Tommy overhandigde hem een glas met het een of ander. 'Zie je wel? We zeiden toch dat het te veel werk was. Daarom hielden Mark en ik een pauze.'

Hij sloeg de drank achterover. Ijsthee. Goed. Hij had iets nodig om zijn hoofd helder te krijgen.

Hij dronk het glas leeg met een luid *'ahhhh'*, en veegde daarna zijn mond af met zijn onderarm, speciaal voor de jongens.

Beth rolde met haar ogen en gaf hem een servet. 'Ik zweer het, jullie jongens groeien daar nooit overheen.'

'Je hebt gelijk. Het is veel te leuk.' Hij gebruikte het servet om te bewijzen dat hij niet de heiden was die ze zou denken dat hij was als ze zijn gedachten kon lezen.

'Wanneer gaan we de bovenkant op de paal zetten?' vroeg Mark, terwijl hij over de tafel reikte naar de chips.

'Mark Joseph Hamilton, we reiken niet over de tafel. Vooral niet als we gasten hebben.'

'Maar Bryan is geen gast. Hij is—'

Dat bracht hem van zijn stuk. Het bracht Bryan ook van zijn stuk. Wat was hij precies? Geen werknemer — hij werkte niet voor haar. Hij werkte voor Mac. Hij zou een externe aannemer kunnen zijn, maar hij betwijfelde of de kinderen zouden weten wat dat was.

'Hij hoort bij de familie!' flapte Maggie eruit vanonder de picknicktafel, terwijl ze de enorme kat in haar armen fijnkneep. 'Net als mevrouw Beecham!'

De kat slaakte een langgerekt, geërgerd *'Mrrrrooooowwwww'*, waardoor ze allemaal moesten lachen.

Maar goed ook, want Bryan stond op het punt om allesbehalve te lachen.

Iemand die bij de familie hoort. Was dat hoe Maggie hem zag? Was dat hoe ze hem allemaal zagen? Tenminste, de kinderen. Beth wist wel beter. Maar wat vond zij van de verklaring van Maggie?

Hij waagde een blik in haar richting. *Verbijsterd* was het woord dat in hem opkwam.

Oh, geweldig. Ze was geschokt. Overstuur. Niet bepaald enthousiast over het idee. Aan de andere kant, dat was hij zelf ook niet. Maar de kinderen... Dit was niet goed voor de kinderen. Ze mochten dat niet over hem denken.

Hij wist dat het geen goed idee was om zich zo te laten meeslepen, maar hij had het tot nu toe kunnen handelen. De kinderen daarentegen... Hij moest hier iets aan doen.

Bryan was vroeg klaar.

Beth zou daar dankbaar voor moeten zijn. En dat was ze ook. Min of meer.

Ze moesten praten. Wat Maggie tijdens de lunch had gezegd...

Ze kreeg het idee niet uit haar hoofd. En het was een slecht idee. Slecht voor haar kinderen om het te denken. Slecht voor haar om het te *willen*. Slecht omdat Bryan eruitzag alsof iemand hem een gloeiende pook in zijn —

Uit de mond van een vijfjarige, en er was niets wat Beth kon doen om het ongedaan te maken. En ze *moest* er iets aan doen. Maggie was afgeleid door mevrouw Beecham, en daarna had Kelsey haar wijselijk beziggehouden zodat ze Bryan niet voor de voeten liep, maar haar uitspraak hing nog steeds boven hen.

Iemand die bij de familie hoort.

Ze had nooit gedacht dat er ooit een andere man zou zijn die ze zelfs maar zou overwegen in Mikes huis. In Mikes bed. Maar Bryan, met zijn sexy uiterlijk en de geweldige manier waarop hij kuste, en vooral de manier waarop hij met haar kinderen omging — en met haar, eerlijk is eerlijk — hij was onder haar pantser door geglipt en had ervoor gezorgd dat ze wilde dat Maggies omschrijving waar was.

Hij had iets gezegd over de garage aanpakken, en weg was hij. Hij had Jason niet eens gevraagd om te helpen, waar ze het eerder over hadden gehad. Ze had nog getwijfeld of ze de kwestie op dat moment ter sprake moest brengen, maar Jason had plotseling besloten om zijn jongere broers te vermaken. Omdat ze dat soort aandacht nooit van hem kregen, genoten ze er met volle teugen van en met z'n drieën waren ze bezig een Zwerkbalveld te ontwerpen. Ook Kelsey was plotseling geïnteresseerd geraakt in het vlechtten van Maggies haar en de twee waren voor de rest van de middag naar boven verdwenen. Beth was bijna bang om de rotzooi in haar badkamer te zien zodra ze hoorde dat het bad werd gevuld, maar de rotzooi die boven de picknicktafel hing was genoeg voor één dag.

Haar mobieltje ging af toen ze de voordeur sloot nadat Bryan was vertrokken. Dom genoeg begon haar hart sneller te kloppen in de veronderstelling dat hij het was. Hoewel het een raadsel was waarom hij haar zou bellen, terwijl hij de hele middag geen twee woorden tegen haar had gesproken.

Het was Kara Leopold, helaas. Nee, *gelukkig*. Het had geen zin om te verlangen naar wat niet kon — en niet mocht — zijn. 'Hé, Kar, wat is er?'

'Morgenavond. Je *moet* hem meenemen. Mijn neefje komt ook. Hij wil doorbreken als acteur en als hij gewoon met Bryan zou kunnen praten, maakt hij misschien een kans.'

'Kar, ik heb hem niet eens gevraagd om mee te komen.' En dat zou ze nu ook niet doen. 'Misschien heeft hij het druk.' Oh, hij had het druk. Of hij het nu wist of niet.

'Je maakt een grapje! Heb je het hem nog niet gevraagd? Waarom niet? Probeer je hem helemaal voor jezelf te houden? Wil je niemand anders bij hem in de buurt hebben?'

Beth hield de telefoon een stukje van haar oor af en keek er verbaasd naar. Ja, dat was Kara's naam op haar scherm, maar die vrouw aan de telefoon? Beth wist niet wie ze was. 'Ben je gek geworden? Hoor je jezelf wel? Ik hou Bryan Manley helemaal niet voor mezelf en ik ga hem *niet* mee naar de borrel vragen zodat je hem kunt uithoren over hoe hij Dylan het wereldje in kan helpen. Die man heeft juist een pauze van dat alles. Hij is mijn huis aan het schoonmaken, in hemelsnaam.'

'En je leidingen? Is hij die ook aan het doorspuiten?'

Beths mond viel open en ze schudde haar hoofd. 'Ik hou niet van die toespelingen van je. *Jij* hebt hem uitgekozen voor deze klus, niet ik. Ik had er niets over te zeggen. Sterker nog, ik herinner me nog heel goed dat jij *en* Jenna allebei zeiden dat als ik jullie cadeau zou weigeren, jullie nooit meer tegen me zouden praten.' Op dit moment klonk dat eigenlijk best goed.

'Ik vind het gewoon nogal egoïstisch van je om hem de hele dag in je huis te houden en niemand van ons met hem te laten optrekken.'

'Hij is hier niet om vrienden te maken, Kar. Hij is hier om te werken, weet je nog?'

'Ja, nou, de boog kan niet altijd gespannen staan, anders wordt Bryan een erg verveelde vent. Neem hem mee.'

Geen sprake van. Ze had al glimpen opgevangen van de vrouwelijke vreetkick die Bryan teweegbracht; ze ging haar vriendinnen niet op hem loslaten. Wie weet zouden de anderen net zo doordraaien als Kara en hield ze geen vrienden meer over. En geen Bryan.

Iemand die bij de familie hoort.

Nee. Dat zat er ook niet in. En zo hoorde het ook te zijn.

Hoofdstuk 20

'Je ziet er beeldig uit in het groen, Bryan. Het past goed bij je ogen.'

Bryan balde zijn vuisten terwijl hij in de woonkamer van de nieuwe zorginstelling van Gran wachtte. Sean hield ervan om hem te stangen en hoewel hij meestal net zo hard terug kon sneren, was vanavond *niet* de juiste avond. 'Niet pushen, Scene.' Zo. Laat Sean maar eens broeden op zijn oude bijnaam. Hij had er als kind altijd een gloeiende hekel aan en op dit moment zou Bryan het niet erg vinden als iemand ruzie met hem zocht. Hij moest dit kwijt... deze... deze...'

Deze wat? Woede? Nee, hij was niet boos. Doodsangst? Ja, dat zou het wel eens kunnen zijn.

Frustratie?

Verdomme, ja. Hij was absoluut gefrustreerd.

En dat verdomde uniform hielp ook niet mee.

Hij pakte een exemplaar van *People* en bladerde erdoorheen, maar foto's van knappe vrouwen in flinterdunne jurkjes hielpen ook niet. Geen van hen was zo mooi als Beth.

Hij smeet het tijdschrift op de tafel. 'Serieus. Hoe verwacht Mac dat we onszelf *Manley Maids* noemen als we de meest *on*mannelijke broeken uit de geschiedenis van de werkuniformen dragen? Kijk? Nou, *dat* is pas een werkuniform.'

Het was de PR-foto van zijn laatste film, waarop bommen achter hem ontploften, hij in elke hand een pistool hield en aan elke arm een vrouw hing. Vrouwen in bikini. In de tijd dat hij *niet* gefrustreerd was.

'Hé, ik ben er helemaal voor om Mac geld te geven voor nieuwe uniformen.' Liam sloeg Sean op zijn schouder toen hij arriveerde. 'Ik voel me net een verdomd grietje in deze kleren.'

'We zouden er ook nog wel bij kunnen gaan zingen,' zei Sean, terwijl hij zijn kruis wat meer ruimte gaf. 'Wie heeft ze in godsnaam ontworpen?'

'Dat heb ik gedaan.'

Oh shit. Gran.

'Ik begrijp dat er een probleem is?'

'Het spijt me, Gran,' zei Sean. 'We wisten niet—'

'Dat besef ik, Sean. Ik weet dat jullie jongens me nooit opzettelijk zouden kwetsen.' Ze raakte Bryans arm aan en hij boog voorover om haar op haar wang te kussen, in een poging de schade die hun opmerkingen aangericht moesten hebben, te herstellen.

'Het uniform is prima, Gran,' fluisterde hij. Hij zou dit ding nog wel dragen als het betekende dat hij haar geen pijn deed.

Ze trok een wenkbrauw naar hem op, scepsis op haar gezicht getekend. 'Vertel me dan maar wat er anders moet, dan zal ik aan een nieuw ontwerp werken.'

Bryan herkende die blik. Ze was vastbesloten het op te lossen. En als een van hen haar geen aanwijzingen gaf, wist God alleen welke kant het op zou gaan.

Hij haalde diep adem en waagde de sprong. Zo kon hij er tenminste nog iets goeds uitslepen voor hen drieën als hij nu zijn mond opendeed. 'Ze zitten een beetje, eh, strak, Gran.'

'Strak, hoezo?' vroeg Gran, alsof het antwoord hen niet allemaal vreselijk in verlegenheid zou brengen, terwijl ze hen als een kasteelvrouwe door de gang naar een privéeetkamer leidde.

'Je weet wel, Gran, *strak.*' Bryan knikte naar de bewoners die ze passeerden. Hier was hij gewoon de kleinzoon van Catherine Manley en hij vond het heerlijk om gewoon dat te kunnen zijn. De schijnwerpers waren geweldig, maar soms was het fijn om gewoon zichzelf te zijn.

Liam hield de deur open voor hun grootmoeder en ze volgden haar naar binnen als jonge eendjes. Bryan onderdrukte een glimlach. Zijn broers noemden hem vroeger altijd de lelijke. De foto in *People* vertelde een ander verhaal, en als zijn gezicht en zijn lichaam het ticket waren om zich nooit meer zorgen te hoeven maken of er wel eten op tafel kwam, dan was dat maar zo.

'Sean, breng jij de kip naar de tafel. Liam, de aardappelen. En Bryan, jij mag de wijn inschenken. Maar niet van die hollywoodhoeveelheden die je gewend bent. Ik wil niet dat jullie jongens dronken worden.'

'Ja, mevrouw.' Hij rolde met zijn ogen. *Hollywood-hoeveelheden.* Hij had geprobeerd haar een paar keer naar de westkust te halen om haar te laten zien dat het niet het Sodom en Gomorra was dat ze dacht, maar Gran wilde er niets van horen. *Ze ging op haar leeftijd niet meer in een vliegtuig zitten en ze kon Bryan beter op tv zien dan wanneer er horden mensen microfoons in zijn gezicht duwden.*

Hij kende haar argumenten uit zijn hoofd omdat ze elke keer hetzelfde zei als hij het onderwerp aansneed. Gran was tevreden hier in dit kleine gat, een gevoel dat hij nooit had begrepen.

Toen flitste er een beeld van Beth en de kinderen bij de voetbalwedstrijd door zijn hoofd en voor een moment—een moment zo kort als die flits—overwoog hij het.

Nee. Geen sprake van. Hij had te hard gewerkt om weg te komen. Om verder te komen. Om hogerop te komen. Hij kwam hier niet terug voor zijn grootmoeder, laat staan voor een weduwe met vijf kinderen.

Vijf kinderen die een vader nodig hadden.

Een weduwe die een man in haar leven nodig had.

Lieve Heer. Hij was die man niet en hij moest die gedachte maar snel uit zijn hoofd zetten. Hij moest aan een film beginnen. Er zat er nog een in de koker. Promotietours. Prijsuitreikingen. Reclamecontracten om te overwegen. Eindelijk gebeurde er van alles; dit was *niet* het moment om dat allemaal op te geven voor voetbalwedstrijden en vingerverven.

'Niet met je ogen rollen tegen mij, jongeman. Je denkt misschien dat je alles weet omdat je een grote filmster bent, maar ik kan nog steeds de roe over je billen halen als je naast je schoenen gaat lopen.'

'Dat is precies wat ik probeer te zeggen, Gran.' Bryan zette haar wijn voor haar neer. 'Ik *loop* al naast mijn schoenen in die strakke broek.'

'Bryan Matthew Manley, er is geen enkele reden om ordinair te worden.'

Sean verslikte zich in zijn wijn en Liam zag eruit alsof hij hetzelfde ging doen.

Bryan wilde alleen maar door de grond zakken. 'Ik... ik bedoelde niet...' Hij had *niets* van die strekking bedoeld; ze was zijn *grootmoeder*, in hemelsnaam!—

En om de belediging compleet te maken, nam Sean een foto van hem met zijn mobiel.

'Waar was dat in godsnaam goed voor?' Bryan probeerde nog steeds te verwerken dat Gran een seksuele toespeling maakte.

'Verzekering. Tegen armoede.' Sean ging zitten. 'Ik weet zeker dat een of ander tijdschrift grof geld zou betalen voor die blik op je knappe koppie.'

'Sean Patrick Manley, hou op met je broer te plagen,' zei Gran alsof ze het niet net over... *dat* had gehad. 'Geef me die telefoon.'

'Ah, Gran—'

'De telefoon.' Ze wiebelde met haar vingers.

Bryan voelde een flinke dosis voldoening toen Gran de foto verwijderde. Hij moest zelfs een lachje onderdrukken toen ze de rest van Seans foto's wiste —per ongeluk natuurlijk, maar toch... het was zijn verdiende loon.

Wat *niet* zijn verdiende loon was, waren de complicaties bij zijn huidige project waar sommige van die foto's mee te maken hadden—een project waar veel van Bryans geld in zat.

'Wat voor complicaties?'

Sean trok een gezicht. 'Merriweather heeft roet in het eten gegooid. Ze geeft haar kleindochter de kans om het landgoed te erven.'

'Krijg nou wat.' Bry smeet zijn servet op tafel. Het landgoed zou Seans vlaggenschip worden en het eerste project van de Manley Brothers. Als ze dit zouden verliezen, kwam er geen tweede project.

'Let op je taalgebruik, Bryan.' Gran nam een hapje kip, deze vier woorden waren vermaning genoeg. Ze was altijd in staat geweest hun aandacht te trekken met slechts een woord of een blik. Ze waren allemaal te bezorgd geweest haar te verliezen door haar gezondheidsproblemen om haar nu van streek te willen maken.

'Sorry.' Bry legde zijn servet terug op schoot. 'Wat ga je doen, Sean?'

Zijn broer veegde met zijn hand over zijn mond. 'Zoals ik het zie, heb ik drie opties. Eén: zorgen dat Livvy faalt zodat de verkoop volgens plan kan doorgaan. Twee: ik wilde jullie vragen of jullie het verschil willen bijleggen. Voor een evenredig rendement op de investering natuurlijk.'

'Dus jij zou dan de minderheidspartner worden?' vroeg Liam.

Sean knikte. 'Natuurlijk niet wat ik wilde toen ik dit plande, maar we kunnen de voorwaarden uitwerken en ik koop jullie geleidelijk uit. Als jullie het geld kunnen voorschieten, is dat mijn tweede optie. De derde optie zou zijn om externe investeerders aan te trekken, maar dat ieders aandeel verwaterd.'

'Die optie vervalt.' Liam wreef over zijn kin. 'Dit moet een Manley Brothers project worden. Als we er iemand anders bij halen, verliezen we die voorsprong, zowel in de besluitvorming als in de publiciteit.'

'Maar jullie hebben Bryan,' zei Gran. 'Hij is de beste publiciteit die je je kunt wensen.'

Bryan schudde zijn hoofd. Drie weken geleden had hij misschien ja gezegd. Nu? Hij was niet van plan verantwoordelijk te zijn – nou ja, meer dan hij al was – voor het in de schijnwerpers zetten van Beth en haar kinderen. En dat is precies wat er zou gebeuren als hij publiekelijk betrokken raakte bij een lokaal bedrijf. 'Geen sprake van, Gran. Ik ben de stille vennoot. Ik heb niet de achtergrond die deze twee voor dit vak hebben. Als we mijn gezicht hier overal op gaan plakken, wordt het een circus. De media zijn geweldig totdat ze dat niet meer zijn. Sean krijgt wat ik me kan veroorloven.' En niet te vergeten, hij was niet van plan Beth en de kinderen er meer bij te betrekken dan ze al waren.

'En hoe gaat het met jullie opdrachten, jongens?' vroeg Gran.

'Hoe het gaat?' Bryan verslikte zich in de woorden voordat hij nadacht over de gevolgen van de uitspraak. Gevolgen die hij snel probeerde te verzachten toen Gran hem scherp aankeek. 'Ik heb serieus geen idee waarom mensen zich voortplanten. Je zou die vijf kinderen eens moeten zien. Heb ik de boel net helemaal schoon en aan kant, en tegen de tijd dat ik de laatste kamer klaar heb, kan ik weer van voren af aan beginnen. Het is alsof elk kind zijn eigen tornado is. En omgekeerd evenredig aan hun grootte ook. Die kleine... *pff*. Zij kan een ravage van epische proporties aanrichten.'

'Ze heeft verdriet, Bryan. Ze reageert zich af. Heb geduld,' zei Gran. 'Haar vader was de piloot bij die vliegtuigcrash van een paar jaar geleden. Triest.'

Zoveel triester dan wie dan ook besefte. En gezien wat er met *zijn* ouders was gebeurd, was Bryan in de perfecte positie om mee te voelen, vandaar zijn *problemen*.

Hij sneed een snee brood af. 'Ik weet *precies* wat ze voelt, Gran.'

'Dat weet ik.'

Gran kneep in zijn hand en voor een moment was hij terug in de kerk op de dag van de begrafenis, toen ze hetzelfde had gedaan voordat hij volledig instortte.

En net als toen veranderde ze van onderwerp. 'Liam? Hoe is het met Cassidy?'

Liam schudde zijn hoofd. 'Ze is Cassidy.'

'Kom op, Liam, beoordeel haar niet op wat iedereen over haar zegt.'

Dat ze een verwend societymeisje was zonder enig benul van hoe ze een normaal leven moest leiden, aangezien haar rijke vader voor alles betaalde. Leeghoofd eerste klas.

Het punt was dat het makkelijker zou zijn om met Cassidy Davenport en haar onwetendheid om te gaan dan met Beth en haar nuchterheid. Haar echtheid. En de kinderen... god, de kinderen. Het feit dat hij wist waar ze doorheen gingen... Waarom had Mac hem juist *deze* opdracht moeten geven? Waarom had hij niet een of andere oude vrouw kunnen krijgen met vijftig jaar aan spinnenwebben en stofnesten? Of, verdorie, zelfs Cassidy. Hij zou Cassidy elke dag verkiezen boven het zo vreselijk verlangen naar Beth dat zijn borst pijn deed als hij eraan dacht.

En hij dacht er veel aan. Hij had de helft van het dinergesprek gemist omdat hij aan Beth dacht. Pff. Hij was een puinhoop. Hij nam een flinke slok van zijn wijn. Hij moest echt wegwezen nu het nog kon. 'Wat denk je ervan om te ruilen, Sean?'

Sean schudde zijn hoofd. 'Sorry, wat zei je?'

'Jouw opdracht. Ze moet wel een lekker ding zijn als je ons er nog met geen woord over hebt verteld. Ik zit eraan te denken dat ik haar misschien eens moet gaan opzoeken als jij geen aanspraak op haar maakt. Misschien kunnen we van baan ruilen.' Zodra hij het zei, wist hij dat hij het niet zou doen. Sean mocht dan niet in films spelen, maar hij was een knappe vent. En hij woonde hier. Beth en de kinderen zouden net zo goed aan Sean gehecht kunnen raken als aan hem.

'Je hebt je eigen cliënt om je mee bezig te houden.'

Gran spietste hem met haar blik. Mensen noemden haar ogen leiblauw; Bryan noemde ze staal. Zijn grootmoeder was uit het juiste hout gesneden en ze zag alles. Het had het hem vroeger verdomd lastig gemaakt om ergens mee weg te komen en het leek erop dat er in de tussenliggende jaren niet veel was veranderd. 'En ze is heel charmant, als ik me goed herinner uit de krant.'

De kranten hadden Beth geen recht gedaan. 'Ja, ze is knap, maar ze heeft vijf kinderen. Niets verpest de aantrekkingskracht van een vrouw sneller dan een stel kinderen dat om haar heen hangt.' Hij loog. Beth had wel tien kinderen kunnen hebben en het zou niets veranderen aan hoe hij over haar dacht, dus wie probeerde hij te overtuigen?

Zijn broers. Want als ze ook maar een vermoeden hadden van de strijd die hij leverde als het om Beth en haar gezin ging, zou hij het tot in de eeuwigheid moeten horen.

'Ahem.' Gran boorde haar blik in hem. Haar harde, koude, staalblauwe ogen.

Waarom?

Oh, verdomme. Gran had vier kinderen grootgebracht en hij had net die stomme opmerking gemaakt... 'Het, eh, spijt me, Gran. Ik, eh—'

Gran stak haar hand op. 'Ik heb je wel beter opgevoed dan dat, Bryan Matthew. Die vrouw heeft iemand veel te bieden, en die kinderen zijn een zegen. Je mag van geluk spreken als ze er ook maar over *pérst* te denken om met jou uit te gaan. Met dat soort opmerkingen verdien je haar niet.'

Dat wist hij. Hij verdiende haar niet. En wat nog belangrijker was, zij verdiende beter.

Dus waarom, een paar uur later toen hij het diner met de scherpe blikken van Gran had overleefd, greep hij dan toch de kans aan om de vrijdagavond met haar door te brengen toen haar vriendin Kara belde om hem uit te nodigen voor de buurtborrel?

Omdat hij klaarblijkelijk een masochist was.

Hoofdstuk 21

Hij was absoluut een liefhebber van zelfkastijding; hij bracht de hele volgende dag door met het werken aan de kasten in de slaapkamers van Beth. Ze had een lijstje met klusjes voor hem achtergelaten — hij weigerde het een 'schatje-wil-je-dit-even-doen-lijstje' te noemen, want dat zou impliceren dat hij haar schatje was en die implicaties kon hij *niet* gebruiken — en het urgentste leken de loszittende kledingroedes te zijn. Hij had er niet op gerekend wat hij precies zou aanraken.

Of misschien ook wel.

Daar stond hij, schouder aan schouder — en wang aan wang — met haar jurken, terwijl hij ze weghaalde, over zijn armen drapeerde en voelde hoe de zijdeachtige stof over zijn huid gleed, zich inbeeldend dat het hetzelfde deed bij de hare. Hij stelde zich voor dat *zij* tegen hem aan gleed. Hij speelde de kus in het prieel keer op keer af in zijn hoofd, totdat zijn *stijve* alle kleding had kunnen dragen. En haar parfum... Het bleef hangen in de lucht van haar kast, omringde hem, tartte hem met iets waarnaar hij niet het recht had te verlangen.

Goddank was ze de hele dag weg. Als hij dan toch rondliep met een erectie die groot genoeg was om kleren aan op te hangen, was er tenminste niemand die het zag.

'Gast, zeg me alsjeblieft dat je niet op vrouwenkleren valt.'

Behalve Jason.

Shit. Hij was vergeten dat Jason oud genoeg was om niet mee te gaan op elk uitstapje dat Beth ondernam.

Nou ja. Niets deed een erectie sneller verslappen dan het kind van de vrouw voor wie je die erectie had.

'Ik ben de kast van je moeder aan het repareren.'

'Eigenlijk is die van mijn vader.'

Dubbele shit. Erectie weg; empathie schoot met zes biljoen graden omhoog.

Stilte. Jason staarde hem woest aan, hem uitdagend om iets te zeggen.

Dus dat deed hij.

'Dan moet je me misschien helpen om hem te repareren.'

Jason knipperde met zijn ogen. Snel. Een paar keer. Hij keek ook even weg. Maar toen vermande hij zich, slikte de tranen weg waarvan Bryan kon zien dat ze net onder de oppervlakte stonden, en knikte.

Het was genoeg.

Beth staarde naar het prijskaartje. Opnieuw. Ze kon niet eens zeggen hoe lang ze er al naar staarde of zelfs wat de prijs *was*, want haar gedachten waren mijlenver weg. Nou ja, 6,7 kilometer om precies te zijn. Dat was precies hoe ver haar voordeur van deze winkel verwijderd was. Ze reed hier honderden keren per jaar naartoe, maar dat was niet de reden waarom ze wist dat het 6,7 kilometer van haar huis was. Nee, dat wist ze omdat ze de kilometerstand had zien oplopen terwijl ze vanochtend verder van haar huis wegreed. Voordat Bryan was gearriveerd.

Ze had daar niet willen zijn. Nou, dat was niet helemaal waar. Ze had niets *liever* gewild dan daar te zijn, en dat was precies het probleem. Bryan. Ging. Weg. Ze moest dat door de dikke, door charisma veroorzaakte mist heen krijgen die haar hersenpan was binnengedrongen op de dag dat hij was komen opdagen.

'Mama, ga je die nou nemen of niet? Want ik begin me te vervelen.' Maggie liet haar kin in haar hand rusten en keek Beth aan met de ogen van Mike.

Beth liet het prijskaartje los en schudde haar hoofd. 'Het is niet precies wat ik zoek.' Omdat wat ze wilde niet in een rek te koop was.

Nog twee weken. De schoonmaakservice was het perfecte cadeau geweest, maar hoe meer Bryan in haar huis werkte, hoe meer hij haar huis esthetisch herstelde, hoe meer hij dat ook emotioneel deed. Mentaal. Spiritueel.

Het was fijn om een man in huis te hebben. Fijn om te zien hoe zijn brede schouders op plekken kwamen waar zij niet bij kon, hoe hij dingen deed waar zij geen tijd voor had. Hoe hij haar huis weer op orde bracht. Alsof een vleugje testosteron alles was wat ze nodig hadden om het huis weer te maken zoals het was voordat Mike die ochtend was vertrokken.

Behalve dat dat testosteron niet dat van Bryan kon zijn. Misschien moest ze eropuit gaan en proberen iemand te vinden. Iemand voor haar. Misschien was dat waar dit allemaal om draaide. De rauwe, onverbloemde, overweldigende aantrekkingskracht van Bryans seksualiteit had haar wakker geschud. Had haar weer laten verlangen. Had haar weer laten hunkeren, en ze was vergeten hoe dat voelde. Vergeten hoe het was om naar iemand te hunkeren. Om fysiek en emotioneel dicht bij iemand te willen zijn. Nee, Bryan kon die man niet zijn, maar hij was verdomme wel de beste wake-upcall die er bestond. Ze was het aan haar kinderen verplicht om iemand te vinden. Om van het huis weer een thuis te maken. En ze was het aan zichzelf verplicht om lief te hebben en bemind te worden. Om die kameraadschap te vinden die de gril van Moeder Natuur van haar had weggerukt.

Vrijmibo vanavond. Er waren verschillende vrijgezelle mannen in de buurt. Veel van haar vrienden nodigden hún vrienden uit. Misschien zou ze een beetje uit haar schulp kruipen en daadwerkelijk met een paar van hen gaan praten met het oog op daten, in plaats van zich te verschuilen achter haar weduwschap. Misschien was het eindelijk tijd om weer te gaan leven.

'Mogen we hotdogs, mam? Alsjeblieft?' vroeg Tommy.

'Ja, ik wil de mijne met mosterd. En zuurkool,' zei Mark.

'Je houdt niet van zuurkool.'

'Jawel hoor.'

'Niet waar.'

'Echt wel.'

'Echt niet.'

'Wel.'

'Niet.'

'Stelletje sukkels!' Kelsey legde een hand op de hoofden van de tweeling en draaide ze om, zodat ze haar aankeken. 'Weet je nog wat Bryan zei? Je moet op elkaar letten. Dat kan niet als je ruzie maakt, dus hou ermee op. Jij vindt zuurkool niet lekker, Mark. Je zei dat het smaakt naar zeezieke wormen en we hebben er geen zin in dat je de boel onderkotst op de weg naar huis.' Kelsey keek even op en schudde haar hoofd naar Beth.

Weet je nog wat Bryan zei... Geweldig. Nu citeerden haar kinderen hem al. Leefden ze volgens zijn regels. Volgens het voorbeeld dat hij had gesteld.

Ze zou hem nooit kunnen vervangen in haar leven.

Toen verscheen ze op de borrel en besefte ze dat ze dat, voor vanavond tenminste, ook niet hoefde te doen.

Hoofdstuk 22

'Heb je *gezien* wie hier is?'

'O mijn God, het is Bryan Manley!'

'Bryan Manley is hier!'

'Er staat een *filmster* op het *terras* van Kara!'

'Ik krijg nu op dit moment een orgasme!'

Beth kon zich in elke opmerking vinden. Vooral in die laatste, hoewel het ronduit verkeerd was dat die uit de mond van de wiskundelerares van Jason kwam. Het was al vreemd genoeg om Mrs. Shuman op zondagochtend in haar badjas de krant te zien pakken in hun buurt, maar dit?

Iemand kwam naast haar staan en sloeg een arm om haar middel. 'Beth! Ik ben zo blij dat je hebt besloten hem te delen.'

Beth keek naar de vrouw naast haar. Bethany Cavanaugh. Ze woonde vier huizen verderop, reed in een Jag en was vrijgezel. Beth had haar in al die jaren dat de vrouw hier woonde misschien zes keer gesproken en nu waren ze ineens hartsvriendinnen? 'Ik, uh—'

'O, het was Beth niet.' Kara glipte met een sluw lachje door de menigte en overhandigde Beth een glas wijn. 'Ik heb hem uitgenodigd.'

'Hoe kom je aan zijn nummer?' Bethany stelde de vraag die Beth gesteld zou hebben als ze een woord had kunnen uitbrengen.

'Ik heb zo mijn maniertjes.' Kara tilde zelfvoldaanheid naar een heel nieuw niveau.

Natuurlijk had ze dat. En natuurlijk zou ze die gebruiken om hem hier te krijgen. Beth had dat kunnen zien aankomen. Maar wat betekende dit in hemelsnaam? Kara was getrouwd. Gelukkig, tenminste, dat had Beth altijd gedacht, maar ja, je wist nooit wat er zich afspeelde in de huwelijken van anderen. Ze nipte van de wijn.

'Nou, jij bent me de gastvrouw wel, hè?' Bethany schoof dichter naar Kara toe.

Beth voelde plotseling de behoefte om een douche te nemen.

Nog meer zelfs — en op een totaal andere manier — toen Bryan op dat moment opkeek en haar betrapte terwijl ze staarde.

Ze wilde met *hem* douchen. Om samen kletsnat en daarna helemaal ingezeept te worden. Tegen hem aan glijden tussen haar lakens, dan onder de douche en, verdorie, misschien zelfs op het badkamermatje.

'Dus je wist *niet* dat hij zou komen?' grijnsde Bethany. Hoewel hun namen op elkaar leken, was Beth de *gewone Beth*, terwijl Bethany net zo gestroomlijnd en sexy was als haar Jag. 'Meid, *ik* zou het wel weten als hij zou *komen*.'

En ja hoor, de dubbelzinnigheden. Beth had er totaal geen behoefte aan.

Bethany blijkbaar wel. Ze liet haar nieuwe *bestie* Kara staan om op Bryan af te stappen.

Beth voelde een klein moment van voldoening toen ze zag hoe Bryan een blik op Bethany wierp, haar luchtige zomerjurk met splitten op precies de goede plaatsen in zich opnam, en toen weer naar *haar* keek met een flauwe glimlach om zijn lippen die verraadde dat hij dit vaker had meegemaakt.

Was het verkeerd dat het haar gelukkig maakte om te weten dat Bryan dwars door die vrouw heen keek?

Trouw aan zijn beleefdheid en charme, draaide Bryan die charme echter volledig open toen Bethany voor zijn neus ging staan en haar hand uitstak zodat hij die kon aannemen — met de rug omhoog alsof ze verwachtte dat hij er een kus op zou geven. Beth had hem wel kunnen zeggen dat hij de moeite niet hoefde te nemen; Bethany was al binnen, zelfs als hij zijn teksten wilde oefenen terwijl ze hem verwende. Het was bijna lachwekkend.

Bijna.

'Dus hoe lang mag je nog van hem genieten?' vroeg een van de andere vrouwen.

'Heeft hij je lades al gedaan?'

'Gekookt in je keuken?'

'Je lakens verschoond?'

De toespelingen hielden niet op, en hoewel Beth de humor en het goedaardige plagen erachter wel kon waarderen, had ze er moeite mee om haar zelfbeheersing te bewaren.

Toen verscheen hij aan haar zijde. 'Hé, Beth. Dames.'

Hij had haar eruit gepikt. De afgunst in de ogen van de andere vrouwen was bijna tastbaar. Vooral die van Bethany toen hij zich vooroverboog om in haar oor te fluisteren: 'Je vriendin Kara heeft me voor vanavond uitgenodigd.'

'Dat hoorde ik.'

'Het was aardig van haar.'

Aardig had niets te maken met de reden waarom Kara hem had uitgenodigd.

'Bedankt voor het maken van de roedes in mijn kasten. Dat waren ongelukken die stonden te gebeuren.'

'Ja, ze zaten behoorlijk los. Jason heeft me geholpen.'

'Jason?'

'Je weet wel, je zoon? Vroeger een dweil op zijn hoofd, maar nu kun je zijn gezicht zien? Een nukkige jongen.'

God, wat was die man prachtig als hij haar plaagde.

Focus op het gesprek, niet op zijn kuiltjes.

Ze nam snel een slok van haar wijn. 'O. Die. Ja, ik geloof dat we elkaar ontmoet hebben. Maar de Jason die ik ken, had totaal geen interesse om mij te helpen in huis.'

'Nou, hij was opeens wel geïnteresseerd. Hij heeft ook geholpen met de rest van het waslijnproject.' Zijn vingers tikten tegen haar middel en Beth was plotseling ook ergens in geïnteresseerd.

Nou ja, nee. Dat was niet waar. Ze was daarin al geïnteresseerd sinds ze hem op haar veranda in het oog had gekregen.

Ze schoof de gedachte opzij, nam nog een slok wijn en sleepte haar hersens terug naar hun gesprek. Ze hadden het tenslotte over haar *zoon*, in vredesnaam. Ze moest in staat zijn om lustvolle gedachten op afstand te houden terwijl ze haar *kind* besprak. 'Hij heeft een persoonlijk belang bij die waslijn. Hij wil niet dat zijn boxershorts weer in de heggen van de buren belanden.'

Bryan trok zijn linkerenkbrauw op en, o, wat stond hem dat goed. 'Weer?'

Beth knikte. 'Sherman vernedert iedereen zonder aanzien des persoons.'

'Ah. Dat verklaart het enthousiasme van Jason toen we hem eindelijk overeind hielpen.'

Moest hij die woorden gebruiken? Het kostte Beth alle moeite om niet naar zijn kruis te kijken.

Verschillende vrouwen waren echter niet zo discreet en Beth was verbaasd om te zien dat Bryan een kleur kreeg.

'Zijn er nog meer zoals jij in de stal van Mac? Zo ja, schrijf mij dan maar in voor een levenslang contract', zei een van de vrouwen, wat een flink gelach oogstte.

'Sorry, dames. Mijn broers en ik zijn bezet voor deze maand, maar ik weet zeker dat Mac meer jongens gaat aannemen, want er is veel belangstelling.'

Nee, *hij* was degene die voor de belangstelling zorgde. Mac Manley wist heel goed wat ze deed toen ze haar broers aan het werk zette.

Net zoals Kara wist wat ze deed toen ze hem voor het feestje uitnodigde. Het duurde langer dan alle voorgaande borrels, tot het punt waarop kinderen als vliegen omvielen en de kelderkamer van Kara één grote slaapplaats werd omdat geen van de ouders weg wilde.

Het punt was dat Bryan ze allemaal inpalmde, niet alleen de vrouwen. De mannen kwamen over hun aanvankelijke vijandigheid heen om te praten over zijn films en stunts en hoe het was om met 'mooie wijven' te werken, en over alle sterren met wie hij had samengewerkt. Bryan was echter geweldig in het afbuigen van de aandacht. Wanneer het gesprek een tijdje over zijn leven ging, draaide hij het om en vroeg hij andere mensen wat zij deden, waar ze op vakantie gingen of hoe hun kinderen het deden met sport, op school of bij de scouting... De man wist echt hoe hij een publiek moest bespelen en het oprecht kon laten lijken.

Maar goed, Bryan *was* oprecht. Dat vond Beth het leukst aan hem. Natuurlijk, hij was mooi om naar te kijken en hij kon haar uit haar kleren kussen als hij zijn best deed, maar uiteindelijk was hij gewoon een oprecht aardige vent. Er waren geen maniertjes, geen ik-ben-beter-dan-jij-houding, geen valse bescheidenheid, alleen een oprechtheid en zelfrelativerende eerlijkheid die hem des te aantrekkelijker maakten.

'Zeg, Beth, waarom neem je Bryan zondag niet mee?' Dena Reardon stopte de enige losse krul van haar kapsel achter haar oor met een verleidelijke knik van haar hoofd.

Alleen in dit gezelschap kon een uitnodiging voor een pretpark een versierpoging bevatten.

'Zondag?' Bryan hield zijn hoofd ook schuin, maar dat was volkomen natuurlijk en zonder bijbedoelingen.

Dat weerhield Beth er niet van om met haar lippen langs zijn kaaklijn te willen glijden en een spoor van kussen naar zijn keel te trekken en met haar vingers door zijn haar te gaan—

'Uh, we gaan naar Martinson's Amusement Park. De kinderen willen al sinds de opening in april gaan, maar met school was het te lastig om te plannen. Ik heb hun beloofd dat we aan het begin van de zomer zouden gaan en zondag is de enige dag dat het tot augustus lukt.'

'Ik herinner me Martinson's nog wel.' Het gezicht van Bryan lichtte op in een glimlach. Als hij nog geen filmster was geweest, zou die glimlach de doorslag hebben gegeven. 'Ik kon vroeger geen genoeg krijgen van die plek.'

'Je moet komen,' zei Dena, die nu met die ene krul aan het draaien was.

Serieus?

Toen raakte ze haar mondhoek aan met het puntje van haar tong. 'Ik neem mijn jongens mee. Ze zijn bevriend met Tommy en Mark.'

'En Alex,' wierp Beth er tussendoor. 'Je neemt Alex ook mee, toch?' Alex was de echtgenoot van Dena. Een belangrijk persoon om te vermelden.

Dena trok met tegenzin haar blik van Bryan af. Voor ongeveer een minuut. 'Uh, ja. Natuurlijk komt Alex mee. Hij vindt het heerlijk om met de jongens in de attracties te gaan. Dus je moet Bryan meenemen. Dan is Alex niet de enige man.'

Niets zo fijn als voor het blok gezet worden. Allebei.

'Bedankt voor de uitnodiging, Dena,' zei hij en Beth glimlachte. Hier was haar ontsnappingsroute.

'Ik zal erover nadenken.'

Hij zou erover *nadenken*? Niet: *Ik heb al plannen want waarom zou ik tussen de gezinnen in de buitenwijken en vijf kinderen willen zitten, om nog maar te zwijgen van een moeder die niet in de schaduw kan staan van alle actrices met wie ik dagelijks in contact kom?*

'Je *moet* hem meenemen, hoor.' Kara trok Beth terug tegen de stenen muur toen er iemand tussen haar en Bryan kwam te staan.

'Hij wil de dag niet in een pretpark doorbrengen met mijn kinderen.'

'Nee, ik gok dat hij de dag in het pretpark wil doorbrengen met *jou*, en je kinderen horen er nu eenmaal bij.'

Beth was blijkbaar de enige in de buurt van Bryan die met beide benen op de grond stond. 'Gaat niet gebeuren.'

'Jammer.' Kara nam op haar gemak een slok van haar drankje, maar Beth liet zich niet foppen. Kara mocht dan wel naar haar staren, maar vanuit haar ooghoeken hield ze Bryan scherp in de gaten, en de berekenende blik in haar ogen verraadde dat ze dit niet zomaar liet rusten. 'Dus... nog twee weken, hè?'

Beth bedwong zichzelf om niet met haar ogen te rollen. 'Ja.'

'Je *kunt* hem niet laten gaan.'

'Kara, ik heb geen enkele grip op hem.'

Kara rolde *wel* met haar ogen. 'O, kom op zeg. Ik zie hoe hij naar je kijkt.'

'Je hebt het mis.'

'Nee, dat heb ik niet. Hij kijkt steeds om alsof hij wil controleren of je er nog bent. Je had hem moeten vragen om hier vanavond samen met jou naartoe te komen. Je moet hem vragen om zondag met je mee te gaan. Zet je territorium af zodat niet elke vrouw hier probeert haar klauwen in hem te zetten.'

'Jij ook?'

'Hé, als ik dacht dat ik een kans maakte, wie weet?' ging ze verder terwijl Beth probeerde haar mond dicht te houden. 'Maar ik ben getrouwd, maar jij... jij *hebt* een kans. En je bent vrijgezel. Niets houdt je tegen om die kans te grijpen, Beth. Verdorie, als je het niet voor jezelf doet, doe het dan voor de rest van ons.'

'Bedoel je niet: doe *hem* voor de rest van ons?' Het sarcasme rolde over haar tong.

'Verdomme, ja, dat bedoel ik.'

Dat sarcasme gleed blijkbaar zo van de rug van Kara af.

'Ik bedoel, waarom niet? Je bent jong, vrijgezel en die man is om te sterven zo knap. Het seks spat er vanaf. Dit zou echt een gevalletje zijn van je opofferen voor het team, want je weet dat elke vrouw hier vanavond naar huis gaat en zich voorstelt hoe het is om bij hem te zijn. Zich voorstelt hoe het is om jou te zijn.'

Twee jaar geleden wilden ze haar niet zijn. Sommigen nog steeds niet — nou ja, tot het moment dat Bryan Manley haar drempel overstapte.

'Ik ga niet met hem naar bed om de fantasieën van iedereen te vervullen.'

'O, lieverd, vervul dan gewoon je eigen fantasieën. Dat is al genoeg voor de rest van ons.'

'Hoe zijn we in dit gesprek verzeild geraakt?' Wat was er met haar normale, alledaagse leven gebeurd? Die storm had meer rondgeslingerd dan alleen het vliegtuig van Mike en Beth tolde nog steeds van de gevolgen, niet in de laatste plaats doordat ze Bryan Manley in haar huis had.

'Je hebt het nog steeds niet door, hè? Jess en ik hebben Bryan niet ingehuurd om voor je te *schoonmaken*, Beth. We hebben hem voor *jou* ingehuurd. Op het moment dat ik Mac hoorde vertellen wat ze van plan was en wie ze daarvoor wilde gebruiken, wist ik dat we dit voor jou moesten doen. Wie is er nu geschikter om je uit je zelfopgelegde rouw te halen dan een van de Manleybroers? En Bryan van hen allemaal!'

Beth hield haar wijnglas halverwege haar mond stil. Ze kon *onmogelijk* gehoord hebben wat ze dacht dat ze gehoord had. 'Probeerde je me aan hem te *koppelen*?'

'Nou, duh. Als we zoveel geld zouden uitgeven om je op te vrolijken, dan was dat zeker niet voor schoonmaken. Stof komt na een paar weken weer terug; weggegooid geld. Nee, schatje. We hebben Bryan Manley voor jou gekocht.'

Beth werd bijna onwel. Haar vriendinnen hadden een van de aardigste mannen zojuist in een gigolo veranderd. Of dat hoopten ze tenminste.

'Ben jij helemaal gek geworden, Kara?' Beth trok Kara opzij en sprak op een gedempte, dringende toon. 'Dat is prostitutie.'

'Alleen als je met hem naar bed gaat.' Kara grijnsde en wiebelde met haar wenkbrauwen. 'En zelfs dan betaal *jij* hem niet. En wij betalen toch wel, of hij nu met je slaapt of niet, dus het is niet alsof hij specifiek betaald krijgt om seks te hebben.'

Beth wierp een blik op Bryan, hopend dat de glimlach die ze hem toewierp niet verraadde dat ze zich misselijk voelde, terwijl ze bad dat hij — en de rest — Kara niet gehoord had. 'O mijn God. Hoor je jezelf wel? Hoe kun je nou denken dat dit oké is?'

'O kom op, Beth. Je kunt me niet vertellen dat je er niet aan gedacht hebt hoe het zou zijn. Verdorie, elke vrouw hier heeft dat gedacht. *Jij* hebt de kans om het echt te ontdekken. Elke vrouw hier is jaloers op je. Wat houdt je tegen? Hij is duidelijk geïnteresseerd. Je kunt me niet vertellen dat jij dat niet bent.

Mike is al twee jaar weg. Een vrouw heeft behoeften, en wie kan daar beter aan voldoen dan de sexieste man ter wereld?'

Beth kon niet eens meer praten. Geen woord uitbrengen. Het was... ongelofelijk. Verbazingwekkend. Gebeurden dat soort betaalde seks-dingen in haar buurt en vonden haar vriendinnen dat een goed idee? Ze kende deze vrouwen niet.

En zij kenden haar al helemaal niet als ze dachten dat ze zomaar een vluggertje zou hebben met iemand en er dan ook nog over zou *praten*?

'Ik moet gaan.'

'Beth—'

'Nee, Kara, niet doen. Ik kan hier niet blijven. Ik haal de kinderen en ga weg. We moeten morgen sowieso vroeg op.' Ze liep richting de oprit-ingang van de kelder zodat ze de al te nieuwsgierige blikken kon ontwijken.

'Maar hoe zit het met Bryan?'

Hoe zat het met hem? Ze was niet zijn bewaker, en aan hem te zien vermaakte hij zich prima. Waarom zou ze hem lastigvallen met de belachelijkheid van wat haar zogenaamde vriendinnen hadden gedaan? Laat hem maar in onwetendheid, want de waarheid was gewoon zo... zo... goedkoop.

Dat was het woord. Een beetje ouderwets, maar het was het juiste woord. Wat Kara had gedaan, was zo ver beneden alle peil dat het het enige woord was dat paste.

God, Bryan mocht hier nooit achter komen. De *roddelbladen* mochten hier nooit achter komen.

'Bryan is maandag gewoon aan het werk, net als de afgelopen twee weken. Dat gaat niet veranderen, anders komen er te veel vragen, maar luister goed, Kara, als je dit doordrijft, als je hier ook maar iets over zegt tegen wie dan ook, is onze vriendschap voorbij. Ik kan niet geloven dat je mij — of Bryan — in deze positie brengt en het dan nog *toegeeft* ook. Waar zit je verstand? Ik heb kinderen, Kar. Kinderen die geen parade van mannen aan de voordeur en in mijn slaapkamer nodig hebben.'

'En wat dacht je van wat *jij* nodig hebt, Beth? Twee jaar alleen zijn is te lang op jouw leeftijd. Je bent jong. Bruisend. Sexy. Je hebt een man nodig in je leven.'

'In mijn *leven* is verdomme heel wat anders dan in mijn *bed*, Kar.'

'Nee, dat is het niet. Dat hoort erbij.'

'Erbij. Niet alles. En met Bryan is dat het enige wat er zou kunnen zijn.'

'Ah! Dus je geeft toe dat er *iets* zou kunnen zijn.'

Beth wilde haar hoofd tegen de muur slaan. Of dat van Kara, eigenlijk. 'Dit gesprek is zinloos. Zeg gewoon niets tegen wie dan ook, oké? Het gaat niet gebeuren.'

'Dat is zonde.'

'Jij zou je moeten schamen. Wat voor vrouw denk je wel niet dat ik ben?'

'Met het risico dat ik mezelf herhaal: je bent een normale, gezonde, bruisende vrouw die wat plezier in haar leven nodig heeft.'

Plezier klonk goed, hartzeer een stuk minder. 'Jouw definitie van plezier is anders dan de mijne.'

Kara haalde haar schouders op en Beth zag dat haar argumenten aan dovemansoren gericht waren. 'Het enige wat ik zeg is: leef een beetje, Beth. Stop met je schuldig te voelen dat je nog leeft. Geniet van het moment.'

Mijn hemel, dat was hardvochtig. Bryan hoorde die zin en wilde naar binnen stormen om die feeks van een vriendin een lesje te leren, want wie zei er in hemelsnaam zoiets tegen een weduwe die nog steeds in de rouw was?

Behalve dan dat ze die avond in het tuinhuisje niet aan het rouwen was geweest. Die avond waren zij het alleen geweest.

'Bemoei je niet met mijn leven, Kara. Dit gaat je niets aan.'

'Je bent mijn vriendin, Beth. Ik haat het om te zien hoe je jezelf opsluit voor de buitenwereld.'

'Ik heb vijf kinderen om voor te zorgen, een baan en een huis. Ik sluit mezelf niet op, ook al zou ik dat willen. Ik heb verantwoordelijkheden.'

'En dat is alles wat je hebt. Wat is er gebeurd met plezier maken? Met een vriendinnendag in de spa? Heb je die cadeaubon die je van de vrouwen van de kerk hebt gekregen al gebruikt?'

'Ik heb geen tijd gehad.'

'Je hebt geen tijd *gemaakt*. En hoe zit het met de lunch bij het Bistro? Of het oppassen dat Courtney en haar vriendinnen aanboden?'

'Ik ga er niet vandoor voor een gezichtsbehandeling terwijl een stel tieners die niet veel ouder zijn dan die van mij proberen de boel draaiende te houden. De tweeling alleen al is een hele klus.'

'En ze zouden het best twee uur overleven. Maar je gunt jezelf die tijd niet,

Beth. Je bent altijd in de weer, bezig voor je kinderen. Dat is geweldig, maar soms moet je iets voor jezelf doen.'

Bryan begon het te begrijpen. Beth hield van haar kinderen, maar Kara had gelijk; ze had tijd voor zichzelf nodig. Om Beth te zijn. Niet moeder Beth, of weduwe Beth, of lerares Beth, maar de vrouw onder dat alles, want als ze *haar* niet voedde, niet voor *haar* zorgde, zouden al die andere Beths er ook niet zijn om alles te doen wat er gedaan moest worden. En als die vrouw er niet meer tegen kon, zou de pleuris uitbreken in het huishouden van Hamilton.

'Ik weet dat het zwaar is, maar je moet er eens uit. Mike zou niet willen dat je een kluizenaar wordt.'

Beth hapte scherp naar adem. 'Haal Mike hier niet bij.'

Haar stem trilde duidelijk. Of het nu van woede of tranen was, Bryan wist niet zeker of hij daar wel achter wilde komen. Hij zat op geen van beide te wachten.

'Je hebt geen flauw idee wat Mike wel of niet fijn zou vinden.'

'Echt niet? Ga je me vertellen dat hij het fijn zou vinden om jou te zien wegkwijnen in je weduwschap, terwijl er een onwijs knappe kerel in je huis rondloopt die naar je kijkt alsof hij niet kan wachten om je op te tillen en ergens mee naartoe te nemen?'

Is *dat* wat Kara zag? Christus. Hij dacht dat hij zijn emoties beter verborgen had gehouden.

'Je overdrijft, Kara.'

Dat deed ze niet.

'Nee, dat doe ik niet. Die man wil je en je zou on-Amerikaans zijn als je hem niet zou willen. Waar wacht je in hemelsnaam op?'

'Je laat hem klinken als iemand die er is om mijn bevelen op te volgen. Hij is een mens, Kara. Je kunt hem niet dwingen om iets te doen wat hij niet wil, net zoals je mij niet kunt dwingen. Dus houd erover op, wil je? Ik ga verder met mijn leven op mijn eigen tempo, niet op het jouwe.'

Nou, als hij nog meer bewijs nodig had dat een vluggertje met Beth geen goed idee was, dan was dit het wel. Over ironie gesproken. Sinds hij zich kon herinneren had hij de vrouwen van zich af moeten slaan, of hij nu iets met ze wilde of niet, maar de enige vrouw met wie hij *wel* iets wilde, degene was die niet wilde.

Hoofdstuk 23

'Bryan, wat doe je hier?' Hij was niet de persoon die Beth had verwacht aan haar voordeur op zaterdagochtend om negen uur. Vooral omdat zij de borrel eerder had verlaten dan hij, dus God mocht weten hoe laat hij pas thuis was gekomen.

En ze wilde het niet eens weten. Misschien was hij wel op weg naar huis vanuit het bed van een of andere gelukkige huisvrouw.

Dat was waarschijnlijk de reden waarom ze tegen hem sneerde.

'Ik kom je redden,' zei hij met zijn meest charmante glimlach.

Het had misschien nog gewerkt ook, als ze niet voor zich zag hoe hij net uit het bed van mevrouw Shuman was geklommen. Of dat van Kara. Of Bethany.

Ze tilde Maggie wat hoger op haar heup. Haar jongste was flink gegroeid. 'Ik red me prima alleen, bedankt.'

Hij hield zijn hoofd schuin en, verdomme, dat stond hem goed. 'Gaat het wel?'

Nee. 'Het gaat prima. Ik heb gewoon veel te doen vandaag. Sherman vindt vuilnisbakken tegenwoordig interessanter dan waslijnen en heeft ontdekt hoe hij in het keukenkastje bij de onze kan komen. Verder moet ik vandaag op een of ander moment naar de supermarkt, heeft Kelsey een afspraak bij de orthodontist en wil Jason naar een vriendje.'

'En ik ga naar Carly!' viel Maggie in, met een glimlach die bijna haar hele gezicht in beslag nam.

'Ja, lieverd, dat ga je. Op de een of andere manier.' Ze keek Bryan aan. 'Dus je ziet, ik moet naar zeven verschillende kanten tegelijk.'

Hij nam Maggie van haar over. 'Dan is het maar goed dat ik er ben.'

'Waarom *ben* je hier eigenlijk?' Het voelde vreemd om Maggie niet meer in haar armen te hebben, maar het voelde niet vreemd om haar in die van Bryan te zien. En *dat* voelde weer vreemd.

'Ik heb besloten dat je een dagje vrij nodig hebt.'

'Ik heb de hele zomer vrij.'

'Je hebt de zomer vrij van je *werk*. Niet van het ouderschap.'

'Van het ouderschap heb je *nooit* een dagje vrij. Vooral niet als...' Ze keek hem veelzeggend aan. Ze wilde Mike niet ter sprake brengen waar Maggie bij was.

'Nou, vandaag *is* die dag. Jij gaat iets meidending-achtigs doen en ik ontferm me over de kinderen. Wij doen al je boodschappen en ik zet Maggie en Jason af waar ze moeten zijn.'

'Maar Kelsey moet naar de orthodontist. Dat kun jij niet doen; dat moet een ouder doen.'

'Ik hoef vandaag niet.' Kelsey verscheen, godzijdank, op het meest gunstige moment. 'Het is niet alsof dokter Taylor deze afspraak niet al vijf keer verzet heeft.'

'Drie keer, Kelsey. Niet overdrijven.'

'Wat dan ook. Ik bedoel maar: laat mij je niet tegenhouden om een verwendagje te hebben. Bryan heeft gelijk; je hebt het nodig. Ik kan wel naar Maddy gaan.'

'Daar, zie je wel?' Bryan liet zijn beroemde glimlach zien en Beth voelde haar weerstand afbrokkelen. 'Probleem opgelost.'

'Heeft Kara je hiervoor ingeschakeld?' Was dit weer een actie van haar goedbedoelende maar misleide vriendin?

'Nee. Hoezo?'

Het was frustrerend dat hij zo'n goede acteur was, want ze kon niet aan hem zien of hij loog of niet. Maar aan de andere kant had ze geen enkele reden om hem te wantrouwen; het was puur de paranoia door Kara's gekonkel die haar argwaan voedde. 'Geen reden. En ik waardeer het aanbod, maar—'

'Ga nou, mama.'

'Wat?' Deed haar jongste nu ook al mee met het complot?

Maggie knikte zo hard dat haar krullen in Bryans gezicht dansten. 'Je moet naar de kapper gaan om er heel mooi uit te zien.'

Geweldig. Dus ze zag er blijkbaar niet uit. Met Bryan Manley recht voor haar neus. Geen wonder dat er geen schijn van kans was dat er iets zou gebeuren. Waarom zou hij zich bezighouden met de moeder uit de buitenwijken als hij de mooiste vrouwen ter wereld kon krijgen?

'Nou, Maggie, je moeder ziet er prachtig uit zoals ze is. Dit is een dag om haar zich *goed* te laten voelen. Denk aan een massage of een gezichtsbehandeling of zoiets.' Bryan gaf Maggie een kusje op haar hoofd en keek Beth aan met de blik waarmee hij zijn carrière was begonnen, en het punt was dat het bij hem volkomen natuurlijk overkwam. 'Verander geen haar op je hoofd, Beth. Dat hoef je niet te doen.'

Ze voelde een schokje in haar buik, dat haar vulde met warmte en die vlinders waren er ook weer. Waarom moest hij nou zo vreselijk aardig zijn?

'Ga nou. Maak er een leuke tijd van. Ik zorg voor de kinderen. Zorg jij maar voor jezelf.'

Ze wilde het graag. Echt waar. Maar aan de andere kant wilde ze hier bij hem blijven.

En dat was precies de reden waarom ze ging. Een complete verandering van omgeving zou haar goed doen.

Vijf uur later was *Bryan* degene die een verandering van omgeving nodig had. Hij had nog een grapje gemaakt toen hij tegenover zijn broers en Gran klaagde over de ravage die vijf kinderen konden aanrichten, maar nu... Alleen Mark en Tommy waren al genoeg om hem tot waanzin te drijven.

Hij had de afspraak bij de orthodontist verzet en Jason, Kelsey en Maggie bij hun vrienden afgezet, en daarna was hij met de tweeling boodschappen gaan doen. Natuurlijk was hij Sean tegengekomen, die hem genadeloos zou gaan pesten omdat hij de nieuwe 'huisman' uithing, en vervolgens hadden de jongens een toren van pakken mac-n-cheese omvergelopen terwijl ze door de gangpaden renden met denkbeeldige lichtzwaarden, terwijl ze ondertussen onophoudelijk om cola zeurden.

Seans cliënte, Olivia Carolla, was er ook, en ondanks dat hij en zijn broers haar liever uit het beeld wilden hebben, had de vrouw de jongens een experiment met de cola gegeven dat hen, naar haar zeggen, voorgoed van hun trek in frisdrank zou genezen. Dus zo slecht kon ze niet zijn. Alleen lastig voor hun plannen.

En dus bevond hij zich nu in Beths keuken, waar hij drie glazen cola inschonk — omdat hij *wist* dat Maggie ook aan dit experiment mee zou willen doen — en in elk glas een hardgekookt ei legde.

'En wat nu?' vroeg Mark, terwijl hij zijn kin in zijn handpalm liet rusten.

'Ja, wat nu?' Tommy deed precies hetzelfde, maar dan in spiegelbeeld. Ze waren een twee-eiige tweeling, maar sommige dingen die ze deden waren griezelig gelijk.

'Nu wachten we. Mevrouw Carolla zei dat als we dit zo laten staan, er iets met het ei gaat gebeuren.'

'Wat dan?' vroeg Tommy.

'Bryan weet het niet,' zei Mark.

'Wel waar.'

'Niet waar.'

'Wel waar.'

'Jongens.' Bryan zakte door zijn knieën naast hen met zijn ellebogen op het aanrecht. 'Het is niet erg om het niet te weten. Daarom doen we het experiment. Morgen kijken we weer en dan zien we wat er is gebeurd.'

'Dus we kunnen de cola niet opdrinken, hè?'

'Uit de beker? Waar het ei in zit? Nee. Waarom zou je dat willen?'

De jongens kregen dezelfde grijns op hun gezicht, keken elkaar aan en zeiden in koor: 'Om te zien wat er gebeurt.'

Hij lachte. Hij kon eigenlijk niet meer ophouden. Vooral toen de jongens begonnen te schaterlachen en het een groot lachfestijn werd. En toen werd er gekieteld — zij hem.

Op de een of andere manier belandde Bryan op de keukenvloer terwijl de twee boven op hem sprongen en hem kietelden tot hij geen adem meer kreeg.

Hij wurmde zich wat naar achteren op de vloer en leunde tegen de vaatwasser. 'Jongens, geef me een beetje rust, wil je? Ik ben al een oude man.'

'Je bent niet oud,' zei Tommy.

'Je bent door de wol geverfd,' zei Mark.

'Wat?' Hij grinnikte. 'Waar heb je dat gehoord?'

Tommy haalde zijn schouders op en kwam naast hem zitten. 'Opa. Dat zegt hij altijd tegen oma als haar "tis" weer opspeelt.'

Mark kwam aan zijn andere kant zitten. 'Wat is "tis"?'

God, hij hield van deze kinderen. 'Daar hoeven jullie je voorlopig nog lang geen zorgen over te maken.'

'Oma gaat toch niet dood?'

'Gaat die "tis" haar vermoorden?'

O wauw. De sfeer werd plotseling bloedserieus en Bryan besefte hoe belangrijk zijn antwoord voor hen allebei zou zijn. 'Nee, jongens. Van artritis gaat oma niet dood.'

'Jééj!' riepen ze tegelijk, terwijl ze voor zijn neus een high-five gaven.

Geweldig. Als hun grootmoeder straks *wel* doodging, zouden ze denken dat hij tegen ze gelogen had. 'Maar jullie weten dat ze uiteindelijk wel gaat. We gaan allemaal een keer dood.'

'Ja, onze papa ook,' zei Tommy.

'Maar dat had niet gemoeten,' zei Mark. 'Dat zegt iedereen.'

'Ja, inderdaad.' Tommy knikte wijs. 'Maar daardoor komt hij niet terug.'

'Dat is omdat hij in de hemel is,' zei Mark.

'Echt niet, dommie. Hij ligt in de grond.'

'Nou, eerst ging hij in de grond, maar daarna ging hij naar de hemel,' zei Mark, alsof ze het over het planten van bloemetjes hadden of zo.

Toen veranderde alles toen Mark eraan toevoegde: 'Toch, Bryan? Papa is naar de hemel gegaan.'

Shit, shit, shit. Hier was Bryan niet op voorbereid. Hij wist niets van Beths religieuze overtuigingen. Hij wilde de kinderen niet een weg op sturen die zij niet zou willen, maar hij moest ze íéts vertellen.

'Jullie papa zal altijd bij jullie zijn, jongens. Precies hier.' Hij tikte de jongens op hun hart, en hij voelde het zijne bonzen. Alstublieft God, laat hem het juiste zeggen. 'Blijf hem altijd herinneren zoals jullie hem kenden en weet dat hij heel veel van jullie hield. Als hij het ongeluk had kunnen overleven om bij jullie te zijn, had hij dat gedaan.'

Natuurlijk zou Mike dat gedaan hebben; dat is wat ouders deden. Bryan hoopte dat het ongeluk snel was gegaan en dat Mike niet de kans had gehad om te beseffen wat er ging gebeuren of om zich zorgen te maken over zijn gezin.

Maak je geen zorgen, vriend. Ik zorg voor ze.

De gedachte schoot zomaar door zijn hoofd en Bryan merkte dat hij plotseling door de deuropening van de keuken naar dat gedenkteken boven de open haard staarde.

Wat was hij in hemelsnaam aan het doen, door een dode man iets te beloven waar hij zich helemaal niet mee had moeten bemoeien?

Hoofdstuk 24

Beth trok haar bloes aan en maakte de knoopjes dicht met vingers die aanvoelden als pudding. God, ze had in geen jaren een massage gehad. Ze was helemaal vergeten hoe heerlijk dat was.

Ze zou echter *niet* vergeten hoe geweldig Bryan was dat hij dit vandaag voor haar mogelijk had gemaakt.

'Kan ik nog iets anders voor je doen?' vroeg Molly, de receptioniste, terwijl ze haar de rekening overhandigde.

Beth was half geneigd om 'Bryan Manley' te zeggen, maar dat gesprek had ze gisteravond al met Kara gehad.

Maar gisteravond was hij *Bryan Manley*. Vandaag was hij gewoon Bryan. Een man die attent genoeg was om de zorg voor haar vijf kinderen op zich te nemen, alleen maar zodat zij even rust kon nemen.

Waarom?

Dat was de vraag die ze zichzelf de hele dag al stelde. Natuurlijk, hij was een aardige kerel, maar dit ging verder dan alleen maar *aardig* en ze wist zeker dat oppassen geen deel uitmaakte van zijn takenpakket bij Manley Maids. Hij moest op een zaterdag vast wel andere dingen te doen hebben. Zeker omdat hij maandag weer bij haar zou zijn.

Ze werd eigenlijk een beetje wiebelig van die gedachte.

Met een schudden van haar hoofd nam Beth haar wisselgeld aan, rolde een paar briefjes op als fooi voor haar masseuse en gaf ze terug aan Molly. 'Kun je dit aan Hayley geven?'

Molly weigerde het aan te nemen. 'Ze heeft liever de handtekening van Bryan Manley. We hadden het er net over.'

Natuurlijk hadden ze dat. Net als, zo besefte Beth zich, alle andere vrouwen in de salon. Met de komkommerschijfjes op haar ogen, de New Age-muziek die door de oortjes klonk die ze haar hadden gegeven, en de pure ontspanning van haar gezichtsbehandeling en massage, was Beth zich niet bewust geweest van de blikken. Nu wel.

'Ik zal kijken wat ik kan doen.' Ze wilde het niet. Ze wilde het hem niet vragen. Maar het was zo'n klein gebaar en zou zoveel betekenen voor Hayley dat Beth haar verlegenheid maar opzij moest zetten. Hij zou het doen; dat wist ze zeker. Dat was het probleem niet. Het probleem was dat ze niet de zoveelste groupie wilde zijn.

Tja, maar dat ben je wel, dus je kunt het maar beter accepteren.

Ze zou liever hem accepteren. En niet om wie hij professioneel gezien was, maar om wie hij persoonlijk was. Deze dag was zo'n geschenk geweest. Een paar kostbare uurtjes waarin ze zich geen zorgen hoefde te maken over de kinderen of hoefde te stoppen met wat ze aan het doen was om iemand ergens naartoe te brengen.

'Ik zal kijken wat ik kan doen,' zei ze nogmaals, terwijl ze de briefjes in haar portemonnee stopte.

Als Kara gisteravond niet had gezegd wat ze had gezegd, zou Beth zich niet zo beschaamd voelen om het hem te vragen. Verdorie, ze had na die onthulling gisteravond nauwelijks meer tegen hem kunnen praten. God, als hij er ooit achter zou komen of, erger nog, zou denken dat zij in het complot zat, zou ze hem nooit meer onder ogen kunnen komen. Hij gedroeg zich hier als een gewoon mens, en haar vriendinnen wilden hem inhuren als hun fantasie-seks-speeltje. Waar was haar normale leven gebleven?

'Hij lijkt me echt een hele aardige man,' zei Molly.

Het vissen naar informatie zou niet ophouden totdat Bryan weg was. En zelfs dan wist Beth zeker dat de vragen nog maandenlang zouden aanhouden. Ze haalde haar sleutels tevoorschijn en liet ze rammelen, zodat er geen misverstand over bestond dat ze vertrok en de bron van de plaatselijke roddels spoedig zou opdrogen. 'Dat is hij ook. Heel erg aardig. En hij levert goed werk in huis.'

'Als hij bij mij thuis was, zou ik hem daar gewoon laten zitten om naar hem te kijken.'

Echt niet. Molly zou op heel andere activiteiten uit zijn. Net als de helft van de vrouwen hier, volgens Kara. 'Geloof het of niet, maar dat gaat vervelen. Bovendien draait het niet alleen om iemands uiterlijk.'

Molly, die begin twintig was, keek Beth aan alsof ze een vreemde taal sprak. Voor een twintiger was dat waarschijnlijk ook zo. 'Serieus? Dat geloof ik niet.'

Beth haalde haar schouders op en hing haar tas over haar schouder. 'Als je hebt meegemaakt wat ik de afgelopen twee jaar heb meegemaakt, besef je dat het de persoon vanbinnen is die telt, niet hoe diegene eruitziet.'

'Ja, maar hoe gaaf is het als de buitenkant past bij de binnenkant?'

Hmmm. Voor een twintiger had Molly best een goed inzicht.

Het was iets dat Beth de hele weg naar huis bezighield. En het vlamde weer op toen ze binnenkwam en Bryan en haar drie jongsten over de keukentafel gebogen zag staan, terwijl ze iets bekeken op een iPad.

'Getver. Dat is ranzig.'

'Ze liegen. Dat is niet wat er gaat gebeuren.'

'Zie je wel? Mama zegt altijd dat frisdrank slecht voor je is. Als je het blijft drinken, ga je eruitzien als de verschrikkelijke sneeuwman zonder tanden.' Maggie lende achterover in haar stoel en kruiste haar armen met een beslist knikje. 'Toch, mama?'

Drie paar ogen draaiden haar kant op en even voelde het alsof Bryan alle recht had om daar te zijn en zij alle recht had om te verwachten dat hij er was.

'Uh, waarmee toch?'

'Een mevrouw in de supermarkt vertelde Mark en Tommy dat frisdrank je tanden opvreet. Is dat waar?'

Ze keek Bryan aan voor het antwoord. 'Je tanden opvreet?'

'Het glazuur aantast.' Hij hield de iPad omhoog met een heel ranzige foto erop. 'Zie je?'

'Eh, nee dank je. Daar wil ik niet naar kijken.' Ze liep naar hem toe en schoof de iPad terug op tafel, met de afbeelding naar beneden.

Bryan glimlachte naar haar en voor ze het wist, lag zijn arm om haar middel en zat ze op zijn knie.

En ze keken allebei tegelijkertijd verschrikt op.

'Ik—'

'Uh—'

'Ik moet—' Beth stond op.

'Sorry.' Bryan kruiste zijn armen en verborg zijn handen in zijn oksels. 'Ik wilde niet—Nou ja, ik had je niet moeten aanraken—Ik weet niet waarom ik dat deed.'

Wist hij dat niet? Verdomme. Ze had gehoopt dat het om dezelfde reden was als waarom zij het had toegelaten. Niet dat ze er bewust over had nagedacht; het was gewoon gebeurd. Hij had haar naar zich toe getrokken en zij was meegegaan. De meest natuurlijke beweging ter wereld. Zij en Mike hadden het duizenden keren gedaan.

Maar Bryan is Mike niet.

Alsof ze die herinnering nodig had.

'Mama, waarom kijk je zo raar?'

En nu liep haar gezicht vuurrood aan. 'Omdat ik net een massage heb gehad en mijn gezicht in een gat in de tafel zat.'

Dat leidde tot meer gesurf op het internet zodat ze hen kon laten zien hoe een massagetafel eruitzag—*voorzichtig* gesurf, want zoeken op 'massage' staat bijna gelijk aan zoeken naar 'porno'. Ze moest uiteindelijk bij de iPad vandaan stappen terwijl Bryan de zoekopdracht uitvoerde, want sommige afbeeldingen waren gewoon te expliciet om samen met Bryan Manley in haar keuken en in het bijzijn van haar kinderen te bekijken.

Voornamelijk omdat ze er niets op tegen zou hebben om sommige van die afbeeldingen *uit te proberen* met Bryan Manley in de keuken, maar beslist *niet* in het bijzijn van haar kinderen.

Gelukkig raakten de kinderen verveeld door de massage-discussie, lieten ze haar vervolgens hun eier-experimenten zien en wilden toen natuurlijk weten wat ze gingen eten. Ze was het zo zat om te moeten bedenken wat er op tafel moest komen. Wie wat zou eten, wat ze in huis had, hoe lang het geleden was dat ze die specifieke maaltijd hadden gegeten. Als het aan de kinderen lag, aten ze elke avond knakworsten en hamburgers—wat waarschijnlijk ook was wat ze vanavond zou maken omdat het makkelijk was.

'Waarom gaan we niet uit eten? Mijn traktatie?' Bryan sloot de iPad af en stond op. 'We kunnen Kelsey en Jason onderweg ophalen. Waar heeft iedereen zin in? Beth?'

Waar zij zin in had, was niets wat op een menukaart stond. 'Bryan, dit hoef je niet te doen.'

'Ik weet het, maar je hebt een ontspannen dag gehad. Het is nergens voor nodig om nu nog te gaan koken. Laten we uit gaan. Het wordt gezellig.'

'Ja! Laten we gaan! Ik wil taco's!'

'Ik wil vissticks!'

'Ik wil ijs!'

'Je kunt geen ijs eten als avondeten,' zei Mark, terwijl hij aan een krul van Maggie trok.

'Dat kan wel als ik dat wil, toch Bryan?' Haar dochter keek Bryan aan met haar grote bruine ogen en Beth zag hem zichtbaar smelten.

'Dat zul je aan je moeder moeten vragen, Maggie.'

'Geweldig. Maak mij maar weer de boeman,' mompelde Beth zodat alleen hij het kon horen.

'Sorry. Niet mijn bedoeling,' fluisterde hij terug.

'Uh-huh.' De arme man keek als een hert in de koplampen, wat best grappig was aangezien hij talkshows had gedaan en te maken had gehad met honderden verslaggevers en overvolle straten vol fans, maar hij wist geen antwoord te bedenken voor een vijfjarige over ijs?

'We kunnen na het eten een ijsje eten, Maggie.' Ze streek Maggie's krullen uit haar gezicht. 'Maar eerst moet je iets gezonds eten.'

'Maar je zei dat ijs gezond is, mama. Het is gemaakt van melk. En in aardbeienijs zit fruit.'

Verdraaid. Ze haatte het als haar eigen woorden tegen haar werden gebruikt. Vooral uit een avond dat ze geen zin had gehad om te koken en had toegegeven aan het idee van ijs als avondeten. 'Alleen op speciale gelegenheden, Maggie.'

'Vanavond is speciaal. Bryan is bij ons.'

Had Kara Maggie soms geïnstrueerd?

Bryan kuchte. 'Laten we het ijsje als toetje doen, oké?'

'Twee bolletjes?'

Bryan keek naar Beth.

Ze knikte.

'Oké, twee bolletjes dan maar. Laten we je broer en zus halen en in de truck stappen.'

'In de bus, gekkie. We passen niet allemaal in jouw truck.'

· · ·

Bryan had nooit gedacht dat hij de dag zou meemaken dat hij in een minivan zou rijden naar een andere plek dan een filmset, en toch zat hij hier in zijn geboortestad achter het stuur. Maar met Beth en de kinderen bij hem was het vreemd hoe weinig hij het erg vond.

Je zit diep in de nesten, Manley.

Het was vreemd dat hij *dat* ook niet erg vond.

Hij vond de minivan niet erg, hij vond de blikken niet erg toen ze het restaurant binnenliepen. Hij vond het niet erg dat de serveerster nauwelijks in staat was hun bestelling op te nemen, en hij vond zelfs het erwten-incident waar Beth gek van werd niet erg. Blijkbaar verschilden de tweelingen van mening over erwten en Mark genoot ervan om ze stiekem in Tommy's aardappelpuree te duwen. Tommy genoot er vervolgens van om ze bij Mark in zijn shirt te proppen.

'Mark Joseph Hamilton, jij wisselt deze minuut van plek met Jason,' fluisterde Beth streng over de tafel.

'Maar hij begon.'

'Niet waar.'

'Wel waar.'

'Het kan me niet schelen wie er begon, ik wil dat het ophoudt. Ga opzij, jongeman. Nu. Of je mag morgen nergens in.'

Als bewijs van Beths opvoedkundige vaardigheden (of haar dreigement), verplaatste Mark zich *inderdaad*. Wat nog indrukwekkender was, was dat Jason niet morde omdat hij tussen Tommy en Maggie moest zitten.

Niet dat Maggie voor problemen zorgde. De 'blokhut' die ze op haar bord aan het bouwen was van frietjes hield haar heel goed bezig.

'Mag ik morgen nog wel in de Whirring Devil omdat ik van plek ben gewisseld?' vroeg Mark met een berouwvolle stem die Bryan in de elf dagen dat hij bij het gezin was nog niet had gehoord.

'Het is de Whirling Dervish en ja,' antwoordde zijn moeder, die het voor elkaar kreeg er prachtig uit te zien in een simpel wit T-shirt en een paar bungelende roze oorbellen waarvan Maggie trots had verkondigd dat ze Beth had gevraagd ze te dragen omdat ze uit eten gingen. Maggie had ze vorig jaar voor Beth uitgezocht op de kerstmarkt van school.

'Gaaf. Ik ga er de hele dag in.'

'Dan word je misselijk,' zei Jason, terwijl hij spaghetti naar binnen werkte alsof hij hooi aan het laden was. 'Een jongen genaamd John uit mijn klas deed dat ook. Hij zegt dat hij sindsdien niet meer in de buurt van die attractie kan komen. Hij wordt al misselijk als hij eraan denkt.'

'Werd hij echt ziek? Gewoon in de attractie?' Tommy vergat de landmijnen in zijn aardappels terwijl Jason het voor tienerjongens zeer boeiende verhaal deelde, terwijl de meisjes 'Bah' en 'Getver' bleven roepen en Beth Jason minstens drie keer vertelde zijn mond te houden. Niet in die bewoordingen, maar misschien had ze dat wel moeten doen, want Jason moest het hele verhaal afmaken voor hij ophield.

'In welke attracties ga jij, Bryan?' vroeg Maggie, zijn grootste fan in het huishouden van de Hamiltons. Het verwarmde zijn hart hoe zij hem er altijd bij wilde betrekken. Een slecht idee, wist hij, omdat ze te aanhangig werd, maar Bryan kon het niet over zijn hart verkrijgen om haar uit de droom te helpen en te vertellen dat wat zij deed—waar ze op hoopte—nooit zou gebeuren. Hij en Beth zouden niet samen eindigen.

'Ga je met ons mee naar het park?' Jason leefde helemaal op bij die gedachte. 'Tof. Iedereen zal het erover hebben.'

Kelsey kwam uit haar sms-trance. 'Echt? Ga je mee? Ik moet Maddy sms'en. Zij moet morgen echt naar het park komen.' Ze richtte zich weer op haar telefoon, maar dit keer met een glimlach in plaats van een nors gezicht.

'Wacht even jongens, ik heb niet gezegd dat ik meeging.' *Beth* moest zeggen dat hij meeging. Hij zou direct gaan, maar alleen als *zij* het wilde, niet omdat haar kinderen het wilden.

'Je moet meekomen!' Tommy schoof een vork vol aardappels in zijn mond en trok niet eens een vies gezicht toen hij de erwt at die Bryan aan de punt zag zitten.

'Ja, je moet met ons in de achtbanen. Die zijn geweldig!' zei Mark. 'Alsjeblieft, mam? Mag Bryan mee? Ik betaal zijn kaartje wel.'

'Ik ook!' zei Tommy.

'Ik ook. Ik heb nog geld in mijn spaarvarken,' zei Maggie.

Kelsey en Jason vielen hen bij en Bryan verslikte zich bijna in het laatste stukje van zijn biefstuk. De vrijgevigheid van de kinderen ontroerde hem enorm.

'Nou, Bryan, ik geloof dat dat betekent dat je bent uitgenodigd om morgen met ons naar het park te gaan.' Beth zei het met een glimlach, maar hij wist niet zeker of de uitnodiging oprecht was.

Niet dat het uitmaakte, want door het gejuich van de kinderen kon hij er niet meer onderuit. Hij móest wel gaan, anders zou hij maandag met vijf teleurgestelde kinderen zitten.

Hij nam een slok water om zijn keel te schrapen. 'Ik zou heel graag meegaan, maar op één voorwaarde.'

'Welke?' zeiden de kinderen in koor, terwijl ze hem met zulke hoopvolle ogen aankeken dat hij het weer even te kwaad kreeg.

Hij nam nog een slok. 'Jullie moeten allemaal met mij in de Whirling Dervish.'

'Maggie mag niet. Die is te klein.'

'Dan moet jij in een andere attractie met mij, Maggie. Twee keer.'

Maggies pruillip veranderde in een brede grijns, precies zoals hij had verwacht. 'Oké. We kunnen in de theekopjes. Die draaien rondjes.'

Beth verslikte zich half achter haar servet en haar ogen schitterden. 'Ik hoop dat je niet snel last hebt van wagenziekte.'

'Geloof me. Na sommige stunts die ik heb gedaan, zijn die theekopjes kinderspel.'

'Als jij het zegt.'

Zo was het besloten. Hij zou morgen met hen mee naar het pretpark gaan. En dan zou hij maandag weer aan de slag gaan bij Beth thuis. Twaalf dagen op rij met de Hamilton-clan.

Iets zei Bryan dat dit geen goed idee was, maar er was nu geen weg terug meer.

Trouwens, wat hem ook vertelde dat hij moest wegrennen, iets anders was net zo luidruchtig en dreef hem ertoe te blijven.

Het was overduidelijk naar welke stem hij zou luisteren.

Hoofdstuk 25

Dit was de beste dag die Beth in de afgelopen twee jaar had gehad.

Haar kinderen glimlachten en lachten en joegen elkaar achterna met een zorgeloze overgave en vreugde die deed vermoeden alsof het vliegtuigongeluk nooit was gebeurd.

Bijna.

Want in plaats van Mike, hun vader, was Bryan er. Hun huishoudelijke hulp.

Beth giechelde. Hij zag er altijd ontzettend leuk uit in de groene broek en het shirt die zijn zus als uniform had uitgekozen, maar vandaag zag hij er nog beter uit in een cargo-short en een T-shirt. Hij verstelde zijn honkbalpet — die had verrassend genoeg de starende blikken op afstand gehouden, want niemand zou verwachten dat *de* Bryan Manley bij Martinson's zou rondhangen met een stel kinderen.

'Komen jullie nog, slome duikelaars!' riep hij naar Beth, Maggie en Kelsey achteraan de groep. 'We laten jullie hier achter in het stof!'

'Er is helemaal geen stof, mama,' zei Maggie, die heel verbaasd om zich heen keek. 'Het is overal asfalt.'

'Dat is maar een gezegde, Mags.' Kelsey was nog steeds onophoudelijk aan het tweeten met haar vriendinnen, maar ze had Bryan beloofd dat ze niet zou vermelden dat hij bij hen was. Het was een kwelling voor haar tienerdochter, maar Beth was trots op haar dat ze de verleiding weerstond.

Waarschijnlijk was het alleen de gedachte aan een foto waarop ze te zien zou zijn met 'wild kermisattractie-haar' dat haar tegenhield, maar Beth nam genoegen met alles wat werkte. Vandaag was alleen voor hen. Een kans voor Bryan om gewoon Bryan te zijn, de broer van Mac, de vriend van haar kinderen, en haar... tja, wat hij ook was. Het was gewoon fijn om zich geen zorgen te hoeven maken over verslaggevers en camera's en of iemand iets opnam dat uit de context getrokken kon worden voor een verhaal. Ze begreep niet hoe hij in zo'n glazen huis kon leven, maar het was maar goed dat hij dat kon, aangezien het bij zijn vak hoorde.

En ze was absoluut niet ontdaan geweest toen Dena had gebeld om te zeggen dat haar zoon koorts had en ze niet mee konden gaan, maar dat ze het misschien een andere keer konden doen? Beth had Dena er niet aan herinnerd dat er geen andere keer met Bryan zou zijn als hij eenmaal vertrokken was.

Bryan jogde terug en tilde Maggie in zijn armen. 'Kom op, Mags. Jij moet ons de weg wijzen.'

'Jeej! Dat vind ik leuk. Ik heb het op school ook een keer gedaan. Ik was de leider van de Halloween-optocht.'

Dat was de laatste Halloween dat Mike nog leefde. Destijds wisten ze dat natuurlijk nog niet, maar god, wat herinnerde Beth het zich nu goed. Ze waren allebei buiten zinnen geweest van vertederde lachsalvo's en tranen toen Maggie, verkleed in haar favoriete prinsessenjurk, haar koninklijke zwaai had geperfectioneerd terwijl ze haar klasgenootjes voorging tijdens de optocht op de peuterspeelzaal. Daarna was ze pal voor hen gestopt, had een buiging gemaakt en hen een kus toegeblazen met een: 'Ik hou van jullie, mama en papa,' dat luid genoeg was voor alle ouders om het te horen. Zelfs nu bonsde Beths hart bij de herinnering. Soms gaf God je geschenken op manieren die je nooit verwachtte, en het waren die momenten die haar altijd overrompelden en ervoor zorgden dat ze ze des te meer waardeerde.

Zoals nu. Bryan had haar dochter op zijn schouders en haar hoofd was naar achteren geworpen terwijl ze haar aanstekelijke schaterlach liet horen. Het werkte aanstekelijk op de jongens, en daarna ook op haar en Kelsey. Een moment dat ze voor altijd zou koesteren; het moment dat er een nieuwe man in haar leven was gekomen die haar weer liet lachen.

'Ik wil in de wildwaterbaan!'

Voor ongeveer een minuut.

'Ik wil tegen de klimmuur!'

'Nee, het klimnet!'

'De spin!'

'Het reuzenrad!'

'Jongens,' zei Bryan, die met dat ene woord hun aandacht opeiste op een manier die niemand anders kon. 'We zijn hier de hele dag. We hebben tijd voor alles. Dus we doen eerst wat Maggie wil, en daarna doen we om de beurt wat de rest wil. Inclusief jullie moeder.'

Bryan glimlachte naar haar en Beth voelde haar knieën knikken.

'Dus wat wil *jij* doen, Beth?'

Hij vroeg haar dit en Beth dacht tot haar schande direct aan een bed en hen tweeën die naakt waren.

'De wildwaterbaan.' Dat was een uitgemaakte zaak. Ze had iets nodig om af te koelen.

En zo bevond ze zich weer achter Bryan, dit keer met zijn korte broek tegen zijn achterwerk geplakt, terwijl ze volop genoot van het uitzicht en daar voor zichzelf geen enkel geheim van maakte. Een slome duikelaar zijn had zo zijn voordelen.

Daarna kwam het reuzenrad, zodat ze de rest van het park konden verkennen — *en* omdat het voor iedereen een marteling zou zijn om Maggie te laten wachten.

Beth en Bryan zaten in één karretje met Maggie en de tweeling, terwijl Kelsey en Jason hun eigen karretje kregen, met een strenge waarschuwing van Bryan om zich te gedragen.

Beth verborg haar glimlach. Die twee wisten wel beter dan iets stoms te doen in een reuzenrad. Ze had nog ongeveer anderhalf jaar voordat Jason weer zou vervallen in domme puberstreken, maar op dit moment was angst nog steeds zijn belangrijkste drijfveer. Toch zorgde het feit dat Bryan voor haar kinderen zorgde ervoor dat de vlinders weer begonnen te fladderen.

'Ooh, kijk eens naar ons busje daar beneden!' zei Maggie, terwijl ze iets te enthousiast over de rand van hun karretje leunde. 'Het lijkt wel een van de speelgoedauto's van Mark en Tommy.'

Beth wilde haar vastgrijpen, maar Bryan had de tailleband van haar broekje al stevig vast.

'Waar?' Tommy klom op de bank en Beth moest een uitval maken om te voorkomen dat hij over de rand ging. 'Thomas John Hamilton, ga onmiddellijk op je plek zitten.'

'Aah, maar mam, dan kan ik ons busje niet zien.'

'Als je over de rand kiepert, zie je hem *nooit* meer.' Bryan trok aan Tommy's been. 'Zitten.'

Er kwam geen enkel woord van protest over Tommy's lippen. Tegen haar zou hij in discussie zijn gegaan en zijn acties hebben goedgepraat. Ze was er zeker van dat hij later advocaat zou worden.

'Ja, Tommy, in een reuzenrad hoor je te blijven zitten,' zei zijn broer pedant. 'Weet je dan helemaal niks?'

'Ik weet dat jij een sukkel bent.'

Maggie giechelde, wat de zaak er niet beter op maakte.

'Niet waar.'

'Wel waar.'

'Jongens.'

En prompt hielden de jongens hun mond. Zelfs Maggie hield op met giechelen door de toon van Bryan. Het waren goede kinderen en meestal luisterden ze wel naar haar, ook al kostte dat wat meer moeite dan bij Bryan, maar hij was nieuw voor hen. Een nieuwigheid. Zijn woord legde meer gewicht in de schaal dan het hare, omdat ze al zo lang naar haar hadden geluisterd. Ze was vergeten hoeveel makkelijker het was om de opvoedingstaken met een partner te delen.

Er schoot een steek door haar maag. Opvoedingstaken. Dat was precies waar dit op leek. Dat was het al sinds Bryan vanmorgen was komen opdagen. Alles draaide om de kinderen. Hij had haar een korte glimlach gegund — een korte, *verpletterende* glimlach die allerlei *wat-als*-scenario's in gang had gezet — en was daarna begonnen iedereen klaar te maken en in het busje te krijgen voor het park alsof ze dat al tientallen keren eerder hadden gedaan. Beth was verbaasd — en bezorgd — over hoe snel zij — en zij — het hadden geaccepteerd.

De rit eindigde met een plan voor de rest van de ritten die ochtend en daarna de lunch. Met vijf kinderen had er altijd wel iemand honger, en meestal was dat Jason. Beth kon zich de dag niet voorstellen dat alle drie de jongens tieners zouden zijn. Ze zou een tweede baan moeten nemen alleen al om hen te voeden.

'Ik ga ook drie knakworsten eten voor de lunch.' Natuurlijk wilde Mark dat, want Jason had net gezegd dat hij dat zou doen, en Mark was zijn grote broer gaan nadoen sinds Mikes dood. Daarvoor wilde hij altijd precies zoals Mike zijn.

Mark had een vader nodig. Net als Tommy. En Jason ook.

En de meisjes... meisjes hadden hun vader nodig.

'Wedstrijdje doen, Bryan!'

Daagde Kelsey Bryan uit voor een wedstrijdje? Kelsey rende nooit — dat verpestte haar haar en zorgde ervoor dat ze ging zweten. Ze haatte het om te zweten. De enige reden dat ze niet de eyeliner en mascara had opgedaan die ze zo graag droeg — en die ze van iemand had ontvreemd omdat Beth geen voorstander was van twaalfjarigen met make-up — was de dreiging van pandia-ogen door de hitte.

Maar blijkbaar deed dat er allemaal niet meer toe als Bryan in de buurt was, en het lange bruine haar van haar dochter wapperde achter haar aan als een paardenstaart terwijl ze met grote passen richting de Tilt-A-Whirl stoof.

Ze zou prachtig worden. Alle tekenen waren er, evenals de interesse om er goed uit te zien voor jongens... Beth hoefde alleen maar naar haar dochter te kijken als ze naar Bryan keek om te zien dat de hormonen waren gaan werken.

Een meisje zou een vader moeten hebben om haar te helpen de lastige wereld van hormonale tienerjongens te navigeren.

Houd op. Je gaat Bryan Manley die rol niet toebedelen. Hij gaat weg, weet je nog? Hij heeft een leven waar jouw vijf kinderen geen deel van uitmaken. Jij ook niet. Knoop dat in je oren, dan zul je een stuk gelukkiger zijn. Kara wist echt niet waar ze het over had.

Ze had haar onderbewustzijn misschien geloofd als dat laatste deel er niet bij was gekomen. Kara wist *precies* wat ze deed, zowel door Bryan specifiek in te huren als door haar hart te luchten tijdens het borreluurtje en zo het idee in Beths hoofd te planten. Nou ja, het idee *groter* te maken in Beths hoofd.

Ze schudde de gedachte uit haar hoofd, of in elk geval naar de verste uithoeken ervan, en haastte zich naar haar kinderen en Bryan bij de attractie. Hier was ze als kind dol op geweest.

'Mam, jij moet met Bryan en Maggie gaan, anders is het gewicht niet goed verdeeld.'

'Vind je dat ik net zoveel weeg als Bryan?' Ze haalde haar hand door Kelseys haar.

Kelsey trok zich terug. 'Mam! Mijn haar raakt helemaal in de war.'

'Duh, dat is het al.' Maggie rolde haar ogen met een wereldwijsheid waarvan Beth bang was om te vragen waar die vandaan kwam. 'Je was aan het rennen.'

'Bryan heeft van je gewonnen, hoor,' zei Jason, die hen eindelijk had ingehaald met de kenmerkende draf die hij voor niemand of niets veranderde.

'Echt niet. Jij hebt verloren. Ik heb gewonnen. Toch, Bryan?' Kelsey legde haar hand op Bryans arm en de glimlach op haar gezicht was zo oprecht dat Beths adem stokte. Hoe natuurlijk het voor haar dochter was om hem aan te raken, hem een vraag te stellen, om die vriendschappelijke band tussen hen te hebben.

Was hij maar niet van plan om weg te gaan. Kon hij maar blijven en een normaal leven met hen leiden.

Als-dan-gedachten waren net zo nutteloos om in haar leven toe te laten als *wat-als*-gedachten, dus sloeg Beth die mentale deur dicht en concentreerde zich op het feit dat ze op het punt stond in een attractie te stappen waardoor ze tegen de lekkerste man ter wereld gedrukt zou worden. Zat hier eigenlijk een nadeel aan?

Ze stapten in en trokken de veiligheidsbeugel naar achteren. Beth zat in het midden, Bryan rechts van haar, en Maggie links van haar om rekening te houden met de middelpuntvliedende kracht die hen tegen hem aan zou smijten.

Beth probeerde het tegen te houden. Dat deed ze echt, maar de attractie was te krachtig, en nadat ze de eerste keer door de cabine waren geslingerd, terwijl haar polsen verkrampten door de dodelijke greep die ze op de veiligheidsbeugel had, gaf Beth het op. Zijn schouders waren breed en sterk genoeg om haar gewicht te dragen. Hij wist waar hij aan begon toen hij in de attractie stapte.

Maggie gilde toen de tweede klap hen raakte voordat ze van richting veranderden. Beth sloeg haar arm om haar jongste heen terwijl de kracht haar weer tegen Bryan aan deed knallen.

Zijn borstkas was net zo sterk als die schouders. En oh mijn god, hoe zijn aangespannen spieren tegen haar rug aanvoelden...

En toen was er de arm die hij om haar schouders sloeg, waardoor ze tegen zijn zij geplakt zat.

'Blijf zo zitten,' zei hij in haar oor. De harde muziek en het gegil van de kinderen deden het klinken als een gefluister — compleet met een ademtocht in haar nek die haar rillingen bezorgde. 'Houd Maggie vast en laat je maar meevoeren.'

Ze wilde zich maar al te graag laten meevoeren.

'Ontspan, Beth. Ik bijt niet, beloofd.' Hij lachte toen hij het zei, wat haar eraan herinnerde hoe hij het onder de gazebo had gezegd toen hij haar kuste.

De attractie tolde hen weer rond en Bryans andere hand belandde naast de hare op de veiligheidsbeugel en, o mijn god, de rillingen veranderden in trillingen door haar hele lijf. En toen verzette hij zijn voet om zich schrap te zetten, waarbij zijn kuit die van haar raakte, en Beth kon een lichte trilling niet onderdrukken.

Serieus? Trilde ze nu?

'Gaat het?' zei hij weer in haar oor, wat haar nog *meer* rillingen bezorgde.

Verdomme, ze haatte het dat Karas idee hout sneed. Ze *moest* gewoon een affaire met hem beginnen. Ze had overduidelijk behoeften en Bryan kon daar absoluut aan voldoen.

Zou ze dat kunnen? Gewoon een affaire?

Duh...

Oké, fysiek kon ze het uiteraard, maar mentaal? Emotioneel? Dat had ze nog nooit gedaan. Ze was iemand die voor een vaste relatie ging. Hoe zou het zijn om voor één keer het avontuur aan te gaan en een beetje te leven?

'Beth?'

Ze keek hem over haar schouder aan en op dat moment verschoof de attractie, en op de een of andere manier belandden Beths lippen op de zijne.

Heilige Maria, het was geweldig.

De hand die hij op haar schouder had om haar tegen zich aan te houden, verdween nu in haar haar. Bryan liet haar niet bewegen (niet dat ze dat van plan was) terwijl hij heerlijke rillingen-opwekkende, teen-krullende bewegingen maakte met zijn lippen op de hare.

Wat misschien was begonnen door de middelpuntvliedende kracht, werd nu voortgezet dankzij een natuurkracht.

Hij kuste Beth.

Dat mocht niet.

Hij moest ophouden.

Dit was geen goed idee.

Dit alles schoot door zijn hoofd, maar Bryan hield niet op. Hij kon het niet. Dit was...

Dit was Beth.

De attractie schokte weer, maar Bryan weigerde hen uit elkaar te laten gaan. Hij klemde zijn vingers in haar haar en hield haar hoofd precies waar het was, zodat hij haar lippen precies daar kon houden — precies waar hij ze wilde hebben — en hij greep haar andere hand op de veiligheidsbeugel vast, het innigste fysieke contact dat hij op dit moment kon krijgen. Hij wilde meer, maar hij nam genoegen met wat hij kon krijgen.

En god, wat wilde hij dit. Hij wilde haar. Wilde haar weer proeven, de geur en de smaak inhaleren die puur Beth waren. Die beelden die hem uit zijn slaap zouden houden als hij eenmaal weg was.

Nee, hij ging er niet aan denken haar te verlaten. Nog niet. Nu niet.

De attractie verschoof en, verdomme, haalde hen uit elkaar. Beths geschrokken blik ontmoette de zijne en hij kon zien hoeveel de kus ook met haar had gedaan. Haar ademhaling was oppervlakkig en de manier waarop ze de veiligheidsbeugel onder zijn vingers vasthield zei genoeg.

'Beth.' Hij wist niet wat hij moest zeggen, maar hij moest iets zeggen en haar naam was muziek in zijn oren. Zo'n eenvoudige maar mooie naam; het kon op een zucht worden uitgesproken met zoveel gevoel, of worden uitge-perst in een moment — of een uur — van passie, of zachtjes worden gefluis-terd met de volle emotie erachter. Het was een perfecte naam, net als zij.

Toen likte ze haar lippen af en, hemeltje lief, de rest van hem wilde ook meedoen.

Hij moest lachen. Hier zat hij dan, in het openbaar in een kermisattractie waar de hele wereld het kon zien, met haar vijfjarige dochter aan haar andere zijde, en het enige waar Bryan aan kon denken was Beth naar zich toe draaien, haar uit haar korte broek helpen en haar bovenop hem plaatsen. Dat *dat* pas een ritje zou zijn.

Gelukkig kwam de rit tot een einde voordat zijn hormonen het wonnen van zijn gezonde verstand, en hij streek met de rug van zijn vingers langs haar wang, onwillig om te stoppen met haar aan te raken, maar wetend dat het moest. 'Dank je wel.'

Ze keek geschrokken. 'Waarvoor?'

Hij was blij te horen dat haar stem trilde. En hees klonk.

'Voor die kus. Dat had ik nodig.'

Ze wierp een blik op Maggie die gelukkig te veel opging in de beelden en geluiden om hen heen en niet in wat er zich binnen in dit karretje had afgespeeld. *'Nodig?'*

Verdomme. Dat had hij niet zo moeten zeggen. Hij streek wat haar uit haar gezicht terwijl de veiligheidsbeugels van de attractie opensprongen. 'Laten we er later over praten.'

Praten. Bryan wilde praten.

Dat was niet wat Beth wilde doen. Wat moest ze zeggen? *God ja, mag ik je bespringen?*

Hoe geef je een man precies toestemming om de bal aan het rollen te krijgen voor zoiets als dit?

En *wilde* ze die bal wel aan het rollen krijgen?

Terwijl ze toekeek hoe hij Maggie op zijn schouders tilde en daarna de tweeling wenkte om naast hem te komen lopen, terwijl hij aan elk van hen vroeg hoe de rit was en Jason en Kelsey bedankte omdat ze op hun broertjes hadden gelet, wist Beth dat haar antwoord een ondubbelzinnig *ja* was. Ze wilde Bryan, en als ze hem maar voor één nacht kon hebben, zou ze wel erg dom zijn om die kans niet te grijpen.

Maar ze was niet van plan om er ook maar iets over te delen met wie dan ook. Wat ze ook samen zouden doen, het zou alleen van haar zijn.

Hoofdstuk 26

Bryan kon zich geen dag herinneren waarop hij zó veel plezier had gehad. Of zó moe was geweest. En hij had gedacht dat stunts filmen hard werken was? Niets kon tippen aan vijf kinderen in een pretpark in de gaten houden, dat hele stel eten geven, *én* scheidsrechteren bij geruzie over alles, van de lunch tot welke smaak suikerspin, tot wie waar zat in het busje op de terugweg.

Godzijdank waren de drie jongsten in slaap gevallen en hadden de twee oudsten hun oortjes in.

Hij wierp een blik op Beth, haar gezicht opgelicht door het dashboard en de straatlantaarns. Ze was mooi op een gratievolle, stille manier. Kalmerend. Verkoelend. Nou ja, behalve als hij haar aanraakte. En kuste. En vasthield.

Of er *aan dacht* een van die dingen te doen. Hij verlangde naar Beth met een intensiteit die elke logica tartte, aangezien zij alles zou moeten zijn wat hij niet wilde.

Maar ze was alles wat hij wél wilde.

Hij reikte naar haar hand. De twee oudsten waren weggezakt en verder zou niemand het merken.

Zou ze hem haar hand laten vasthouden?

Ze keek hem geschrokken aan, wierp toen een blik achterom en ontspande toen ze zag wat hij had gezien.

Hij kneep zachtjes in haar vingers. Ze keek naar hun handen en toen weer naar hem.

Ze haalde haar tong langs haar lippen.

God, wat dat met hem deed. Hij wist hoe haar tong voelde. Wilde die weer op zijn lippen voelen. Wilde haar naar zich toe trekken, haar zachte, ronde lichaam tegen het zijne drukken en haar laten voelen wat ze met hem deed.

Dit ga je nog betreuren, Manley.

Waarschijnlijk. Maar op dit moment kon het hem niets schelen. Vandaag was perfect geweest. Wat was perfecter dan het te eindigen met haar in zijn armen?

Hij bracht haar hand naar zijn lippen en kuste de rug ervan. Beths prachtige, chocoladebruine ogen volgden hem de hele weg, haar lippen openden zich tot een zachte O waar ze zich waarschijnlijk niet eens van bewust was.

Maar hij wel. Hij merkte de versnelde flutter in haar keel en hoe haar ogen zich verwijdde toen hij met zijn duim over de plek streek die hij net had gekust, voordat hij er nog een kus op drukte.

Ze reden haar oprit op en Bryan liet met tegenzin los om het busje de garage in te sturen.

Kelsey en Jason kwamen uit hun trance toen de garagedeur omhoog ging en het licht aanging, maar de drie jongsten verroerden zich niet.

'Ik draag ze naar binnen als jij de deuren openhoudt.'

Beth schudde haar hoofd en greep Jason bij zijn mouw toen hij langs haar wilde lopen. 'Jase, neem jij Tommy. Bryan draagt Mark en ik neem Maggie. Kelsey, wil jij alsjeblieft de deur voor ons openhouden?'

Ze pelde de zweterige, vieze kleren van haar slapende kinderen, trok T-shirts aan en stopte ze in bed, voordat ze naar de keuken ging om Bryan te bedanken voordat hij vertrok.

Ze wilde zó niet dat hij wegging.

Hij gaf haar een glas ijswater toen ze binnenkwam, en reikte toen langs haar om het keukenlicht uit te doen, zodat alleen het maanlicht dat door haar serrekasje-venster boven de gootsteen en de schuifpui naar het terras viel, de ruimte verlichtte.

'Laten we naar het terras gaan,' zei hij, zijn stem zo laag dat ze dacht dat hij het bonzen van haar hart eroverheen zou horen.

Beth slikte de slok water door die ze had genomen en ging hem voor naar buiten nadat hij met een uitnodigend gebaar zijn hand had uitgestoken.

Ze keek toe hoe hij de schuifpui achter zich sloot, en gunde zichzelf het plezier van elke stap die hij zette tot hij weer naast haar stond.

Ze nam nerveus nog een slok van haar water, voelend hoe Bryans blik de hele tijd op haar rustte.

Hij nam het glas van haar aan toen ze klaar was. 'Nog dorst?'

Ze schudde haar hoofd. Als ze iets had geprobeerd te zeggen, had ze gelogen, want ineens was haar mond kurkdroog en het kostte haar alles om dat laatste beetje nog weg te slikken.

'Ik heb vandaag zo genoten,' zei hij, terwijl hij een pluk haar van haar voorhoofd streek.

'Is dat niet mijn tekst?' Kijk haar eens, helder genoeg om een grapje met hem te maken. Dat had ze nooit gedacht.

'Het is geen tekst.'

Oké, daar gingen haar knieën weer, als was voor de zon. Ze gingen dit doen. Ze gingen dit écht doen.

Wat, precies, *dit* inhield, moest nog blijken, maar Beth was meer dan klaar om het uit te vinden.

'Ik heb vandaag zo genoten met jou en je kids, Beth. Meer dan ik me in lange tijd kan herinneren.' Hij deed een stap dichterbij en de vlinders in Beths buik lieten zich opnieuw zien.

'Dat zeg je alleen maar. Je kunt me niet vertellen dat een lokaal pretpark de Oscars overtreft.'

'Wel als ik niet genomineerd ben. En zelfs dan... dat is alleen de opsmuk van mijn vak. Wat we vandaag deden... dat was echt. Daar draait het leven om.'

Beths hart sloeg een slag over. Waar het leven om draaide? Waar wilde hij hiermee naartoe? Filmsterren pendelen niet vanaf de buitenwijken naar Hollywood.

Ze likte weer over haar lippen. Kon het niet laten; ze waren zo droog.

Zijn blik bleef op haar mond gefixeerd en de vlinders werden libellen. Of beter nog, gewoon draken, want haar binnenste stond in lichterlaaie, een bundel kronkelende, kloppende draden van verlangen en behoefte en als *hij* niet *iets* deed, zou zij het moeten doen.

'Beth—'

'Bryan—'

Ze deden allebei iets. Ze bogen naar elkaar toe en hun lippen ontmoetten elkaar, en het was alsof ze het pretpark nooit hadden verlaten. Beths buik maakte dezelfde bochten als in de achtbanen en haar lichaam voelde alsof ze weer in de Tilt-A-Whirl zat, alleen zat Bryan nu overal tegen haar aan en had hij zijn armen goed om haar heen, en kon zij haar handen over zijn sterke, gebeeldhouwde rug laten glijden, afzakkend naar zijn taille, de verleiding om te voelen hoe perfect zijn kont was, bijna genoeg om haar uit het moment te schrikken.

Bijna.

'God, Beth, ik wil je,' mompelde hij ergens tussen haar kaak en het kuiltje onder haar oor, zijn woorden kietelden haar huid terwijl hun betekenis rillingen door de rest van haar stuurde.

Dit was het. Het moment. Ja of nee?

'Bryan—'

'Ik weet het. Ik snap het. Ik ga weg en jij bent niet die vrouw, maar alsjeblieft, mag ik je gewoon even kussen en vasthouden? Ik heb niet veel tijd meer en'—hij plantte nog een kniebibberende kus op haar lippen— 'ik wil je leren kennen, Beth. Willen ontdekken wat er tussen ons is, al is het alleen door je vast te houden en te kussen. Ik zal je nooit vergeten, Beth Hamilton. Jij bent een bijzonder mens.'

Ze was een *smeltend* mens. Zijn verlangen, zijn respect, zijn zelfbeheersing, hoe hij met haar kinderen omging... en met háár... Ze kon heel gemakkelijk verliefd worden op Bryan.

'Ja, Bryan,' fluisterde ze, voordat ze naar hem toe boog om hem te kussen. Ja op alles wat hij wilde, en nog zo veel meer wat zij wilde. Ze sloeg haar armen om zijn nek en drukte haar bonzende borsten tegen zijn borst, zijn dunne katoenen T-shirt verborg niets van de perfectie eronder. God, dit wilde ze. Hem wilde ze.

Hij greep haar billen vast en trok haar tegen zich aan.

Hij wilde haar ook.

Hoe ging dit gebeuren? De logistiek was een tikje lastig, want haar kamer lag boven, voorbij die van de anderen. Ze zouden langs alle kinderkamers moeten en zo'n voorbeeld kon ze hen niet geven.

Gedoemd voordat ze ook maar begonnen waren.

Hij leunde tegen de reling van het terras en trok haar tussen zijn benen. Het kon niet duidelijker hoezeer hij haar wilde, en Beth kon de trots niet onderdrukken dat zíj dit bij hem teweegbracht. Zij. Moeder van vijf, en hij wilde haar nog steeds.

Het is niet alsof hij met je wil trouwen; hij is een man en jij bent een vrouw. Geen halszaak.

Behalve dat het dat voor haar wel was. Dus liet ze twijfels of onzekerheden dit niet verpesten.

Ze verstrengelde haar vingers in zijn haar, hield van de textuur en de krullen en van het feit dat ze een nieuwe man zoende en van elke seconde intens genoot en er geen genoeg van kon krijgen. Het onhandige gefriemel bij haar voordeur tijdens die andere afspraakjes... Dat stelde niets voor vergeleken met dit.

Hij liet haar mond los en liet zijn lippen langs haar kaak glijden, elk stukje kussend, en daarna naar beneden langs haar keel. Ze gooide haar hoofd in haar nek en gaf hem beter toegang, terwijl elke plek die hij raakte haar sterretjes deed zien. God, wat de aanraking van deze man met haar deed.

'Je smaakt zo zoet,' fluisterde hij.

De nachtbries streek over haar verhitte huid, maar dat was niet de reden voor de rillingen die haar ineens omsloten. Nee, de schuld lag onmiskenbaar bij Bryans vingertoppen—letterlijk, want hij had zijn armen zo stevig om haar heen geslagen dat zijn vingers de zijkanten van haar borsten beroerden, en, jemig, wat dat met haar binnenste deed. En met haar buitenkant—haar tepels waren zo strak dat ze pijn deden.

Ze kreunde in de nachtelijke lucht en schrok genoeg om haar ogen te openen. O mijn God. De volle maan zette haar terras in het licht als een spot op een toneel, precies daar waar ze aan het vrijen was met Bryan Manley. Was ze gek geworden? Iedereen kon het zien.

Zelfs Jason en Kelsey als ze uit het raam keken.

'Bryan...' Ze trok haar vingers uit zijn haar en plantte ze tegen zijn biceps. 'Iemand zou ons kunnen zien.'

Hij drukte nog een laatste kus op haar sleutelbeen en wreef met zijn neus net daaronder over haar huid, waardoor haar tepels opnieuw tintelden, voordat hij zijn hoofd hief.

'Waarschijnlijk wel,' zuchtte hij. 'Maar, God, Beth, ik wil dit al de hele dag. En nog zoveel meer.'

'We kunnen niet.'

'Ik weet het.'

'Het is, nou ja, het is niet verstandig.'

'Ik weet het.'

'En we kunnen niet, dat wil zeggen, mijn kamer ligt voorbij die van de kinderen.'

'Geloof me maar. Ik weet precies waar jouw kamer is.'

Haar lichaam werd warm bij de gedachte dat hij daarbinnen was, haar spullen aanraakte. Ze vasthield, ze weer terugzette. Het meest intieme deel van haar huis zien, waar ze sliep en droomde en naar hem verlangde.

Ze was al zo lang alleen.

'De boomhut.' De woorden waren eruit voor ze erover had nagedacht.

'De wat?'

Ze kon nu niet terugkrabbelen. Ze had het gezegd en, eerlijk gezegd, de gedachte om met Bryan de liefde te bedrijven in de boomhut—waar niemand het ooit zou weten, waar het alleen zij tweeën zouden zijn—was zó verleidelijk.

'De boomhut.' Ze knikte naar de grote eik in de achterhoek van haar tuin. 'We zouden daarheen kunnen gaan.'

Bryan glimlachte die verpletterende glimlach en kuste het puntje van haar neus voordat hij wat ruimte tussen hen liet. 'Hoe verleidelijk dat idee ook klinkt, en hoezeer je me ook het gevoel geeft dat ik weer een tiener ben, Beth, ik ga niet met je vrijen in een boomhut. Ik heb meer stijl dan dat en jij verdient zoveel beter.'

Stijl kon haar gestolen worden; ze wilde hem zó graag dat ze dit terras zou overwegen als het een dak had, zodat haar kinderen niet per ongeluk iets zagen. De buren ten spijt. Die konden er allemaal hun hart op stukbijten.

O mijn God, wie wás deze vrouw? Exhibitionisme? Waartoe was deze man in staat haar te drijven?

Hij streek met de rug van zijn vingers langs haar wang en liet vervolgens de kussentop van zijn duim over haar lippen glijden. 'En bovendien, dit is niet het juiste moment. Ik moet zo naar de set en jij, nou ja, jij hebt hier van alles te regelen. Jij bent geen vrouw voor één nacht en ik ga je niet laten tornen aan je principes. Daar heb jij niets aan, en aan mij al helemaal niet om je leven ingewikkelder te maken.'

'Maar wat als ik wíl dat jij mijn leven ingewikkelder maakt?' Wie was deze vrouw toch, en gelukkig maar dat ze eindelijk was komen opdagen.

'Ah, Beth, je verleidt me daar precies toe.' Hij kuste haar snel—lang niet lang genoeg. 'Maar dan zou ik niet met mezelf kunnen leven.'

En hij zou ook niet bij haar intrekken. Dat bleef onuitgesproken tussen hen hangen.

Ze zou blij moeten zijn dat hij zo bedachtzaam was. Blij dat hij haar en haar kinderen genoeg respecteerde om niet op haar aanbod in te gaan. Maar dat betekende niet dat het niet vreselijk balen was.

Hij liet zijn voorhoofd tegen het hare rusten. 'Dank je voor een geweldige dag. Ik zal het nooit vergeten. En dit ook niet.' Hij duwde zachtjes tegen haar neus zodat hij haar in de ogen kon kijken. 'Ik zal jou nooit vergeten.'

Weglopen bij Beth was het moeilijkste wat hij ooit had moeten doen. Hij liet haar achter op haar terras, tegen de reling geleund, haar haar in de war van zijn vingers, haar lippen gezwollen van zijn kussen, haar tepels duidelijk afgetekend onder haar T-shirt, en hij had de nattigheid tussen haar dijen gevoeld toen hij zijn knie ertussen had gedrukt. Haar zucht gehoord toen hij met zijn tong langs haar keel was gegaan.

En dat idee van die boomhut...

Hij schudde zijn hoofd terwijl hij in de truck stapte en zichzelf bijstelde zodat hij enigszins comfortabel in de sportstoelen kon zitten, maar hij had het gevoel dat hij nooit meer ontspannen in Beths buurt zou kunnen zitten. Hij wilde haar. Vreselijk. En zij had hém gewild. Hem de boomhut aangeboden, nota bene. Een seconde had hij het overwogen, maar toen... nee. Wat hij had gezegd, klopte. Zeker, het zou de hitte van het moment blussen, maar de liefde bedrijven met Beth was iets om te koesteren, niet iets om gehaast af te raffelen in de boomhut van de kinderen. Als hij Beth ooit mee naar bed nam, dan met alle romantische toeters en bellen: champagne, rozenblaadjes, zachte muziek en een bed groot genoeg dat ze in zoveel manieren van elkaar konden genieten, want als hij haar eenmaal in bed had, zou hij er nooit meer uit willen komen.

Hij reed de oprit af en zag Beth in haar kamer, haar silhouet verlicht door het kleine lichtsnoer in de zijden boom in haar zitkamer. Ze keek hem na terwijl hij wegreed, terwijl hij niets liever wilde dan daarboven bij haar zijn.

Hij schakelde, dankbaar voor de afleiding. Hij wilde Beth, maar hij kon haar niet hebben. Hoezeer de roddelbladen hem ook een playboy noemden, aan dit ridderlijke gedoe zou hij nog ten onder gaan.

Hoofdstuk 27

'Hé, is dit niet de film waar jij in speelt, Bryan?' Kelsey duwde de krant in Bryans gezicht zodra hij de volgende ochtend door de voordeur naar binnen kwam.

Zijn ogen ontmoetten die van Beth voordat hij de krant aanpakte.

Beth ging verder met het opruimen van de hondenspeeltjes die Sherman, alweer, door het hele huis had weten te slepen. De hond had nog steeds niet door dat hij eigenlijk met de speeltjes hoorde te spelen, niet met de mand, en dat hij er geen puinhoop van moest maken. Het was in ieder geval beter dan de waslijn, maar toch... De hond gaf meer werk dan de kinderen.

'Er staat dat de actrice de set voor een paar dagen heeft laten stilleggen. Betekent dit dat je niet hoeft te gaan?'

Bryan nam de krant aan en zette zijn honkbalpet af. Jason nam hem van hem over en hing hem aan het sleutelhaakje bij de deur, en keek daarna over zijn arm mee om het artikel te lezen.

'Humm.' Bryan scande de rest van de tekst en sloeg de krant toen om naar de volgende pagina. 'Mijn agent heeft niet gebeld, dus voor zover ik weet, kan ik nog gewoon gaan.'

'Wat is er gebeurd?' vroeg Beth met een onbehaaglijk gevoel in haar maag. Ze wilde niet dat hij wegging en ze wilde het niet over zijn film hebben en ze wilde het *echt* niet hebben over de actrice met wie hij zou gaan samenwerken.

En die hij waarschijnlijk zou gaan kussen. Hij kuste prachtige vrouwen in al zijn films.

En in zijn privéleven ook, vergeet dat niet.

Alsof ze dat kon vergeten.

Ze wierp een blik op de schouw. Naar de foto van Mike. Hij zou hebben gewild dat ze gelukkig was; ze hadden het er weleens over gehad op de wat-zou-jij-doen-manier waarop getrouwde stellen dat doen, al was ze ervan uitgegaan dat ze het erover hadden dat de andere partner met iemand anders zou *trouwen*, niet over een onenightstand vol passie.

God, daar kon ze er nu wel eentje van gebruiken.

'Er staat dat de actrice een driftbui kreeg en de set heeft vernield.' Kelsey keek iets te blij terwijl ze het verhaal oprakelde.

Beth gooide Shermans speeltjes terug in de mand. Natuurlijk vloog er eentje naast. 'Kelsey...'

Bryan greep de ontsnapte tennisbal. 'Het bericht zegt dat Carina Dempsey bezwaar maakte tegen de enscenering en wilde dat die veranderd werd.' Hij scande nog wat meer tekst, vouwde de krant daarna op en stopte hem onder zijn arm. 'Je moet niet alles geloven wat je leest, Kels.'

'Ja, dat weet ik.' Kelsey plofte op de bank en sloeg haar armen over elkaar met een zure uitdrukking op haar gezicht.

Beth moest dat geroddel nu in de kiem smoren voordat het later voor problemen zou zorgen. Tienermeisjes konden wreed zijn.

'Net zoals toen de verslaggevers zeiden dat pap had gedronken voor de vlucht.'

Beth zou een stuk gelukkiger zijn geweest als Kelseys houding *wel* over roddels was gegaan.

'Echt niet. Ze *speculeerden* dat hij dat had gedaan.' Jason, geobsedeerd door de reputatie van zijn vader, had elk artikel gelezen dat Beth niet voor hem verborgen had kunnen houden. Hij had het concept van *speculeren* al in de eerste week begrepen en het was zijn mantra geworden. Het leek een eeuwigheid te hebben geduurd voordat de NTSB de resultaten van het toxicologisch onderzoek had vrijgegeven en Mike had vrijgepleit. 'En ze hadden ongelijk.'

'Dus je bedoelt dat ze de boel *niet* kort en klein heeft geslagen?' De kracht van het geroddel nam de overhand.

Beth schudde haar hoofd. Tienermeisjes...

'Moeilijk te zeggen hoe het precies zit,' zei Bryan. 'Ik weet meer zodra ik daar ben.'

'Wanneer ga je?'

'Ik word over twee weken op de set verwacht. Ik kan op elk moment gaan, dus misschien ga ik het weekend daarvoor al. De trailer inrichten, de omgeving verkennen, kijken wie er al zijn. Het is handig om te weten met wie je werkt voordat je begint met filmen.'

'Ga je schieten?' Mark leefde daar natuurlijk *wel* van op. 'Met een geweer? Of een laser?' Hij zwaaide met zijn lichtzwaard.

'Ik wed dat het een machinegeweer is,' voegde Tommy eraan toe, terwijl hij het watermachinegeweer greep dat Mikes vader voor hun verjaardag had gekocht. Shit. Ze moest dat ding naar buiten krijgen. Er was al een watergevecht in de badkamer geweest.

'Nee, een kanon.'

'Een tank!'

'Ja, een tank zou cool zijn!'

Niets aan Bryans vertrek was cool. Beth boog voorover om de gevoelens te verbergen die die gedachte opriep en vond ten minste acht sokken onder de bank die Sherman achterover gedrukt moest hebben. Ze zou zijn naam veranderen in Sokkenmonster, en hem kortweg Monster noemen. Dat was toepasselijk.

En *natuurlijk* ramde het toepasselijk hernoemde monster haar in de achterkant van haar dijen, waardoor ze voorover de bank op dook en, *natuurlijk*, het houten frame raakte, waardoor ze even sterretjes zag. Helaas waren het niet de sterretjes die ze gisteravond met Bryan had gezien.

'Sherman!' Tommy rende achter de boosdoener aan, die was weggehuppeld en over de hardhouten vloer was gegleden.

'Mama!' Maggie kwam Beth te hulp gerend en streek het haar uit Beths gezicht. 'Gaat het, mama? Moet je naar het ziekenhuis?'

Maggie had een irrationele angst voor ziekenhuizen. In haar ervaring gingen mensen daarheen om dood te gaan.

'Nee, lieverd, het gaat wel.' Beth wreef over de bult en ging op de bank zitten.

Bryan knielde voor haar neer en, tjonge, wat een plaatje was dat.

Mens, ze moest haar hoofd wel heel hard hebben gestoten.

'Hier. Laat me eens kijken.' Hij streek het haar van haar voorhoofd. 'Je hebt een ei.'

'Een ei? Waarom heeft mama een ei op haar hoofd? Je hebt het toch niet van ons 'periment afgepakt, hè, mama?'

'Het experiment!' Tommy sprong van de achterkant van de bank met zijn machinegeweer in de aanslag.

'Mijn ei!' Mark rende achter hem aan.

Na een seconde twijfelen rende Maggie ook de keuken in.

'Nou, dat laat me wel weten hoe hoog ik hier op de ladder van belangrijkheid sta.'

Bryan glimlachte en dat zorgde ervoor dat haar hoofd een stuk minder pijn deed. Hij streek met de rug van zijn vingers over haar wang. 'Ze keken of het goed met je ging en gingen daarna achter het, en ik citeer, coolste experiment ter wereld aan. Als ik Seans cliënte ooit nog zie, zal ik haar moeten bedanken.' Hij raakte de bult weer aan. 'Laten we er ondertussen wat ijs op doen.'

'Geweldig. Precies wat ik nodig heb. Een dikke bult op mijn voorhoofd.'

Hij stak zijn hand uit om haar te helpen opstaan. 'Het goede nieuws is dat het onder je haargrens zit. En blauw is een kleur die je goed staat.'

Ze gaf hem een klein duwtje met haar schouder, buitengewoon gevleid dat hij had opgemerkt welke kleur haar goed stond en geërgerd door zichzelf omdat ze zich gevleid voelde.

De deurbel ging precies op het moment dat ze in de keuken kwamen en drie zeer geconcentreerde kinderen de eieren in hun bekers zagen bestuderen.

'Ik ga wel,' zei Bryan. 'Ga jij maar kijken wat Louis Pasteur, Madame Curie en Pavlov daar aan het uitspoken zijn,' zei hij terwijl hij naar de voordeur liep alsof hij hier thuishoorde.

Maar dat deed hij niet. En dat kon hij ook niet. Dus ze richtte haar aandacht op de kinderen die daar *wel* woonden, die het middelpunt van haar leven *waren* en de reden dat ze Bryan niet kon achternareizen naar filmsets.

Ze ging hem echter een paar minuten later wel achterna, toen hij niet terugkwam, om te zien wat hem ophield.

Ze had het kunnen weten. Er stond een roedel hongerige jakhalzen, euh, verslaggevers op haar stoep.

'Ik heb daar geen commentaar op,' zei Bryan net. 'Ik ben daar niet, dus ik weet niet wat er aan de hand is.'

'Bent u van plan om eerder te vliegen dan gepland?'

'Zoals u ziet, heb ik eerdere verplichtingen.' Bryan knikte met zijn hoofd naar haar huis. 'Ik zal op de set zijn wanneer dat van mij verwacht wordt. Over de rest kan ik geen uitspraken doen. Als u nu zou willen vertrekken zodat dit gezin hun privacy terugkrijgt, zou ik dat op prijs stellen.'

'Verwacht u dat Carina ontslagen wordt?'

'Er zijn andere verhalen over andere sets die ze heeft verpest als ze niet tevreden was.'

'Het gerucht gaat dat ze haar willen vervangen.'

'Zou u doorgaan met de film als zij vervangen wordt?'

De vragen hielden niet op, maar Bryan hield ze af. Beth moest wel bewondering hebben voor zijn professionaliteit en ethiek dat hij de actrice niet zwartmaakte, ook al had *zij* dezelfde dingen gehoord over Carina, die bekendstond om haar gedrag op de set. Eerlijk gezegd was Beth altijd van mening dat die vrouw het erom deed om haar naam in de kranten te houden. Zoals ze in Hollywood zeiden: slechte publiciteit bestaat niet. In de buitenwijken was dat echter een heel ander verhaal. Beth had er vrede mee als haar naam nooit meer in de krant zou verschijnen.

Wat natuurlijk betekende dat een verslaggever besloot om haar in het gesprek te betrekken.

'Mevrouw Hamilton, wilt u iets kwijt over Bryans diensten in uw huis?'

O, het gegniffel dat *die* vraag opriep bij het verzamelde publiek — en o, de woede die het opriep bij Bryan. 'Beth is hier *niet* bij betrokken. Laat haar erbuiten.'

'Maar uw zus zou de publiciteit voor Manley Maids toch zeker wel waarderen? We hebben alleen een quote van uw *cliënte* nodig.'

Ja, de verslaggever ging diep met de insinuaties. Beth voelde zich misselijk worden.

Bryan werd alleen maar kwader. 'Mijn zus zou de insinuaties niet waarderen.'

Hij stond op het punt zijn professionele kalmte te verliezen en dat zou niet goed zijn voor zijn imago — of voor haar reputatie, want zodra hij haar begon te verdedigen, zouden mensen denken dat hij daar het recht toe had, wat zou betekenen dat er iets tussen hen was en dat zou weer een heel andere beerput opentrekken.

'Mac runt een professionele service en opmerkingen als de uwe horen daar niet in thuis. De persconferentie is voorbij, mensen.' Hij draaide zich om en liep haar huis binnen zonder een blik achterom — maar met een duidelijke klap van de deur. 'Sorry daarvoor.'

'Het is niet jouw schuld.'

'Nou, technisch gezien wel. Als ik hier niet was, zou je niet met ze te maken hebben.'

'Je bent hier nog maar een paar dagen. Ik weet zeker dat ik het tot die tijd wel volhoud.' Het was een kleine prijs om hem in de buurt te hebben, want er was tenminste een einde in zicht.

Wacht even. Was dat de bedoeling dat dat een goed iets was?

'Ik ben blij dat *jij* dat kunt.'

'Eh, oké?'

Bryan keek achter zich uit de voordeur en loodste haar toen de werkkamer in, weg van de nieuwsgierige blikken van de pers die nog steeds op haar stoep stond.

Hij deed de deur dicht. Daarna legde hij zijn hand in haar nek en trok haar naar zich toe voor weer een kus die haar knieën deed knikken.

Vijf minuten later — of misschien dertig — liet hij haar eindelijk los. En, man, wat vond ze het moeilijk om hem te laten gaan.

'Het spijt me,' zei hij toen zijn lippen de hare verlieten. 'Dit had ik niet moeten doen.'

'Me kussen?'

'Ja.'

'Want? Ik bedoel, dat deed je gisteravond ook en ik klaagde niet, als je het je nog herinnert.'

'Dat herinner ik me. En dat is het probleem.'

'Is het een probleem dat ik je niet vraag om op te houden met kussen?'

'Ja. Want als je dat wel deed, zou ik ophouden. En dan zou ik niet denken aan wat ik nog meer met je wil doen.'

'Wat *nog meer*?'

Hij trok een wenkbrauw naar haar op. 'Kom op, Beth. Je hebt vijf kinderen. Ik neem aan dat dat geen onbevlekte ontvangenissen waren.'

Ze bloosde. 'Natuurlijk niet.'

'Dan weet je waar ik het over heb.'

'Nou ja, ja, maar... Maar je gaat weg.'

'Precies. En dat rammelt aan mijn zelfbeheersing. Ik kan je niet hebben; jij bent niet zo'n vrouw, maar dat houdt me niet tegen om je te willen. En als ik praat over weggaan, over je niet meer zien, uit je leven stappen zodat iemand anders erin kan stappen, nou ja, dat is niet wat ik wil.'

'Wat wil je *wel*, Bryan?' God, ze durfde op zoveel te hopen...

'Dat is het 'm juist, Beth. Ik wil *jou*. Maar ik wil dit niet.'

'Dit?' Haar kinderen? Haar leven? Haar wereld? God, dat deed pijn. Hij gaf haar alles in één zin en trok het er in de volgende weer uit.

'Ik heb een carrière die net begint te rollen. Ik kan daar nu niet van weglopen. Ik heb te hard gewerkt om te komen waar ik nu ben.'

'Ik vraag je niet om ervan weg te lopen.'

'Dat weet ik. Maar ik denk er wel over na.'

God, zij ook. Maar als ze ooit had gedacht dat er een compromis mogelijk was tussen hun verschillende levensstijlen, dan had dat media-gebeuren op haar stoep daar wel een einde aan gemaakt. Haar kinderen verdienden die onrust niet. En zij verdiende het hartenzeer niet. 'Dan kun je misschien beter nu gaan, Bryan. Maak de breuk makkelijker.'

Even keek hij gekweld. Maar hij was een goed acteur, in staat om emoties op te roepen wanneer hij maar wilde, en ze zag hem dat doen. Ze zag hoe hij het verwerkte, het wegstopte en zijn professionele kant naar boven haalde.

Hij haalde de hand die niet nog steeds achter haar nek lag door zijn haar. 'Ja, misschien is dat het beste. Je hebt gelijk; je gezin heeft deze inbreuk niet nodig. Jullie hebben al genoeg meegemaakt. Mijn carrière en alles wat daarbij hoort zijn mijn keuze, en het is niet eerlijk om jou daarmee op te zadelen. Het spijt me, Beth. Voor zoveel dingen.'

Voor wat had kunnen zijn...

'Ik ga even gedag zeggen tegen de kinderen en—'

'Ik heb liever van niet.'

'Wat?'

Ze haalde diep adem, wetende dat ze het juiste deed, maar ook wetende dat zij gekwetst zouden zijn omdat hij geen afscheid nam. Maar liever een duidelijke breuk dan een die gerekt werd met tranen en beloften van wat nooit zou kunnen zijn. 'Zij hebben de rompslomp van een afscheid niet nodig. Ga gewoon. Ik vertel ze wel dat je naar de set bent geroepen en dat je weg moest. Als je blijft en een heel gedoe maakt van je vertrek, zullen ze er meer waarde aan hechten dan nodig is. Na een week of zo gaan ze wel weer verder met hun leven.'

. . .

Bryan dacht niet dat zijn binnenste nog verder uit elkaar gerukt kon worden nadat ze hem gevraagd had te vertrekken, maar haar opmerking dat de kinderen wel weer verder zouden gaan... Dat deed het hem.

Als acteur kende hij de kracht van woorden, maar als man was hij nog nooit geconfronteerd met de werkelijke gevoelens die ze opriepen.

Hij slikte die emotie weg, knipperde een paar keer met zijn ogen omdat, ja, het deed pijn, en toverde toen zijn *stoïcijnse* blik uit zijn repertoire. 'Je hebt gelijk, natuurlijk.' Hij bewoog zijn vingers in haar nek en was verrast toen hij merkte dat hij haar daar nog steeds aanraakte. Hij had haar nog geen twee minuten geleden gekust, zijn vingers begraven in die zijdezachte krullen die hij uitgespreid wilde zien op een kussen onder hen, en nu moest hij haar laten gaan.

Hij zuchtte en liet zijn hand zakken. 'Ik wens je het allerbeste, Beth.'

'Jij ook, Bryan.' Haar stem klonk schor en als zij niet degene was geweest die hem had gevraagd te vertrekken, zou hij gezworen hebben dat ze er kapot van was.

'Nou...' Hij schraapte zijn eigen schorre keel. 'Ik zal mijn pet pakken en gaan. Mac kan de spullen die ik heb achtergelaten wel komen ophalen.'

'Ja. Dat is goed.'

'Dag.'

'Dag, Bryan. Veel succes met je film.'

Die verdomde romantische komedie waar hij nu geen greintje plezier meer in had om te gaan maken, omdat hij op het scherm iets zou uitbeelden wat hij in het echte leven zojuist misschien wel had opgegeven.

/ Hoofdstuk 28

De kinderen waren teleurgesteld. Nou ja, Kelsey was er kapot van, ervan overtuigd dat haar pasverworven populariteit op Twitter een snoekduik zou nemen. Ook Jason leek teneergeslagen en verviel weer in de nukkige houding van een tienerjongen die hij de afgelopen twee weken was kwijtgeraakt.

De tweeling bleef maar zeggen: 'Wanneer Bryan terugkomt', en Maggie had een speciaal plekje op haar bureau ingericht om een lijst te maken van alles wat er overdag gebeurde. Zo kon ze onthouden wat ze Bryan moest vertellen als hij terugkwam om de haren van Mevrouw Beecham uit haar poppenhuis te verwijderen.

Beth bracht het niet op om haar te vertellen dat dat niet zou gaan gebeuren. Ze zouden er uiteindelijk allemaal wel achter komen, hopelijk wanneer de opwinding over zijn aanwezigheid was weggeëbd. Ze wilde hun dromen niet aan duigen slaan.

Maar god, *haar* dromen. Werkelijk elke droom ging over Bryan. Ze werd de volgende dag wakker met een hunkering tussen haar dijen die er zelfs niet was geweest toen hij er nog *wel* was.

Ze had met hem naar bed moeten gaan. Ze had hem op dat aanbod van de boomhut moeten laten ingaan. Ze had de herinneringen moeten maken die haar door de volgende paar weken — misschien maanden — heen zouden helpen, totdat ze over hem heen was. Verdomme; ze haatte het dat Kara gelijk had gehad.

De telefoon ging en gaf haar gelukkig de afleiding die ze nodig had — totdat ze hoorde wie het was.

'Hallo, mevrouw Hamilton. Dit is Mac Manley. Ik heb begrepen dat u de aanstelling van mijn broer hebt beëindigd en ik wilde weten wat het probleem was. Ik zou het graag willen oplossen als dat kan.'

Het enige probleem was dat hij te sexy was voor haar eigen bestwil. 'Er was geen enkel probleem. Het is gewoon zo dat hij alles heeft gedaan wat er gedaan moest worden, en tja, hij heeft die film die eraan komt —'

'Waar hij pas over anderhalve week mee zou beginnen. Heeft hij iets gedaan? Iets verpest?'

Alleen haarzelf, voor elke andere man.

Verman jezelf!

Beth schudde haar hoofd om het helder te krijgen, want Mac kon haar niet zien. 'Nee. Bryan was een geweldige werker. Hij deed meer dan van hem gevraagd werd, maar ach, hij was klaar. Ik heb niets meer om hem bezig te houden, en het leek onverstandig om zijn tijd te verdoen door dingen te verzinnen die hij kon doen. Ik dacht dat hij beter af zou zijn op zijn filmset.'

Mac zuchtte aan de andere kant van de lijn. 'Ik zou iemand anders kunnen sturen. Kosteloos natuurlijk. Ik zal het restant van wat betaald is terugstorten.'

'Dat is niet nodig, echt niet. Bryan heeft het werk naar eer en geweten gedaan. Ik was degene die hem heeft laten gaan. Houd het geld maar. En nee, ik wil niemand anders.'

Ze had het gevoel dat ze dat ook nooit meer zou willen.

Oké, Beth, even serieus. Verman jezelf! Je gaat niet de rest van je leven verkwisten door te kwijnen om deze vent. Hij is verdergegaan; jij moet dat ook doen.

'Ik ga het geld absoluut niet houden als Manley Maids het niet heeft verdiend,' zei Mac. 'Ik zal het terugstorten.'

'Waarom schenk je het dan niet? Aan de bibliotheek, de school of zoiets. Iemand anders die jullie diensten wel kan gebruiken maar ze niet kan betalen. Echt, het is niet nodig. Bryan heeft het fantastisch gedaan; het is alleen zo dat het nu voorbij is.'

Iets waar ze zichzelf nog vele nachten aan zou moeten herinneren.

. . .

'Wat heb je gedaan?'

'Mac —'

'Zeg me in godsnaam, Bryan, wat heb je gedaan?'

'Mac —'

'Je laat een of ander slap berichtje voor me achter en ik moet mijn eigen cliënt bellen om erachter te komen wat er is gebeurd. En *zij* wilde me niets vertellen. Heb je een van je Rico Suave-geintjes uitgehaald en haar verliefd op je laten worden, om haar vervolgens af te wimpelen als een sterretje van gisteren?'

'Mac —'

'Vier weken, Bry! *Vier* weken! Dat was alles wat ik vroeg. Dat was onze weddenschap, weet je nog? En zelfs dat kon je niet opbrengen? Serieus, wat is er *mis* met je? Moet je achter alles aanrennen wat een rok draagt? Ik dacht dat een vrouw met vijf kinderen wel genoeg zou afschrikken, maar neeee hoor. Niet mijn broer, de dekhengst. Moet blijkbaar in elke bedpost een inkeping zetten. Ik kan het niet geloven —'

'Houd je gemak even, Mary-Alice Catherine Manley!' Bryans bloeddruk steeg samen met zijn stem en hij liet de boxers vallen die hij in de reistas probeerde te proppen. Zijn auto zou er binnen vijf minuten zijn. Hij had hier *geen* tijd voor. 'Ik ben geen Neanderthaler die overal waar hij komt een verovering moet maken en dat weet je best. Zeg dat soort onzin niet tegen me! Ik heb me tegenover Beth en haar kinderen uiterst correct gedragen.'

Nou ja, behalve toen hij haar kuste. Toen was hij zo geil als wat. Maar dat was Beth ook, dus hij betwijfelde of ze hem daarvoor bij zijn zus had veraden.

Hij raapte de boxers op en propte ze in de reistas, en trok toen de rits dicht — en *natuurlijk* bleven de tanden in de stof haken. Terwijl hij de telefoon tussen zijn oor en zijn schouder klemde, probeerde hij de stof los te rukken. 'Beth had problemen met de media-aandacht die bij het pakket Bryan Manley hoort en ik kan haar geen ongelijk geven. Na alles wat zij en haar kinderen hebben meegemaakt... Waarom heb je me daar in hemelsnaam naartoe gestuurd?' Iets wat Mac had gezegd schoot hem weer te binnen. 'Verdomme. Heb je me naar haar gestuurd *omdat* ze vijf kinderen had? Omdat je weet dat dat het *laatste* is wat ik in mijn leven wil en je zo bang bent dat ik je cliënten versier dat je me naar degene moest sturen van wie je dacht dat ik haar niet zou willen?'

Hij was beledigd. Hij had Mac nooit enige reden gegeven om te twijfelen aan zijn professionaliteit of zijn woord. En hij *had* haar zijn woord gegeven dat hij professioneel zou blijven terwijl hij voor haar werkte — toegegeven, hij had het over de manier waarop hij de huizen schoonmaakte, want hij had immers geprobeerd onder die verdomde weddenschap uit te komen, maar serieus? Dacht ze echt dat hij haar cliënten zou versieren?

'O, probeer dit niet op mij af te schuiven, Bryan Matthew. Ik deed het voor jou. Ik bedoel, niemand zou denken dat jij geïnteresseerd zou zijn in een weduwe met kinderen, zijzelf nog het minst. Het was de veiligste opdracht die ik kon bedenken. Kun je je voorstellen dat een andere cliënt haar zinnen op je had gezet? Dan zou je lakens, gloeilampen en ladekasten in haar slaapkamer staan te vervangen en je afvragen hoe je daar aan het eind van de dag weg zou komen. Ik heb je een plezier gedaan.'

Hij was niet van plan haar te vertellen hoe groot die gunst precies *was* geweest. Nou ja, *zou zijn geweest* als dit met Beth ergens naartoe had kunnen leiden. Maar dat kon niet. En Beth, slimme vrouw als ze was, had dat goed genoeg ingezien om hem te vragen te vertrekken.

Hij zocht naar de map met zijn script erin. Hij zou zijn tekst flink moeten bijspijkeren, want hij was niet zo ijverig geweest met het uit het hoofd leren als normaal, omdat hij zo druk was geweest met Beth en de kinderen. 'Ik heb niets gedaan, Mac, maar ik betaal voor de rest van de maand.'

'Ze wil niet dat ik het geld terugstort. Ze zei dat ik het moest schenken.'

Ah. Daar lag de map, boven op het kookeiland in zijn keuken tussen een half dozijn rekeningen die hij maar beter kon betalen voordat hij vertrok. Shit, hij had geen tijd. Hij stak die ook in de map. 'Kies maar een organisatie voor slachtofferhulp uit. Ik zal het bedrag dat je schenkt verdubbelen.'

'Je bent een schat, Bry.'

'Ja, ja, dat zeggen ze vaker.' Hij stopte de map in het voorvak van zijn laptoptas.

'Dat was sarcastisch bedoeld. Ik kijk wel uit om je ego nog groter te maken dan het al is.'

Het was een oud ritueel. Mac zou uit liefde nooit toelaten dat hij naast zijn schoenen ging lopen.

'Dus we zijn weer oké?' Hij keek zijn huis rond of hij niets vergeten was. Helaas was het er bedroevend leeg, op wat *spullen* na. Alleen een high-definition tv, een geluidsinstallatie om het dak eraf te blazen en wat schilderijen die een interieurontwerper hem had aangeraden om te kopen. Hij hield niet eens van impressionistische kunst, en toch hing het daar aan zijn muren. Deze plek was ongeveer even huiselijk als het poppenhuis van Maggie. Eigenlijk was het poppenhuis huiselijker, aangezien de haren van Mevrouw Beecham het een bewoonde indruk gaven, terwijl zijn plek meer als een pleisterplaats voelde. 'Hou je nu eindelijk op met me te beschuldigen dat ik iets heb gedaan om haar boos te maken?'

'Beloof je dat je dat niet hebt gedaan?'

'Dat beloof ik.' Beth boos maken was nooit zijn bedoeling geweest. Haar opwinden, haar het hoofd op hol brengen, ja. Precies al die dingen waarvan Mac uitdrukkelijk had besloten dat Beth er niet in geïnteresseerd zou zijn.

Mac was niet in dat prieel geweest. En gisteravond niet op het terras.

Hij wierp de riemen van de reistas over zijn schouder toen de limousine voor de deur stopte. Lekker extraatje, dat. 'Ik moet gaan, Mac. Stuur iemand anders naar Beth. Ze verdient een pauze.'

'Zoals ik al zei, Bry, je bent een schat.'

'En nu mag ik er een gaan spelen in de film. Ik ga naar de kust.'

'Je bent me nog steeds wat verschuldigd, broer.'

'Wat?' Hij jongleerde met zijn telefoon en zijn sleutels terwijl hij de boel afsloot.

'De weddenschap. Het was voor vier weken en je knijpt er voortijdig tussenuit.'

'Is het niet genoeg dat ik ervoor betaal? Dubbel?' Hij smeet zijn sleutels in de reistas. Die zou hij voorlopig niet nodig hebben.

'Kom je je weddenschappen altijd tekort?'

'Nooit.' Hij sloeg de riemen over zijn schouder, worstelend met zijn telefoon en zijn humeur. 'Vooruit dan maar. De volgende keer dat ik een pauze heb tussen de films door, zal ik de resterende acht dagen doen.'

'Daar ga ik je aan houden.'

Hij knikte naar de chauffeur die de deur opende en gleed toen op de achterbank. 'Doe dat maar.'

'Dat zal ik doen.'

'Goed.'

'Prima.'

'Dag, zus.'

'Dag, grote broer.'

Zij hing natuurlijk eerder op dan hij. Mac hield ervan om het laatste woord te hebben en ze vond het heerlijk om hem te plagen met het feit dat hij haar grote broer was. Hij was de jongste van de drie broers en het werkte hem altijd mateloos op de zenuwen als zijn broers hem *de baby* noemden. Nou, hij had ze wel wat laten zien. De grootste naam op het affiche van deze film zou de zijne zijn. Hij was eindelijk op weg naar de absolute top.

Jammer alleen dat het meer voelde alsof hij simpelweg onderweg was naar een baan.

'Heb je hem laten ontsnappen?' Kara liet letterlijk bijna de fles wijn vallen, wat een doodzonde was in Kara-land.

Beth nam hem van haar over en zette hem op de leistenen terrastafel. 'Ik heb hem niets *laten* doen. Hij was klaar, dus hij is weggegaan.'

'Dat slik ik niet.' Jess gooide haar handen in de lucht. 'Niemand, en dan bedoel ik ook *niemand*, laat Bryan Manley vertrekken voordat zijn tijd erop zit. Je had hem in je huis, in de palm van je hand als je wilde, en hij was contractueel verplicht om daar te blijven, en jij laat hem gaan? Echt waar, Beth, probeer je je liefdesleven te saboteren?'

Beth zocht naar de flesopener. Iets om hen af te leiden van dit gesprek. Wijn zou wel moeten werken. 'Er *is* helemaal geen liefdesleven, meiden. Dat probeer ik jullie juist te vertellen. Alleen omdat jullie hem in mijn huis hebben gezet, betekent dat nog niet dat de vonken eraf vliegen.'

'Aha.' Ze gingen allebei achterover zitten en sloegen hun armen over elkaar.

'Je vergeet dat we je op de borrel hebben gezien. We hebben *hem* op de borrel gezien. Die man kon zijn ogen niet van je afhouden.'

Ze had ze gevoeld. Althans, ze had gehoopt dat dat het was, maar realistisch gezien had ze zichzelf wijsgemaakt dat het slechts wensdenken was.

De *hele* toestand met Bryan was wensdenken geweest.

'Kunnen we het over iets anders hebben? Ik ben er een beetje ziek van om over hem te praten.' Dat kwam ook omdat de verslaggevers nog niet weg waren. Grappig dat zij en Bryan hadden afgesproken dat hij zou vertrekken om een eind te maken aan de invasie, maar dat dat juist weer een nieuwe golf van belangstelling had gewekt. Ze hadden zich vol op zijn taken in haar huis gestort en op de vraag waarom ze hem had ontslagen.

Dus had ze dat gerucht natuurlijk de kop in moeten drukken, en dan waren er nog de vragen over hoe haar kinderen omgingen met hun hernieuwde roem gezien wat er twee jaar geleden was gebeurd. Het was niet prettig geweest terwijl ze probeerde de kinderen af te schermen voor de vragen en opmerkingen, en tegelijkertijd probeerde die mensen van haar terrein af te krijgen zonder te laten zien hoeveel pijn het deed. In haar ervaring was het immers zo dat hoe emotioneler een kwestie was, hoe meer ze er als bijen omheen gonsden. Als ze deed alsof het niets voorstelde, zouden ze wel afdruipen.

Dus had Beth zich groot moeten houden en moeten doen alsof al die commotie in haar tuin haar niet doodnerveus maakte; ze moest lieflijk glimlachen en hun vragen zo nietszeggend mogelijk beantwoorden. Vandaar de bijeenkomst van vanavond bij Kara, met de kinderen in het zwembad en de speelkamer, en zij met een glas wijn voor haar neus, nu ze de kurk er eindelijk uit had gekregen en voor elk van hen wat had ingeschonken.

'Oké, waar wil je het dan over hebben?' Kara pakte haar glas op en walste de wijn rond als een sommelier. 'De nieuwe waslijn in je achtertuin? O, wacht. Dat heeft Bryan gedaan. Wat dacht je van je nieuwe wastafel in de badkamer van de kinderen. O, wacht. Ook Bryan. En hoe zit het met dat gat in het hek dat gedicht is — oeps, weer Bryan.' Ze benadrukte elke zin met een zwaai van haar wijnglas. 'Jullie uitstapje naar Martinson's Amusements? O, Bryan was daar ook, nietwaar? En hoe zit het met die dokter met wie je uit eten was? Je weet wel, die man die de zaak werd uitgezet door niemand minder dan Bryan Manley die te hulp schoot. Jeetje, Beth, waar valt er verder nog over te praten?'

Beth keek Kara streng aan over de rand van haar glas. 'Wat dacht je van zomerkampen? Waar jullie op vakantie gaan? Hoe staat het met de serre die je laat aanbouwen, Jess? Welke leraren jullie kinderen volgend jaar krijgen? Er is genoeg waar we over kunnen praten en het hoeft niet altijd om Bryan te draaien.'

'Ik snap het gewoon niet. Wil je dan niemand in je leven?' Kara's wijn walste nog steeds. 'Wil je niet weer begeerd worden, Beth? Een metgezel hebben?'

Stik er ook maar in. Beth sloeg haar wijn achterover. Niet dat het veel was, want ze had slechts een kwart glas ingeschonken, maar toch voelde het goed om een statement te maken.

'Natuurlijk wil ik dat. Maar niet met Bryan. Kom op meiden, jullie weten wat voor leven hij leidt. Ik kan geen kinderen grootbrengen in die goudvissenkom. En wie zegt dat ik die kans überhaupt zou krijgen? Bryan wil de kinderen van een ander niet opvoeden. En al helemaal geen vijf.'

'Hij zag er anders verdomd op zijn gemak uit met je kinderen, telkens als ik hem zag,' zei Jess.

'Hij kwam wel opdagen bij de voetbalwedstrijd terwijl dat niet hoefde.' Kara wees weer met haar wijnglas. Het was maar goed dat Beth haar maar een klein beetje had gegeven, anders was de wijn over de rand geklotst. 'En dan is er nog dat uitstapje naar het pretpark. Dat was zijn vrije dag en toch bracht hij die met jullie door. Met jullie alle zes.'

De argumenten waren precies de dingen waar Beth zelf ook al aan had gedacht. Maar zij was degene die hem had horen zeggen dat wat zij had, niet was wat hij wilde. Zij kende de realiteit; waarom konden haar vriendinnen zich niet gewoon bij de feiten neerleggen? 'Hij ging mee omdat zij het hem *vroegen*. Hij is een aardige vent; hij gaat geen nee zeggen als dat niet echt hoeft.'

'Serieus? Een grote filmster als hij heeft niets beters te doen dan een dag in een pretpark doorbrengen omdat een kind *hem vraagt mee te gaan*? Dan zou hij elke dag in een pretpark zitten als hij dat deed. Jouw kinderen zijn niet de enige die graag een dagje met een filmster zouden willen doorbrengen.'

'Ze vroegen het hem niet *omdat* hij een filmster is. Ze vroegen het hem omdat ze hem aardig vinden.'

'Precies ons punt.'

Kara ging met een zelfvoldane blik op haar gezicht zitten en hief haar glas. 'Je kinderen vinden hem aardig. Hij vindt hen aardig. *Jij* vindt hem leuk en hij vindt *jou* leuk. Wat klopt er niet aan dit plaatje?'

Verdraaid. Ze wenste dat ze haar wijn niet op had, want ze had een paar minuten nodig om een weerwoord te bedenken. Het had zo logisch geklonken toen ze het tegen zichzelf zei. 'Oké, ze vinden elkaar dus allemaal aardig. Maar dat betekent nog niet dat we een relatie gaan krijgen. Hij heeft een carrière die zich niet leent voor het opvoeden van kinderen en ik heb kinderen die zich niet lenen voor een jetsetleven over de hele wereld. Het zou nooit werken.'

'Dat weet je pas als je het probeert.' Kara had een grijns als een Cheshire-kat terwijl ze een slokje van haar wijn nam.

'Je hebt twee mensen nodig om een relatie te laten werken, Kar. Hij vertrok op het moment dat ik erover begon. Hij heeft zelfs' — verdomme, ze wenste dat ze nog wat wijn had om dit volgende deel verteerbaar te maken — 'tegen me gezegd dat wat ik had, niet was wat hij wilde.'

'Dat heeft hij niet gezegd.'

'Jawel, dat heeft hij wel gezegd.'

'Hij bedoelde het niet zoals jij denkt.' Jess leunde naar voren en draaide de steel van haar glas tussen haar handen.

'Het maakt niet uit *hoe* hij het bedoelde; hij is weg. Hij staat op de set. Doet zijn werk. Leeft het leven dat hij wil. Dat kan ik hem niet misgunnen. En ik ga hem zeker geen ultimatum of zoiets stellen.'

Kara zette haar glas met een *klik* op de leisteen neer. 'Het lijkt erop dat je dat al hebt gedaan.'

'Wat?'

'Je hebt hem gezegd dat het voor jou niet zou werken, dus is hij vertrokken. Is er gesproken over een compromis? Heb je gevraagd of je naar de set mocht komen? Heel veel acteurs hebben gezinnen die op de set verschijnen. Hebben ze daar geen enorme trailers voor? Ik wed dat die van hem plek heeft voor jullie alle zeven. Zeker als jullie met z'n tweeën een bed delen.'

Wat zou Beth er niet voor over hebben om een bed met Bryan te delen — afgezien dan van de stabiliteit en het gevoel van veiligheid van haar kinderen. Die waren ononderhandelbaar. Haar kinderen waren alles voor haar. Haar tijd zou nog wel komen als ze eenmaal volwassen waren en op eigen benen stonden. Evenwichtig en succesvol. Dan zou het haar tijd zijn.

Wie weet? Misschien was Bryan tegen die tijd nog steeds vrij.

Hem? Serieus? Heb je niet net twee weken met die man doorgebracht? Een andere vrouw pikt hem in op het moment dat hij zelfs maar overweegt om zich te settelen. Je hebt je kans verspeeld, meid.

'Ik vind dat je naar de plek moet gaan waar hij aan het filmen is.' Kara schonk Beths glas weer vol, en dit keer was het niet zomaar een kwart glas.

'Probeer je me dronken te voeren?'

Kara overhandigde haar het glas. 'Ja. Misschien brengt dat je tot rede, want die nuchterheid van je haalt niets uit.'

Beth raakte het niet aan. 'Ik ga niet naar zijn filmset.'

'Waarom niet?'

'Omdat hij me niet heeft uitgenodigd. En er zijn de kinderen.'

'Nou, neem ze dan mee.' Ze schoof het glas dichter naar Beth toe.

'O, natuurlijk. Alsof ik op zijn filmset ga verschijnen met vijf kinderen in mijn kielzog.'

Kara haalde haar schouders op. 'Waarom niet? Als jullie uiteindelijk bij elkaar blijven, zullen de kinderen sowieso met je mee zijn op locatie. Dan kun je er maar beter nu mee beginnen.'

'Bryan en ik gaan niet bij elkaar blijven.'

'Nou, dat gaat ook niet gebeuren als jullie niet *bij* elkaar komen. Dat moet eerst gebeuren.'

'Ik zeg: neem die terugbetaling aan die Mary-Alice aanbood,' zei Jess, 'en koop vliegtickets voor jou en de kinderen naar San Francisco. Is dat niet waar ze aan het filmen zijn? Maak er een fijne gezinsvakantie van en zoek Bryan op als je daar bent. Wanneer heb je voor het laatst vakantie gehad?'

Ongeveer drie maanden voor Mikes dood. Ze had sindsdien niet meer in een vliegtuig gezeten en betwijfelde ten zeerste of ze dat ooit nog zou doen.

'De kinderen gaan dit weekend met Mikes ouders mee.' Zijn moeder had vanmorgen gebeld om haar eraan te herinneren. Godzijdank had Donna dat gedaan, want met alles wat er rond Bryan speelde in hun leven, was Beth het vergeten.

'Dus even voor de goede orde.' Kara tikte met haar vingernagel op het leistenen tafelblad. 'Je vijf kinderen gaan een weekend weg met hun grootouders en jij hebt de, naar men zegt, meest sexy man ter wereld weggestuurd? Je beseft toch wel dat je dit weekend alleen bent, hè, Beth? Ik bedoel, die man kan je hersens toch niet zozeer op hol hebben gebracht dat je dat niet doorhebt? Je zou hem twee volle dagen helemaal voor jezelf kunnen hebben! Wat zit je hier dan nog te doen? Je zou nu sexy lingerie moeten gaan kopen.'

'Hé, ik ben wel in voor een dagje winkelen.' Jess sloeg de rest van haar wijn achterover. 'Ik bel wel een taxi.'

'Dat doe je niet.' Beth schoof haar glas naar het midden van de tafel. Niets voor haar, dankjewel. Ze had geen behoefte aan iets dat haar oordeel vertroebelde, anders zou ze nog in dit belachelijke idee meegaan. 'Ik ga het weekend niet met Bryan doorbrengen. Het kan nergens naartoe leiden, dus wat heeft het voor zin?'

'O mijn god.' Kara dronk wat van Beths wijn. 'Serieus? Een heet weekend met geweldige seks nadat je twee jaar onthouding hebt gehad? Zie je daar het voordeel niet van in? Het is niet alsof je met die vent moet trouwen. Heb gewoon een leuke tijd.'

'Tenzij...' Jessica's ogen vernauwden zich. 'Je *wilt* met hem trouwen.'

'Oké, jullie hebben veel te veel gedronken.' Beth goot het restant van de fles over de terrasreling in het bloembed. 'Ik ken hem pas tweeënhalve week. Ik ga *niet* met Bryan Manley trouwen.'

'Jammer.' Kara haalde een nieuwe fles uit de koelbox. 'Hij is precies wat je nodig hebt, Beth. Een geweldige kerel die je kinderen mag en jou ook wel ziet zitten. En hij kan je zeker de levensstijl bieden waaraan je gewend bent geraakt. Ik zie de nadelen niet.'

'Nou, afgezien van het feit dat we zijn instemming nodig zouden hebben, is er het publieke leven in die goudvissenkom. Weet je nog niet meer hoe het was toen Mike stierf? Het voortdurende geziek van de pers? De kinderen waren doodsbang om het huis uit te gaan. Dat zou ik ze niet nog een keer aan kunnen doen, zelfs niet als Bryan ook maar *enigszins* geïnteresseerd zou zijn in een relatie. Wat hij niet is.'

'En hoe weet je dat zo zeker?'

O god. Dit ging een richting op die ze met deze vrouwen niet op wilde. Ze mochten dan wel haar twee beste vriendinnen zijn, maar sommige dingen waren gewoon te persoonlijk om te delen.

'Je hebt het hier al met hem over gehad, nietwaar? Jullie hebben over een relatie gesproken.' Jess hief haar glas zodat Kara het kon bijvullen terwijl er een zelfvoldane grijns op haar gezicht verscheen. 'Ik wist het.'

'Hij zei gewoon dat hij de glamour van zijn filmsterrenbestaan wil. Het leven in een buitenwijk biedt helaas niet diezelfde glitter en glamour. Het gaat niet gebeuren, meiden, dus kunnen we hier alsjeblieft over ophouden?'

'Oké, prima, maar dat betekent niet dat je dit weekend niet kunt pakken. Ga. Vlieg naar de plek waar hij aan het filmen is. Geniet ervan. Kom dan op maandag terug en pak je gewone leven weer op. Denk aan de geweldige tijd die je zult hebben en de herinneringen die je zult maken. Niemand zegt dat je een heilige moet zijn, Beth. Je bent een normale vrouw met behoeften, net als de rest van ons. Bryan kan die vervullen.'

Ze zou dolgraag gaan. Echt waar. Kara en Jess hadden goede argumenten en als ze hem niet al zo leuk vond, zou ze het misschien zelfs doen. Maar het probleem was dat ze hem *te* leuk vond. Als ze zou gaan, was ze bang dat dat *leuk vinden* in iets meer zou veranderen en dat hartzeer kon ze niet aan.

Nee, uit zelfbehoud en volwassenheid bleef ze waar ze was.

Een verantwoordelijke volwassene zijn is soms echt waardeloos.

Hoofdstuk 29

Bryan stapte uit de limousine bij zijn trailer op de set. Een nieuwe trailer. De standaard trailer voor bijrolspelers was verleden tijd. Ze hadden alles uit de kast gehaald voor hem.

Hij gaf de chauffeur een fooi. Natuurlijk hoefde dat niet; de studio regelde dat soort zaken, maar hij was niet vergeten hoe hard het was om je geld te verdienen en nu hij meer had dan hij nodig had, deelde hij de rijkdom graag.

'Hé, Bry. Fijn je te zien!' Een van de assistent-belichters, Josh, had bij de vorige film met hem samengewerkt.

'Ik wist niet dat jij aan deze film mee zou werken.'

'Ja, ik werd op het laatste moment gebeld. Best cool, al zal het niet zo'n vaart lopen als de vorige, hè? Geen wapens en explosieven en lekkere wijven in bikini's.'

'Carina ziet er best goed uit in een bikini.' En hij wist vrij zeker dat er wat bikini-scènes in deze film zaten. Grappig dat hij het zich niet meer precies kon herinneren, ook al werkte hij met een van de knapste actrices uit de industrie.

Hij zag liever Beth in een bikini. Of *niet* in een bikini.

Christus. Hij moest haar uit zijn hoofd zien te krijgen. Dat deel van zijn leven was V-O-R-B-I-J.

'Carina ziet er misschien goed uit op film, maar tussen jou en mij,' Josh boog zich naar hem toe om hem een zogenaamd geheim toe te fluisteren, 'haar klote-instelling maakt haar echt onaantrekkelijk. De kostuumafdeling staat op het punt ontslag te nemen, ze zijn allemaal zó pissig omdat ze steeds nieuwe kostuums wil. Dat mens denkt dat een doorsnee huisvrouw in galajurken rond hoort te lopen.'

Beth had een paar mooie galajurken in haar kast hangen. Waarschijnlijk voor een of andere chique gelegenheid waar ze met haar man naartoe was gegaan.

Hij zou haar dolgraag in zo'n jurk zien, terwijl de gladde stof zich om al haar rondingen plooide. Beth was gebouwd zoals een vrouw gebouwd hoort te zijn en zijn vingers jeukten om haar overal aan te raken.

Zijn lul jeukte ook.

Verdomme. Hij moest echt over haar heen komen.

'Ze is dus nog steeds op de set? Naar wat ik in de kranten las, wist ik het niet zeker.'

'Ja, ze is er. Ze vindt het niet leuk en PJ is niet blij met haar. Dat maakt het filmen echt te gek, weet je?'

PJ, de regisseur, had al een half dozijn romkomhits op zijn naam staan en had van Carina gemaakt wie ze nu was. Met die twee bij deze film was Bryan verzekerd geweest van de nodige media-aandacht, maar als Carina moeilijk ging doen, kon het hele project op een ramp uitlopen. Dan zou hij Beth voor niets achtergelaten hebben.

Hij trok de deur van zijn trailer open. 'Bedankt voor de waarschuwing, Josh. Ik ga even een uiltje knappen voordat ik me buiten waag. Het klinkt alsof ik de energie nodig zal hebben om Carina bij te benen.'

'Als het aan haar ligt, heb je die energie voor heel andere dingen nodig. Ze heeft elke vrouw in de crew al gewaarschuwd dat ze bij je uit de buurt moeten blijven.'

Bryan hield stil op de derde trede. 'Maak je een grapje?'

'Hé man, wat kan ik zeggen? Dat mens wil je.'

'Ja, nou, ik wil haar misschien niet.'

'Serieus? Ze is een lekker wijf. Een blok aan je been, maar wat maakt dat uit als je haar neukt?'

'Ik ga Carina Dempsey niet neuken.' Bryan werd bijna onpasselijk bij de gedachte.

Vreemd, in het verleden had hij er misschien naar uitgekeken om met haar te zijn, maar nu? Hij wilde alleen maar zijn scènes draaien en terug naar zijn trailer gaan. PJ had gezegd dat hij met het schema kon schuiven toen hij hoorde dat Bryan eerder zou komen. Hij had hem er zelfs voor bedankt. Nu wist Bryan waarom.

Josh bleef hem vermaken met verhalen over Carina's theatrale gedrag, maar Bryan deed alleen maar alsof hij luisterde. Hij pakte de map met het script om te zien welke scènes ze als eerste zouden filmen. Hij hoopte bij God dat het niet een van de romantische scènes was. Dat was wel het laatste wat hij kon gebruiken nadat hij Beth zo vurig had begeerd.

Maggie's tekening zat in de map.

Hij was onmiddellijk weer terug in dat huis. In de keuken en de troep die ze had gemaakt toen ze hem tekende. De manier waarop haar kleine tongetje langs haar mondhoek ging terwijl ze zo geconcentreerd bezig was.

Alle vijf de kinderen stonden erop — Jason met zijn korte haar — en Beth.

Hij liet zich op de leren bank bij de tafel vallen en schoof het haar iets harder van zijn voorhoofd dan nodig was. Dat verklaarde het vertrokken gezicht en het vocht in zijn ogen.

'Gaat het wel, Bry?' vroeg Josh midden in een rampverhaal over Carina. 'Heb je iets nodig? Volgens mij hebben ze je koelkast gevuld met bier.'

'Nee, het gaat wel.' Op een bepaalde manier.

'Oké man. Nou, als je zin hebt, er is vanavond een pokerspel in kamer tweehonderdtweeëndertig in het Holiday Inn. Ze zijn al vijf dagen onafgebroken bezig. Ik sta honderdvijftig dollar in de plus. Je bent welkom als je wil.'

Een pokerspel? Dat was precies wat hem in deze nesten had gewerkt; hij peinsde er niet over om het nog een keer te doen. God mocht weten wat een volgend spelletje hem zou kosten.

Hoofdstuk 30

'Weet je zeker dat je niet met ons meegaat, mam?' Maggie gaf Mrs. Beecham nog een laatste knuffel. De arme kat kon de rust blijkbaar ook wel gebruiken.

'Lieverd, ik heb het je al gezegd. Dit is voor jullie en je opa en oma. Het is een speciaal uitje. Je zult niet eens merken dat ik er niet bij ben.'

'Echt wel. Opa snurkt en oma maakt van die snotte-eieren. Ik hou niet van snotte-eieren.'

De arme Donna probeerde Maggie's doorgebakken eieren altijd precies goed te krijgen, maar Maggie was erg kieskeurig. Net voorbij vloeibaar maar nog niet helemaal hard. Mike was de enige geweest die ze goed kon maken — tot het ongeluk, waarna Beth ruim drie uur en zes dozijn eieren had verbruikt om het favoriete ontbijt van haar dochter te perfectioneren.

'Oma doet haar best, lieverd. En misschien kun je proberen te eten wat ze maakt zonder te klagen. Als ze het zou kunnen maken zoals jij het lekker vindt, zou ze het doen, maar ze probeert het tenminste.'

Maggie slaakte een diepe zucht van een vijfjarige die alles begrijpt. 'Ik weet het.' Mrs. Beecham kreeg nog een knuffel. 'Dag Mrs. B. Word niet eenzaam zonder mij.'

'Ze heeft Sherman om haar gezelschap te houden,' zei Tommy, terwijl hij over de oren van het monster wreef — wat bij een jackrussellterriër hetzelfde effect had als een aanknop.

Sherman begon — letterlijk — tegen de muren op te springen. Hij wist dat de kinderen weggingen en hij was daar niet blij mee. Dat betekende namelijk dat hij alleen de kat nog had om te treiteren, en Mrs. Beecham had de kunst geperfectioneerd om de hond waar mogelijk te negeren. Het liet hem ook achter met Beth, een vooruitzicht waar geen van beiden vrolijk van werd.

'Dus mag ik extensions, mam?' vroeg Kelsey, die plotseling als een verwend rijkeluiskind klonk. Pubers. Altijd op zoek naar hun eigen identiteit, wat dit nieuwste verzoek van haar oudste dochter verklaarde. 'Ze kosten ongeveer drievijftig per stuk op de boulevard en ik kan allerlei verschillende kleuren krijgen. Jenna zegt dat ze supervet zijn en dat iedereen ze deze zomer neemt.'

'Drie. Je mag er drie. Niet meer.' Ze schoof vijftien dollar in Kelsey's hand. 'En ik wil het wisselgeld terug.'

'Ik moet ze wel een fooi geven, hoor.'

'Oké, vooruit. Maar drie.'

'En een navelpiercing?'

Beth rolde met haar ogen. Kelsey zocht altijd de grens op. 'Eruit. Nu. En kom niet thuis met meer gaten in je lichaam dan God erin heeft gemaakt.'

'Bèh, dat is vies.' Tommy maakte een kokhalsgeluid.

Mark kon het natuurlijk niet laten om Kelsey te pesten. 'Kelsey krijgt gaten in haar lijf. Kelsey krijgt gaten in haar lijf,' zong hij.

Kelsey legde haar hand op zijn kruin alsof het een basketbal was. 'Ik zal je vertellen wie er gaten in zijn hoofd krijgt als hij zijn mond niet houdt.'

'Oooooh, Kelsey zei 'hou je mond'!' Maggie maakte een *foeifoei*-gebaar met haar vingers — waardoor ze Mrs. Beecham liet vallen, die er direct vandoor ging zodra ze Sherman in het vizier kreeg en hij een grom liet horen.

Goddank kwamen Donna en John op dat moment aanrijden. De chaos van grootouders was een stuk beter dan de chaos van kinderen-achter-hond-achter-kat, en Sherman zou wel rustig worden zodra al het kabaal weg was.

'Hallo kinderen! Zijn jullie klaar voor een leuke tijd aan het strand?' John had een bulderende stem, net als zijn zoon had gehad.

Beths hart kromp ineen bij de gedachte dat Mike nooit voor hun kleinkinderen zou kunnen doen wat John nu deed.

God, hoe moest ze het grootouderschap ooit alleen overleven? Beth durfde er niet aan te denken hoe het voor haar schoonouders moest zijn. Ze had daar tijdens het regelen van de begrafenis even bij stilgestaan en het was te veel geweest. Ze had haar eigen verdriet, het verdriet en de angst van haar kinderen — en die van haarzelf — niet kunnen dragen *en* tegelijkertijd kunnen meevoelen met de ouders van Mike. Er was simpelweg niet genoeg kracht in haar geweest en nu, twee jaar later, kon ze zich nog steeds niet voorstellen hoe het geweest moest zijn voor hen om niet alleen een kind te verliezen, maar hun *enige* kind. Zij vond het niet erg om zoveel kinderen te hebben. Hoeveel werk, stress en geld het ook kostte, deze kinderen waren haar alles en dat verloor ze nooit uit het oog.

Zelfs niet toen Kara en Jess haar gisteravond een zeer verleidelijk voorstel hadden gedaan.

Ze pakte de dichtstbijzijnde weekendtas en hees die over haar schouder, blij met de afleiding. Bryan was verboden terrein om alle redenen die ze Kara en Jess had verteld. 'Kom op, jongens, laten we jullie tassen naar de auto brengen.'

'Het is een truck, mammie,' fluisterde Maggie voor de vorm. 'Opa zei dat het zijn truck is.'

'Het is een SUV, Mags.' Jason tilde zijn zusje in zijn armen, iets wat hij nog niet eerder had gedaan, en nam de tas van haar over zonder dat het het hem gevraagd werd.

Beth kreeg een brok in haar keel toen Maggie gilde van plezier, precies zoals ze dat bij Mike altijd deed. Zoals ze bij Bryan had gedaan. En nu bij Jason. Haar gezin was zich aan het herstellen. Ze vonden de lach weer in het dagelijks leven. Ze werden weer zichzelf. Twee lange jaren verder konden ze eindelijk weer vooruitkijken.

'Weet je zeker dat je niet mee wilt?' vroeg Donna terwijl John vijf enthousiaste kinderen de voordeur uit loodste.

'Lief dat je het vraagt, maar dit is jullie tijd met hen. Jullie hebben mij er niet bij nodig. Geniet ervan om opa en oma te zijn. Verwen ze maar lekker.' Beth schopte nog een speeltje van Sherman onder de bank. Of eigenlijk dacht ze dat deze van Tommy was. Misschien zou haar huis dit weekend wel langer dan vijf minuten toonbaar blijven.

'Ja, dat is het voorrecht van grootouders.'

'En ze hebben het nodig. Bij mij draait alles om schema's, klusjes en de zomerlijst met boeken.' Ze schudde een kussen op de bank op. De eerste keer dat ze dat deed in twee jaar tijd. 'Ze verdienen een pauze.'

'En jij ook.'

Ze schudde nog een kussen op. 'Ik hou van mijn kinderen.'

'Dat weten we, lieverd.' Donna legde haar hand op Beths arm. 'Maar je bent ook maar een mens, net als wij. Je hebt rust nodig. Je moet ontspannen en jezelf zijn. Gewoon jezelf.'

Beth kon Donna geen antwoord geven omdat dat inzicht haar overweldigde. Ze moest inderdaad zichzelf zijn. Uitzoeken wie die *mij* ook alweer was. En misschien die nieuwe *mij* zelfs opnieuw definiëren.

Ze kneep in Donna's schouders en kuste haar op haar wang. 'Heel erg bedankt dat jullie dit doen.'

'O, het is ons een genoegen, Beth. We zouden willen dat we meer konden doen, maar met waar we wonen zijn, tja, daar regels voor.'

Het mooie en het lastige van een 55-plus-gemeenschap was dat kleinkinderen er niet langer dan een weekend mochten blijven. Gezien het feit dat Donna en John anderhalf uur verderop woonden, was het niet echt de moeite om die weekenden op regelmatige basis te doen, en daarom werd dit lange weekend aan de kust zo gewaardeerd.

'Ik hoop dat je iets speciaals gepland hebt voor dit weekend.' Donna schudde een kussen op en ze glimlachten naar elkaar. 'Ik hoorde over die filmster die voor je werkte. Misschien dat daar iets...'

Ja, het voelde een beetje vreemd dat haar schoonmoeder voor koppelaarster probeerde te spelen.

'Zo is het helemaal niet, Donna. Bovendien is hij weg om zijn nieuwe film op te nemen. Hij hielp alleen zijn zus uit de brand. Zij is de eigenares van de schoonmaakdienst.'

'O. Dat is jammer. Ik bedoel, Michael zou niet gewild hebben dat je alleen bleef. Je hebt hier een partner in nodig, Beth. Vijf kinderen opvoeden is al zwaar genoeg voor twee ouders, maar voor één...' Donna klopte op haar arm. 'John en ik maken ons zorgen om je, lieverd. Je zult altijd onze schoondochter blijven, maar we vinden het niet erg om je te delen als je iemand anders vindt om van jou en de kinderen te houden. We wilden alleen dat je wist dat je onze zegen hebt.'

Beth kon niets uitbrengen. Ze kreeg bijna geen lucht meer, laat staan dat ze kon praten. In plaats daarvan gaf ze haar schoonmoeder een stevige knuffel en vocht tegen haar tranen. Ze zou zo gezegend zijn in haar leven als dat verdomde vliegtuigongeluk niet was gebeurd.

Donna klopte haar op de rug en rechtte daarna haar rug met de kordate voortvarendheid waarmee ze haar zoon had opgevoed. 'Dus zorg dat je een heerlijk ontspannen weekend voor jezelf hebt. Zorg dat je jezelf eens goed verwent, Beth. Een massage, een gezichtsbehandeling. Pak een filmpje. Ga lekker uit eten. Gun jezelf iets.'

'O, dat heeft mammie al gedaan,' piepte Maggie bij de deur. 'Bryan heeft haar gedwongen. Daarna nam hij de jongens mee naar de stad zodat we eieren konden 'oplossen'.'

Donna trok een wenkbrauw op naar Beth.

'*Oplossen* inderdaad. Ze deden een experiment over het effect van frisdrank op eierschalen om te laten zien wat het met je tanden doet.'

'Ja en het was vies. Ik ga nooit meer frisdrank drinken want ik wil mijn tanden houden. Is dat waarom opa ze niet meer heeft? Heeft hij veel frisdrank gedronken?'

John had één keer per ongeluk zijn kunstgebit uitgedaan waar de kinderen bij waren. Ze waren niet geschrokken en smeekten hem nu telkens als ze hem zagen om het er weer uit te halen.

'Waarom gaan we hem dat niet even vragen, Maggie?' Donna stak haar hand uit en keek over haar schouder naar Beth toen Maggie die vastpakte. 'We zien je zondagavond, Beth. Doe iets speciaals dit weekend.'

Kara had een goede suggestie gedaan.

Even overwoog Beth het. Gewoon het eerste het beste vliegtuig naar de westkust pakken en Bryan opzoeken op zijn filmset.

Het was een verleidelijke gedachte.

Eén weekend alleen voor haar. Niemand aan wie ze verantwoording hoefde af te leggen, niemand om wie ze zich zorgen hoefde te maken, niemand die ze ergens moest ophalen of wegbrengen. Ze kon alleen aan zichzelf denken en aan wat zij wilde. Wat zij nodig had. Want, hoe moeilijk ze het ook vond om toe te geven, ja, ze had Bryan nodig. Ze had die menselijke aanraking nodig. Dat fysieke contact. Ze had nooit beseft hoe belangrijk knuffelen was. Hoezeer ze het zou missen. Maar met Mike's dood was er een hele nieuwe wereld van leegte en eenzaamheid voor haar opengegaan, en de afgelopen twee weken had Bryan een deel daarvan opgevuld.

Ze was een volwassen vrouw. Ze kon dit weekend voor zichzelf nemen. Niemand hoefde het ooit te weten. Alleen zij en hij en—

En de paparazzi. De nieuwsberichten dat Bryan op de set was, hadden zelfs het lokale nieuws hier gehaald. De pers was nog steeds geïnteresseerd in wat hij deed, waar hij heen ging en met wie.

Dus, hoe graag ze ook wilde gaan, ze zou het niet doen. Naast het feit dat Bryan haar wens had gerespecteerd en was vertrokken, zou ze in een vliegtuig moeten stappen. Dat zou nog moeilijker zijn dan het type vrouw te zijn dat een losse fling aangaat.

Hoofdstuk 31

'Stop!'

Bryan haalde diep adem en probeerde niet naar Carina te loeren. Ze was de scène opzettelijk aan het saboteren.

PJ liep achter de camera vandaan. 'Carina, je kunt niet schrijlings op Bryan gaan zitten. Dat staat niet in het script en Megan zou dat nooit doen.'

'Megan is een beetje té gereserveerd.' Carina, die geen millimeter week van haar plek bovenop zijn schoot, haalde een lippenstift uit haar achterzak en smeerde die dik op haar met siliconen gevulde lippen.

Bryan probeerde niet te kokhalzen. Hij haatte de smaak van lippenstift echt. Vrouwen droegen het duidelijk voor zichzelf en niet voor mannen, want Bryan kende geen enkele vent die ooit iets had gezegd over hoe geweldig de lippenstift van een vrouw smaakte na het kussen.

PJ trok zijn honkbalpet af en veegde met zijn arm over zijn voorhoofd. Het was pas half negen en de gemoederen liepen nu al hoog op. 'Megan *hoort* gereserveerd te zijn. Dat is een deel van de reden waarom zij en Mike niet meteen samen in bed duiken.'

'Nou, ik vind dat ze dat wel moeten doen. Het zou de film wat meer pit geven.' Ze nam Bryan eens goed op.

God, nee. Bryan probeerde niet te wiebelen. Hoe minder liefdesscènes hij met Carina hoefde te doen, hoe beter.

Hij kuchte om zijn lach te verbergen. Daar zat hij dan, met een van de mooiste vrouwen ter wereld, in een baan waar meer dan de helft van de mannelijke bevolking een moord voor zou doen, en hij probeerde manieren te vinden om haar *niet* te hoeven kussen.

'Dan zouden we geen film meer hebben.'

Carina rolde met haar ogen en staarde toen nadrukkelijk naar zijn mond voordat ze haar been langzaam over zijn schoot liet glijden, de uitnodiging nog steeds in haar ogen. 'Ik denk dat we dan een betere film zouden hebben.'

'Nou, het zou in ieder geval een andere zijn, dat is zeker.' Bryan stond op en zag Carina naar zijn kruis kijken. *Sorry, schat, maar hij reageert niet op je.* Waarschijnlijk de eerste keer dat haar dat overkwam.

PJ knikte naar Bryan en blies een lange ademteug uit. 'Oké dan. Laten we het oppakken vanaf het moment dat Mike Megan verrast in de tuin.'

'Wat dacht je ervan als Bryan die scène zonder shirt doet?' Carina trok aan de zoom van zijn T-shirt. 'Dat zou Megan pas echt verrassen en haar misschien wat eerder aan seks laten denken. Het duurt nogal lang voordat ze daar aan toe zijn in dit verhaal.'

'Carina, laten we het gewoon doen zoals het geschreven staat, oké?' PJ zette zijn pet weer op zijn hoofd en trok de klep omlaag. 'We bouwen de seksuele spanning op voor de grote ontlading op het juiste moment. Alles wat eerder komt, zwakt dat alleen maar af.'

Carina trok een vies gezicht. 'PJ is waarschijnlijk al in geen jaren meer van bil gegaan,' mompelde ze. 'Wat weet hij nou van seksuele spanning?'

Bryan besloot haar te negeren. Het punt was dat hij het gevoel had dat *hij* niet meer wist wat het was, omdat Carina hem zo weinig deed dat ze wat hem betreft net zo goed een man had kunnen zijn. Oké, misschien overdreef hij een beetje, maar proberen enige aantrekkingskracht voor haar op te brengen, vergde het uiterste van zijn acteerkwaliteiten op een manier die hij niet had voorzien. Want zeg nou zelf, wie zou er *niet* willen tongzoenen met een prachtige vrouw?

Hij blijkbaar, zolang die vrouw Beth niet was.

Bryan hield zijn shirt aan, letterlijk en figuurlijk, werkte zich door het diva-gedrag van Carina heen, en aan het eind van de dag stond de scène erop. Het had twee uur langer geduurd dan gepland, maar die was tenminste klaar. Waarom had hij hier ook alweer mee ingestemd? O ja, natuurlijk. Omdat werken met Carina Dempsey in een van haar kenmerkende romantische komedies goed zou zijn voor zijn carrière.

Hij begon zich af te vragen waarom. Zeker, ze was op dit moment de meest populaire actrice van Hollywood, maar hij was zelf nou ook niet bepaald een onbekende. Eén film met haar. Dat was alles wat hij deed en daarna zou hij op eigen kracht slagen of falen. Hij hoopte alleen dat hij deze film zou overleven, want als dit was wat één scène al met hem deed, dan zag hij de rest met een bang hart tegemoet.

Hij had bij Beth moeten blijven om zijn vier weken vol te maken. Of, verdomme, thuis moeten blijven om zijn eigen huis schoon te maken om aan de weddenschap met Mac te voldoen, in plaats van hier zo vroeg naartoe te komen. Wat bezielde hem in godsnaam?

Je was op de vlucht. Voor Beth en de kinderen en alle verplichtingen.

Ja, dat was hij. En dan? Hij was niet van plan zich daarvoor te verontschuldigen of zich door zijn eigen verdomde geweten een schuldgevoel te laten aanpraten, mijn hemel. Hij wilde dat burgerlijke leventje *niet* en dat was alles wat Beth te bieden had. Het was rot, maar het was niet anders. Hij was tenminste eerlijk tegen zichzelf, en tegen haar. Hun levens volgden verschillende paden.

'Oké, laten we de posities voor de keukenscène doornemen.' PJ gaf de cameraploeg instructies om de camera's vanuit een andere hoek te positioneren. 'Kom op, Bryan, laat eens zien hoe goed je bent in de keuken.'

Hij was verdomd goed in de keuken, vraag dat maar aan Beth.

Natuurlijk was hij ook verdomd goed in een tuinhuisje en op een veranda, en hij zou absoluut perfect zijn in een slaapkamer als hij Beth daar ooit in zou krijgen.

Carina's vingertoppen gleden over zijn buik omhoog. 'Ik verheug me er *zo* op om samen met jou in de keuken te staan kokkerellen, Bryan,' zei ze bijna spinnend.

Hij hield zijn kaken stijf op elkaar.

'Laten we ons bij deze aan het script houden, oké, Carina? Dan kunnen we misschien vroeg stoppen.'

'Wil je na de tijd wat gaan doen? Een hapje eten?' Ze negeerde PJ volkomen—en ze had het niet over eten.

'Bedankt, maar ik heb al plannen.' Zoals direct weer in een vliegtuig stappen. Had hij Beth en de kinderen hiervoor achtergelaten? Wat had hij in godsnaam gedacht?

Niet. Hij had gereageerd vanuit een impuls. Omdat Beth hem had gevraagd weg te gaan. Omdat hij vluchtte voor alles wat zij vertegenwoordigde, alles wat hij niet wilde in zijn leven.

Behalve dat hij Beth wél wilde.

Hij wilde haar kinderen.

Shit. Hij zat diep in de nesten. En niet op de manier waarop Carina dat duidelijk wilde terwijl ze om hem heen liep en haar hand over zijn buik sleepte. *Laag* op zijn buik.

'Wat kun je nou te doen hebben dat leuker is dan tijd met mij doorbrengen?'

Hij was niet van plan Carina eraan te herinneren dat ze op minder dan een uur rijden van San Francisco zaten. Niet bepaald een uithoek. 'Dingen.'

Ze beet op haar onderlip. Ja, afgewezen worden was duidelijk een nieuwe ervaring voor haar. Ze liet haar hand zakken – vlak langs zijn voorkant, maar dat bevestigde alleen maar dat hij nul interesse had om ook maar iets te beginnen.

'Oké dan. Dan zoek ik wel wat anders om te doen. En ook voor de rest van de tijd dat we samen filmen.'

'Ik denk dat dat inderdaad het beste is.' Hij hoopte maar dat ze professioneel genoeg was om het hun werkrelatie niet te laten verpesten. Ook al zat ze momenteel op de top van haar roem, één flop zou haar marktwaarde kunnen schaden, dat moest ze weten. Hij was zeker niet van plan de film te verpesten—en ook niet om met de vrouwelijke hoofdrolspeler naar bed te gaan.

Hij moest met PJ praten. De regisseur had het opnameschema omgegooid toen hij eerder was komen opdagen; nu wist Bryan waarom. Alles om te voorkomen dat hij één-op-één met Carina hoefde te werken. Nou ja, het was niet anders. Contractueel gezien stond hij pas over een week ingepland en hij had thuis dingen die hij moest rechtzetten.

Hij ging terug.

Hoofdstuk 32

'Laat me dit even goed begrijpen.' Liam overhandigde een punt pizza aan Bryan. 'Je bent hierheen teruggekomen voor een vrouw, maar je zit hier met ons te kaarten?'

Bryan nam een hap van zijn favoriete pizza. In hoeveel steden hij ook was geweest — Rome incluis — niets haalde het bij Vinny's Pizza om de hoek van het huis waar hij was opgegroeid. 'Uh, ja.'

'En waarom heb je zoiets stoms gedaan?' vroeg Sean, terwijl hij de eerste hand van de avond deelde. 'Ik bedoel, ik weet dat we volgens het principe *bros-before-hos* leven, maar als dit meidje goed genoeg was om Carina Dempsey voor af te wijzen, dan vind ik dat je je hoofd moet laten nakijken als je hier bij ons zit. Ik bedoel, we zien er goed uit, maar we vissen in dezelfde vijver als jij.'

'Om nog maar te zwijgen van het feit dat we familie zijn.'

'Ja, dat ook nog eens. Dat is best wel fout.'

'Best wel.'

Bryan grinnikte. Hij kon er altijd op rekenen dat zijn broers hem met beide benen op de grond hielden. Niets werkte zo goed als familie om je weer jezelf te laten worden en je nergens mee weg te laten komen. Zoals het terloops noemen van Carina's naam. Er werden een paar wenkbrauwen opgetrokken, maar dat was het dan ook.

'Dus wat doe je hier *eigenlijk* nog?' Sean keek naar zijn kaarten. 'Zet meteen maar even in.'

'Is goed.' Bryan bekeek zijn kaarten. Vieren waren wild en hij had er twee. Met de zeven die open lag, had hij *three of a kind*. Geen slechte hand om mee te beginnen.

Het werd alleen maar beter bij de volgende twee, toen er nog twee zevens tevoorschijn kwamen. *Five of a kind.*

Zo symbolisch dat het eng was. Hij won de hand ermee — zijn laatste twee kaarten waren een hartenheer en hartenvrouw en hij had het universum niet nodig om hem dat twee keer te vertellen.

Hij pakte nog een brok pizza, cashte zijn fiches in en hield het voor gezien. Hij hield van zijn broers, maar ze hadden gelijk. Wat deed hij hier terwijl de persoon bij wie hij wilde zijn maar een paar kilometer verderop was?

Beth zette de tv uit. Serieus, ze moest hier *niet* in het donker zitten met een glas wijn waar ze al vier uur over deed, terwijl ze naar een Bryan Manley-filmmarathon keek. Ze was echt een masochist.

Ze wierp een blik op het laatste appje dat de kinderen hadden gestuurd. Ze waren vrolijk in de attracties op de promenade gegaan, hoewel Maggie zei dat het zonder Bryan lang niet zo leuk was.

Heel veel dingen waren lang niet zo leuk zonder Bryan erbij.

Ze zuchtte en kwam van de bank af, terwijl ze haar T-shirt over haar dijen naar beneden trok. Tot zover de sexy lingerie. Het was maar goed dat Bryan er niet was, alleen al om die reden.

En dat was ook meteen de enige reden die ze kon bedenken waarom ze blij was dat hij er niet was.

Ze pakte het wijnglas en de halfleeg gegeten schaal popcorn op. Wat een enerverende avond werd dit...

Ze liet Sherman buiten. Zelfs de hond hield niet van de stilte in huis. Hij was haar gaan volgen als een, tja, puppy — op een manier die hij zelfs niet had gedaan toen hij nog *echt* een puppy was — en zelfs Mrs. Beecham had zich verwaardigd om op de leuning van de bank op te rollen in plaats van in Maggie's poppenhuis, alsof ze er zeker van wilde zijn dat er nog *iemand* in huis was.

Zou het zo zijn als de kinderen straks allemaal groot waren en het huis uit gingen?

Hou op, Hamilton. Je bent nog jong genoeg om iemand te vinden. Als de kinderen wat ouder zijn, kunnen ze het best aan als je gaat daten.

Nou, vanavond ging ze in elk geval niemand vinden en het was tijd om er een punt achter te zetten.

Ze zette de schaal en het glas in de gootsteen en liet Sherman weer binnen, waarna ze hem in zijn bench deed. Zonder Jason om tegenaan te kruipen, zou de terriër door het huis blijven dwalen op zoek naar zijn maatje. Ze had in het verleden te veel slapeloze nachten gehad voordat ze had uitgevonden dat ze een van Jasons shirts in de bench moest leggen en hem dan moest opsluiten. Dan sliep Sherman als een roos, en zij ook.

'Welterusten, Sherman. Droom zacht.' Ze was tegen de hond aan het praten over dromen. Misschien moest ze morgen iets speciaals gaan doen. De hele dag naar de spa. Naar de stad rijden en een voorstelling bezoeken. Iets anders dan haar tijd verdoen met somberen in huis, naar de muren staren en gesprekken voeren met de huisdieren.

Ze deed het licht in de keuken uit en liep door de verduisterde huiskamer naar de trap bij de voordeur toen de bel ging.

Ze keek op haar mobiel. Tien over kwart voor elf. Wie belde er nu aan op een vrijdagavond om kwart voor elf?

Kara, die haar vast mee de stad in wilde slepen voor een wilde avond.

Beth liep naar de deur. Het zou Kara's eigen schuld zijn als ze de deur in deze outfit openmaakte.

Alleen... het was Kara niet.

Hoofdstuk 33

'Bryan.'

'Hoi, Beth.'

Het zou ook eens niet. Ze zag er vreselijk uit en hij zag er... Hij zag er even prachtig uit als altijd. Zelfs vermoeid van de reis en in verkreukelde kleding zag Bryan er geweldig uit.

'Wat doe je hier? Ik dacht dat je opnames had voor je film?'

'Dat had ik ook. En nu ben ik terug.'

Hij had nog geen stap verzet op haar veranda. Hij had eigenlijk nog geen spier verroerd. Zijn handen zaten in zijn broekzakken, zijn hoofd hield hij een beetje schuin naar rechts en zijn voeten stonden stevig geplant op een centimeter van de drempel.

Zij, aan de andere kant, kon niet stilstaan. Ze verplaatste haar gewicht van haar ene voet op de andere, kneep in haar handen, zette ze toen in haar zij, hield ze vervolgens achter haar rug en sloeg ze daarna weer over elkaar voor haar borst... Ze kon geen houding vinden. 'Maar... waarom?'

Hij haalde diep adem. 'Mag ik binnenkomen?'

'O, hm, ja. Tuurlijk.' Ze deed een stap achteruit, dankbaar dat ze de lichten had uitgedaan. Ze wilde niet dat hij haar zag in dit stomme oude, versleten T-shirt dat ze onder uit haar kast had getrokken.

'Liggen de kinderen in bed?'

'O. Die zijn er niet. Mijn schoonouders hebben ze dit weekend meegenomen naar het strand. Ze zijn weg tot zondagavond.'

'Dus je bent alleen?'

Beths hartslag verdrievoudigde. Ze was alleen in een donker huis, gekleed in vrijwel niets, met Bryan Manley, de man die ze meer dan wat ook begeerde. De man die haar, als wat hij laatst op haar terras had gezegd waar was, net zo graag wilde. 'Ja.'

Bryan haalde zijn handen uit zijn zakken en haalde er een door zijn haar. 'Jezus, Beth. Moest je dat nou echt zeggen?'

'Je vroeg het.'

'Ik weet het. Maar dat was omdat ik niet dacht dat het antwoord ja zou zijn.'

'Het spijt me, maar ik kan dit gesprek niet helemaal volgen. Waarom ben je hier?'

'Dit. Dit is waarom ik hier ben.'

Met twee stappen was hij bij haar en nam hij haar in zijn armen. Een seconde later kuste hij haar. Nog een halve seconde later was ze voldoende bij zinnen gekomen om ze prompt weer te verliezen toen de kus bij de volgende ademteug veranderde van *hallo* in *heet*.

God, wat wilde ze dit graag. Ze had het nodig. Ze had hém nodig.

'Beth, zeg dat ik moet stoppen,' kreunde hij terwijl hij met zijn handen over haar rug gleed, omlaag naar haar billen, en toen — o, dank U, Jezus — onder haar T-shirt.

Ze schudde haar hoofd en zoog op zijn onderlip. Ze ging hem niet zeggen dat hij moest stoppen. Nu niet. Hij had niet moeten komen als hij dit niet had gewild.

Hij trok haar strak tegen zich aan. O ja, hij wilde dit.

'Ik wil je, Beth. Ik weet dat ik zei dat het niet verstandig was, maar ik wil je, en ik kan maar niet ophouden met aan je te denken.'

De woorden waren ongelofelijk en dat gold ook voor zijn handen en zijn lippen en zijn geur en smaak, en godzijdank kon hij niet ophouden, want ze wist niet wat ze zou doen als hij dat wel deed.

Beth sloeg haar armen om zijn schouders en drukte haar tintelende borsten tegen hem aan. God, ze wilde dat hij haar daar aanraakte. Ze had het nodig. Het was zo ontzettend lang geleden dat ze had gewild dat iemands handen haar aanraakten. En lippen en tong...

'Bryan, raak me aan. Alsjeblieft.' Ze had niet willen smeken, maar die *alsjeblieft* klonk verdomd veel als smeken en het grappige was dat het haar niets kon schelen.

Bryan begreep het. Hij klemde haar achterhoofd in beide handen en streek met zijn neus langs de hare. 'Dat zal ik doen, Beth. Dat zal ik doen. En nog zo veel andere dingen... als je me toelaat?'

Zijn groene ogen zochten de hare, zoekend naar een antwoord. Beth wist niet precies wat de vraag was, maar ze wist dat wat Bryan haar vanavond ook zou vragen, ze het zou doen. En morgen ook. Zelfs zondag nog, tot het moment dat de kinderen weer thuiskwamen.

Dit was *niet* het moment om aan de kinderen te denken. Het was tijd om alleen aan haar en Bryan te denken en aan wat ze voor, met en bij elkaar konden doen.

Maar Bryan stopte met kussen. 'Beth. Lieverd. Het spijt me. Dit moeten we niet doen. Ik had niet mogen—'

'Ik wil het niet horen. Je bent hier met een reden gekomen. Wat was die reden, Bryan?' Ze speelde geen spelletjes. Zij wist, meer dan de meesten, hoe snel het leven voorbij kon zijn. Ze ging geen minuut meer van haar leven verspillen aan *hoe het zou moeten zijn*. Het was tijd voor *hoe het zou kunnen zijn*, en ze wilde een *zou kunnen zijn* met Bryan.

Ze verstrengelde haar vingers in zijn haar en trok eraan. 'Vertel het me, Bryan. Wat zorgde ervoor dat je je filmset verliet en hierheen terugkwam? Vannacht? Om elf uur? Naar je geboorteplaats die zo ver af ligt van de schittering van Hollywood?'

Hij keek haar nogmaals diep in de ogen, haalde toen diep adem en het was alsof er een gewichtige beslissing was genomen.

'Jij, Beth. Ik had je nodig. Om je te zien. Om bij je te zijn.' Zijn stem werd lager. 'Je aan te raken.'

'En nu je hier bent? Nu je me in je armen hebt?' Ze streelde zijn nek en als ze zich niet vergiste, voelde ze hoe er rillingen door hem heen gingen.

Hij nam haar wang in zijn hand en tilde haar kin op met zijn duim. 'Ik wil je. Dat weet je.' Hij drukte zijn onderlichaam tegen haar aan. 'Verdomme, het is niet bepaald een geheim. Vrouw, je hebt me vanbinnen zo in de war gebracht dat ik aan niets en niemand anders kan denken dan aan jou.'

'Zelfs niet aan Carina Dempsey?' Oké, ze had de naam van de actrice niet moeten noemen. Bryan vroeg haar niet om met hem te trouwen. Verdomme, ze wist niet eens precies wat hij haar wel vroeg, maar Carina of welke andere vrouw dan ook deed er nu niet toe.

'Wie?' Bryan gaf haar die zelfverzekerde halve glimlach waar hij om bekendstond en het deed met haar wat het met miljoenen andere vrouwen deed.

Maar miljoenen andere vrouwen liggen niet in zijn armen, dus waarom zit je in hemelsnaam te ratelen over een of andere actrice terwijl de man net heeft gezegd dat hij je wil?

'Laat maar.' Ze streek zijn prachtige haar weg uit zijn gezicht en liet haar vingers zachtjes over zijn oor gaan.

'Beth...' Zijn stem was laag. Bijna een grom.

'Ja?'

'Als je daarmee doorgaat...'

'Hiermee?' Ze volgde de buitenrand van zijn oorschelp zo lichtjes dat het bijna leek alsof ze hem niet aanraakte. Maar dat deed ze wel. Dat wist ze.

En hij ook. Hij rilde opnieuw en drukte zijn onderlichaam nog steviger tegen het hare.

Zijn penis zwol op tegen haar dij. 'Zie je wat dat met me doet?' fluisterde hij bijna gepijnigd. 'Er is geen Carina, er is geen andere actrice. Geen andere vrouw. Alleen jij. En ik. Hier. Nu.'

En dat is alles wat het zal zijn bleef onuitgesproken, maar Kara's woorden echoden ook door haar hoofd. *Neem deze tijd voor jezelf. Geniet van wat Bryan je aanbiedt, puur voor het plezier.* Er hoefden geen langetermijnverplichtingen aan vast te zitten. Geen groot, groots opgezet levensplan. Gewoon twee mensen die elkaar begeerden en de tijd namen om dat verlangen te verkennen.

'Ik wil je, Bryan.' Zo. Ze had het gezegd. De bal lag bij hem.

Hij pakte de kans met beide handen aan. Of liever gezegd, hij pakte *haar* op. Hij tilde haar in zijn armen zoals Jason Maggie had opgetild, maar daar hield de vergelijking op, want de blik in Bryans ogen zei overduidelijk dat hij haar niet als een zus zag.

'Is je kamer oké?' vroeg hij, terwijl hij naar de trap liep.

'Nou, die van de kinderen zeker niet.'

Hij stopte onderaan de trap en zijn glimlach vervaagde terwijl hij haar opnieuw diep in de ogen keek. 'Ik bedoelde alleen, omdat het de kamer van jou en je man was...'

Als ze nog geen gevoelens voor hem had gehad, dan was dit het moment geweest. Ze stak haar hand uit om zijn wang te strelen. 'Het is oké, Bryan. Mike zou blij voor me zijn.'

'Dan is hij een betere man dan ik, maar ik ga niet zo nobel zijn om je af te wijzen.' Hij nam de treden met twee tegelijk en liep door de gang, langs de kamers van de kinderen, tot hij eindelijk haar kamer bereikte.

Maanlicht zeefde door de openslaande deuren naar het balkon en schitterde over het bed. Ze had de panelen van de deuren om precies die reden uitgekozen; ze hield van het patroon dat het maanlicht op haar bed wierp, als iets uit een sprookje.

Een beetje zoals vanavond.

Bryan zette haar op het bed en ging naast haar zitten, terwijl hij met zijn handrug bijna eerbiedig over haar wang streek. 'Weet je het zeker, Beth? Ik kan je niet veel beloven, maar ik *kan* beloven dat ik je wil. Dat er niemand anders is met wie ik hier liever zou zijn.'

'Sst, Bryan.' Ze legde haar vingers op zijn lippen en kreeg rillingen toen hij ze kuste. 'Ik vraag niet om een sprookje. Ik ben gewoon zo blij dat je besloot terug te komen. Voor hoelang je hier ook wilt zijn.'

Zijn ogen dwaalden weer over haar gezicht en Beth durfde bijna niet adem te halen, bang dat ze hem zou wegjagen. Ze wilde hem zo graag, wilde *dit* zo graag, dat ze er zelf bijna bang van werd. Dit had ze niet gepland. Dit had ze niet gewild. Ze had er niet eens echt over nagedacht. Het enige wat ze had gewild, was haar kinderen helpen over het verlies van Mike heen te komen en verder te gaan met hun leven. Ze had er niet echt bij stilgestaan dat zij diezelfde kans zou krijgen.

Bryan gleed met zijn hand in haar haar en trok haar naar zich toe voor nog een kus. Geen woorden, geen inleiding, gewoon een eerlijke, rauwe kus vol verlangen.

Beth ging er volledig in mee.

Ze ging achterover liggen terwijl hij zich tegen haar aandrukte, hopend — nee, *snakkend* — om hem boven op zich te voelen, en ze slaagde er op de een of andere manier in haar T-shirt omhoog te sjorren tot net onder haar borsten. Haar tintelende borsten die smeekten om zijn aanraking en zijn kus en, *o lieve God*, zijn tong en zijn lippen.

Ze nam genoegen met zijn handen; toen hij ze langs haar zijden omlaag liet glijden, trok Beth haar rug hol, verlangend naar die sensatie over haar hele lichaam.

'God, Beth, je reageert zo intens.'

'Dat is wat je met me doet, Bryan.' Ze hapte naar adem toen zijn vinger-toppen over haar buik dansten, een gevoel dat rechtstreeks naar haar kern schoot. Beth kon de tintelingen die door haar heen trokken en de rillingen die over haar huid liepen niet bedwingen.

'Heb je het koud?' vroeg Bryan terwijl hij zijn vingers stilhield.

'Dat krijg ik wel als je daarmee ophoudt.' Ze wiebelde met haar heupen om haar punt kracht bij te zetten en, slimme man als hij was, begon hij haar weer te strelen terwijl zijn lippen de hare zochten.

Ze zou er zo aan kunnen wennen om Bryan Manley te kussen.

Hij was Beth aan het kussen.

Beth Hamilton.

Weduwe en moeder van vijf kinderen.

Degene bij wie hij gezworen had uit de buurt te blijven.

De pers zou hier smullen als ze er lucht van kregen.

Mac zou een scène schoppen als ze er lucht van kreeg.

Zij zou het niet te weten komen. *Niemand* zou het te weten komen. Dit ging alleen om hem en Beth en deze ongelofelijke chemie tussen hen.

Hij schoof haar T-shirt stukje bij beetje omhoog over de gladde huid van haar buik. Vijf kinderen en ze zag er niet uit alsof ze er ook maar één had gedragen.

Ze slaakte een zucht in zijn mond toen zijn duim haar tepel vond en, jemig, wat dat geluid met hem deed. Hij kreeg zo snel een harde erectie dat hij nu meteen in haar wilde zijn. Op ditzelfde moment. Hij wilde haar om zich heen voelen, hoe ze hem omsloot en hem opnam in dat meest private deel van haar.

God, wat wilde hij haar graag.

Rustig aan, Manley. Geniet er nu maar van. Je zult er jaren mee moeten doen, want dit gaat echt niet dagelijks — of wekelijks of zelfs maandelijks — gebeuren. Je hebt plannen, vriend. Grote plannen. En daar horen zes aanhang-sels niet bij.

Hij legde die stem het zwijgen op. Dat was een goede manier om de sfeer te verpesten. Hij vroeg Beth niet om de rest van haar leven met hem te delen — en zij vroeg hem dat ook niet — dus waarom zou hij die weg inslaan?

Omdat je de rest van je leven met haar wilt doorbrengen, je bent alleen te koppig om het toe te geven.

Niet koppig, maar *verstandig*. Gedreven. Gefocust. Hij had een plan. Na een jeugd in bijna-armoede zou Bryan dat *nooit* meer laten gebeuren, en dit werk was het middel om zijn toekomst en zijn gemoedsrust veilig te stellen. Met een paar miljoen op de bank zou hij eindelijk rust kunnen vinden.

Beth bewoog onder hem en Bryan trok zijn gedachten weg uit de toekomst en terug naar het hier en nu. Hij had Beth Hamilton die onder hem op het bed kronkelde. Haar benen voelden zo goed tegen de zijne, en elke beweging van haar buik als ze naar adem hapte, was een stimulans voor zijn penis zoals niets anders dat kon zijn.

Hij had dit met haar gedaan. *Hij* had haar veranderd in een naar adem happende, hijgende, kronkelende vrouw die er zo volkomen prachtig uitzag op de blauwe sprei — hij had gelijk gehad, blauw was een goede kleur voor haar.

Hij kwam een stukje omhoog om zijn lippen van de hare te halen en te genieten van de aanblik van haar ogen die opengingen om te zien waarom hij was gestopt.

'Wat is er?'

Hij kuste het puntje van haar neus. 'Ik wilde naar je kijken.'

Ze bloosde. Wonderlijk dat Beth na vijf kinderen en een goed huwelijk nog steeds bloosde. 'Waarom?'

'Omdat je zo mooi bent, en omdat ik hier zo vaak over gefantaseerd heb dat ik bijna niet kan geloven dat ik hier echt ben. Dat dit echt gaat gebeuren.'

Ze stak haar hand weer uit om zijn wang te strelen. God, hij hield ervan als ze dat deed, haar ogen donker en aandachtig — en intens — in de zijne kijkend. 'Zeg me alsjeblieft niet dat je begint te twijfelen.' Ze klemde haar dijen om de zijne. 'Ik denk niet dat ik het zou overleven als je dat doet.'

Als ze zijn heupen zo stevig vastklemde wanneer hij in haar was, zou *hij* het niet overleven. Zijn penis was nu al zo hard dat het pijn deed, en zijn vingers jeukten om haar borst te omvatten.

Dus dat deed hij. En hij werd beloond met de meest sexy beweging waarbij ze haar rug boog en met haar lichaam draaide, die hij ooit had gezien. En Beth kreunde ook nog. Nou ja, een langgerekt, smachtend kreunen, afgewisseld door een paar snelle ademteugen terwijl hij met zijn duim over haar tepel streek. 'Vind je dat fijn?'

Ze beet op haar onderlip en deed haar ogen even open. 'Hm-hm.'

Hij gaf er weer een zacht rukje aan.

Ze slaakte een klein kreetje en boog haar rug naar zijn aanraking toe.

'Dat beschouw ik als een ja.'

Ze keek hem toen aan en de blik in haar ogen nagelde hem vast. 'O God, Bryan, stop niet.'

'Hiermee?' Hij gaf weer een rukje aan haar tepel.

'Daarmee, met me kussen, me aanraken... alles wat je maar met me wilt doen.'

Hij wilde nog zo veel meer doen.

'Oké, Beth, zeg niet dat ik je niet gewaarschuwd heb. Schuif nu maar wat omlaag op dit bed en laat me je zien hoe het moet.'

Hoofdstuk 34

Mijn hemel, Bryan liet haar wel even zien hoe het moest.

Die man kon een zangvogel aan het huilen maken.

Bepaalde delen van haar brachten hem tot tranen. Eén specifiek tintelend, vurig kloppend deel in het bijzonder.

'Oh mijn God, Bryan.' Ze slaakte kreunende zuchten van puur genot toen Bryan zijn mond naar haar dijen liet zakken. Hij was nog niet eens bij haar centrum en ze stond nu al in brand. 'Raak me aan. Alsjeblieft.'

'Dat ga ik doen, baby. Wees niet zo ongeduldig.'

Ze slaagde erin te lachen. Twee jaar. Moesten ze *hem* eens zien na twee jaar gedwongen onthouding.

Er ontsnapte haar nog een gniffel. Ze betwijfelde ten zeerste of Bryan ooit zelfs maar twee *minuten* van gedwongen onthouding had gekend.

Hij haakte zijn vingers in de tailleband van haar slipje en Beth voelde hoe het vocht erin trok. Ze wist niet hoeveel voorspel ze nog aankon omdat ze Bryan zo verschrikkelijk graag wilde, maar vragen om een vluggertje voelde gewoon zo ongepast op dit moment, hun eerste keer samen.

Volgende keer echter...

'Waarom glimlach je?' fluisterde hij met een ongelooflijk sexy grom.

'Om jou. Daar.'

Hij leunde wat achterover op zijn hielen en bekeek haar. *Helemaal.* 'En kijk eens naar jou. Daar.' Hij trok haar slipje naar beneden. 'Kijk *nu* eens naar je.'

Hij gleed het van haar benen af en liet daarna zijn handpalmen langs haar dijen omhoog glijden, over haar heupbeenderen naar de ronding van haar middel, waardoor er een vuur onder haar huid ontwaakte dat ze in twee zeer lange jaren niet had gevoeld.

'God, Beth, je bent nog mooier dan ik me had voorgesteld.'

'Heb je je dit voorgesteld?'

'Dit? Nee. *Dit* had ik nooit kunnen bedenken. Mijn voorstellingen doen je geen recht en als ik had geweten, *echt* had geweten hoe mooi je bent, was ik nooit weggegaan.'

'Maar ik vroeg je om te gaan.'

'En ik had moeten proberen je ervan te weerhouden.'

Ze glimlachte. 'Maar dat deed je niet, want je vertrok om dezelfde reden waarom ik je vroeg om te gaan.'

'Een reden die niet is veranderd.' Hij haalde zijn handen bij haar weg. 'Moet ik gaan?'

Ze greep zijn handen vast en legde ze op haar borsten. 'Hou op met praten, Bryan. Jij bent hier, de kinderen niet en we hebben de nacht voor ons. En morgen ook als je wilt.'

'Morgenavond?' Hij trok een wenkbrauw op boven die scheve grijns.

Beth lachte. Het voelde zo goed om te lachen. 'Zeker. Morgenavond. Als je denkt dat je het aankunt.'

Ze keken allebei naar zijn kruis. Oh ja, hij kon het aan.

'Dat zal het probleem niet zijn.'

'Dat zie ik.' Beth ging rechtop zitten. 'Maar nog niet op de manier waarop ik het graag zou willen.' Ze maakte de knoop van zijn short los.

Zijn buikspieren spanden zich aan, waardoor ze genoeg ruimte kreeg om met haar vingers onder de tailleband te strijken.

'God, Beth, dat is geweldig.'

'Dat is nog niets vergeleken met wat ik met je van plan ben.'

'Ik had nooit weg moeten gaan.'

Ze trok de rits omlaag. 'Sssst. Wat gedaan is, is gedaan. We zijn nu hier. Laten we ervan genieten.'

Hij hielp haar om zijn short over zijn heupen te duwen. 'Dat ben ik zeker van plan.'

Hij schopte hem uit en kroop toen het bed op, waarbij hij over haar benen heen kwam zitten en haar T-shirt met zijn tanden vastgreep.

Zijn stoppels schraapten over haar buik, waardoor ze begon te wiebelen. 'Bryan! Dat kietelt!'

Hij stopte met het T-shirt tussen haar borsten. 'Dat is een reactie die ik nog niet eerder heb gehoord.' Hij wiebelde met zijn wenkbrauwen. En ging direct weer verder met het schrapen van zijn kin over haar huid, heen en weer over haar borsten. En toen haar tepels.

Mijn hemel, die sensatie... Beth stopte met wiebelen. In plaats daarvan greep ze de lakens vast en hield ze zich stevig vast, want als hij zo doorging, zou ze nog van het bed vliegen.

Zijn lippen namen de plaats van zijn kin in.

Oh. Mijn. God. Beth klemde haar benen op elkaar omdat het kloppen daar beneden krankzinnig werd.

Hij zoog even aan haar tepel en liet hem toen weer los. 'Lekker zo?'

Ze opende haar mond, maar er kwam niets uit. Hij had haar haar adem en haar stem ontnomen.

'Ah, dat vat ik ook op als een ja.' Daarna ging hij naar de andere.

Tegen de tijd dat hij klaar was om verder te gaan naar haar sleutelbeen en haar nek en haar kaak en een hele reeks andere verrukkelijke plekjes, kon Beth haar verstand nauwelijks nog erbij houden, laat staan haar greep op de lakens. Op de een of andere manier waren haar vingers naar zijn haar verhuisd en ze liet niet meer los. Vooral niet toen hij tergend weigerde haar te kussen.

'Bryan.' Ze trok aan zijn haar.

'Mmmmm.' Hij mompelde het tegen haar keel; zijn lippen en tong en hete adem maakten haar lang niet zo gek als die trilling tegen haar polsslag.

'Bryan, kus me.'

'Dat doe ik toch.' Hij zoog aan haar nek.

'Hé!' Ze draaide zich weg. 'Geen zuigzoenen!'

Hij steunde op zijn ellebogen en keek haar aan. 'Waarom niet? Zuigzoenen zijn leuk.'

'Behalve dat iedereen dan weet waar ik ze vandaan heb. Of ze gaan het zich afvragen en dat is bijna net zo erg als dat ze het weten.'

'Ah.' Weer die wiebelende wenkbrauwen. 'Je schaamt je voor me.'

'Niet plagen, Bryan. Ik ben serieus.'

Die plagende blik verdween van zijn gezicht. 'Het spijt me. Je hebt gelijk. Ik zat maar wat te dollen. Ik was niet echt van plan je een zuigzoen te geven.'

'Oh. Oké dan.'

'Nou ja, tenminste niet daar.' Hij liet zijn lippen zakken naar de onderkant van haar borst. 'Niet waar iedereen het kan zien. Maar hier...' Hij zoog haar huid in zijn mond... en bleef zuigen.

Oh God, die ruk die ze diep in haar buik voelde...

Verlangen stroomde door haar heen en ze drukte zijn hoofd tegen zich aan. God, ja, ze wilde dat hij haar merkte. Alleen zij zouden het weten, en ze zou een fysieke herinnering aan vanavond hebben, al was het maar voor even.

Hij schoof zijn dij tussen de hare en ze klemde hem vast. 'Oh, Bryan...' Ze kon niet stoppen met het kreunen van zijn naam. Hij voelde gewoon zo verdomd goed bovenop haar. Tussen haar benen, haar kussend, haar vast-houdend,

'Zeg mijn naam nog eens, Beth. Ik hou van de manier waarop je het zegt.' Hij kuste haar tepel opnieuw en werkte zich weer omhoog naar haar nek; bij elke huidsidderende centimeter die hij aflegde, hijgde ze zijn naam uit.

Hij kuste het holletje onder haar oor, liet daarna zijn tong langs de rand gaan en Beth klemde haar dijen opnieuw aan.

'Wil je me?' fluisterde hij in haar oor.

Ze gaf een soort reactie, half kreun, half spinnen, en ze voelde zijn glimlach tegen haar wang.

'Houd die gedachte vast,' fluisterde hij voordat hij zich terugtrok.

Helemaal terugtrok. In de zin van: van-haar-lichaam-en-het-bed-af-klimmen.

'Waar ga je heen?' Lieve hemel, hij liet haar toch niet zo achter?

'Ik ben hier, baby.' Hij pakte zijn short en haalde iets uit de zak, dat hij naast haar op het bed gooide.

Condooms.

'Zoveel?' Of hij had een zeer hoge dunk van zichzelf, of hij had een geweldig idee over *haar*.

'Maak je geen zorgen, Beth, we gaan ze stuk voor stuk gebruiken.'

'Bryan, er liggen er minstens twaalf.'

'Hm-m.' Hij kroop het bed weer op, ging weer over haar heen zitten, zijn stijve lid recht boven de plek die het vanbinnen zo vurig wilde voelen, en scheurde een condoomverpakking open met zijn tanden. 'Wil jij de eer hebben?' Hij hield het haar voor.

Beths handen trilden terwijl ze het eromheen rolde — onhandig. *Natuurlijk.* Ze kon op zo'n moment niet soepeltjes zijn; zij en Mike hadden die dingen in geen tien jaar gebruikt. Het was niet alsof ze bergen ervaring had.

'Je hoeft niet verlegen te zijn bij mij, Beth.' Hij legde zijn handen over de hare en werkte het verder op zijn plek. 'Ik vind het fijn dat je dit niet gewend bent. Ik vind het een prettig idee dat ik de enige man ben, naast je echtgenoot, die met je in dit bed is geweest.'

'Ik dacht dat je zei dat je niet zo genereus was als hij? Ben je nu ineens wel bereid om de zogenaamde eer te delen?'

'Baby, alleen al bij je zijn is een eer. Al het andere is een geschenk en ik ben zo vereerd dat je me toestaat hier zo bij je te zijn. Dat je me genoeg wilt om me binnen te laten. Ik weet dat je niet het type bent voor losse scharreltjes en ik ben diep geraakt door dit geschenk.'

Hij bleef maar praten over geschenken en generositeit alsof ze een of ander offer bracht, maar de realiteit was dat ze Bryan wilde met een passie waarvan ze dacht dat ze die kwijt was.

'Vrij met me, Bryan.' Ze opende haar benen en haar armen. En haar hart.

Want Bryan had gelijk; ze was niet het type voor iets vrijblijvends en dat ze dit deed, dat ze zo open en verwelkomend was, en zich niet ongemakkelijk of verlegen of nerveus voelde, dat betekende dat ze om hem gaf. Meer dan alleen om zijn publieke imago, meer dan om een man die haar fysiek genot kon schenken; ze *kende* Bryan en ze mocht *die* man. Wilde *die* man.

Hield van die man.

De bekentenis overviel haar terwijl hij bij haar naar binnen gleed en voor Beth was het de natuurlijkste zaak van de wereld, zowel om zo intiem met Bryan te zijn als haar gevoelens voor hem te erkennen. Er was geen paniek, geen zorg, geen besluiteloosheid. Het emotioneel van hem houden was voor haar even natuurlijk als het fysiek van hem houden, waardoor de twee één werden.

En waar had ze die woorden eerder gehoord?

Bryans adem stokte in zijn keel toen hij bij Beth naar binnen gleed. God, wat wenste hij dat hij dat verdomde condoom niet hoefde te dragen. Zij was de enige vrouw met wie hij echt huid-op-huid wilde zijn. Maar dat was een heel ander niveau van vertrouwen en emotie en hij was allang dankbaar dat ze zich zo voor dit moment openstelde.

Ze klemde zich om hem heen toen hij begon te bewegen en Bryan moest zijn ogen stijf dichtknijpen; het genot was zo intens, de emotie zo krachtig dat hij bang was dat de tranen hem in de ogen sprongen.

Hij liet zijn handen in haar krullen glijden, die zachte, zijdeachtige krullen die hem al zo lang uitdaagden. Hij had zich niet kunnen voorstellen hoe perfect ze waren. Niet zo. Niet zonder ze aan te raken en de geur van haar shampoo in te ademen en de fijne lokken langs zijn gezicht te voelen strijken. Hij kuste haar kaaklijn, daarna langs haar haargrens, met de wens om elke centimeter van haar gezicht te kussen, maar hij werd zo sterk naar haar lippen getrokken dat hij zichzelf met geweld moest inhouden, omdat hij haar anders misschien zou afschrikken met de passie waarmee hij haar lippen wilde opeisen.

'Kus me, Bryan,' fluisterde ze terwijl haar handen in zijn rugspieren grepen en naar beneden gleden over zijn billen, hem vastklemmend terwijl haar inwendige spieren zich om hem heen sloten. Ze sloeg haar benen om zijn dijen en hij voelde hoe ze haar enkels op slot zette; haar dijen spreidden zich verder, waardoor hij dieper in haar kon wegzinken, en de symboliek daarvan ontging Bryan niet.

En het kon hem niet alleen niets schelen, hij verwelkomde het. Hij wilde zo dicht bij Beth zijn, zo in haar opgegaan, dat hij niet kon zeggen waar de een ophield en de ander begon. Het was werkelijk een geschenk dat ze hem toestond zo bij haar te zijn.

Het was ook ongelooflijk opwindend. Vooral toen ze zijn lippen min of meer naar de hare dwong — niet dat hij onwillig was, maar hij had de weg daarheen weer vanaf haar oorlel willen kussen en zij had daar geen geduld meer voor.

Dus liet Bryan zich door haar meevoeren.

Beth kuste hem met een passie waar hij van gedroomd had en meer, want hij had het zichzelf niet *durven* voorstellen dat het zo zou zijn. Maar Beth was alles wat hij wilde dat ze was. Sexy en teder en bereidwillig en verlangend, en ze nam alles aan wat hij te geven had.

Hij stootte in haar, verlangend om zo dichtbij te zijn als twee mensen fysiek kunnen zijn, verlangend om haar om zich heen te voelen, hem in zich opnemend, om hem vragend, dit contact tussen hen nodig hebbend. En toen ze zijn naam uitriep, haar nek achterover gebogen terwijl haar nagels over zijn rug krasten, haar dijen hem bij elke stoot omklemden, elke beweging beantwoordend, hun huid glad van het zweet terwijl ze tegen elkaar aan gleden, voelde Bryan een golf van emotie over zich heen rollen als een golf op het strand. Hij kon de rillingen die door hem heen trokken niet bedwingen, noch het bonzen dat hij in haar moest doen om haar te voelen, om haar hetzelfde genot te schenken dat zij hem gaf. Het kostte hem alles wat hij in zich had om niet te komen totdat hij haar voelde trillen, haar ademhaling kort en gejaagd, zijn naam ergens daartussen verloren. Bryan dreef hen beiden nog iets verder, iets hoger, totdat hij het eindelijk niet meer tegen kon houden. De rit die beter was dan welke achtbaan dan ook waar ze in hadden gezeten, was niet meer te stoppen. De sensaties overweldigden hem en voor een paar seconden — een kort moment zoals hij dat nog nooit eerder had beleefd — dacht Bryan dat hij zijn toekomst voor zich uitgestrekt zag liggen, alsof de hemel hem een glimp gunde van wat er zou kunnen zijn.

En toen kwam hij. Dat moment waarop alles in zijn maag zich omdraaide en het over hem heen spoelde; Bryan zag niets anders dan de binnenkant van zijn oogleden terwijl hij diep in haar moest stoten om die ongelooflijke, verbazingwekkend intense hunkering te voeden waarvan hij wilde dat die nooit zou ophouden.

Het hoeft niet op te houden...

Hij wist niet zeker of zij het fluisterde of dat hij het had gedacht, maar het idee bleef bij Bryan hangen terwijl hij de schokken door haar heen voelde gaan, haar zijn naam hoorde roepen op een manier die gegarandeerd zijn orgasme zou verlengen — wat ook gebeurde. Daarna sloeg hij zijn armen zo stevig om haar heen om te voorkomen dat ze in de nasleep allebei uit hun voegen zouden barsten, totdat hij zich tegen haar aan vlijde, haar wang kuste, haar oor, haar schouder, zijn vingers verstrengeld met de hare tegen haar borsten, zijn voet tegen haar gladde benen wrijvend terwijl hij zijn been over hen heen sloeg. Even, heel even maar, maar het was er, dacht Bryan er bijna aan om de drie woorden te zeggen waarvan hij nooit had gedacht dat hij ze ooit nog zou uitspreken.

Bijna.

Maar hij deed het niet.

Idioot.

Hoofdstuk 35

De man van wie ze hield.

Beth liet in het vroege ochtendzonlicht een glimlach op haar lippen verschijnen. Hij sliep achter haar, zijn gezicht begraven in haar haar, terwijl de zachte vlagen van zijn adem de ronding van haar schouder kietelden, maar Beth was niet van plan zich te verroeren. Ze was verliefd op Bryan Manley. En niet op *de* Bryan Manley, de hartendief op wie miljoenen vrouwen dachten verliefd te zijn, maar op de Bryan Manley die toiletten schoonmaakte, haar hond redde en haar zoon leerde hoe hij een waslijn moest maken. Die kleurde met haar dochter en het niet erg vond om een tiara op te zetten of een thee-kransje te houden om een kind—*haar* kind—gelukkig te maken. *Dat* was de man op wie ze verliefd was.

Helaas was *die* man ook dezelfde persoon als de hartendief, en de harten-dief had dromen waar kinderen, honden en theekransjes geen deel van uitmaakten.

Dit weekend was een geschenk. Een moment in de tijd. Ze zou ervan genieten zolang ze het had en het koesteren wanneer hij weg was. En ze zou hem naar dat leven laten terugkeren zonder enige druk van haar kant.

'Ik hoor je denken.' Zijn adem kietelde nu haar oor.

Ze trok haar schouder op. 'Je kunt geen gedachten horen.'

'Zeker wel. Je ademhaling versnelde en je vingers trillen.'

'Dat is niet horen; dat is voelen.'

Hij spreidde zijn handpalm over haar borst. 'Voelen heeft veel voordelen.'

Ze legde haar hand op de zijne en drukte die tegen zich aan. Hij dacht misschien dat ze die om seksuele redenen tegen haar borst drukte, maar ze drukte hem in werkelijkheid tegen haar hart, want dat was de plek waar hij altijd zou blijven.

'Ah... Het is waar wat ze zeggen.'

'O ja?'

'Twee zielen, één gedachte.' Hij kneep zachtjes in haar borst.

Oké, het was dus niet alleen omdat hij in haar hart zat dat ze wilde dat hij haar daar aanraakte.

Ze wiebelde met haar achterwerk tegen hem aan. Jep, een ander deel van hem was net zo wakker als zij.

'God, Beth, doe dat niet. Ik weet niet of er nog condooms over zijn.'

'We zijn er toch geen dozijn doorheen gejaagd?'

'Scheelde niet veel.'

'Bryan, je overdrijft. Je bent Superman niet.'

'Maar ik zou hem wel kunnen spelen op het witte doek.'

Ze wiebelde nog eens, één keer. Krachtig. 'Plager.'

'Op een goede manier, hoop ik.'

Ze wiebelde weer. 'Zo te zien wel.'

'Ik bedoelde voor jou. Als je te beurs bent, Beth, of te moe, of me zat bent...'

Ze draaide zich zo snel om dat ze kon zien dat hij het niet had verwacht. Ze nam zijn gezicht in haar handen. 'Bryan Matthew Manley, waag het niet zoiets te zeggen. Ik heb *jou* gekozen als de eerste man in mijn bed sinds de dood van mijn man; dat is geen beslissing die ik lichtvaardig heb genomen. Ik ben heel blij dat je hier bent en je mag blijven zolang je wilt.'

Dat was het probleem; hij wilde voor altijd blijven. Maar hij deed niet aan voor altijd. Niet hier en niet op dit punt in zijn carrière. De verkiezing van *People's* Sexiest Man Alive stond voor de deur, volgens zijn agent, zodra deze film uitkwam, en hij wilde niets doen om dat in gevaar te brengen. Een vrouw en vijf kinderen zouden hem uitschakelen voor de titel—

Ho ho ho! Een vrouw en kinderen? Dus je denkt al in die richting, hè?

Hij wist verdomme niet wat hij aan het doen was; hij wist alleen dat hij het niet hier in dit stadje kon doen. Hij was hier voor het weekend; dat was het. Daarna zou het weer teruggaan naar de felle lichten van Tinseltown, verder opwaarts op de ladder van zijn carrière.

O jee, hij was van plan geweest om haar ladder uit haar schuurtje te halen en naar de garage te verplaatsen. De dakgoten moesten voor de herfst worden schoongemaakt.

'Oké, waar denk *jij* nu aan? Je trekt opeens een heel raar gezicht.'

'Dakgoten.'

'*Dakgoten?* Ik bedoel, ik weet dat ik gisteravond nogal ongeremd was, maar ik denk niet dat we iets hebben gedaan wat het daglicht niet kan verdragen, of wel?' Beth beet op haar onderlip.

Dat gebaar was sexy. Alles wat ze deed was sexy. Hem kussen, zijn naam kreunen, zijn korte broek losmaken... Zelfs het opruimen van Shermans speeltjes en het ophangen van de was was sexy als Beth het deed.

Over Sherman gesproken, er klonk wat gestommel in de keuken. 'De hond is wakker.'

'Mrs. Beecham ook. Daarom is Sherman wakker. Ze vindt het heerlijk om hem 's ochtends een beetje op te jagen.'

Bryan boog zijn rug. 'Ik ben er ook niet op tegen om 's ochtends een beetje te jagen.'

Beth rolde glimlachend met haar ogen. 'Ik moet Sherman uitlaten, anders begint zijn "Hallelujah-koor" elk moment.' Ze kuste hem vluchtig—te vluchtig —en stapte uit bed.

Ze pakte haar T-shirt op.

'Niet doen.'

Ze keek hem aan met het shirt over haar armen, klaar om haar hoofd erdoorheen te steken. 'Niet doen?'

'Trek dat niet aan. Kun je hem niet zo uitlaten?'

'Naakt?'

Hij wist niet of ze meer ontsteld was door het idee of door het feit dat ze ook echt naakt voor hem stond. 'Ja, naakt. Ik wil aan je denken terwijl je zo rondloopt en ik de enige ben die je kan zien.'

'Tja, ik haat het om je uit de droom te helpen, Bryan, maar de gordijnen beneden zijn allemaal open. De hele buurt zou een prachtig uitzicht hebben als ik zo naar beneden ging.' Ze trok het shirt over haar hoofd. 'Maar ik laat mijn slipje uit als je je daar beter door voelt.'

De kleine deugniet was met een brede grijns de deur al uit terwijl hij die mentale en visuele klap nog probeerde te verwerken.

Ze liep door haar huis zonder slipje aan. Het slipje dat hij bij haar had uitgetrokken.

Bryan kreunde terwijl hij glimlachte. God, dit was leuk. En geweldig. En absoluut perfect. Beth was absoluut perfect. En misschien, als ze geen kant-en-klaar gezin had, zouden ze dit een kans kunnen geven.

Serieus? Ga je de kinderen eruit schoppen?

Hij ging rechtop zitten en haalde zijn handen door zijn haar. Nee, natuurlijk niet. Beth en de kinderen waren een totaalpakket en eerlijk gezegd mocht hij haar kinderen graag. Echt graag. Jason, die zo graag een man wilde zijn, maar iemand nodig had die hem liet zien hoe dat moest. Kelsey, bijna een volwassen vrouw, die sturing nodig had over hoe ze zich niet moest gedragen in de buurt van hitsige tienerjongens. De tweeling, met hun energie en hun verlangen om als individuen te worden gezien terwijl ze toch een team bleven... Hij en zijn broers scheelden zo weinig in leeftijd dat hij hun tips kon geven. En dan was er Maggie. De lieve, zorgzame Maggie, die alleen maar een papa wilde om haar te knuffelen.

Geef het maar toe, Bryan. Je wilt hen. Dit is niet zomaar een slippertje voor je. Je wilt Beth en de kinderen en je zult een manier moeten vinden om hen te kunnen hebben, want je gaat niet in staat zijn om bij hen weg te lopen. Niet als je de man wil zijn die je zegt te zijn.

Hij stond op en boog zijn rug; er moesten een paar stijve spieren worden losgemaakt na wat standjes die ze gisteravond hadden uitgeprobeerd...

God. Gisteravond. Het was nog nooit zo perfect geweest. Echter dan dit werd het niet. Natuurlijker. Beth voelde iets voor hem. Dat wist hij net zo zeker als hij wist dat ze het nooit zou uitspreken. Ze respecteerde zijn besluit om voor zijn carrière te gaan, en ze hield genoeg van haar kinderen om hen niet mee te sleuren in het circus dat het zou kunnen worden.

Maar kon hij eerlijk zeggen dat hij wilde dat *dit* hun relatie was? Dit weekend en misschien nog één of twee in de komende paar jaar totdat de kinderen ouder waren en op eigen benen stonden? Verdomme, dat duurde voor Maggie nog dertien jaar.

Nee. Hij kon dit niet alles laten zijn wat er was. Hij wilde Beth elke nacht en elke ochtend in zijn bed. Hij wilde haar de hele tijd in zijn huis, waar ze zorgde voor de kleine dingen die ze zo veel beter deed dan hij. Hij wilde haar kinderen die overdag rondrenden en 's avonds op de bank ploften met een bak popcorn om naar een flauwe sitcom te kijken en over hun dag te praten. Hij wilde zelfs Sherman en Mrs. Beecham, hoewel hij zou proberen hen elkaar aardig te laten vinden in plaats van dat ze elkaar voortdurend achternajoegen.

Hij wilde Beth en haar gezin... als zijn gezin.

Hij leunde met een arm tegen de deurpost en liet zijn voorhoofd erop rusten, terwijl hij uitkeek over de achtertuin. Daar was de waslijn die hij en Jason hadden gebouwd. Het hek dat hij en de tweeling hadden gerepareerd toen Sherman was ontsnapt. De tuin waar hij had geposeerd voor foto's voor de vrienden van de kinderen.

Het terras waar hij Beth had gekust.

Wat moest hij in godsnaam nu doen?

Hoofdstuk 36

Bryan kon zich geen perfectere dag herinneren, en het was zo alledaags begonnen, zo 'huisje-boompje-beestje'. Nou ja, nadat hij opnieuw de liefde had bedreven met Beth. Tweemaal.

Oké, dat was dus niet zo alledaags geweest, maar daarna... Nou ja, oké, *na* de douche die ze samen hadden genomen, en *na* de orale seks die hij haar onder die douche had gegeven... *toen* was het alledaags geworden. Hij had Sherman weer uitgelaten, de hond en de kat gevoerd, zelfs een paar wortels in de kooi van de hamsters gestoken, de krant van de veranda gehaald en die hardop aan Beth voorgelezen terwijl zij hun omeletten maakte voor het ontbijt, eh, de brunch.

Natuurlijk had hij er wel voor gezorgd dat ze bij hem op schoot zat terwijl ze aten, maar toch... door en door burgerlijk.

Dat burgerlijke leventje beviel hem eigenlijk wel...

Daarna waren ze wezen fietsen en hadden ze besloten een rondleiding te volgen bij een plaatselijke wijngaard. Nou ja, voor de helft. De andere helft van de tijd hadden ze staan muilen tussen de wijnranken en in de kelders zodra ze de kans zagen om er even tussenuit te knijpen.

Bryan glimlachte terwijl hij de Cabernet die ze hadden gekocht in de nieuwe glazen schonk die ze in de cadeauwinkel hadden gevonden — nieuwe relatie, nieuwe wijn, nieuwe glazen. Dat was wat de eigenaar had gezegd en hij en Beth hadden alleen maar geglimlacht en het beaamd.

Maar Bryan had veel over dat woord nagedacht. Relatie. Het rolde zo makkelijk van zijn tong — nou ja, zijn mentale tong, want hij was er nog niet klaar voor om het woord hardop uit te spreken. Verdomme, hij wist niet eens of hij het woord wel *kon* uitspreken, want voor een relatie waren twee mensen nodig, en hij wist niet zeker hoe Beth dit ding tussen hen wilde noemen. Hij wist niet eens of er wel sprake was van een 'ding' tussen hen of slechts van een eenmalig weekendje.

Hoe bizar was dat? Hij was gewend dat hij vrouwen van zich af moest slaan, maar nu was hij bij een vrouw bij wie hij het complete tegendeel wilde, en hij had geen flauw idee wat zij zou vinden van het idee om een relatie met hem te hebben.

'Ik weet niet of dit warm genoeg is.' Beth kwam aanlopen met borden met het Italiaanse eten dat ze op de weg naar huis hadden afgehaald —

Terug. De weg *terug.* Naar Beths huis. Dit was niet zijn thuis.

Maar dat zou het wel kunnen zijn...

'Dat geeft niet. Als ze nog net zo lekker zijn als ik me herinner van toen ik daar in mijn middelbareschooltijd werkte, maakt het niet uit dat ze niet meer gloeiend heet zijn.'

'Ik geloof dat er iets mis is met mijn oven. Hij lijkt kuren te hebben. Laatst moest ik een hele schaal brownies weggooien omdat de buitenkant zo hard als een steen was, maar de binnenkant nog helemaal als beslag was.'

'Beslag?' Hij nam de borden met kip Marsala aan, Beths favoriet. Dat wist hij eerst niet, maar nu hij het wist, zou hij het nooit meer vergeten. 'Ik denk niet dat je dat zo bedoelt als je denkt.'

'Beslag-*achtig.* Zoals pannenkoekenbeslag.' Ze ging zitten. 'Nou, ik heb zo'n honger dat ik wel een paard op kan, dus het maakt me niet uit hoe warm het wel of niet is.'

'Ik kan garanderen dat er geen paard in zit, dus daar hoef je je geen zorgen over te maken.'

Ze trok een gezicht terwijl ze een stukje kip aan haar vork prikte. 'Als ik niet zo'n honger had, had me dat mijn eetlust wel eens kunnen ontnemen.'

'Schatje, na vanochtend denk ik niet dat *iets* jouw eetlust nog kan ontnemen.'

God, hij vond het heerlijk als ze bloosde. Hij draaide haar stoel bij, zodat ze naast hem zat.

'Wat doe je?' gilde ze terwijl ze zich aan de armleuningen vastklampte.

'Ik wil je naast me hebben.' Hij sloeg zijn arm om haar schouders en trok haar zo dicht naar zich toe als de stoelen toelieten.

Het was niet genoeg.

'Oh.' Haar verraste blik smolt weg in een brede grijns.

Hij zag haar nog liever glimlachen dan dat hij haar zag blozen.

Liefde. Hij strooide nogal kwistig met dat woord.

'De zonsondergang is prachtig.' Ze walste de wijn in haar glas terwijl ze ernaar keek.

Hij keek naar háár. 'Jij bent prachtiger.'

Daar ging ze weer met dat gebloos.

'God, Beth, je hebt geen idee wat dat met me doet.'

'Wat *wat* met je doet?'

'Die kleine, geheime glimlach van je, de manier waarop je op de binnenkant van je lip bijt en het blozen dat je niet kunt verbergen.'

'Je hebt wel heel goed opgelet.' Daar ging ze weer met dat lipbijten.

'Ik kan het niet *laten* om naar je te kijken, Beth. Ik kan er niets aan doen. Ik ben bij je en het enige wat ik wil doen is naar je kijken.'

'Is dat *alles* wat je wilt doen?'

'Oké, niet *alles*, maar ja, ik kijk graag naar je. Niet omdat je fysiek mooi bent, hoewel je dat bent, maar omdat ik *jou* graag zie. De vrouw Beth Hamilton. Ik kan geen genoeg van je krijgen.' Hij kuste haar voorhoofd en bleef even hangen terwijl haar geur hem vulde, die seringenshampoo die ze gebruikte en de naar rozen ruikende zeep en de pure essentie van haarzelf.

'Ik wil je, Bryan.'

Zijn ogen gingen open en hij keek in Beths donkere ogen, waarin de ondergaande zon werd weerspiegeld als een vuur diep vanbinnen.

'Ik ben niet alleen maar teruggekomen om de liefde met je te bedrijven, hoor,' zei hij.

'Dat weet ik. Maar dat betekent niet dat we het niet kunnen doen, toch?'

'Oh, dus wie is er nu wie aan het plagen?'

'Ik hoop dat ik je altijd zal kunnen plagen.' Ze draaide zich om in haar stoel en pakte zijn gezicht met beide handen vast. 'Laten we naar boven gaan, Bryan. Ik heb de hele dag al verlangd om naakt bij je te zijn.'

'Dat zou de andere mensen bij de wijntour nogal geschokt hebben.'

'Vandaar ook dat ik je niet in hun bijzijn heb uitgekleed. Maar er is hier nu niemand en ons weekend is alweer bijna voor de helft voorbij. Ik wil je. Ik wil dicht bij je zijn. Zo dicht bij elkaar als twee mensen maar kunnen komen.' Ze kuste hem en Bryan kon zich nog maar net herpakken om hen naar binnen te krijgen, want hij had er bijna aan gedacht om haar daar, op het terras, te nemen.

Beth kon niet wachten tot ze hem boven had en hij naakt was. Ze kon *letterlijk* niet wachten, en voor het eerst in haar leven had ze seks op de trap in de hal.

'Heb je de hele dag condooms in je zak gehad?' zei ze toen ze na een van de meest vindingrijke vrijpartijen die ze ooit had gehad, half zittend, half onder-uitgezakt op de trap uitrustten. Het was maar goed dat ze een dubbele onder-vloer onder het tapijt had laten leggen.

'Klaag je daarover?' Hij pakte haar kin vast en gaf er een speels kneepje in. 'Dit had niet kunnen gebeuren als ik ze niet bij me had gehad. Waar waren we dan nu geweest?'

'Boven?'

'Behalve dan dat *iemand* niet zo lang kon wachten, toch?' Bryan leunde naar voren en kuste haar opnieuw, weer zo'n adembenemende kus die ze tot in haar tenen voelde.

Ze had hem bijna verteld dat ze van hem hield. Bijna die drie woorden uitgesproken, en het was alleen dat laatste spoortje verstand dat ze nog over had terwijl hij haar tot waanzin dreef van genot, dat haar ervan had weer-houden het uit te schreeuwen op het moment dat ze klaarkwam. In plaats daarvan had ze zijn naam geschreeuwd. Gebeerd. Gekreund. Gehijgd. Naar adem happend. Maar ze had hem niet verteld dat ze van hem hield. Ze wilde het moment niet verpesten en ze stond zichzelf niet toe om na te denken over de vraag waarom het geven van een van de mooiste geschenken — haar hart en haar vertrouwen — een moment van zulk puur genot zou verpesten. *Geniet van het weekend*; Kara's woorden waren haar mantra geworden.

'Kom op, ongeduldige dame. Ik wil je naakt op dat bed hebben.' Hij stond op en stak zijn hand naar haar uit.

'Is naakt op de trap niet genoeg voor je?' Beth nam uitgebreid de tijd om op te staan. De voering was op sommige plekken niet zo dik als op andere.

'O, het was geweldig, begrijp me niet verkeerd.'

Alsof ze dat zou kunnen. Hij had haar naam gegromd tijdens zijn hele orgasme. Ze wist niet dat *Beth* uit zoveel lettergrepen kon bestaan.

'Maar...?'

'Maar ik wil naast je liggen. Je tegen elke centimeter van mijn lichaam voelen. Ik wil mijn armen om je heen kunnen slaan en je tegen me aan trekken, mijn handen door je haar laten gaan en je lichaam strelen, en mijn benen om je heen slaan op een manier die op een trap niet echt handig is. En misschien zijn er nog wel een paar nieuwe dingen die ik met je wil proberen.'

Beth rilde van verwachting. 'Oh? Zoals wat?'

Hij trok aan haar hand en versnelde zijn pas. 'Dat zul je wel zien, Beth. Dat zul je wel zien.'

Hij had gelijk, ze *was* inderdaad ongeduldig. Beth rende in al haar naakte glorie naar haar kamer en wierp zich op haar bed.

'Vrij met me, Bryan.'

Dat was hij ook volledig van plan.

En net op het moment dat hij over haar heen kwam liggen, net toen hij zich verloor in die eerste wilde en ongelooflijk sensuele kus, besefte hij het. Hij was *de liefde aan het bedrijven* met Beth. Ze hadden niet zomaar seks, of waren aan het rommelen of aan het scharrelen of hoe andere mensen het ook wilden noemen als ze een hunkering stilden en elkaar een goed gevoel gaven, maar hij bedreef *de liefde* met Beth Hamilton. Hij gaf haar zijn hart en hij wilde het hare koesteren. Hij wilde *háár* koesteren. Voor de rest van hun leven.

'Bryan? Gaat het wel?' vroeg ze toen hij stopte met bewegen. Toen hij stopte met haar te kussen en te strelen en... met ademhalen.

Hij wilde Beth voor altijd. En het idee beangstigde hem niet langer. Hij wilde haar in zijn leven hebben, en het vooruitzicht om haar er niet in te hebben was erger dan nooit meer een script ontvangen, want hij kon leven zonder in films te spelen, maar hij kon niet leven zonder Beth.

'Bryan? Deed ik iets verkeerd?'

'Nee, schatje, dat deed je niet.' Ze had alles goed gedaan. 'Ik...' Hij kon het niet zeggen. Nog niet. Hij moest eerst voor zichzelf uitzoeken wat het betekende. Wat het voor hen betekende. En dan waren er nog de kinderen om rekening mee te houden.

'Je wat?'

Hij keek naar haar bezorgde gezicht. Naar dat lieve, prachtige, sexy, geweldige, gepassioneerde gezicht, en hij glimlachte. 'Mijn adem stokte even. Gewoon door naar je te kijken... Je ontneemt me de adem, Beth.'

Er sprongen tranen in haar ogen.

'Oh, shit. Het was niet mijn bedoeling om je aan het huilen te maken.'

Ze schudde haar hoofd en glimlachte. 'Nee, het zijn goede tranen. Dit is iets goeds.'

'Als jij het zegt.' Hij streek het haar uit haar gezicht en keek in die sprankelende bruine ogen waar hij de rest van zijn leven in wilde kijken.

Hij zou het haar moeten vertellen. Ze moest het toch weten? Ze moest het toch van zijn gezicht kunnen aflezen? Hij hield van haar. Hij hield van Beth Hamilton.

En het maakte hem niet bang.

Nee, het gaf hem juist energie. Het gaf hem hoop en een doel en een gevoel van saamhorigheid dat hij, tot nu toe, niet had beseft dat hij miste. Hij had gedacht dat zijn broers en zijn zus en zijn oma de enige familie waren die hij nodig had, alle verbondenheid en banden die hij in zijn leven wilde, maar, God, wat had hij het misgehad.

'Je begint me bang te maken, Manley.' Beth beet op haar bovenlip.

Dat was nieuw. En hij wilde daar nergens de oorzaak van zijn. 'Ik kijk alleen maar naar je. Ik sta er versteld van dat ik hier ben. Dat jij hier bent.'

'Waarom? Dit kan toch geen verrassing zijn, anders was je nooit teruggekomen.'

Wat had ze het mis. Niets had hem weg kunnen houden; dat zag hij nu in. Hij werd tot Beth aangetrokken alsof zijn leven ervan afhing.

En misschien... heel misschien... was dat ook wel zo.

'Daar vergis je je in, Beth. Ik móést wel terugkomen. Dit tussen ons is te sterk. Ik moest ontdekken wat er hier was.'

'En...?'

Hij voelde hoe haar adem stokte, voelde hoe ze die inhield, alsof zijn antwoord belangrijk voor haar was.

Ze hield van hem. Dat wist hij toen zeker. Zo zeker als hij wist dat hij van haar hield, wist hij dat Beth van hem hield.

Hij boog zich voorover en kuste haar. Niet de hartstochtelijke kus waarbij hij geen genoeg van haar kon krijgen die zijn lichaam over een paar momenten zou eisen, maar een soort plechtige kus. Een kus die zei dat hij haar koesterde en waardeerde en haar alle dagen van hun leven zou eren als ze hem dat toestond.

Mijn hemel. Hoe ging hij dit voor elkaar krijgen? Er was nog steeds het circus van zijn leven waar hij mee te maken had. Hij was niet naïef genoeg om te denken dat een liefdesverklaring alle problemen als sneeuw voor de zon zou laten verdwijnen, maar er moest een manier zijn.

Haar man had het ook uitgevogeld. Die man had als piloot veel moeten reizen; hij had Beth alleen gelaten met de kinderen om ze in haar eentje op te voeden. Om alle problemen en kwesties af te handelen en wat er verder ook maar op haar pad kwam terwijl hij weg was, en ze had nog steeds genoeg van hem gehouden om twee jaar later nog om zijn dood te rouwen. Beth wist hoe ze op die manier moest liefhebben; dat was iets wat Bryan zou moeten leren als hij een toekomst met haar wilde. De vraag was: zou zij er een met hem willen?

'Je bent weer aan het nadenken.'

'Ah, dus nu kun *jij* mijn gedachten horen?' Hij toverde die zelfverzekerde grijns op zijn gezicht, die hij nodig had als schild om haar te beschermen tegen de gedachten die in hem opkwamen. Waarom *zou* ze een toekomst met hem willen? Ze had al gezegd dat ze niet weer in een mediacircus terecht wilde komen, en zelfs als hij vandaag nog zou stoppen met werken, zou de pers achter hem aan zitten en zich afvragen *waarom* hij gestopt was, wat hij nu zou gaan doen en of Beth de reden was. Dan zouden de verhalen over haar verleden weer bovenkomen en zouden de kinderen weer door die hele mallemolen worden gesleurd. Natuurlijk zou ze dat niet willen. Misschien was dit weekend alles wat ze aan kon. Misschien was het alles wat ze wilde. Een tijd samen om herinneringen te maken die de rest van hun leven mee zouden moeten gaan, omdat een vaste relatie te veel voeten in de aarde had.

'Bryan? Gaat het wel? Wil je dit niet?' Haar handen op zijn onderrug bewogen niet meer en Bryan moest zichzelf weer terugbrengen naar het moment.

Geen oude koeien uit de sloot halen. Dat zei oma altijd. Ze zei altijd dat hij soms te veel aan introspectie deed.

'Natuurlijk wil ik dit, Beth.' Hij zette die zelfverzekerde grijns weer op, zijn schild tegen de wereld, die verborg wat hij vanbinnen voelde en iedereen deed geloven dat alles in orde was.

En niemand had het ooit doorgehad. Zelfs oma niet.

'Dat geloof ik niet. Je kunt die glimlach aan de rest van de wereld laten zien en hen laten vergeten wat ze je vroegen, maar mij niet. Wat is er aan de hand, Bryan?'

Oké, Beth was dus de uitzondering op die regel. Dat leek een thema te worden waar het haar betrof.

'Er is niets aan de hand, schatje. Ik wil je alleen zo graag kussen dat ik bijna bang ben dat ik het verpest.'

'Verpesten?' Beth schudde haar hoofd. 'Hoeveel wijn heb je vanavond gedronken? Je zou dit nog niet kunnen verpesten als je je best deed.'

Hij wist vrij zeker dat hij dat wel kon, en daarom zei hij niets en liet hij zijn daden voor zich spreken; hij nam haar hoofd in zijn handen en kuste haar. Een diepe kus die zei: 'hier ben ik', een kus waar hij elk greintje emotie in legde dat hij voelde.

Hij moest wel glimlachen toen ze hem met een glazige blik aankeek, happend naar adem en met trillende vingers op zijn wang.

'Oh. Mijn. God,' zei ze toen ze eindelijk weer op adem was gekomen.

Tenminste een van hen was in staat om te praten. Hij... wat hij voor haar voelde, de mogelijkheden die het hem bood... Hij was niet in staat tot praten.

'Ik neem aan dat dit betekent dat het eten koud wordt?' Ze hield haar hoofd schuin en beet op haar onderlip — met opzet.

'Dat klopt, maar maak je geen zorgen. Ik koop morgenavond wel weer kip Marsala voor je.'

'Wat als ik liever iets anders wil?' De spottende twinkeling in haar ogen was precies wat hij nodig had.

God, hij hield van haar. 'Daar reken ik op, vrouw.'

Hoofdstuk 37

De zondagmiddag kwam veel te snel.

Bryan zat met zijn rug tegen de boom met Beth in zijn armen, terwijl de beelden en geluiden van het park om hen heen gonsden en de restanten van hun picknick over het kleed verspreid lagen. De halflege fles champagne in de ijsemmer die hij had meegebracht, de aardbeien en chocolade, kaas en druiven... Alle ingrediënten voor een romantische date, met nog één laatste onderdeel dat een gat in zijn zak brandde.

De ring van zijn oma.

Hij was vanmorgen bij Beth vertrokken om ontbijt voor hen te halen terwijl zij nog sliep – de enige reden dat hij haar had kunnen verlaten, was omdat hij die ring thuis was gaan ophalen – en het ding riep hem de hele dag al.

Hij wilde met haar trouwen. Het besluit was in zijn slaap tot hem gekomen en toen hij wakker werd, wist hij dat het de juiste beslissing was. Ze hielden van elkaar; hij had het gisteravond in haar ogen gezien toen ze de liefde bedreven, hij had het in elke aanraking gevoeld. Hij wist waarom zij het nog niet had gezegd, wist dat ze het niet zou doen vanwege zijn carrière, en haar onbaatzuchtigheid zorgde ervoor dat hij alleen maar meer van haar hield. Hij *moest* met haar trouwen. Hij moest haar voor altijd in zijn leven houden. Dat was wat telde; de rest was slechts logistiek die ze wel zouden uitpuzzelen.

Nu moest hij alleen nog de logistiek bedenken om haar ten huwelijk te vragen. Iets romantisch, maar niet cliché.

Hij moest om zichzelf lachen terwijl hij op het geblokte kleed zat met een rieten picknickmand – het grootste cliché dat er bestond. Maar het kon niet anders; hij had geen tijd om een uitgebreid aanzoek te plannen. Hij wilde hier niet vertrekken om terug naar de filmset te gaan zonder te weten dat Beth de rest van zijn leven de zijne zou zijn. Daarna zou hij teruggaan, zich uit de naad werken en zo snel mogelijk weer bij haar en de kinderen zijn.

'Je bent weer aan het peinzen,' zei ze, terwijl ze met haar hand over zijn kuit streek.

Hij liet zijn vingers door haar haar glijden. 'Als mijn gedachten zo luid zijn, moet je me misschien maar vertellen wat ze zeggen.'

Ze zuchtte en leunde tegen zijn schouder. 'Ik wil niet weten wat je denkt. Ik wil helemaal niet denken, want als ik dat doe, besef ik dat dit bijna voorbij is. Dat mijn kinderen zo weer terug zijn, jij terug moet naar je film en dit alles slechts een herinnering zal zijn.'

Haar woorden waren als een steek in zijn hart. Hij wilde niet dat het een herinnering zou zijn – tenzij een die ze later met hun kleinkinderen zouden delen.

'Beth.'

Ze draaide zich om en legde haar vingers op zijn lippen. 'Niet doen, Bryan. Laten we nog heel even van de fantasie genieten.'

Hij kuste haar vingers. 'Dat is eigenlijk precies wat ik probeer te doen.'

Ze trok haar vingers weg. 'O ja?'

Hij bewoog zich wat ongemakkelijk op het kleed, terwijl hij probeerde haar dichtbij te houden, de ring te pakken te krijgen en de verrassing niet te verpesten voordat hij de vraag kon stellen.

'Bryan, wat ben je aan het doen?'

'Dit.' Hij haalde de ring tevoorschijn en hield hem omhoog. 'Beth, ik hou van je en ik wil je voor altijd in mijn leven hebben.' Hij slikte een brok emotie weg. 'Als mijn vrouw.'

'O mijn God.' Beth raakte de ring met trillende vingers aan.

Maar ze pakte hem niet aan.

'Ik hou van je, Beth.' Zijn stem was net zo onvast als haar vingers. 'Wil je met me trouwen?'

Ze keek hem aan, terwijl de tranen in haar ogen sprongen. 'O, Bryan.'

Ze had de ring nog steeds niet aangepakt. En ze had hem nog steeds geen antwoord gegeven.

'Mama!'

Het duurde bij Bryan een tel langer dan bij Beth om de stem van Maggie te herkennen en hij kreeg de ring nog net in zijn zak voordat Maggie boven op haar moeder sprong.

'Mama! Ik heb je gemist!' Maggies kleine gezichtje was helemaal vertrokken terwijl ze Beth met al haar macht omhelsde.

Bryan wist precies hoe dat voelde.

'Bryan!'

'Hee, Bryan is er weer!'

Tommy en Mark stortten zich op hem en opeens lag het picknickkleed bezaaid met Hamiltons.

En hun moeder had hem nog steeds geen antwoord gegeven.

'Wat doe je hier, Bryan?'

'Blijf je nu voorgoed?'

'Heb je me gemist?'

'Was Sherman verrast om je te zien?'

'Heb je de haren van mevrouw Beecham uit mijn poppenhuis gehaald? Ik geloof dat ze er een nest in aan het maken is.'

'Katten maken geen nesten, domkop.'

'Noem me geen domkop.'

'Nou, dat ben je wel als je denkt dat katten nesten maken.'

'Mama, Mark noemt me een domkop.'

'Dat is ze toch ook!'

'Jongens! Maggie!' Bryan stond op. 'Niemand is dom, alleen maar omdat diegene iets niet weet. Het is een kans om iets te leren, en voor jullie een kans om de grote broers te zijn en je zusje iets nieuws te leren.'

Hij boog zich voorover om Beth overeind te helpen en hield ironisch genoeg haar linkerhand vast. De hand waar hij zijn ring omheen wilde schuiven.

Ze had hem nog steeds geen antwoord gegeven.

En dat deed ze ook niet in de daaropvolgende drieënhalf uur, totdat de kinderen in bed lagen, de grootouders weg waren en een ongemakkelijke stilte de woonkamer binnensloop op het moment dat Beth beneden kwam na haar laatste knuffel voor Maggie.

'Ze zei dat ze bang was dat ik er niet zou zijn als ze thuiskwam.' Beth pakte een kussentje van de bank en klemde het tegen zich aan terwijl ze met haar benen over elkaar in de hoek van de bank ging zitten.

'Verlatingsangst?'

'Ja. Ze hebben het allemaal, maar bij Maggie is het het duidelijkst. De tweeling is zelfs bij elkaar in bed gekropen toen ik de dagelijkse strip voorlas. Dat begon vlak nadat Mike overleed en het was, dacht ik, vier maanden geleden gestopt.'

'En nu doen ze het weer.'

'Nou ja, in elk geval voor vannacht.'

En wat als ze met hem trouwde en de mediagekte hun dit ook aandeed? Ze hoefde het niet uit te spreken, maar het hing tussen hen in als een gigantisch bord met: 'gaat-niet-gebeuren-Manley'.

'Je hebt mijn vraag nog niet beantwoord.' Noem hem maar een masochist. Maar als dit het einde van zijn droom was, wilde hij het haar horen zeggen.

'Ik weet het.'

'En?' Het feit dat hij haar zo moest aansporen, voorspelde weinig goeds.

Dat gold ook voor de diepe zucht die ze slaakte en de manier waarop ze zich naar hem toekeerde met het kussen tegen haar buik geklemd. Beschermend. Alleen.

'Ik wil ja zeggen, Bryan, maar ik kan het niet.'

Er klonk een suizen in zijn hoofd; hij had niet echt geloofd dat ze nee zou zeggen. Hij had geweten dat er obstakels zouden zijn, maar hij had op een soort compromis gerekend. Misschien hadden ze het er zelfs over kunnen hebben dat hij uit de filmwereld zou stappen. Maar hij had nooit echt geloofd dat de enige vrouw met wie hij ooit wilde trouwen, hem zou afwijzen.

'...alleen om mij ging, zou ik het risico nemen, maar de kinderen, Bryan.'

'*Risico*? Het *risico* nemen?' Bryan leunde naar voren. 'Ik heb je niet gevraagd om een *risico* met me te nemen, Beth. Ik heb je gevraagd om met me te *trouwen*. Ik neem geen risico met jou; ik wil mijn leven met je delen. Ik wil deel uitmaken van je gezin. Ik neem geen gok zoals bij... bij... een of ander pokerspel. Ik meen dit doodserieus en ja, je hebt gelijk. Als jij het ziet als een risico nemen, dan is dit misschien inderdaad geen goed idee.'

Ze legde haar hand op zijn knie en hij wilde hem wegtrekken omdat het te pijnlijk was dat ze hem aanraakte, wetende dat hij daar straks het recht niet meer toe zou hebben als hij hier wegging.

'Je luisterde niet naar me.'

'Ik heb je gehoord.'

'Nee, je hebt maar een deel gehoord van wat ik zei.' Ze legde het kussen opzij. 'Ik wil ja zeggen, Bryan. Echt waar. En als ik alleen was geweest, zou ik het meteen doen. Omdat ik van je hou.'

'Dat weet ik. Je had gisteravond de liefde niet met me bedreven als dat niet zo was. Dus waarom zeg je dan nee? Je beseft toch wel dat jij de enige vrouw bent die ik dit ooit heb gevraagd?'

Om het nog erger te maken, legde ze haar handpalm tegen zijn wang. En hij liet het toe.

'Dat weet ik. En ik vind het prachtig dat je het hebt gedaan, maar jouw leven, Bryan... We hebben het hierover gehad. Ik kan de kinderen daar niet aan blootstellen. Ze hebben al eens in de schijnwerpers gestaan en daar konden ze niet goed tegen. Maggie heeft nog steeds nachtmerries.'

Bryan sloot even zijn ogen en dwong zichzelf kalm te blijven. Hij moest aan de kinderen denken. Als ouder, zelfs als stiefouder, moest hij aan het welzijn van de kinderen denken. 'Je hebt er geen enkele vermeld sinds ik hier ben.'

'Bryan, het is pas een paar weken.'

'Dat ze ze niet heeft gehad. Sinds ik hier ben, toch?'

'Nou, nee, maar—'

'Geen maren, Beth. Misschien zijn ze gestopt omdat ze mij in haar leven wil.'

'O, ze wil je wel. Ze willen je allemaal. Ze houden van je. Maar ze beseffen niet wat jouw levensstijl inhoudt. Ik echter wel. Ik heb dat pad al eens bewandeld. Elke stap die je zet wordt bekeken. Op elk woord wordt commentaar gegeven en alles wordt geanalyseerd en misschien wel verdraaid tot een totaal andere betekenis omdat het goed verkoopt. Ik kan je niet vertellen hoe vaak ik de televisie uit heb moeten zetten als er weer een nieuwsbericht was of als mijn kinderen ergens waren gezien en ze groot op het scherm verschenen. Na alle verslaggeving over het ongeluk zou je bijna gaan denken dat Mike Fort Knox had beroofd of een heel vat bier had leeggedronken voordat hij in dat vliegtuig stapte. Overal waar we kwamen, waren camera's. En jouw leven *trekt* camera's aan. De kinderen begrijpen dat niet, maar als hun ouder moet ik dat wel doen.'

'Maar misschien is het nu anders, nu ik in beeld ben.'

'Dat jij in *ons* leven bent, is het probleem niet. Het is het *andere* beeld waarin jij voorkomt dat het probleem zal zijn.'

'Dan stop ik toch.' En verdomd, hij meende het. Beth en de kinderen waren belangrijker voor hem dan welke film dan ook.

'Dat maakt de situatie alleen maar erger. De media duiken daar meteen bovenop.'

'Oké, dan maak ik deze film af en dan is het klaar. Dan ga ik met pensioen.'

Ze hield haar hoofd schuin en waar hij dat voorheen schattig vond, was dat nu niet zo. Nu wilde hij dat ze met hem meeging en zijn logica inzag, in plaats van met hem te discussiëren.

'Bryan, ze laten je niet zomaar gaan. Als jij met pensioen gaat, is dat groot nieuws. En de reden waarom je stopt, zal *nog groter* nieuws zijn. We kunnen de schijnwerpers niet ontwijken als ik ja tegen je zeg.'

Ze had gelijk en dit was een argument dat hij zelf ook al had bedacht, maar verdomme, waarom moest het het een of het ander zijn? Waarom konden ze geen compromis sluiten en iets uitwerken? Zij hield van hem, hij hield van haar, de kinderen mochten hem en God wist dat hij van hen hield... Dit kon toch niet het einde zijn?

'De constante aandacht is niet eerlijk tegenover de kinderen, Bryan. Het is al moeilijk genoeg om door de puberteit te navigeren met Twitter en Facebook, en de hemel verhoede dat ze online iets onbezonnen doen en de pers krijgt er lucht van. Dingen die wij als kind deden, werden niet voor het nageslacht vastgelegd op YouTube. Ik kan het risico niet nemen, Bryan. Ik heb ze eindelijk op dit punt gekregen; verloofd zijn met jou zou ons rechtstreeks terug naar af kunnen sturen.'

Ze had gelijk; dat wist hij. De constante schijnwerpers konden zwaar zijn – en *hij* had er zelf voor gekozen. De kinderen daarentegen... Beth was een geweldige moeder door de behoeften van haar kinderen boven die van haarzelf te stellen – en dat zorgde ervoor dat hij alleen maar meer van haar hield.

Het zorgde er ook voor dat hij hetzelfde deed, omdat hij ook van hen hield. 'Misschien als ze ouder zijn—'

'Ga je wachten tot Maggie achttien wordt? Dat is over dertien jaar, Bryan. Dat laat ik je niet doen. Je verdient het om een gezin te hebben. Kinderen. Een vrouw die je dat allemaal kan geven zonder de bagage die ik meesleep. Ik kan die vrouw niet voor je zijn.'

Haar stem brak, het eerste teken dat ze niet zo vastberaden was in haar besluit als ze probeerde te lijken.

Dit was voor haar net zo zwaar als voor hem. Dat zou een troost moeten zijn... maar dat was het niet. Er was niets troostrijks aan deze hele situatie.

Bryan trok haar in zijn armen. 'Ik ga mijn excuses niet aanbieden voor het feit dat ik het je gevraagd heb, Beth.'

'Dat wil ik ook niet. Ik hou van je, Bryan. Maar ik kan niet met je trouwen en je zult nooit weten hoe erg ik het vind dat te moeten zeggen.'

'O, ik denk dat ik daar wel een aardig idee van heb.' Hij kuste haar slaap en rustte met zijn kin op haar hoofd. 'Dit is geen eenmalig aanbod, hè?'

Ze verstijfde. 'Alsjeblieft, Bryan, maak jezelf niets wijs. Het is gewoon niet haalbaar. Mijn kinderen hebben al genoeg meegemaakt. Hoezeer ze je ook mogen, dat leven in een vissenkom zal ze opbreken. We hebben het al meegemaakt; we weten het.'

'Ik vind het verschrikkelijk dat jullie dat hebben moeten meemaken.'

'Ik weet het.'

'Ik haat het dat mijn carrière hetgeen is dat tussen ons in komt te staan.'

'Ik ook.'

'Maar er is geen andere weg, of wel?'

'Ik kan er geen bedenken.'

'Ik hou van je, Beth.'

Ze kneep hem stevig. 'Ik ook van jou. Dank je wel voor dit weekend. Voor de herinneringen. Dat je me weer iets hebt laten *voelen*. Dat je van me houdt.'

'Altijd, Beth. Altijd.' Drie woorden. Meer kon hij niet uitbrengen omdat de tranen hem dreigden te verstikken.

Verdomme. Het leven was prima geweest toen hij dacht dat hij alles had wat hij wilde. Nu hij wist dat dat niet zo was – en dat het ook niet *kon* – zou hij zich moeten aanpassen. Dingen moeten veranderen. Iets zoeken om de leegte te vullen. Geen *iemand*, want niemand kon de plek van Beth in zijn hart innemen. Hij hoopte alleen dat er op een dag weer ruimte zou zijn voor iemand anders. En voor vijf verschillende kinderen...

'Mama? Waar ben je?' Maggie kwam de trap af huppelen. De trap waar hij en Beth...

Hij maakte zich los van Beth. Het zou oké zijn als Maggie hen zo zag wanneer ze als stel verder zouden gaan, maar aangezien dat niet het geval was...

'Ik kan niet slapen.' Maggie verscheen in haar nachtpon in de deuropening, haar krullen stonden alle kanten op en haar duim zat half in haar mond. 'Bryan!' De duim ging eruit. 'Je bent er nog!'

'Hoi, Mags.' Hij hield zijn armen open. Eén laatste knuffel. Dat was alles wat hij van haar wilde.

Ze vloog in zijn armen en klampte zich stevig aan hem vast. 'Ik dacht dat je weg was.'

Eén knuffel was niet genoeg. Bryan schraapte zijn keel. 'Nee, lieverd. Ik ben er nog steeds.'

'Wat gaan we morgen doen?'

Hij keek Beth boven over Maggies hoofd aan. 'Help me even,' fluisterde hij geluidloos, want hij had werkelijk geen idee wat hij tegen het kleine meisje moest zeggen.

Beth nam haar dochter uit zijn armen en eerlijk gezegd voelde het alsof ze daarmee ook zijn hart uit zijn lijf rukte.

Hoe moest hij in godsnaam weglopen?

'Bryan heeft morgen andere plannen.' Beth zette Maggie op haar schoot.

Maggies hoofd schoot razendsnel omhoog. 'Echt? Wat dan?'

"Eh, nou, ik ga mijn broer helpen om iets te zoeken in het huis waar hij aan het werk is."

"Wat zoeken dan?"

"Dat weet ik nog niet precies. We moeten een aantal aanwijzingen volgen."

"Net als een speurtocht?"

"Eh, ja. Zoiets." Tenminste, dat was wat Sean had gezegd. Te midden van een stuk of drie dozijn vloekwoorden die hij er voor het gemak bij had gegooid. Hij en Liam hadden aangeboden te helpen, al was het maar om te voorkomen dat hun oren zouden gaan tuiten. Sean was nogal creatief geworden met zijn gevloek.

"Ik ben heel goed in speurtochten. Mark en Tommy ook." Haar grote bruine ogen – die precies op die van haar moeder leken – keken hem zo onschuldig aan. Jammer genoeg had hij haar vaker in actie gezien en wist hij precies wat ze van plan was.

Het punt was dat hij het niet erg vond dat ze hem probeerde te bespelen. Hij *wilde* haar en de jongens juist meenemen. Hij was graag bij hen. En, verdorie, hoe meer ogen hoe beter in dat landhuis als wat Sean had gezegd waar was. Ze zouden alle hulp kunnen gebruiken.

'Lieverd, Bryan moet snel doorwerken zodat hij terug kan naar zijn film. Hij kan niet op jou en de jongens letten.'

'Maar mama,' snoof Maggie met alle verontwaardiging die een vijfjarige kan opbrengen, 'daarom *moeten* we juist gaan. Wij kunnen helpen en dan kan Bryan heel snel terug naar zijn film.' Ze keek Bryan aan en legde haar hand op zijn knie. 'Alsjeblieft, mogen we mee, Bryan? Wij zijn goede helpers. Net als met de waslijn. We kunnen je helpen.'

Hoe kon hij daar nou nee tegen zeggen? Dat kon hij niet. 'Ik vind het goed als je moeder het goed vindt, Maggie.'

Waarschijnlijk was het niet eerlijk om de bal weer bij Beth te leggen, maar hij kon Maggie gewoon geen nee verkopen. Hij kon het niet.

De blik die Beth hem boven Maggies hoofd toewierp, zei dat zij het ook niet kon en had gehoopt dat híj het zou doen.

'Oké, Maggie. Vooruit.' Beth slaakte een zucht. 'Jullie drie mogen mee. Maar alleen voor even. Het landhuis van Martinson is erg groot en ik wil niet dat jullie daar zonder toezicht rondrennen.'

'Wat is zonder toezicht?' Maggies duim ging weer in haar mond alsof ze had bereikt waarvoor ze gekomen was en alles wat nu nog volgde slechts tijdverdrijf was tot ze weer naar haar kamer zou gaan.

'Dat betekent dat er niemand is die op je let.'

'Maar Bryan let altijd op ons. Toch, Bryan?'

Serieus, dat kleine meisje was beter in staat hem emotioneel te fileren dan een chirurg met een scalpel.

'Dat klopt, Maggie. Ik let altijd op jullie.'

'Zie je wel, mama? Bryan gaat voor ons zorgen. Je hoeft je geen zorgen te maken.'

Uit de mond der kinderen...

Hoofdstuk 38

Beth maakte zich de hele volgende dag zorgen. Ze was bang dat ze in huilen uit zou barsten, of dat ze Jason en Kelsey alles zou vertellen over het aanzoek van Bryan, of erger nog, dat ze *Kara* over het aanzoek van Bryan zou vertellen, waarna het binnen de kortste keren door de hele buurt bekend zou zijn en de media niet ver achter zouden blijven.

Dus hield ze haar mond dicht, de tranen in bedwang — ternauwernood — en ging ze door met haar normale dag alsof haar hart niet brak omdat er binnenkort een geweldige man uit haar leven zou vliegen. Alweer.

Hij bespaarde haar het hartzeer van het afscheid nemen. Ze zou zich daar niet doorheen hebben kunnen veinzen, dus ze was dankbaar dat hij de jongste drie na hun speurtochtdag bij de oprit had afgezet, kort had gezwaaid en was achteruitgereden alsof hij morgen weer terug zou zijn.

Ze wisten allebei wel beter.

Dus hier was het dan, dag één van de rest van haar leven zonder Bryan, en Kara kon de man maar niet in vrede laten gaan.

'Ik kan eerlijk gezegd niet geloven dat hij zomaar is vertrokken. Ik wist *zeker* dat er iets tussen jullie aan de gang was.'

Beth deed alsof ze aan het parfum snoof bij de toonbank van het warenhuis. Ze had totaal geen zin om te winkelen vandaag, maar er was een kinderboerderij in het winkelcentrum en de jongste drie hadden gesmeekt om te gaan. Ze betaalde Jason en Kelsey om op hen te passen, zodat ze wat rust aan haar hoofd zou hebben, *dacht ze*. Maar toen was ze Kara tegengekomen en toen *zij* eenmaal doorhad dat Beth de kinderen niet bij zich had, was dat een vrijbrief om de sluizen met vragen over Bryan open te zetten.

'Hij heeft een carrière, Kara. Dat heb ik je verteld. Je kunt niet vanuit hier naar Hollywood pendelen.'

'Onzin. Filmsterren doen dat voortdurend. Ze kopen privévliegtuigen en vliegen in voor een dagje opnames. Hij zou het kunnen als hij wilde.'

Het punt was dat hij het zou doen als Beth ja had gezegd. Dat wist ze even zeker als dat ze wist dat Kara het aan iedereen zou doorbrieven als ze haar over het aanzoek vertelde. Dus ze zei op beide punten niets en probeerde de zaak te laten rusten, want ze had het echt nodig dat het rustte. Ze had de afgelopen veertig-en-nog-wat uur getwijfeld aan haar antwoord en ze was geen stap dichter bij een oplossing dan toen ze hem geantwoord had.

'En jullie zouden met hem mee kunnen gaan op locatie. Ik bedoel, het *is* zomer. De kinderen hebben geen school of werk en jij bent lerares, dus je bent vrij... Ik had gewoon niet gedacht dat hij zo wispelturig was. Ik dacht dat hij wat inhoud had. Dat hij niet alleen maar Hollywood was. God, je denkt toch niet dat hij ons uitlachte? Ons gebruikte als research voor zijn volgende rol?'

'Bryan is niet zo. Hij mocht iedereen.' Hield van enkelen van hen, eigenlijk. 'Maar het is zijn carrière. Tegen succes kun je niets inbrengen.'

Kara haalde haar schouders op. 'Ik snap het gewoon niet. Ik bedoel, je bent knap, de kinderen zijn geweldig en het is niet alsof je achter zijn geld aan zit. Mike heeft jullie goed achtergelaten.'

Als je weduwe zijn en vaderloze kinderen hebben een goede staat kon noemen.

Beth beet het sarcasme weg. Kara bedoelde het goed. Al haar vrienden bedoelden het goed, maar ze vonden allemaal dat twee jaar lang genoeg was en dat het tijd was om verder te gaan. En hoewel Beth klaar was om verder te gaan — wat haar tijd met Bryan wel bewees — was ze niet van plan Mike zomaar te vergeten. Ze was niet van plan te zeggen: 'nou ja, zand erover en weer door.' Ze had van hem gehouden en ze zou hem altijd missen. Hij was haar vriend, haar echtgenoot, haar minnaar en de vader van haar kinderen. Het deed haar pijn dat hij hen nooit zou zien opgroeien, nooit hun kleinkinderen zou kennen. Dat haar kinderen Mike nooit als man zouden kennen wanneer ze volwassen werden. De dood was vreselijk en Beth kon er verdomme niks aan doen.

Maar je zou wel iets aan Bryan kunnen doen...

'Dus denk je dat je er klaar voor bent om met iemand anders te daten?'

'Iemand anders? Ik had geen verkering met Bryan, Kar.'

'Dat weet ik, maar ik bedoel, je weet wel. Je bent weer een beetje in het zadel geklommen, om het zo maar te zeggen, al was het maar om rond te kijken. En hij was prettig om naar te kijken, dat moet je toegeven.'

'Ja, dat is hij.' Hij was ook geweldig in het zadel geweest, maar dat ging ze niet toegeven.

'Dus als er een andere knappe vent langskomt, zou je er niet op tegen zijn om met hem uit te gaan.'

'Kara, je hebt me al aan een paar blind dates geholpen. Die zijn niet zo goed afgelopen. Die laatste ook niet. Waarom laten we het niet gewoon aan het lot over en zien we wel wat er gebeurt?'

'Dat is allemaal leuk en aardig, maar ik zie je de komende tijd nog niet met het lot op kroegentocht gaan.'

Kroegentocht. Beth rilde. Ze ging met niemand op kroegentocht. 'Ik wil niet zó graag daten, dankjewel.'

'Nou, waar wil je anders iemand ontmoeten?'

'Waarom moet dat? Ik red me prima zo.'

'Onzin. Je bent al te lang alleen en ik zag hoe je naar Bryan keek. Je kruipt uit je schulp, Beth. Je moet het ijzer smeden als het heet is, voordat je het er weer te comfortabel in vindt worden.'

Beth gaf het op haar rillingen te verbergen. Ze was absoluut niet klaar voor het vrijgezellencircuit. Ze betwijfelde of ze dat ooit zou zijn.

Gelukkig ontstond er opschudding buiten de winkel toen er een stel beveiligers voorbijrenden, schreeuwend en met wapenstokken zwaaiend, en Beth hoefde niet op Kara te reageren. Daarna ging er een alarm af door het hele winkelcentrum en Beth was ineens niet meer zo dankbaar. Haar kinderen waren daarbuiten.

Ze rende de winkel uit en sloeg rechtsaf naar de kinderboerderij — de richting waarin de beveiligers renden.

Daar stonden de bewakers ook stil. En daar hielden ze een kerel met zijn gezicht naar de grond, de armen op zijn rug, een paar knieën die hem op zijn plaats hielden en twee van hen die praatten met... haar kinderen.

O god.

Beth drong zich door de menigte mensen die zich eromheen had verzameld. 'Jason! Kelsey! Tommy! Mark! Maggie!' Ze waren er allemaal, ze keken ernstig terwijl ze de vragen van de bewakers beantwoordden.

'Hallo. Ik ben de moeder van de kinderen. Wat is er gebeurd?' Ze moest ze allemaal aanraken, hen om zich heen verzamelen als een moeder eend die haar kroost onder haar vleugels neemt, en het kon haar niets schelen. Ze moest zeker weten dat haar baby's veilig waren.

'Uw kinderen hebben iets geweldigs gedaan, mevrouw', zei een van de bewakers. Hinkle stond er op zijn naamplaatje. 'Ze zagen deze man met een hamer—'

'Hij wilde de vitrine van de juwelier inslaan, mama!' Maggie huppelde op en neer. 'Tommy zag het en vertelde het aan Jason en Kelsey. Kelsey rende naar de informatiebalie en Jason stak zijn voet uit zodat de man struikelde. Hij is een held!'

'Ik zag het ook!' zei Mark, die er niet blij mee was dat hij geen rol speelde in het verhaal van Maggie.

'Niet waar!' zei Tommy. Natuurlijk.

'Echt wel. Daarom tikte ik je aan zodat jij het ook kon zien.'

'Niet waar!'

'Wel waar!'

'Jongens, dat is nu niet belangrijk,' zei de bewaker, terwijl hij hen wegstuurde bij de man op de grond. 'We willen dat jullie even opzij gaan zodat we hem overeind kunnen helpen.'

Ja, het *was* wel belangrijk, en hun gezichten vertrokken toen de bewaker hen zo bruusk wegstuurde. Op dit moment was het het belangrijkste in hun wereld en dat hij het zo opzij schoof... Bryan zou dat niet hebben gedaan.

Bryan. God, ze kon niet stoppen met aan hem te denken.

'Mevrouw,' zei een andere bewaker, 'als u en de kinderen even mee naar de knuffelbeerwinkel willen lopen, willen we u een paar vragen stellen.'

'Maar mama weet van niets. Zij heeft het niet gezien. Tommy en ik hebben het gezien.'

'En Jason,' vulde Maggie aan. 'Vergeet Jason niet. Hij is de echte held.'

Beth loodste de kinderen naar de winkel, haar handen voortdurend op hun schouders. 'Jason, gaat het?' Ze wilde tegen hem schreeuwen dat hij gewond had kunnen raken en dat hij uit de buurt had moeten blijven en het aan iemand anders had moeten overlaten — dezelfde woorden die ze tegen Mike had gezegd op de ochtend dat hij op het laatste moment die verdomde vlucht had aangenomen — maar ze deed het niet vanwege de trotse blik op zijn gezicht. Jason glimlachte zelfs naar mensen en voelde zich echt goed over zichzelf, en Beth wilde dat geen seconde voor hem verpesten. Toch, de goede hemel... hij had gewond kunnen raken.

'Ja, mam, ik ben oké. Die kerel had maar uit zijn doppen moeten kijken.'

'Dat deed hij wel,' zei Tommy. 'Hij keek naar de horloges.'

'Nee hoor. Het waren de diamanten ringen. Die zijn makkelijker mee te nemen en ze kosten veel meer.'

'Jij denkt ook dat je alles weet.'

'Ik weet veel meer dan jij, Tommy.'

'Niet waar.'

'Wel waar.'

'Jongens.' Ze deed Bryan na en legde haar handen op hun hoofden en draaide ze zo dat ze haar aankeken. 'Laten we ophouden met dat gekibbel. Vertel de bewakers gewoon de waarheid, dan kunnen we naar huis.'

'Maar ik wil niet naar huis.' Maggie trok aan het shirt van Beth. 'Ik wil met de babygeitjes spelen.'

'Die worden lammetjes genoemd,' zei Tommy.

'Hé, dat klopt. Dat wist je dus wel.' Mark keek verbaasd. Beth wist niet waarom; ze zaten al sinds de kleuterschool in dezelfde klassen.

'Echt waar? Dat is een gekke naam.' Maggie schoof haar hand in die van Tommy. 'Bedankt dat je me dat hebt geleerd. Precies zoals Bryan zei.'

'We zouden hem moeten bellen.' Dit kwam van Kelsey. Waarom was Beth niet verbaasd dat dit het eerste was waar Kelsey over begon na dit hele voorval? 'Hem vertellen wat we hebben gedaan.'

'Je bedoelt, wat *Jason* heeft gedaan,' zei Maggie, die nu haar hand en haar loyaliteit naar haar oudste broer verplaatste.

'Ik heb geholpen. Ik ben gerend om de beveiligers te roepen.'

Maggie trok een bedenkelijk gezicht en tikte op haar lip. 'Je hebt gelijk. Dat heb je gedaan. Dat was ook belangrijk.' Ze greep Kelsey's hand. 'Ik heb de dapperste broers en zus van de hele wereld.'

Natuurlijk was dat het moment dat de bewaker vragen begon te stellen aan Beth. Ze kon zich nauwelijks concentreren op wat hij haar vroeg terwijl ze probeerde niet te huilen door alle emoties: angst, trots, liefde, en een smeltend hart om haar kinderen zo verenigd te zien.

En toen verscheen er een verslaggever, die de microfoon over het hoofd van de bewaker heen stak. Beth wist vrij zeker dat dat tegen allerlei regels inging en misschien zelfs invloed kon hebben op een rechtszaak —

O jee. Een rechtszaak. Als getuigen zouden haar kinderen moeten getuigen. En Jason had de man laten struikelen — hij zou kroongetuige nummer één zijn.

O God. De pers zou hier bovenop duiken.

Er klonk een luid geruis in haar oren toen alle gevolgen tot haar doordrongen. Wat er over hen heen zou gaan komen. Alweer. De opdringerige vragen. De nooit aflatende belangstelling. Cameraploegen en nieuwswagens die bij haar huis zouden posten.

Beth wilde wel huilen. Ze had nee gezegd tegen de goudvissenkom van Bryan en was in die van haarzelf beland.

Het duurde anderhalf uur en ze moest haar mobiele nummer aan zes verschillende mensen geven voordat ze de kinderen daar weg kon krijgen. Het duurde nog eens drie kwartier voordat ze genoeg uitgepraat waren zodat zij er een woord tussen kon krijgen. Slechts twee, maar ze hadden het effect dat ze wilde. 'IJsje eten?'

Het gesprek veranderde in smaken en Beth kon eindelijk ademhalen. Ze zou met Jason en Kelsey moeten praten. Hen waarschuwen voor de pers. De tweeling ook. Alleen Maggie was geen onderdeel geweest van de verijdelde overval, maar door de manier waarop Maggie het voor elk van haar broers en zus opnam, had Beth het gevoel dat ze haar ook moest waarschuwen. Ze zag er niet naar uit.

Ze had zich geen zorgen hoeven maken.

En dat baarde haar zorgen.

Ze zaten nog maar net in een bankje van de ijssalon of het onderwerp kwam alweer ter sprake. Inmiddels kende Beth de volgorde van de gebeurtenissen uit haar hoofd, dus ze was niet verrast toen de kinderen een zijpad insloegen.

'Dus denk je dat ze ons nog een keer willen interviewen?' Kelsey was degene die het onderwerp aansneed waar Beth zo tegenop had gezien.

'Nou, dat zouden ze kunnen willen, lieverd, maar je hoeft ze niets anders te vertellen. Jullie zijn allemaal minderjarig, dus technisch gezien moeten ze via mij gaan. Ik zal ze zo ver mogelijk bij jullie vandaan houden.'

'Maar ik wil wel met ze praten. We worden beroemd.'

'Worden we dat?' vroeg de tweeling. 'Vet!' Ze gaven elkaar een high five.

Ze praatten weer in koor.

'Ik wed dat ze je een medaille geven, Jason,' zei Maggie, de grootste fan van haar broer.

'Nee joh, niemand krijgt meer medailles.' Maar Jason keek niet alsof hij het een vervelend idee vond.

'Misschien zelfs je eigen tv-show!' Maggie zat te stuiteren op haar stoel. 'Zoiets als een kind-detective die rovers tegenhoudt voordat ze iets kunnen stelen. Zou dat niet gaaf zijn?'

'En Bryan kan dan jouw baas spelen ofzo,' zei Mark.

'Ja, dan kunnen we hem weer zien,' voegde Tommy eraan toe.

'Mama, wanneer komt Bryan terug? Ik wil hem alles vertellen over mijn broers en zus. Het zijn helden.' Maggie keek Beth met die ernstige blik aan en de andere vier volgden haar voorbeeld.

'Ik... ik weet het niet, Mags.'

Leugenaar! Vertel je kinderen de waarheid. Dat je hem hebt afgewezen om hen uit de schijnwerpers te houden en kijk ze nu eens! Ze willen dolgraag op tv. Ze vinden het geweldig om helden te zijn. Misschien moet je je beslissing heroverwegen, Elizabeth.

'Kunnen we hem bellen?' Kelsey haalde haar telefoon tevoorschijn. 'O ja. Hij heeft me zijn nummer niet gegeven.' Ze keek Beth aan. 'Heeft hij jou zijn nummer gegeven, mam? Of moet ik de schoonmaakcentrale bellen en het aan hen vragen?'

Vijf verwachtingsvolle, hoopvolle gezichten staarden haar aan. Vijf kinderen die de man wilden zien die Beth had weggestuurd. De man die zei dat hij van haar hield en met haar wilde trouwen. Die een gezin met haar wilde vormen. *Dit* gezin.

'Uh, jongens. Ik heb een beter idee. Hoe zouden jullie het vinden om naar Bryan toe te *gaan*?'

Hoofdstuk 39

'Cut!' PJ slaakte een diepe, gefrustreerde zucht.

Nummer vierhonderdtweeënzeventig, als Bryan goed had meegeteld.

Het kwam in de buurt, zo niet precies op dat aantal uit. Deze scène liep bij elke zin meer in het honderd. Carina weigerde simpelweg het script te volgen. Als ze niet zo'n beroemde actrice was geweest, had ze vanochtend om vijf over acht al op straat gestaan, na de vijfde take.

'Carina.' De legendarische kalmte van PJ was verdwenen. 'Ik ga de dialoog niet veranderen, dus u doet het op mijn manier of we zitten hier tot middernacht; het kan me op dit punt niets meer schelen. Ik *zal* deze film volgens schema afronden, dus kom van uw hoge paard af en doe de scène zoals die geschreven staat.'

'Het laat mijn personage als een watje klinken.'

'Nee, dat doet het niet. Het laat zien dat ze bereid is tot een compromis.' Iets waar Carina duidelijk niets van wist. 'En dat is degene voor wie het publiek gaat juichen, dus als u een aanbiddend publiek wilt, doet u het zoals het geschreven staat. En als u ooit nog een keer wilt werken, doet u wat ik zeg.'

Auw. Niet best. Bryan zette zich schrap voor de klap.

Die liet niet lang op zich wachten.

'Ik heb u niet nodig, PJ Cartwright.' Carina gooide het mes dat ze vast hield in de gootsteen met een galmende *kling*. PJ mocht van geluk spreken dat ze het niet naar hém had gesmeten. Zelfs al was het een rekwisiet, de punt was scherp. 'Denkt u dat *u* degene bent voor wie de mensen naar de bioscoop komen? De meeste mensen hebben geen flauw idee wie de regisseur is. Ze weten wie de sterren zijn en ik ben de ster van deze film.'

Bryan bedwong de neiging om zijn hand op te steken en haar eraan te herinneren dat hij er ook nog was, maar alleen omdat hij te doen had met PJ. De man had al genoeg hoofdpijn van Carina op een goede dag; Bryan wilde het probleem niet vergroten. Maar ach, wat zou hij er veel voor over hebben om Carina een toontje lager te laten zingen en haar eraan te herinneren dat *hij* een enorme hype kreeg als de geliefde in deze film. Dat dit script zijn weg naar het sterrendom was en dat iedereen dat wist. Hij was inmiddels net zo bekend als zij wat deze film betrof, dus ze kon maar beter normaal gaan doen, want er deed nog een grote naam mee en haar verliezen zou misschien niet zo'n ramp zijn als bij haar andere films.

Nee, hij zou dat kleine detail voor zich houden. Geen slapende honden wakker maken.

Die nu overigens aan het brullen was.

'Dit laat ik *niet* over mijn kant gaan.' Ze stak haar hand uit naar haar assistente. 'Ik bel mijn agent.'

Het arme kind, dat waarschijnlijk dacht dat ze de hoofdprijs had gewonnen toen ze werd aangenomen als de assistente van Carina Dempsey, moest achter haar aan rennen om haar de telefoon aan te reiken.

Er viel een stilte op de set; iedereen keek naar PJ.

'Prima. Geweldig. Wat dan ook.' Hij verzette zijn honkbalpetje. 'Iedereen pauze. Over twee uur terug. We maken dit vanavond af.'

Bryan wreef in zijn nek terwijl hij van de verdomde barkruk afstapte waar hij de afgelopen vijftien takes op had gezeten. Zijn kont deed pijn, maar daar zou hij privé wel over wrijven. Hij had geen zin in een foto *daarin* op Twitter.

Hij knikte naar Josh. 'Ik ben in mijn trailer als de boel weer gaat rollen.'

'Is goed. Oh, en je hebt bezoek. Ik wilde het je vertellen zodra de scène klaar was.'

Bezoek? Wie zou hem nu op de set komen opzoeken?

Even maakte zijn hart — en zijn verbeelding — een sprongetje, denkend, biddend en hopend dat het Beth was, maar hij stopte die gedachte snel weer weg. Waarschijnlijk Liam. Het kon maar beter niet Sean zijn. Hij moest een speurtocht winnen als ze enige hoop wilden hebben hun investering terug te verdienen in dat pand waar hij aan werkte.

Misschien was het zijn agent. Of zijn publicist. Of misschien allebei. Ze hadden geen afspraak gepland, maar wie wist? Misschien was er groot nieuws over zijn carrière dat Don hem persoonlijk wilde vertellen.

Hij pakte onderweg van de set een flesje water en dronk het in één keer leeg. De lampen waren heet en hij had een paar lange monologen in deze scène. Natuurlijk was Carina daar ook niet blij mee. Hij dacht dat het tellen van regels ophield zodra je miljoenen begon te verdienen, maar blijkbaar niet in het geval van Carina.

Bryan haalde zijn schouders op, draaide de dop weer op het lege flesje en gooide het in de prullenbak terwijl hij voorbijliep.

'Twee punten, Manley!' riep een van de boomoperators.

Hij glimlachte en stak zijn duim op naar de man — Rick. Jammer dat Carina niet begreep dat kameraadschap op een set goed was.

Nee, zij was nog steeds bezig hem in bed te krijgen. Bryan had zijn avonden vroeg moeten eindigen sinds hij hier weer was, alleen maar om te voorkomen dat hij haar weer moest afwijzen. Hij wilde haar niet hoeven vertellen dat ze hem simpelweg niets deed.

Hij schudde zijn hoofd terwijl hij naar zijn trailer liep. Hij had het gevoel dat geen enkele vrouw hem voorlopig nog iets zou doen. Misschien wel nooit meer.

Hij greep de deurklink vast. Niet na —

Beth.

Ze stond daar. In zijn trailer. Bovenaan de trap.

Bryan keek nog een keer. En nog een keer.

'Hoi, Bryan.'

Het was overduidelijk Beth.

'Hoi, Bryan!'

En de kinderen.

'Woef!'

En Sherman.

Bryan greep de leuning vast om overeind te blijven terwijl hij probeerde te bevatten dat de zes mensen die hij het liefst van de hele wereld wilde zien, in zijn trailer stonden. En hij was niet eens gefrustreerd om de hond te zien.

'Eh, hoi jongens.'

'Ik ben geen jongen, dommie!' Maggie stak haar krullenbol boven het trapgat uit; haar guitige glimlach en fonkelende ogen deden hem lachen.

'Nee, Mags, jij bent absoluut geen jongen.' Hij rammelde door haar krullen en slaagde erin om op wiebelige benen de rest van de treden op te komen. 'Wat doen jullie hier?' Hij keek naar hen allemaal, maar de vraag was uitsluitend aan Beth gericht.

De vijf kinderen begonnen allemaal tegelijk te praten. Iets over het winkelcentrum en de dierentuin en een hamer en sieraden en... bewakers?

Hij keek naar Beth. 'Waar hebben ze het over?'

Met een kalme stem waarvan hij *wist* dat die voor de kinderen was opgezet, omdat hij kon zien hoeveel het verhaal haar aangreep, vertelde Beth hem over de poging tot overval en de heldendaden van de kinderen.

'En we wilden het je allemaal komen vertellen omdat jij aan het werk bent en niet naar huis kunt komen om het te horen,' zei Maggie, terwijl ze op zijn schoot klom toen hij aan de tafel ging zitten.

Thuis. Hij betwijfelde of zij of een van de andere kinderen die verspreking hoorden, maar hij wel. En Beth ook.

Hij wilde Beth vragen waar dit over ging. Waarom ze hier was. Waarom ze de lijdensweg wilde verlengen. Een definitieve breuk; dat was wat ze nodig hadden.

Maar misschien had ze de kinderen nog niet verteld over zijn aanzoek — wat logisch zou zijn — en was ze hierheen gekomen ter wille van de kinderen. Ze waren in ieder geval dolenthousiast om hem er alles over te vertellen en hij maakte er net zoveel ophef over als nodig was, blij om Jasons trots op zichzelf te zien, Kelsey te zien stralen toen haar aandeel verteld werd, en de tweeling die zei hoe ze hadden samengewerkt om Jason en Kelsey te waarschuwen, en Maggies trots op haar broertjes en zus.

Sherman wurmde zich onder de arm van Bryan door en kroop samen met Maggie op zijn schoot.

'Denk je dat ze Jason een medaille gaan geven?' vroeg Maggie. 'Ik wil dat ze hem een tv-programma geven. En dan mag jij er ook in meespelen.'

'Als ze hem geen medaille geven, dan zouden ze dat wel moeten doen.' Bryan knikte naar Jason. 'Dat was echt iets heel dappers wat je deed. Niet veel mensen zouden zich er zo mee bemoeien. Ik ben trots op je.' Ja, zijn ogen werden vochtig terwijl hij het zei. Hij had geen enkel recht om trots op het kind te zijn, maar hij was het wel.

En te zien aan de brede glimlach van Jason, was hij blij dat Bryan dat was.

'Kunnen we het dan gaan vieren?' Mark kroop op zijn knieën over de ronde bank en legde zijn hand op Bryans schouder. 'Mam zei dat het vangen van de boef reden was voor een feestje.'

'We hebben al ijs gehad,' zei Tommy.

'Ja, maar dat is geen *echt* feestje. Echte feestjes hebben vuurwerk en saluutschoten en parades en zo.'

'Er is hier nergens een parade. We hadden thuis moeten blijven als ze ons een parade wilden geven.'

'Ik zou wel in een parade willen lopen. Net als Miss America. Dan zou ik een kroon en een sjerp dragen en naar iedereen zwaaien.' Maggie oefende ter plekke in zijn trailer met het blazen van kushandjes, waardoor ze allemaal in de lach schoten.

'Nou, ik weet niets van parades of vuurwerk, maar we zouden uit eten kunnen gaan om te zien wat voor speciaal toetje ze hebben voor helden. Wat zeggen jullie ervan?' Dit keer vermeed hij het om naar Beth te kijken. Zij had de kinderen hierheen gebracht; hij zou zoveel mogelijk tijd met hen doorbrengen. Zoveel mogelijk tijd met *Beth* als mogelijk was.

'Hoera! Ik hou van feestjes!' Maggie sprong van zijn schoot, Sherman volgde haar. 'Maar wat moeten we met Sherman doen? Hij mag niet mee naar een restaurant.'

'Geen zorgen. Ik ken iemand die Sherman graag gezelschap houdt.' Hij stuurde Josh een sms'je en glimlachte toen hij een akkoord kreeg. De best bestede paar honderd dollar ooit.

Daarna sms'te hij PJ. Verdorie, als Carina het schema in de soep kon laten lopen, ging hij hier niet zitten wachten tot ze eens kwam opdagen. Hij zei tegen PJ dat hij hem moest sms'en zodra Carina in een werkbare bui was en dat hij dan terug zou zijn. Ze konden niet ver weg gaan, maar ach, de paar duizend die hij op het punt stond uit te geven bij het eerste het beste restaurant voor een met sterretjes bezaaid, chocolade-lavaberg-dessert, overgoten met slagroom en ijs, zou van wat ze ook aten het perfecte feestje maken.

Beth had moeite om zich goed te houden. Ze had ongelijk gehad. Zo vreselijk ongelijk. Dit was wat haar kinderen nodig hadden. Bryan was wat ze nodig hadden. Het gevoel van een gezin. De schok van Mikes dood had hen allemaal uit balans gebracht, niet noodzakelijkerwijs de media-aandacht. Natuurlijk had dat niet geholpen, maar toen ze zag hoe ze reageerden op de positieve aandacht na de overval...

'We moeten praten.' Bryan fluisterde het in haar oor terwijl er een reusachtig bord met sterretjes aan hun tafel werd bezorgd.

'Lavacake!' schreeuwde de tweeling.

'Ijs!' Geen verrassing dat dat van Maggie kwam.

Jason en Kelsey probeerden cool te kijken in plaats van onder de indruk te zijn van het monsterlijke dessert en Bryan keek ontzettend trots op zichzelf.

Of misschien was hij gewoon dolgelukkig. Ze hoopte dat dat het geval was.

Ze knikte, maar ze had geen idee wanneer ze zouden praten. Met vijf kinderen in de buurt — in zijn trailer — zou privacy lastig worden.

Intimiteit, onmogelijk...

Beth kon een blos niet onderdrukken. Ja, ze had aan haar kinderen gedacht toen ze besloot hen hierheen te brengen, maar ze had die flits van besef niet kunnen negeren toen ze zich realiseerde dat als dit werkte tussen haar en Bryan, als hij bereid was hen allemaal op zich te nemen nadat ze hem had afgewezen, ze de rest van haar leven de liefde met hem zou kunnen bedrijven.

God, laat hem alsjeblieft ja zeggen.

De cake was — geen verrassing — een grote hit en de kinderen discussieerden op de terugweg naar de auto over wat het lekkerste deel was geweest.

Dat was zo'n beetje de enige kans op privacy die ze zouden krijgen, dus Beth trok aan de arm van Bryan en ze bleven een stukje achter bij de kinderen.

'Eh, Bryan?'

Hij legde zijn hand op de hare. 'Ja?'

'Ik hoop dat je het niet erg vindt dat we zomaar zijn komen opdagen.'

'Je weet dat ik dat niet erg vind. Ik vind het heerlijk om de kinderen te zien. Maar ik vraag me wel af waarom je hier bent. Ik dacht dat alles besloten was toen ik vertrok.'

Ze beet op haar lip. Hij vond het heerlijk om de kinderen te zien, maar hij zei niets over haar te zien. Dat klonk niet alsof hij wilde dat ze haar besluit herzag.

'En Sherman dan?'

'Wat is er met hem?'

'Vind je het erg dat we hem hebben meegenomen?'

'Nee.'

'Ik kon op zo'n korte termijn niemand vinden om op hem te passen en de dierenarts was al dicht.'

'Het is geen probleem, Beth. Sherman is net zo welkom als de rest van jullie.'

Oké, dat klonk al iets positiever.

Voor hen slaakte Maggie een gilletje en wurmde zich van Jasons heup af. Gelukkig greep Kelsey haar hand vast voordat ze de parkeerplaats op rende.

Beth had niet veel tijd.

'Dus, eh...' Ze streek haar haar achter haar oren en haalde diep adem. Bryan keek haar verwachtingsvol aan. 'Die vraag die je me laatst stelde?'

'Ja?'

'Wat als...' Ze haalde nog eens diep adem. God, was dit hoe het voor hem voelde toen hij haar ten huwelijk vroeg? En zij had hem afgewezen? Ze was een idioot. 'Wat als ik mijn antwoord wil veranderen? Mag dat?'

'Je antwoord veranderen?'

Ze kon niet zien of hij haar uitlachte of probeerde te begrijpen wat ze vroeg.

Ze ging uit van het laatste, simpelweg omdat het eerste te pijnlijk was om te overwegen. 'Ja. Wat als ik ja had willen zeggen?'

Oh, nee. Hij was niet verward geweest. Hij had precies geweten wat ze vroeg.

'Is dat wat je *wilt*, Beth?'

God, ja, dat was het. 'Ja, dat wil ik.'

Bryan hield op met lopen. Hij haalde haar hand van zijn arm — ze had niet eens door dat die daar nog steeds lag — en bracht hem naar zijn lippen. Hij kuste hem. 'Dat zijn de mooiste woorden die er bestaan, Beth.'

Haar adem stokte. Hij stuurde haar niet weg.

'Wil je weten wat de *drie* mooiste woorden zijn?'

Ze knikte — want ze kon niet praten — maar ze wist het al. Ze wilde het hem gewoon horen zeggen. Alweer.

Bryan kuste de ringvinger van haar linkerhand. 'Ik hou van je.'

Haar adem haperde en ze slaagde erin hetzelfde tegen hem terug te zeggen. 'Ik hou van jou, Bryan.'

'En ik hou ook van Bryan,' zei Maggie, die op de een of andere manier geruisloos naar hen toe was geslopen. 'Betekent dit dat jullie gaan trouwen, mammie?'

Jason kwam aanlopen en wierp een blik op Bryan. Een heel volwassen, mannelijke blik terwijl hij zijn zusje weer optilde. 'Natuurlijk wel, ukkepuk. Dat is wat mensen doen als ze van elkaar houden.'

'Mooi, dan ga ik ook met Bryan trouwen, want ik hou ook van hem.'

'Gekkie,' zei Mark, terwijl hij zijn hoofd schudde.

'Ja, je kunt niet met hem trouwen als hij met mam gaat trouwen.'

'Echt wel.'

'Echt niet.'

'Echt wel.'

'Echt niet.'

Voor het eerst greep Bryan niet in om de discussie te beëindigen. Nee, dit keer boog hij zich voorover en kuste haar. Daar, voor de ogen van haar kinderen en iedereen op de parkeerplaats en alle camera's die op hen gericht waren. Dit zou binnen een paar seconden overal op internet staan.

Maar het kon Beth niets schelen. Dit was wat ze wilde.

En het was wat ze allemaal nodig hadden.

Epiloog

'Drie vieren winnen van twee azen, Maggie.'

'Nietes.'

'Wellus.'

'Nietes.'

'Wellus.'

'Ik ga het aan papa vragen.' Maggie stond met een ruk op en stampte weg in de richting van de achtertuin, waar Bryan voor de zoveelste keer de omheining aan het verstevigen was. Sherman ontpopte zich tot een ware graver en Bryan overwoog serieus om een betonnen muur te laten plaatsen, een meter diep de grond in.

Beth wist niet zeker of dat diep genoeg zou zijn voor Sherman. Vooral niet sinds de chihuahua naast hen was komen wonen.

'Mam, Maggie heeft ongelijk, toch?' vroeg Tommy. 'Bryan zei dat vieren winnen van azen als je er meer van hebt.'

'En wanneer heeft Bryan je leren pokeren?' Hmmm... Bryan was een geweldige stiefvader, maar ze zou toch eens wat puntjes van de opvoeding met hem moeten doornemen. Zoals niet gokken onder de eenentwintig.

'Hij heeft het ons niet geleerd. We keken toe toen hij met oom Sean en oom Liam speelde. Maggie luisterde hen af.'

Ah, ja, het maandelijkse pokeravondje. Ze zou moeten heroverwegen om de kinderen mee te nemen als ze de mannen alleen maar bespioneerden. Maar het was wel gezellig om met haar schoonzussen en oma samen te zijn.

Beth glimlachte en aaide over haar buik. Ze kon niet wachten om haar nieuws met hen allemaal te delen. Vooral met Bryan. Over zeven maanden zou hij eindelijk een eigen kind hebben om van te houden.

Niet dat hij minder van de hare hield. En eigenlijk waren ze niet langer alleen van haar. Het waren Manleys, ook al droegen ze die naam niet.

Hoewel Bryan laatst nog iets had gezegd...

Ze keek naar de foto van Mike op de schoorsteenmantel en voelde die bekende pijn over zich heen spoelen dat hij er niet was om zijn kinderen te zien opgroeien.

Ze liep naar zijn foto toe, drukte een kus op haar vingers en legde die vervolgens op zijn lippen. Ze miste hem nog steeds, maar ze ging verder met haar leven. Dat was wat hij gewild zou hebben. Ze kon gewoon niet geloven dat ze in één leven twee keer gezegend was om van twee zulke geweldige mannen te houden en door hen geliefd te worden.

De schuifdeur in de keuken ging open. Beth draaide zich om. Bryan zou het niet erg vinden om haar bij Mikes foto te zien — hij had er immers op gestaan dat de schoorsteenmantel precies zo blef voor de kinderen. 'Ik wil niet dat ze hun vader vergeten. Als ik het was, zou ik er kapot van zijn. Ik vind het prima dat hij daar staat. De kinderen moeten hun vader kennen.'

Zij was nog meer van hem gaan houden toen hij dat zei en ze had het vermoeden dat dit de avond was geweest waarop dit kleintje verwekt was.

Ze haastte zich terug naar de keuken.

Bryan stak zijn handen in de lucht. 'Ik zweer het. Ik heb ze niet leren pokeren. Ik weet wel beter.'

'Dat weet ik, schatje.' Ze sloeg haar armen om hem heen, onverschillig voor het feit dat hij warm en bezweet was. 'Ze hebben jou en je broers bespioneerd.'

Bryan gniffelde en sloeg zijn armen laag om haar rug. 'Natuurlijk deden ze dat. Ik zou niets anders verwachten van Mark en Tommy.'

'Eigenlijk was het Maggie. Zij heeft het *hun* geleerd.'

Nu begon hij voluit te lachen. 'God, dat kind is onbetaalbaar. Het is maar goed dat er maar één van haar is. Ik zou niet weten wat we moesten doen als er meer waren.'

'Eh...' Beth beet op haar onderlip en keek naar hem op.

'Hè, wat?' Zijn prachtige groene ogen vernauwden zich.

'Nou, eh, dit.' Ze pakte zijn hand en liet die naar haar buik glijden.

Die prachtige groene ogen werden heel groot. 'Beth... Zeg je nu... Bedoel je...?'

Ze knikte, terwijl de tranen in haar ogen sprongen. Tijdens haar vorige zwangerschappen was ze ook altijd een emotioneel hormonaal wrak geweest. 'Ja.'

'O God, lieverd. Ik hou van je.'

De mooiste woorden ter wereld.

Het einde en bedankt voor het lezen

Het einde. Bedankt voor het lezen! Help andere lezers mijn boeken te vinden door een recensie achter te laten op de plek waar u het heeft gekocht. En als u graag meer van mijn verhalen wilt zien, sla dan de pagina om!

Het einde en bedankt voor het lezen

Het einde. Bedankt voor het lezen! Help andere lezers mijn boeken te vinden door een recensie achter te laten op de plek waar u het heeft gekocht. En als u graag meer van mijn verhalen wilt zien, sla dan de pagina om!

WAT EEN VROUW
VERDIENT
JUDI FENNELL

Mannenavondje uit... plus één

'Ik geloof, lieve broers, dat jullie allemaal de maat moeten laten nemen voor een Manley Maids-uniform.'

Liam Manley beet op zijn tong na de aankondiging van zijn zus Mac, terwijl ze haar winnende hand op het groene vilt van de pokertafel legde. Ze had hem beet—hem *en* zijn broers, en ze had ze goed te pakken gehad.

Ze had ook verdomd goed *gepokerd*. Wie wist er überhaupt dat ze *pokerde*?

En die inzet... Vier weken gratis schoonmaakservice van haar bedrijf tegenover hun vakantiehuizen en dure sportwagens. Waarom voelde Liam zich een enorme sukkel?

'Ik trek *geen* schort aan.' Bryan, de jongste Manley-broer, klonk zo beledigd dat Liam nog harder op zijn tong moest bijten om hem niet uit te lachen. Je zou bijna denken dat Mac hem had gevraagd om... nou ja... een schort te dragen.

Sean, zijn middelste broer en medeverliezer, bleef de fiches opstapelen en meed Macs jack-high straight flush als de pest, terwijl hij wijselijk zijn mond hield.

Bryans mond hing open. Elk moment kon zijn broer de filmster naar adem gaan happen als een vis op het droge. Waar was een camera als je er een nodig had? Bry zou er alles voor over hebben om *die* onflatteuze foto uit de pers te houden, en Liam kon wel een nieuwe hottub gebruiken voor het huis dat hij aan het renoveren was—of liever gezegd, net *klaar* was met renoveren, wat betekende dat hij wat tijd overhad.

Geen beter moment dan het heden om die belachelijke weddenschap te gaan inlossen. 'Wanneer wil je dat we beginnen, Mac?'

'Ik heb extra uniformen, dus wanneer jullie tijd hebben.'

Extra uniformen? Sinds wanneer had ze overal reserves van als het op de zaak aankwam?

Er was iets aan de hand.

Hij had nooit gedacht dat Mary-Alice Catherine haar toevlucht zou nemen tot gemene trucjes om haar oudere broers te laten doen wat zij wilde. Verdorie, toen ze bij oma waren gaan wonen nadat hun ouders bij een auto-ongeluk om het leven waren gekomen, waren ze bijna over elkaar heen gevallen om voor hun kleine zusje te zorgen. Nu zou hij struikelen over bezems, dweilen en stofzuigers. Bah.

'Hé, mag ik mijn eigen huis doen?' Dat was Bryan, die probeerde om er op de een of andere manier toch nog een slaatje uit te slaan.

'Zou je Monica's baan afpakken om onder de weddenschap uit te komen? Meen je dat nou?' Nu was het Macs beurt om met open mond te staan.

'Ik muis nergens onderuit.' Maar Bry keek niet blij. 'Op mij kun je maandag ook rekenen. Ik heb een maand tussen twee projecten in en zocht toch al iets om te doen.'

Liam betwijfelde echter ten zeerste of Bryans keuze zou vallen op het spelen van schoonmaker. Voor Liam gold hetzelfde. Maar goed, hij had die weddenschap afgesloten...

En zij ook.

Hij dronk zijn bier leeg en verzamelde toen de kaarten, waarbij hij de winnende hand van Mac als laatste over het vilt naar zich toe trok. Bryans blik bleef de hele tijd op die kaarten rusten. Sean hield de zijne gericht op de fiches. Het waren waarschijnlijk de meest neurotisch-netjes gestapelde fiches in de geschiedenis van het spel.

'Ik wist niet dat er mannen voor je werkten, Mac.' Liam hield zijn stem egaal. Beheerst. En als er al een spoortje van iets anders in doorklonk, nou, dan vond hij het prima als Mac aannam dat het frustratie over zijn verlies was. Maar waarom zou Mac A) zo graag met hen willen pokeren terwijl ze het geld niet kon missen als ze verloor, en B) die weddenschap voorstellen *en* winnen? Er was iets goed mis in het land van Manley.

'Wa... wat?'

Ja, die geschrokken blik in haar ogen bevestigde precies wat hij dacht. Er werkten helemaal geen mannen bij Manley Maids, dus die uniformen waren niet "extra". Ze had ze van tevoren laten maken. Voor hen.

Mac had dit gepland. Haar winst was geen toeval. Hij zou haar ermee confronteren als hij enig bewijs had behalve zijn onderbuikgevoel, maar dat had hij niet. En god mag weten dat hij niet altijd op zijn gevoel kon vertrouwen. Het had hem al vaker in de steek gelaten.

'Laat maar.' Hij schudde de gewraakte kaarten door de andere zevenenveertig en tikte de lange zijde van het deck recht op de tafel. 'Ik ben er maandag.'

En hij zou de herenloze eentonigheid van het schoonmaken gebruiken om een manier te bedenken om zijn zus terug te pakken.

En flink ook.

Royally Sunk

Tot over haar oren

Reel is een meerman zonder staart en Erica is als de dood voor de oceaan. Slechts één ding kon haar het water in krijgen: een vuurwapen. En slechts één ding kon haar daar houden: de sexy meerman die haar leven redt, om vervolgens dat van hemzelf op het spel te zetten.

Wild en diepblauw

Valerie is een zeemeermin-prinses die is gestrand in het midden van het land. Rod is de prins die op pad gaat om haar te redden. Maar kunnen ze het complot van een troonbezetter ontduiken en op tijd terugkeren naar de oceaan voordat zijn staart — en zijn aanspraak op de troon — voorgoed verdwijnen?

De vangst van haar leven

Logan is *weggelopen* van het circus; het enige wat hij wil is een normaal leven. De naakte vrouw die op zijn boot verschijnt is allesbehalve normaal. Vooral wanneer Angel een zeemeermin blijkt te zijn — met een woedend zeemonster achter zich aan.

Liefde op de klippen

Prinses Mariana is geen aanstelster; ze *is* echt een kunstenares, wat ze gaat bewijzen met het beeldhouwwerk dat ze op een verlaten eiland maakt. Het probleem is dat Jace zich daar schuilhoudt. Hetgeen dat Mariana zal bevrijden uit haar koninklijke gevangenis, is precies datgene wat Jace fataal zal worden. Romantiek is al lastig genoeg, maar wanneer er een tsunami op komst is, hangt de liefde aan een zijden draadje.

Golven maken

Lees over Het Incident waardoor Erica doodsbang werd voor de oceaan, de reden waarom Valerie, de verloren prinses, werd gevonden, en hoe Logans jonge zoon Michael een zeemeermin vond. De verhalen *vóór* de verhalen.

Bottled Magic

Ik droom van djinns

Matts geluk keert eindelijk wanneer de geest Eden uit haar fles ontsnapt en in zijn schoot belandt. Letterlijk. En ze zweert er nooit meer in terug te gaan. Helaas voor hen beiden wil de man die haar erin heeft opgesloten haar terug, en hij zal voor niets terugdeinzen om haar te krijgen.

Djinn weet raad

Samantha erft het landgoed van haar vader, compleet met een geest die nog één meester moet dienen voordat zijn dienstbaarheid erop zit. Sam is meer dan bereid om Kal vrij te laten — totdat haar hebzuchtige ex besluit dat als hij Sam niet kan krijgen, niemand haar krijgt.

Mijn lieve djinn

Zane heeft het voorouderlijk herenhuis geërfd waar hij maar wat graag vanaf wil om de geruchten over de krankzinnige geschiedenis van zijn familie de kop in te drukken. Jammer genoeg is de geest die de oorzaak van die geruchten was vrijgelaten om opnieuw chaos te veroorzaken. Alleen speelt ze dit keer met zijn hart.

Jouw wens is zijn bevel

Ontdek hoe Kal in zijn lantaarn gevangen kwam te zitten en waarom hij 1.001 meesters moet dienen. Het is het verhaal vóór het verhaal.

Once-Upon-A-Time Romance

Belle en de Beste

Jolie is overdag privékok en 's nachts schrijfster van liefdesromans. Dus wanneer ze een klus krijgt bij de knappe, teruggetrokken kunstenaar Todd, heeft ze de perfecte held voor haar boek gevonden. Totdat Todd erachter komt en haar uit zijn keuken, zijn huis *en* zijn hart schopt.

Als de schoen past

Er was eens, heel lang geleden, in een land hier ver vandaan, een meisje genaamd Assepoester. Dit is niet haar verhaal. *Dit* is het verhaal van Lucinda Isabella Casteleoni, die net als haar naamgenote een gemene stiefmoeder heeft, twee ordinairstiefzussen en talloze uren hard werk waar ze (niet) naar uitkijkt. Maar in tegenstelling tot die sprookjesprinses is Bella's droomprins nergens te bekennen. Totdat een oud mannetje met fonkelende groene ogen een schoenwinkel opent in de straat. Dan begint de magie...

Achter het glas in lood

Door een onbedoelde reis naar het middeleeuwse Engeland moet reclamevrouw Kate halsoverkop op zoek naar een manier om weer thuis te komen... Maar kan ze de woest aantrekkelijke ridder op het witte paard op wie ze verliefd is geworden met zich mee terugnemen?

BeefCake, Inc.

Ook Spierenbonken Houden van Zoet

Lara wil dat haar cupcakes een succes worden. Exotisch danser Gage zou ze best eens willen proeven, maar door zijn werkschema om de ziekenhuisrekeningen van zijn neefje te betalen heeft hij daar geen tijd voor. Totdat er een feestje is waar spierbundels en cupcakes elkaar ontmoeten en, *oh*, wat is dat heerlijk!

Ook Spierenbonken Maken Fouten

Wanneer Bryan Jenna aanziet voor een prostituee en zij beseft dat hij de vader van haar geadopteerde zoon is, stapelen de fouten en misverstanden zich op. Maar er groeit ook iets anders tussen hen. Soms kan een verkeerde afslag precies de juiste zijn...

Ook Spierenbonken Verdienen een Tweede

Tanner wil zijn ex-vrouw voorgoed uit zijn leven hebben, maar wanneer haar grootmoeder een beroerte krijgt en hij moet doen alsof hij nog steeds verliefd is op Juliet, durft hij het dan aan om die ene vrouw die nooit is opgehouden met van hem te houden een tweede kans te geven?

Ook Spierenbonken Laten Harten Smelten

Gina is al een eeuwigheid verliefd op Darien — tot de dag dat hij haar op school vernederde. Vijftien jaar later laat hij haar koud. Exotisch danser Darien is teruggekomen naar de stad om een paar dingen recht te zetten. Een daarvan is de puinhoop die hij jaren geleden voor Gina heeft veroorzaakt... en *misschien* het vuur weer aanwakkeren dat er ooit was. Maar de enige manier om de sneeuw rond Gina's hart te doen smelten, is door het vuur flink op te stoken, zowel tijdens het werk... als daarna.

Manley Maids

Wat gebeurt er als drie onweerstaanbaar sexy broers een pokerweddenschap verliezen van hun ondernemende zus? Ze worden verhuurd voor haar schoonmaakbedrijf. Nu staan de Manley Maids tot uw dienst. Tevredenheid gegarandeerd.

Wat een vrouw wil

Resorteigenaar Sean is van plan een historisch landgoed te kopen, hiermee naam te maken en miljoenen te verdienen, dus trekt hij erin onder het voorwendsel het pand schoon te maken om een bepaalde voorwaarde van de erfenis te omzeilen. Maar erfgename Olivia en haar beestenboel kruipen onder zijn huid, en hij ontdekt dat de pokerweddenschap die hem in deze nesten heeft gewerkt niet de enige factor is die alles verandert.

Wat een vrouw nodig heeft

Filmster Bryan wil roem en fortuin, niet een herhaling van zijn armoedige 'normale' jeugd. Na de publiciteit rond de dood van haar man heeft Beth behoefte aan een normaal leven voor haarzelf en haar kinderen, en de filmster die een weddenschap heeft verloren om haar huis schoon te maken — met de paparazzi in zijn kielzog — past daar niet bij. Maar als geflirt overgaat in verleiding, moet Bryan Beth ervan overtuigen dat hij meer man is dan een hulpje in de huishouding. Of een acteur. Want hij speelt de hoofdrol in een omgekeerd Assepoesterverhaal, en het zou zomaar eens de rol van zijn leven kunnen zijn.

Wat een vrouw verdient

Liam heeft geen geduld voor vrouwen die het geld van een man uitgeven zonder ook maar een moment aan echt werk te denken. Maar om zijn weddenschap na te komen, moet Liam socialite Cassidy niet alleen tolereren, hij moet ook haar rotzooi opruimen wanneer haar vader de geldkraan dichtdraait. Zonder geld en zonder huis dat Liam kan schoonmaken, heeft Cassidy geen andere keuze dan een baan te accepteren — als Liams nieuwe hulp. Maar wanneer de vonken tussen hen overvliegen, zal het dan echte liefde zijn of gewoon de volgende rommelige affaire?

Wat een vrouw

MaryAlice Catherine staat klaar om het huis van een vriendin van haar grootmoeder schoon te maken, maar ontdekt tot haar grote schaamte dat de verwaande kleinzoon op wie ze vroeger verliefd was — en die dat al die tijd wist — daar woont. Jared herinnert zich het anders; Mac was altijd een bazig ding, maar hij is niet van plan haar nu de lakens te laten uitdelen. Maar nu ze met zijn tweeën in één huis wonen, is het nog maar de vraag wie er uiteindelijk aan het langste eind trekt.

Wat een kerel wil

Beckett is klaar om zijn verloren pokerweddenschap in te lossen. Hij had alleen niet beseft dat hij dat met zijn hart zou moeten doen. Jennifer is de vrouw die hem is ontglipt en nu staat ze weer vlak voor zijn neus. In haar huis. Dat hij moet schoonmaken. Jennifer kan niet geloven dat de 'bad boy' van de middelbare school op wie ze smoorverliefd was in haar huis is, maar als haar ex-man haar één ding heeft geleerd, is het dat ze niet op de bad boy kan rekenen. Totdat Beckett al zijn kaarten op tafel legt en hij iemand blijkt te zijn op wie Jennifer toch durft te wedden.

De bekroonde bestsellerauteur Judi Fennell houdt van lachen en van de liefde, dus het is geen verrassing dat er van beide een beetje in elk boek zit dat ze schrijft. Bekijk haar sprookjes met een knipoog voor een voorproefje van haar luchtige, ironische paranormale en romantische komedies. Van meermannen voor de kust van Jersey Shore tot djinn met vliegende tapijten, en van mannelijke strippers à la Magic Mike tot stoere huishouders wiens motto *Tevredenheid Gegarandeerd* is; er valt altijd wel wat te lachen en er is altijd liefde te vinden.

En in haar overvloedige (?) hoeveelheid vrije tijd helpt ze auteurs bij alle aspecten van het schrijven en uitgeven in eigen beheer met haar bedrijf voor opmaak, omslag- en promotieontwerp, redactie, advies en audioboeken, www.formatting4U.com.

Judi woont in een voorstad van Philadelphia met een menagerie aan viervoeters, en op de dag dat die wezens beginnen met A) zingen, B) kleding naaien of C) het huis schoonmaken, zal ze stoppen met schrijven...!